DIE NYMPHEN

FLORATHIENS VERMÄCHTNIS

MARCO DÜLK

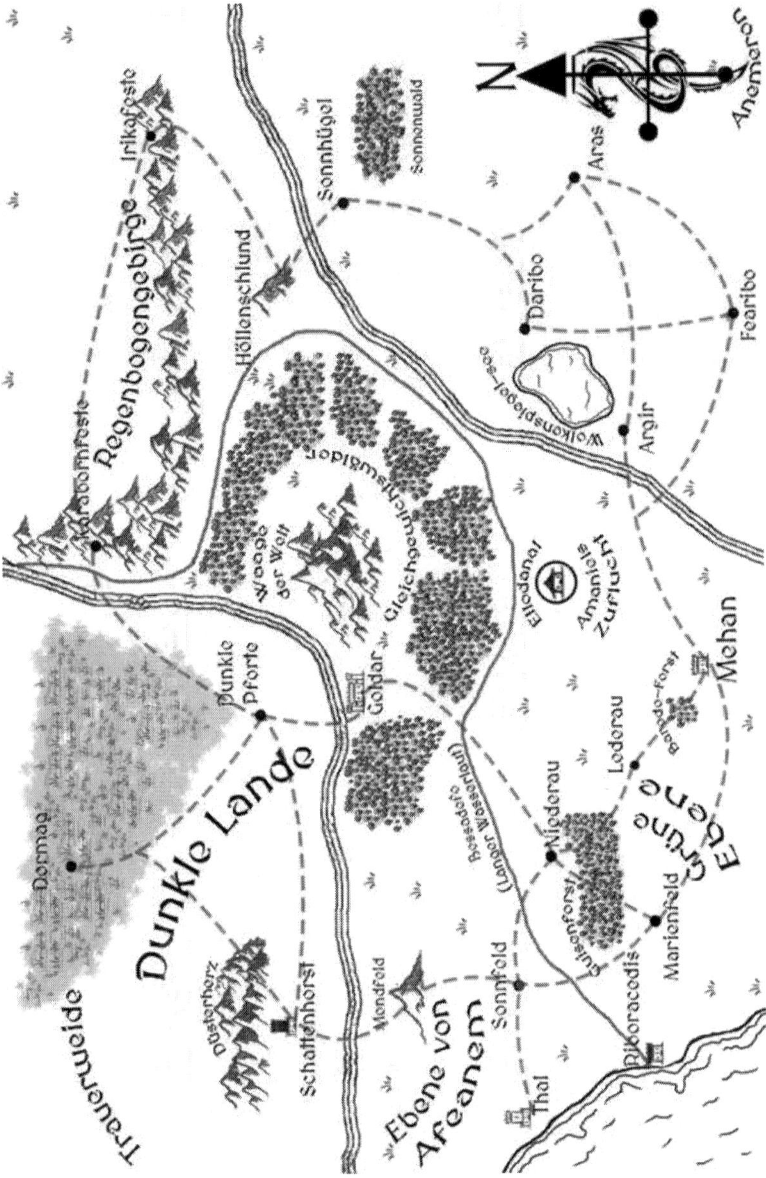
Trauerweide
Dormag
Dunkle Lande
Dunkle Pforte
Düsterherz
Schattenhorst
Mondfeld
Ebene von Afeanem
Sonnfeld
Thal
Diboracodis
Marienfeld
Luisenforst
Niederau
Grüne Ebene
Lodorau
Mehan
Goldar
Waage der Welt
Gleichgewichtswälder
Amaniels Zuflucht
Regenbogengebirge
Irikafeste
Höllenschlund
Sonnhügel
Sonnenwald
Daribo
Aras
Fearibo
Argir
Wolkenspiegel-See
Anemeron
N

DIE NYMPHEN

FLORATHIENS VERMÄCHTNIS

MARCO DÜLK

Weitere Bücher von Marco Dülk

High Fantasy

Ferillyan - Die Waage der Welt

Die Nymphen - Meister des Feuers

Die Nymphen - Florathiens Vermächtnis

Kinder-Fantasy mit Lerneffekt

Die Reise nach Buntschwarz

Helena und das fliegende Einhorn:

Eine phantastische Freundschaft

Für Martina.

DRYADE UND OREADE

Im Herz verbunden tief, wo Moos die Steine ziert.

die Dryade still und leise sieß, im Einklang mit dem Baum, den sie umgibt.

Mit des Windes rauschender Stimme, gleich bei Tage oder Nacht,

besingt sie Blüte, Blatt und Blume, vermehrt Mutter Naturs Pracht.

Wo Stille thront, in Grotten tief, die Stimme flüstert sanft und klar,

im Wasser der Oreade Spiel, Heilung zu geben vermag.

Sie wachen stets, still und behütend, der Bäume und Grotten Seel,

ihr ganzes Wesen eins seiend, mit Mutter Naturs Will.

Marco Dülk

INHALTSVERZEICHNIS

PROLOG

EIN VERSPRECHEN WARD GEGEBEN

Im Jahr 99

FLORATHIEN

Ein Gedanke.

Es war nur ein Gedanke.

Mutter Natur wusste, dass sie verloren hatte. Sie hatte nahezu all ihre Macht verbraucht, weshalb sie sich nicht mehr wehren konnte. Der nächste Bannspruch ihres Widersachers nahm ihr die letzte Energie und schirmte sie von ihrer Zauberkraft ab. Ihr Körper und ihr Geist schlugen mit jeglicher verbliebener Kraft dagegen, doch es war zwecklos. Der Bann wirkte.

Sie verstand nicht, wie ihr Feind sie gefunden hatte. Er war durch ein magisches Portal erschienen und hatte sie mit brutalster Energie angegriffen. Sie reagierte mit einem Schutzkreis, der die Attacke gegen den Angreifer richtete und mit gleicher Stärke zurückschlug. Doch Nagardons Hass auf die Göttin trieb ihn nur noch mehr an. So verstärkte er seine Zauber und sein Bestreben sie zu töten.

Ihre Magie war defensiver Natur und in erster Linie zum Schutz gedacht. All ihre Macht sollte sie und das Leben erhalten und kein anderes nehmen. Bislang war es ihr gelungen, vor ihm verborgen zu bleiben. Schließlich war es ihre Art, sich im Stillen um die Natur zu kümmern und ihre Schönheit zu bewahren und zu mehren.

Florathien beachtete den Schänder der Nacht nicht mehr und konzentrierte sich auf ihre innere Ruhe, um eine letzte Ausflucht zu wagen. Meditativ brachte sie es fertig, einen Gedanken durch den Bann zu schicken, ohne dass es der Erzdaemon mitbekam.

In diesem einen Gedanken war ein Zauberspruch gespeichert, den sie Zeit ihres Lebens bei sich trug. Solche Schutzgewebe hatte sie einige in sich zum Schutze verankert.

Der Gedanke war so verborgen unter Geweben ihrer Macht, dass er wie ein Blatt im Wind flog. Als er das Gras berührte, hielt er zunächst die Zeit an und erschuf ein Tor in einen magischen Hain.

Und dort wartete sie.

AMANIEL

Grüne Schönheit. In sämtlichen Tönen von Grün schimmerte der Hain; sei es hell wie die jüngeren Äste der Bäume, blickdichte Hecken oder satt wie die Büsche, das Riedgras und die Baumkronen oben in der Höhe oder das dunkle, saftige Moos im Unterholz und am Gestein. Hier und da setzten Knospen und Blüten Akzente. Zwischen der ganzen Pracht der Natur sprenkelten blaue Farbtupfer von Weihern die Szenerie. Der Wind bewegte leicht und zärtlich den Wald und das Wasser.

Das weiche Leder seiner Stiefel umschmeichelte seine Waden, als er mit leichten Schritten durch den Hain lief. Amaniel war ein ansehnlicher, anmutiger und asketischer Mann. Seine Schultern waren breit und stattlich und seine Brust umspannte eine weiße Tunika. Sein Haar und seine Augen waren graubraun wie das Holz der Lärche. Stolz und schön war er unter seinem Volk und verehrt. Er liebte es in der Natur und genoss jede Einzelheit mit allen Sinnen. Er bestaunte die zirpenden Rotkehlchen, die vernarrt ineinander ihr Liebesspiel im Flug austrugen. Weiter sah er die volle Vielfalt der Blumen, die harmonisch miteinander tanzten. Vor ihm in einem Weiher kicherten einige Najaden miteinander. Auf ihren schlanken Körpern glitzerten Wasserperlen. Ihr Anblick war keine Seltenheit für einen Elben, deshalb versetzten sie ihn nicht ins Staunen. Sie gehörten zur Natur wie die Wurzeln und Blüten des Lebens.

Doch etwas hielt seinen Blick magisch gefangen. Er traute seinen scharfen Augen kaum. Bei den Nymphen auf Moos und Gras gebettet, lag eine blasse Schönheit, die selbst in der ganzen Pracht um sie herum noch immer auffiel wie eine Königin. Es war, als kam der Sonnenschein direkt aus ihren goldenen Haaren und erleuchtete alles in einem wunderbaren Licht. Ihre Augen glänzten wie die Sterne und zeigten Sinnlichkeit, Schönheit und Sünde. Sie war in durchsichtige Seide gekleidet und ihre vollkommenen Rundungen zeigten sich deutlich. Von ihrer Erscheinung ging Allwissenheit, Macht und Verführung aus.

Amaniel Leradenoth wusste sofort, wen er vor sich sah. Es war die Göttin Mutter Natur, Florathien. Er konnte es zunächst gar nicht begreifen, dass sie so vor ihm erschien.

Glücklich über diese Fügung des Schicksals lief er langsam auf die Herrin zu. Er sah sie zum ersten Mal. Es war ihm klar, dass sie sein näher kommen, schon lange bemerkt hatte. Er liebte ihr Wirken und das Leben, das daraus entstand.

Doch aus Respekt vor ihr ließ er etwas Abstand und kniete sich hin. Er neigte den Kopf aus Ehrfurcht und wartete ab.

Sie sah ihn mit ihrem klaren Blick an und sagte: "Erhebe dich, Amaniel Leradenoth. Komm zu mir und vertreibe mir die Zeit." Sie streckte ihm eine offene Hand entgegen, die der Elb vorsichtig in seine nahm. Sie zog ihn zu Boden und blickte in seine Augen. "Du verehrst mich, Amaniel." Er neigte zustimmend sein Haupt. "Ich möchte, dass du etwas für mich tust. Im Gegenzug verspreche ich dir einen Wunsch zu gewähren."

"Was verlangt ihr von mir, meine Göttin?"

"Ich möchte ein Kind aus meinem Schoß auf Anemeron haben. Es soll aus deinem Geschlecht hervorkommen. Kümmere dich um das Kind, erziehe es in meinem Sinne, beschütze es und bereite es auf alle Widrigkeiten vor. Das ist mein Wunsch."

Er schaute sie an und glaubte sich dieser Ehre nicht gewachsen. Er fühlte sich zu klein, zu schwach. "O Florathien, wie gerne möchte ich euch zu Willen sein, doch weiß ich nicht, ob ich die Kraft dazu habe." Er ließ den Blick senken und sein Gesicht wurde traurig.

Sie legte eine Hand auf seine Brust. "Amaniel, du bist stark, du bist ein Führer. Du hast diese Stärke bereits in dir. Ansonsten hätte ich dich nicht ausgewählt." Ihre Finger fuhren über seinen Hals an sein markantes Kinn. Unerwartet küsste sie ihn. Es war wunderschön. Er wusste nicht, wie ihm geschah, doch er erwiderte den Kuss leidenschaftlich.

"Wenn es so weit ist, verlange ich von dir, dass du dich für unseren Spross opferst. Dein Leben gegen ihres."

Der Elb dachte nach. In seinen Augen war ihm jedes Opfer für seine Göttin recht. Er würde es tun. Entschlossenheit erstarkte in ihm und Selbstbewusstsein erfüllte ihn mit Kraft und Energie. "Ja, ich tue es."

Sie lächelte. Mit ihrer Hand löste sie den Seidenstoff des Kleides, so dass es von ihr fiel.

Ihre Haut war blass und makellos. Die Taille war schlank, ihre Brüste zierten große runde Höfe.

Amaniel legte seine Hände auf ihre Schenkel und fuhr langsam ihren Körper Stelle für Stelle nach oben bis zu ihrem Hals. Sein Herz schlug schneller, sein Blut kochte hoch und es drängte ihn, sie erneut zu küssen. Die Göttin beugte sich zu ihm und gab sich ihm hin. Mit flinken Fingern entkleidete sie ihn und zog ihn auf sich. Ihre Hüfte bewegte sich rhythmisch und er geriet immer mehr in Ekstase. Er begehrte sie und seine Lust steigerte sich. Sie wurden schneller, wilder und härter. Es gefiel beiden und sie wurden immer lauter, je mehr sie sich dem anderen hingaben. Sanfte Gefühle wurden nach und nach durch Härte ersetzt und sie spürten alles unglaublich intensiv. Am Höhepunkt bäumte sich der Elb mit aller Kraft auf, bevor sein Körper verschwitzt und verausgabt auf Florathien fiel. Sie legte ihre Arme auf seinen Rücken und drückte ihn fest an sich. So blieben sie eine Weile liegen, um ihren Körpern Ruhe zu gönnen.

Irgendwann rollte sich Amaniel von ihr, stützte sich auf seine Unterarme und blickte sie an.

"Ich habe dir nun alles gegeben, was ich geben kann. Ich hoffe, es genügt dir?"

Er nickte und lächelte.

Sie griff nach seiner Hand. "Ich verlasse Dich nun. Vergiss niemals, was wir hatten. Unser Kind wird dich daran erinnern. Denk an dein Versprechen." Sie schenkte ihm einen letzten sehnsüchtigen Blick, dann verblasste ihr Körper langsam und er blieb allein zurück.

FLORATHIEN

Die Göttin schlug ihre Augen wieder auf und blickte Nagardon kalt an. Triumphierend hatte der seine Hand auf den Schwertgriff gelegt und setzte langsam einen Fuß vor den anderen, um seinem Ziel, sie zu töten, näher zu kommen. Er war groß, eine schwarze Plattenrüstung schützte seinen Körper. Den Helm nahm er ab, so dass sie in sein Ebenholz schwarzes Gesicht mit den kalten, leblosen Augen sehen konnte, wenn er sie vernichtete. Die Haut klammerte sich beinahe an den Schädel des Mannes. Der Anblick verhieß den Tod und der Blick Entschlossenheit. Da er sie nur mit einer göttlichen Waffe töten konnte, hob er seine linke Hand mit einem Ring, der wie ein Pentagramm geformt war und beschwor sein Daemonenfeuer daraus. Gleißend heiß, wie die Hölle traf das Licht Florathien. Sie schrie fürchterlich auf, warf den Kopf nach hinten, schüttelte sich unter dem Feuer. Ihr Körper verbrannte langsam. Sie brannte innerlich aus. Ihre Erscheinung verglühte in einem hellen Licht und zerstob in Myriaden von Partikeln. Ihr Geist hingegen verteilte sich auf die Steine, die sie versteckt bei sich getragen hatte. Es waren ein weißer Diamant, ein violetter Ametrin und ein grüner Verdelith. Die Splitter teleportierten sich weg vom Geschehen an sichere Gestade.

Der Schänder der Nacht bemerkte von alldem nichts, da auch sein Magieeinsatz ihn erschöpft hatte.

KAPITEL 1

PRINZENWEIHE

Jahr 1445 nach Revogatags Schaffen

THYRILLION

Beeindruckend. Das war das Wort, was ihm beim Anblick als erstes in den Sinn kam. Er stand auf dem Balkon der königlichen Gemächer und schaute hinab in den Innenhof. Die große Terrasse war überschwemmt von einer Menschenmasse, wie er sie selten gesehen hatte.

Die meisten waren hohe Ladies und Lords der hiesigen Herrenhäuser mit ihren Familien, anderweitige Würdenträger und Adelige, die man gut an ihren verschiedenen Häuserfarben erkennen konnte, aus ganz Anemeron.

Er stand gemäß der Thronfolge nach links neben seiner Mutter Fyranen. Er war der dritte Sohn der königlichen Familie und somit letzter in der Hierarchie. Fyranen war groß und hatte lange goldene Haare, die ihr noch immer glattes Gesicht umrahmten. Ihre Krone war in die Strähnen eingewoben. Sie hielt die Hand ihres Mannes Nalfar Girabon. Der König war ein stattlicher Mann mit breitem Oberkörper und starken Armen. Seine Haare waren kurz, grau und darauf saß die Krone aus Silber und Edelsteinen. Er war weise, gebildet und kampferfahren. Dann kam der Erstgeborene des Paars, zu dessen Ehren heute die Feierlichkeit stattfand. Es war Kerans Prinzenweihe, da er volljährig geworden war. Er war ein Bild von einem Mann, nahezu seinem Vater aus dem Gesicht geschnitten, nur jünger ohne die Falten, die einem das Leben zeichnet und kräftiger gebaut. Sein Haar war kurz geschnitten und braun. Er war figurbetont gekleidet in Schwarz und Gold, um ihn noch mehr aus der Familie herausstechen zu lassen. Schließlich war auch eine mögliche Ehefrau für ihn unter den Besuchern. An seiner Seite stand nicht weniger beeindruckend sein jüngerer Bruder Meldoban. Er war schlanker mit weniger Muskeln, doch trotzdem athletisch gebaut und gutaussehend. Keran war freundlich zu Thyrillion, schützte und half ihm und eine echte Bruderliebe verband sie. Meldoban war immer der Strengere, der in allem eine Art Wettkampf sah und besser sein wollte als die anderen.

Der König herrschte über die Menschen Anemerons streng, aber gerecht. Er war beliebt bei seinem Volk, denn bei jeglichen Unruhen oder Kriegen war er an vorderster Front und verteidigte den Frieden. In den letzten Jahren begleiteten ihn seine älteren Söhne, weshalb auch sie geliebt und bekannt waren.

Prinz Thyrillion, das dritte Kind der königlichen Verbindung, trug trotz seiner Jugend die Bürde körperlicher Leiden, die ihn oft ans Bett fesselten. An den seltenen Tagen, an denen seine Gesundheit es zuließ, zeigte er sich bei offiziellen Anlässen mit einer beinahe majestätischen Präsenz.

Sein hochgewachsener, scheinbar athletischer Körper war geschickt in Gewänder gehüllt, die seine schmale Statur breiter und attraktiver erscheinen ließen. Seine Augen, rosa wie Morganit und funkelnd, strahlten eine unnahbare Schönheit und ein tiefes Geheimnis aus. Sein hageres, doch markantes Gesicht, geprägt von einem kühn gehobenen Kinn und scharf geschnittenen Zügen, wurde von graubraunem Haar umspielt, das an die Rauheit einer alten Zeder erinnerte und mit einer leichten Brise vor seine Stirn fiel, bis er es unbewusst hinter ein Ohr strich. Während der feierlichen Zeremonie stand Thyrillion an der Seite seiner Familie auf dem prächtigen Balkon des Palastes. Von hier aus überragten sie das versammelte Volk. Gestützt nur durch die stille Kraft seines Willens, bot seine Silhouette eine eindrucksvolle Erscheinung gegen den hellen Himmel. Er atmete die frische Luft tief ein und für einen Moment schienen die Lasten seiner Krankheiten von ihm abzufallen. Seine funkelnden, geheimnisvollen Augen schweiften über die Menschenmenge, die seinen seltenen öffentlichen Auftritt bewunderte.

Neben der Herrscherfamilie standen Armaros, der hoch geschätzte Magier und Berater des Königs, und seine geheimnisvolle Tochter Runa. Sie erschien wie eine blasse Blüte, in ein dunkles Kleid gehüllt, das ihre schlanke, grazile

Figur umspielte. Ihre langen, mangan-schwarzen Haare umrahmten ein fahles Gesicht, dessen Kohle umrandete Augen mit fluoreszierend weiß leuchtenden Pupillen die Blicke auf sich zogen. Ihr Anblick war faszinierend und beängstigend zugleich.

Armaros, eine beachtliche Erscheinung, überragte alle Anwesenden. Seine langen Arme betonten seine hagere Statur, während sein schmales Gesicht von einer markanten Nase dominiert wurde. Die tiefgründigen, hellgrünen Augen funkelten mit einem Wissen, das Jahrzehnte zu umspannen schien. In seiner linken Hand hielt er einen langen, schwarzen Stab, seine dunkle, schlichte Robe bewegte sich leicht im Wind des frühen Abends.

Die Prinzenweihe war bei den Menschen von Thal ein einfaches Ritual. Der König schaute hinab auf sein Volk, dann trat er einen Schritt zurück und sein erstgeborener Sohn nach vorne. Dabei jubelten die Anwesenden lauthals und riefen Glückwünsche. Voller Stolz blickte der Prinz vom Balkon herab. Man sah ihm an, dass er das Spektakel genoss.

Indessen ging Armaros mit seiner Tochter in den Saal. Die Königin nahm Thyrillion an der Hand und auch sie verließen den Balkon. Danach folgten Meldoban und Nalfar. Keran blieb allein zurück.

"Auch für dich wird es heute ein großer Tag werden", sagte Fyranen zu ihrem Jüngsten.

Thyrillion schaute sie verwirrt an.

In diesem Augenblick öffneten sich die beiden Flügel des Empfangssaals und ließen einen Lord ein. Er war athletisch gebaut und sein Gang verhieß Tatendrang und er schien voller Energie auf Grund seines Alters, das knapp über Thyrillions liegen durfte. Sein Haar war mittellang und braun. Auffällig trug er seinen roten Mantel zur Schau, über seine rechte Schulter gebunden. Das darauf gestickte Wappen säumte zwei versetzte Sichelmonde, einer weiß, der andere schwarz. Der Erbe von

Burg Schattenmond wirkte eingebildet und machte eine knappe Verbeugung.

Der Herold stellte den Neuankömmling mit einem Stockklopfen vor: "Sir Ulvar Baros, Lord von Burg Schattenmond."

Der Ritter verzog kurz seinen Mund, doch lächelte dann.

"Lord Ulvar, schön dass Ihr hier seid", begrüßte ihn der König von Thal. "Ich hoffe, eure Reise verlief gut. Kommt und trinkt mit mir." Er machte eine einladende Handbewegung und ging zu der Tafel.

"Habt Dank, mein König", sagte der Ritter.

Ein Mundschenk servierte einen gewürzten Wein, als sich die Anwesenden setzten.

Thyrillion sah verständnislos zu seiner Mutter, doch sie sah den jungen Lord neugierig an. Was führten seine Eltern im Schilde?

Nalfar deutete auf ihn und sagte: "Das ist Euer zukünftiger Knappe, mein Lord."

Thyrillion verschluckte sich an seinem Wein und hatte das Gefühl zu fallen. Das konnte sein Vater unmöglich ernst meinen! Ein Knappe? Er, der so gebrechlich und so schnell Krankheiten anheimfiel und keine körperliche Stärke besaß, sollte sein sicheres Heim verlassen? Wie sollte er eine Lehre von Kraft, Mut und Ausdauer durchhalten und bestehen? Das war nicht durchführbar. Es konnte nicht sein. Es durfte nicht sein. Während dieser Gedanken musterte Ulvars Blick ihn. Dem jungen Prinzen schnürte sich seine Kehle zusammen und er bekam nur noch schwer Luft.

"Er wirkt nicht gerade wie ein Kämpfer, wenn ich mir seine gebrechliche Gestalt und seinen verängstigten Blick ansehe. Trotzdem mein König, ich werde aus ihm einen Mann machen. Überlasst das mir." Er lachte und trank erneut.

"Das haben wir gehofft", erwiderte der König.

Thyrillion sprang auf, warf den Stuhl dabei zu Boden und rannte davon.

Seine Mutter rief ihm hinterher, doch er war schon aus dem Saal geflüchtet.

"Ihr habt die richtige Wahl getroffen für ihn."

Der Prinz lief so schnell er konnte. Er krachte auf dem Gang in einen Rüstungsständer und fiel damit scheppernd zu Boden. Er stand auf, trat gegen Helm und Harnischteile außer sich vor Wut. Er schwitzte und bekam keine Luft mehr durch die ungewohnte Anstrengung. Seine Stirn glühte förmlich. Dann, als er sich völlig verausgabt hatte, brach er zusammen und verlor das Bewusstsein.

Kurz erwachte er, aber seine Sinne schwanden wieder.

THYRILLION

Er öffnete die Augen. Irritiert sah er sich um. Er lag in seinem Bett und über ihn beugte sich ein fremdes schönes Gesicht mit Wärme im Blick. Die Person hatte eine Hand auf des Prinzen Stirn und er spürte die Energie, die in ihn floss. Runa saß in schwarz gekleidet neben dem Bett und sah ihn besorgt an.

Thyrillions Körper schmerzte trotz der Magie, die auf ihn übertragen wurde. Er spürte zwar eine geringe Linderung und wie seine erhöhte Temperatur sank.

"Bald geht es dir besser", sagte die junge Frau und beugte sich vor.

Er nickte und schaute fragend in die Richtung des Fremden.

"Das ist Amezyarak. Seine Magie wird dir helfen, wieder zu Kräften zu kommen. Ruh dich aus." Sie küsste ihn auf die Wange, dabei sah er Blut an ihr. Bevor er sie darauf ansprechen konnte, fiel er in einen tiefen Schlaf.

Der Prinz erwachte. Er fühlte sich besser, seine Schmerzen hatten sich in den hinteren Winkel seines Kopfes verkrochen und seine Glieder schienen erstarkt. Sein Fieber war auf ein Minimum abgeklungen und erträglich. Schließlich lebte er Zeit seines Lebens damit. Runa saß noch immer da, doch ihr Kopf war auf dem Bettlaken und sie schlief. Ihr Atem ging langsam und leise. Sie wirkte blasser als sonst, doch noch immer wie eine Blume im Winter, verletzt aber schön. Von Amezyarak sah er keine Spur. Er hatte ihn noch nie zuvor gesehen, dabei sollte er alle Heiler im Palast kennen. Aufgrund seines schwächlichen Körpers waren sie oft genug bei ihm gewesen.

Er streichelte ihr über die Wange, doch sie schlief weiter. Einen kurzen Moment glaubte er, Blut zwischen ihrer Haut und seiner Hand zu spüren. Als er seine Finger ansah, war davon nichts zu sehen. Sein Zustand spielte ihm wieder einen Streich. Ja, sein Zustand... wie oft hatte er mit dem Gedanken gespielt, sich das Leben zu nehmen, allerdings wollte er seine Mutter nicht dieser Qual aussetzen. Sie war immer für ihn da, kümmerte sich um ihn, sprach ihm Trost und Mut zu, ließ die besten Heiler sich um ihn kümmern. Sie liebte ihn vermutlich mehr als ihre beiden anderen Söhne. Sie glaubte, dass er mehr Zuneigung und Fürsorge bedurfte als ihre starken Kinder. Das war seine Interpretation für seine Brüder. Die starken Kinder! Und er war nur der Schwächling, der so oft mit dem Schicksal rang. Wie oft war er so weit, alles zu beenden, doch selbst dafür war er einfach zu schwach. Nicht nur sein Körper war es, sondern auch sein Wille. Dafür hasste er sich noch mehr. Er fing an zu weinen.

Thyrillion fuhr mit den Fingern über Runas Wange, Kinn und Hals zu ihrer Brust. Ihn überfielen Gefühle, die er so nicht kannte: Wärme und Trost. Es gefiel ihm und er strich zärtlich weiter, bis er durch den dünnen Stoff ihre Brustwarze fühlte, die sich aufrichtete. Er verspürte Erregung und Begierde und umkreiste sie von Mal zu Mal schneller werdend. Dann nahm er sie zwischen Daumen und Zeigefinger und massierte sie. Das Mädchen fing an, leise zu stöhnen. Die Emotion in ihm würde dringender und er verstand nicht, was mit ihm geschah, aber es war neu und unbekannt und gefiel ihm und ihr schien es ebenso zu gefallen, also machte er weiter, drückte fester. Sie stöhnte, stieß ihren Atem heiß auf seinen Unterarm und schlug die Augen auf. Sie sah ihn an. Er wollte etwas sagen, weil er dachte, er musste sich erklären, doch in dem Moment rettete ihn Keteb, einer der Heiler.

"Alles in Ordnung bei euch?", fragte er besorgt. "Ich dachte, ich habe etwas gehört."

Der junge Mann wusste nicht, was er sagen sollte, aber Runa rettete ihn.

"Vielen Dank für Eure Fürsorge, Keteb. Es ist alles in Ordnung bei uns."

Der Heiler verneigte sich. "Ich bringe frische Leinenwickel, um euer Fieber zu senken, mein Prinz."

"Ich glaube, das ist nicht nötig. Seine Stirn fühlt sich nicht mehr so heiß an. Die Hitze in ihm ist wohl von alleine abgekühlt." Sie lächelte.

Mit einer Verbeugung verließ der Heiler den Raum.

Sie schaute ihn an. Er vermutete, er würde eine Zurechtweisung für sein Handeln bekommen. Runa legte ihre Hand auf seine. "Gut, es hat geholfen", flüsterte sie erleichtert.

"Schön zu sehen, dass es dir besser geht", sagte die Königin, als sie eintrat.

"Ja, Mutter. Am..." Weiter kam er nicht, den Namen Amezyarak auszusprechen. Die junge Frau zwickte ihn in den Unterarm.

"Sag nichts von all dem", hauchte sie ihm verstohlen zu. "Ich muss zu meinem Vater." Damit ging sie.

Fyranen setzte sich zu ihm aufs Bett. "Ich sehe, Runas Gesellschaft tut dir gut. Sie ist ein schönes Mädchen und entwickelt sich zu einer Frau."

Thyrillion fragte sich, auf was seine Mutter hinauswollte. "Ja."

"Bevor du dich allerdings mit Frauen umgibst, solltest du deine Schwertleite hinter dich bringen. Glaubst du, eine reifende Frau wie Runa wird sich von einem Mann nehmen lassen, der nicht weiß, wie er sein Schwert einzusetzen vermag, um sie zu schützen?"

Der Knabe senkte den Blick und wusste nicht, was er sagen sollte.

Stille trat ein, doch sie ließ ihm diese Zeit.

"Ich kann kein Ritter werden. Dafür bin ich zu schwach. So wie ich bin, kann ich es nunmal nicht. Es tut mir leid, dich und Vater zu enttäuschen."

"Mein Sohn, du musst diesen Weg gehen. Nicht für mich, nicht für deinen Vater und nicht für Runa. Nein, für dich musst du es tun. Für dich." Sie lächelte. "Du musst deinem eigenem Weg folgen. Wir können dich nicht immer beschützen. Verstehst du das? Irgendwann sind wir nicht mehr hier und du musst ohne uns zurechtkommen. Das ist der Lauf der Dinge. Selbst wir können uns nicht darüber hinwegsetzen. Tu es für dich. Nur du kannst diesen Lauf ändern. Du bist der Einzige."

Er schloss die Augen, brauchte Zeit für sich. Er hörte, wie sich die Tür schloss.

Als Runa in den Raum kam, war er bereits wach. Er saß aufrecht im Bett und hing seinen Gedanken nach.

"Welch Wahnsinn treibt meine Eltern an, mich wegzuschicken? Ich verstehe es einfach nicht. Sie schicken mich in den Tod." Seine Gesichtsfarbe war beinahe so blass wie ihre.

Sie schüttelte den Kopf. "Das glaube ich nicht. Sie wollen, dass du stärker wirst und dir kein Leid widerfährt. Die Heiler stimmen darin überein und deine Familie ebenso. Du brauchst eine fordernde Aufgabe, die dich ablenkt. Und sie glauben, ein anderer Ort tut deinem Körper gut."

"Mit welcher Stärke soll ich das schaffen? Ich habe keine", sagte er. "Ich wünschte, ich wäre mehr wie du: Stark mit deiner Magie und gesund."

"Ist es das, was du am meisten fürchtest, Thyr? Nicht stark genug zu sein?"

"Ja."

Sie schaute ihm direkt in die Augen. "Dann helfe ich dir, deine Kraft zu finden. Dafür wirst du Opfer bringen müssen, manche klein, manche groß, jetzt oder später. Welche es sind, kann ich dir nicht sagen, du wirst sie ertragen oder daran zerbrechen. Willst du es wirklich?"

Der Prinz schluckte und nickte.

"Thyr, du stellst keine Fragen. Lass es zu." Sie malte mit Kreide Kreise und Linien um das Bett – eine Sigille. Dann stellte sie sechs Kerzen auf die Kreise. Sie erhob sich und verdunkelte die Fenster mit den schweren Vorhängen.

Thyrillion sah seine Hände erst, nachdem sich seine Augen an die Dunkelheit gewöhnt hatten.

Ein Funke aus Runas Fingern entfachte nach und nach die Kerzen. Anschließend stellte sie eine goldene Schale in die Sigille. Sie warf klappernd einige Dinge hinein, doch der junge Mann konnte nicht erkennen, welche. Anschließend stand sie auf, ließ ihr schwarzes Gewand zu Boden fallen und stand nackt vor dem Bett. Sie schloss ihre Augen. Der Prinz war fasziniert und erschrocken zugleich, konnte seinen Blick doch nicht von ihr nehmen. Ihre Haut war so blass, als schien dahinter ein fades Licht. Ihre Rundungen an Brust, Hüfte und Po waren wunderschön proportioniert und teilweise mit mysteriösen Schriftzeichen und Narben verziert. Es entstellte sie nicht, sondern machte sie nur interessanter. Thyrillions Unterleib bemerkte es auch. Er wusste nicht warum, doch er ließ es zu, da er sie ansehen musste. Vielleicht war es ja ein Bann und gehörte zu dem Ritual, das sie vorbereitete.

Die blasse Schönheit kniete sich nieder und ihre Brüste wirkten noch praller. Sie nahm ein Athame, eine Ritualklinge, zur Hand, befeuchtete mit ihrer Zunge die Klinge und schnitt sich danach das Handgelenk auf. Ihr Blut quoll heraus und tropfte in die Schale. Es roch nach Opium. Nach einer Weile tauchte sie ihren Zeigefinger hinein, schrieb auf den Boden und sprach einige Worte, die der Knabe nicht verstand. Er war noch immer erregt und fasziniert zugleich.

"Amezyarak, ich befehle dich zu mir!" Sie bewegte ihren Oberkörper rhythmisch in einer Art Tanz. "Erscheine, mein Diener. Du musst mir gehorchen. AMEZYARAK!" Runa skandierte weiter.

Es kam Bewegung in die Kerzenflammen, die hin und wieder flackerten. Ihr Rauch vermengte sich zu einer Art schwarzem Nebel, der willkürlich alptraumhafte Gestalten und kranke Figuren annahm. Er manifestierte sich zu einer festen humanoiden Form.

"Amezyarak!"

Thyrillion hatte den Namen schon gehört und erinnerte sich.

Schließlich entstand aus der Masse der Heiler, der zuvor schon einmal an seinem Bett gesessen hatte. Seine Heilkunst hatte ihm die ersten starken Schmerzen genommen.

Zunächst glaubte Thyrillion seine Augen spielten ihm einen Streich, als er Amezyarak unbekleidet mit dunkler Hautfarbe und Flügeln sah, doch der Teint hellte sich auf und die Flügel verschwanden. Der Mann stand nun bekleidet in der Sigille und starrte Runa an.

"Erneut rufst du mich. Was willst du von mir?", fragte der Heiler barschem.

"Mäßige deinen Ton. Du bist mein Diener und hast mir zu gehorchen." Sie richtete sich auf und wirkte dominant trotz ihrer geringen Größe dem anderen gegenüber.

"Herrin."

Runa wirkte hart und verschränkte die Arme unter der Brust. "Du nimmst ihm seine Anfälligkeit für Gebrechen. Stärke ihn, seinen Körper. Er soll resistenter werden."

"Diesem Wurm seine Schwächen nehmen? Ist er es wert? Schau ihn dir an. Pah, er ist ein Nichts."

"Ich bestimme, was getan wird. Kannst du es oder bist du selbst zu schwach, um es durchzuführen?" Sie hob eine Augenbraue. "Vermutlich habe ich den Falschen für diese Aufgabe gerufen und du bist dessen nicht fähig." Um ihm noch mehr zu reizen, drehte sie sich weg und tat so, als wolle sie ihn in den Nebel zurückschicken.

"Wartet, Herrin. Ich tue, was ihr verlangt, doch es wird dich und vor allem ihn viel kosten."

"So soll und wird es sein."

Amezyarak lachte laut.

"Was nun?"

"Komm zu mir. Du weißt, was ich verlange." Sein Grinsen war eine Fratze.

Runa wusste, wenn sie in die Sigille trat, hatte sie so gut wie keine Macht mehr über ihn. Sie kannte seine Leistung. Einen Augenblick voller Macht über sie, um sich seiner verlorenen Freiheit zu erinnern. Sie zog mit dem Finger einen Kreis in die Luft, der hell leuchtete und an seinem hinteren Ende anfing zu verblassen.

Der Beschworene grinste und riss seine Kleidung vom Leib. Dann packte er Runa, drehte sie um und drang in sie ein. Sie versuchte nicht zu weinen oder zu schreien, doch die Heftigkeit von Amezyaraks Stößen brachte sie dazu.

Thyrillion wollte sich bewegen, doch er konnte es nicht. Es war, als wäre er gefesselt und geknebelt. Er musste den Akt ansehen. Es war seine Schuld, dass die junge Frau diese Gräueltat erdulden musste! Das würde er sich niemals verzeihen.

Auf einmal wurde Amezyaraks Haut schwarz, seine Muskeln traten hervor und ledrige Flügel wuchsen aus seinen Schulterblättern. Er kam so gewaltig, dass Runa unter Schmerzen merkte, wie ihr Unterleib aufriss und Blut floss.

Der leuchtende Kreis, den die Frau in der Luft hinterlassen hatte, war nun vollständig aufgelöst. Der Daemon ließ von ihr ab. Runa versuchte sich kniend aufzurichten, doch sie konnte nur den Kopf heben. "Was braucht es noch?"

"Seinen Tod", antwortete Amezyarak und zog dem Prinzen das Athame über die Kehle.

Er schrie. Thyrillion spürte, wie die Klinge einen brennenden Schlitz zog und er langsam starb. Als der Schmerz nachließ, hörte er auf zu schreien und sah sich um.

"Ich bin also tot", sagte er. Er stand auf einer Wiese inmitten von Blumen. Vor ihm lagen ein See und dichter Wald in Braun und Grün. Weit dahinter erhob sich nach dem Himmel greifend, wie ein gestreckter Finger, ein Berg. "Und im Himmel", schlussfolgerte er. So stellte er sich diesen zumindest vor. "Wunderschön und atemberaubend."

"Nur wer daran glaubt", erklang eine Stimme neben ihm.

Thyrillion erschrak und sah einen Mann. Der Fremde strahlte Stärke, Strenge und Selbstbewusstsein aus. Sein Gesicht war anmutig und markant, was ihn charismatisch wirken ließ. Groß war er und sein Haar fiel im Nacken zusammen, glatt und golden. Trotz seiner Erscheinung sprach er einfühlsam und ruhig.

"Der Himmel, wie er ist und an ihn geglaubt wird, ist für jeden anders. Siehst du die Farbenpracht um dich? Sie weist eine solche Fülle auf, dass man diese gar nicht erfassen kann. Ist das nicht schön?" Er breitete seine Arme aus und drehte sich. "Und doch gibt es andere, die weniger Pracht sehen, da ihr Sehsinn eingeschränkt ist."

Die Szenerie verlor die roten, gelben und grünen Töne und es drängten sich weitere blaue, graue und weiße auf. Die Nuancen wurden mehr und mehr, Licht und Helligkeit malte das gleiche Bild und doch anders.

"Es ist noch immer schön", sagte der Prinz, "nur auf eine andere Weise."

Der Fremde gewährte Thyrillion noch einen Moment des Staunens. Dann änderten sich die Farben wiederum und plötzlich schlugen Flammen aus, entzündeten Bäume, Unterholz und Gras. Feuer tanzte wild und Rauchschwaden zogen ihre Figuren am Himmel. Die Hitze schlug ihnen entgegen und steigerte die Dramatisierung.

Mit einer Handbewegung und einem Einhalt gebietenden Wort bildete der Fremde eine flammenfreie Schneise um beide. "Aber auch das ist der Himmel. Jeder hat seinen." Bitterkeit lag in seinen Worten und eine gewisse Melancholie.

"*Solas!*", befahl der Mann und alles wurde schwarz.

Thyrillion fiel. Er sah nichts, nur Leere um ihn und den Fremden. Nach einer Ewigkeit fanden seine Füße Stand und er blickte von einem Plateau über Täler voller Vegetation und Bergkämme. Sie setzten sich nieder.

"Mir erging es einmal ähnlich wie dir", fing der Unbekannte an und ließ seinen Blick sinken. Er fuhr mit seinem Finger durch den Gesteinsstaub. "Ich wurde von allen geliebt. Jeder sah zu mir auf und verehrte mich. Nur diejenigen, die ich verehrte, nicht. Ich wollte, ja, ich forderte ihre Liebe, doch ich bekam sie nicht. Welche Wagnisse und Taten ich beging, vermag ich nicht zu sagen, solches Weh brachte ich über sie, die Welt und mich. Nur weil ich der Ansicht war, zu gering geliebt zu werden von den meinen." Eine Spur Traurigkeit schwang in seinem Tonfall mit.

Der Prinz schluckte ungläubig. Sein Gegenüber ward mit Sicherheit von allen geliebt, die ihn kannten. Das konnte er sehen, an dessen Ausstrahlung. Sein Charisma war einnehmend und erfüllte einen mit Kraft und Wärme. Unglaublich, dass dies einmal anders gewesen sein soll.

"Schwer vorstellbar wirst du denken und trotzdem ist es wahr." Er schüttelte mit einer Grimasse den Kopf. "Nach meinen vielen Vergehen bekam ich die Aufmerksamkeit, die ich begehrte und mir war klar, dass es mich zwar befriedigte und dennoch nicht erfüllte. Es war nicht mehr wichtig. Ich akzeptierte es und das brachte mir meinen Frieden. Mein Dasein ist unerlässlich für den Fortbestand des Gleichgewichts und der Welt. Das ist mein Cemta, mein Schicksal, mein Zweck. Die Liebe, die ich begehrte, dagegen ist bedeutungslos." Er sah dem Knaben direkt in die Augen. "Das wird es für dich auch werden. Eines Tages wirst du es verstehen. Dein Ehrgeiz will es aber augenblicklich. Ich werde dir geben, was du begehrst. Irgendwann fordere ich deinen Beitrag für diesen Pakt. Diesen wirst du leisten, welcher Art er auch sein mag. Unser Versprechen bindet uns. Bist du dessen Willens?"

Thyrillion nickte.

Licht blendete ihn. Die Augen des jungen Mannes gewöhnten sich langsam daran. Er stand in einer weißen Leere. Der Fremde war immer noch bei ihm. Er hielt eine Klinge in der Hand.

"Unser Handel wird nun besiegelt. Nur durch ein Opfer von dir kommst du zurück." Damit legte er Thyrillion ein Athame in die Hand und verschwand.

Allein blieb der Mensch zurück. Sein Blick fiel auf die geschwungene Klinge. Die Worte des anderen hallten noch in seinem Kopf nach.

"Nur durch ein Opfer von dir kommst du zurück."

Thyrillion zögerte nicht, sondern rammte die Klinge in sein Herz. Er spürte den Schmerz und hieß ihn willkommen. Es würde ihn Stärke verleihen oder töten. Sein Geist schwand.

Mit seiner Rechten betastete er seine Brust, in der der Schmerz nachhallte, doch er war unversehrt. Als er sich im Bett aufrichtete, fühlte er in sich hinein. Sein Verstand versuchte, die Geschehnisse zu ordnen, aber er konnte sich nicht klar erinnern. In seinem Körper spürte er keine Anzeichen von Schmerzen, Krankheiten oder Verletzungen, eher unbekannte Dinge wie Energie und Kraft. Er besah seine Handfläche, seinen Unterarm und seinen Oberarm langsam und überrascht. Er bemerkte Veränderungen in Größe, Form und Sehnen. Zwar wirkte er schwerer als sonst, jedoch war es ein Leichtes, Arm und Schulter zu bewegen. Er warf die Decke von sich und stand auf. Nackt stand er da und bestaunte seinen athletischen Körperbau. Stattliche Schultern und starke Muskeln prägten ihn. Er war immer noch dünn, dafür athletisch wie sein Bruder Meldoban. Plötzlich empfand er ein besonderes Körpergefühl und ein Selbstbewusstsein in sich. Voller Freude steckte er sich.

"Beeindruckend", sagte Runa, die vor ihm auf dem Boden saß und direkt sein Geschlecht anstarrte. Sie ließ ihre Blicke wandern und sah ihn frech an.

Der Prinz schlug sich die Decke um seinen Unterleib. "Wie ist das geschehen, Ru? Ich wähnte mich in einem Traum..."

"Deine Erinnerung wird folgen." Sie stand auf und zog ihm das Laken weg. Dann befühlte sie mit ihren Händen seine Muskeln und stellte sich hinter ihn. "Es ist vollkommen", flüsterte sie erregt und küsste seinen Hals.

Er bekam eine Gänsehaut und schloss die Augen. Seine Männlichkeit erwachte. Er drehte sich und hob die junge Frau hoch.

Sie stöhnte leise, als er eindrang: "Wir werden nicht lange allein sein." Daraufhin wurde er schneller bei seinen Stößen.

Thyrillions neu gewonnene Kraft beflügelte ihn. Niemals hätte er gedacht so viele Emotionen beim Sex zu verspüren. Es war, als hätte er ein neues Leben erhalten.

"Beeil dich", drängte sie ihn und spielte mit seiner Brust.

Er schrie und ließ Runa wieder zu Boden.

"Zur Waschschüssel, Thyr", rief sie amüsiert.

Mit schnellen Schritten war er dort und spritzte sich das kalte Wasser ins Gesicht, um sich abzukühlen.

Runa starrte noch immer seine hervorgetretenen Muskeln am Rücken an und verkniff sich ihr Lächeln.

Im Jahr 1310 nach Revogatags Schaffen

NELTOMEN

Langweilig beschrieb den Unterricht von Samaelle, dem einstmals großen Streiter des Himmels ziemlich treffend für den jungen Neltomen. Natürlich war die Erscheinung des Seraphs noch immer beeindruckend und hatte der Vermutung des Schülers nach nicht viel davon eingebüßt. Samaelles Körper war wohlgeformt, was die eng sitzende rote Kutte mit goldenen Akzenten aus feinem Tuch an seinem Oberkörper bewies, insbesondere der Öffnung an der Brust, welche Einblick auf die breiten Muskeln gab. Die Kapuze hing weit in sein Gesicht, so dass nur der milde und edelmütige Ausdruck unterhalb der Augen zu sehen war. Er hatte sein Augenlicht vor langer Zeit verloren und damit seine Stellung an vorderster Front der Heerscharen. Dieser Makel verdammte ihn nun dazu, als Mentor für die jungen Engel tätig und ihrer Streiche ausgeliefert zu sein. Diese Stellung war ihm keineswegs würdig, doch seinen Verdruss darüber sah man ihm nicht an. Aus der Kapuze quoll langes, schneeweißes Haar hervor. Um die Hüfte trug er einen goldenen Gürtel. Seine großen Hände ließen den Stab darin mickrig wirken. Sie zeugten von einer enormen Kraft. Doch das markanteste Merkmal an ihm waren die zwölf Flügel an seinem Rücken! Sie bestanden aus weißen Kristallen und Edelsteinen und in ihnen spiegelten sich die unterschiedlichsten roten Farben. Sie schlugen in einem langsamen, gleichmäßigen Takt und hielten ihn an Ort und Stelle über den Schülern.

Samaelles Lehren gingen im Wesentlichen um Mut und Ausdauer und wie man sie erwarb. Vor dem Unterricht hatten die Neuzugänge alle Gegenstände, die sie im Unterrichtsraum fanden, auf dem Laufweg des Schulhofs platziert. Anschließend hatten sie gewettet, wie oft der blinde Mentor stolpern würde. Für Neltomen war das respektlos gegenüber dem Vermächtnis eines so großen Mannes. Seine Taten waren in den Annalen festgehalten und er hatte keinen Kampf, war er auch noch so aussichtslos gewesen, gescheut.

Samaelle hatte gelernt, sich auf seine anderen Sinne zu konzentrieren und oftmals fiel es gar nicht auf, dass er nicht mehr sehen konnte. Er kannte die Wege und wusste sich zielstrebig darauf zu bewegen. Da er sich anschickte, nicht zu spät zum Unterricht zu kommen, bemerkte er den Stuhl nicht und fiel unsanft zu Boden. Hingefallen zu sein, machte dem Seraph nichts aus, doch das hämische laute Gelächter der Schüler verletzte ihn innerlich. Er stand würdevoll auf und ging erhobenen Hauptes weiter, ehe er eine Vase streifte, die dabei zu Bruch ging.

Das war genug entschied Neltomen und lief zu dem Meister. Dessen Gehör erkannte seinen Zögling am Gang und bedeutete ihm, von seinem Vorhaben, ihm zu helfen, abzulassen. Samaelle straffte seine Schultern und nahm die Prüfung an. Er musste den Neuzugängen zeigen, was es heißt, Ausdauer zu haben und bis zum Ende zu gehen. Auch wenn es aussichtslos erschien. Er setzte seine Flügel ein, um die Gegenstände zu erspüren und lief elegant an jedem einzelnen vorbei oder darüber. Keiner lachte mehr, sie hatten eine weitere Lektion gelernt: Entschlossenheit.

Jedoch war einer unter den Schülern, der groß und athletisch war und sich Samaelle in den Weg stellte. Sein Schwert zeigte nach oben in Richtung des Seraphs.

Der Mentor blieb stehen. "Was ist dein Begehr, Kahelle? Willst Du einen Blinden fordern? Welch Wagnis Du eingehst, ich bin beeindruckt."

"Alle reden davon, wie stark ihr seid. Sie sind geblendet von eurer Vergangenheit. Wir leben im hier und jetzt und ich werde Euch in unsere Zeit bringen."

"Interessant."

"Warum?"

"Du verlierst, unabhängig vom Ausgang. Und trotzdem lässt du nicht davon ab."

Zur Antwort ging Kahelle einen Schritt nach vorne und führte seinen Streich gegen Samaelles Mitte. Er schlug ins Leere, denn der Meister machte einen Schritt zur Seite und lief an ihm vorbei durch die Tür in sein Klassenzimmer.

Neltomen schmunzelte.

An jenem Tag ging es um Mut und Tapferkeit. Neltomen lauschte gerne den Geschichten des Lehrers, doch nicht, wenn er sie schon des Öfteren gehört hatte. Dann wurden sie fade wie überwürztes Essen. Also sah der junge Engel zu Dosoelle hinüber und verlor sich in ihrem braunen Haar und wie sie ihren Kopf beim Zuhören neigte. Sie war ihm, seit er sie das erste Mal gesehen hatte, nicht mehr aus dem Kopf gegangen. Diese Schönheit und ihr Wesen, er war sofort davon ergriffen gewesen, als sie mit den meisten anderen in seine Klasse kam. Bislang hatte er sie noch nicht angesprochen, denn immer wenn er sich ihr näherte, pochte sein Herz so laut, dass er keine Worte mehr herausbringen konnte.

Er wusste nicht, wie lange er in Gedanken schwelgte, doch ein lautes Geräusch ließ ihn zum Unterricht zurückkehren. Als er seinen Blick hob, sah er die Teilung des Meeres und wie die Menschen hindurch liefen. Sie flohen vor den Streitwagen ihrer Peiniger. Riesig war die Zahl der Angreifer und ihre Pferde legten an Geschwindigkeit zu. Bald schon würden sie die Fliehenden einholen und deren Qualen würden sich wiederholen. Und als sie fast heran waren, war es Samaelle, der in goldener Plattenrüstung sich ihnen stellte. In den Händen hielt er seine magischen Schwerter Golpa und Forspa, die Klingen der Sonne und des Mondes. Die Hefte waren gefertigt in den Abbildern der jeweiligen Gestirne. Rote lange Bänder flatterten aus seinen breiten Schulterplatten. Das Bild war gewaltig und alle Schüler waren ergriffen. Seine Schwingenpaare reflektierten das Tageslicht myriadenhaft und blendeten die Angreifer zunächst.

Dann schlugen sie heftig und erschufen einen so starken Wind, dass er das Wasser, welches zu beiden Seiten gestaut war, in einen Tsunami verwandelte und bis auf die schnellsten Streitwagen, alle mit sich riss. Er landete, um ihn herum blieb ein Hohlweg frei vom Wasser. Er begegnete seinen Feinden mit entschlossenem Herzen und wahrer Tapferkeit. Seine strahlend blauen Augen blickten grimmig, er hatte sich mit dem Unausweichlichen abgefunden. Immerhin würde sein Opfer seinen Namen unsterblich machen. Das erste Vehikel schoss auf ihn zu, mehrere Pfeile hagelten auf ihn ein, doch seine

Kristallflügel fungierten wie Schildwälle. Samaelle schlug den Wagenlenker mitsamt seinen Bogenschützen durch einen senkrechten Hieb der Sonnenklinge entzwei. Das führerlose Gefährt brachte er indes bei dem Schritt zur Seite zu Fall. Im Schwung zur anderen Seite mit der Mondklinge durchschlug er das Holz des Wagenaufbaus und die Beine des Führers. Seine Schwingen wischten weitere Gegner weg und er bewegte sich immer schneller, sprang, rannte, flog und hieb wie ein Wirbelwind aus Tod und Verderben. Als er mit dem Rücken zu seinen Feinden stand, flog eine Pfeilsalve ihm entgegen. Die Kristalle seiner Flügel blockierten alle bis auf einen. Dieser raste auf seinen ungeschützten Hals zu und würde ihn töten.

Indes kam wie ein Blitz Moses, der Anführer der Menschen, auf seinem Ross angeritten. Das Tier sprang über den Windelben und Moses fing das Geschoss todesmutig ab. Die Wucht des Einschlags schickte ihn zu Boden, doch sein Adrenalin und seine Sturheit aufzugeben, ließen ihn aufstehen und kämpfen. Er wusste, zwischen Tod und Leben seiner Leute stand nur der Engel.

Als alle fliehenden Sterblichen das sichere Ufer erreicht hatten, packte Samaelle den mutigen Menschen gerade rechtzeitig, um ihn vor dem sicheren Tod durch die Pfeile, die Streitwagen oder die zusammenschlagenden Fluten zu retten. Moses wehrte sich intuitiv weiter und hieb seinen Kampfstab in die Augen des Seraphs.

Schmerzerfüllt schrie der Himmlische auf und rauschte mit dem verwundeten Sterblichen im Sturzflug auf das Ufer zu. Sand und Staub stoben auf beim Aufprall.

Die Menschen schickten sich an, sich um sie zu kümmern und riefen aufgeregt durcheinander. Ihr Anführer war tödlich von dem Pfeil verwundet und er kämpfte verbissen, am Leben zu bleiben. Samaelle hatte die Augen geschlossen, um Bluteinlauf zu verhindern. Die Männer hielten seine Arme und Schwingen fest und versuchten, ihn ruhig zu halten. Die Frauen wuschen das Blut weg und taten ihr Möglichstes mit ihrer Heilkunde.

Dann stießen Michaelle und Gabrielle vom Himmel hernieder. Die Solasons nahmen ehrfürchtig Abstand, knieten nieder und senkten den Blick.

Das Bild um Samaelle verschwand. Einige Schüler blieben mit offenem Mund zurück. Sie hatten sein Vermächtnis verstanden.

Der Blinde wartete noch einen Moment, bevor er die Stille brach. "Es ist gut, Angst zu empfinden. Sie macht uns vorsichtig. Mut heißt, sich seiner Angst zu stellen. Die Angst findet euch. Den Mut müsst ihr selbst finden."

"Wo, Meister?", fragte ein sehr junger Engel.

"Das musst du selbst herausfinden." Er sank zu Boden und tippte ihm auf die Brust. "Du wirst sie finden, wenn du sie brauchst."

Kahelle trat aus der Klasse. "Warum kreuzt ihr dann nicht die Klinge mit mir? Ich schließe aus Euren Worten, dass Ihr Angst habt. Angst Eure Würde zu verlieren." Er verschränkte die Arme, um seinen Worten Nachdruck zu verleihen.

Der Seraph lächelte und flüsterte: "Ich sage es dir ein weiteres Mal, Kahelle. Du verlierst deine Würde, vor deinen Freunden. Ist es das, was du willst?"

"Eure Lektion über Mut... das waren nur leere Worte." Er breitete die Arme aus und rief: "Lasst Taten sprechen."

"Es wird deine Lektion."

Samaelle drehte seinem Herausforderer den Rücken und warf Neltomen die berühmten Klingen zu. Er wollte keinen Vorteil aus ihrer Magie ziehen. Sein Ziel war es, Kahelle ohne Hilfsmittel zu besiegen. So konnte er keine Ausflüchte für seine Niederlage vorbringen.

In diesem Augenblick griff der Schüler direkt an, was Samaelle vorausahnte. Er hatte solche Machtspielchen der jungen Engel schon des Öfteren über sich ergehen lassen müssen, kannte ihren Ehrgeiz und die Mittel, die sie einsetzten.

Deshalb machte er einen Seitschritt und ließ das Schwert die Luft zerteilen.

Er musste ihm gleich seine Grenzen aufzeigen, sonst würde Kahelle erneut seine Autorität untergraben. Mit dem Schwung seiner Schwingen gelangte er hinter seinen Gegner, entwand ihm das Schwert und stieß ihn mit der rechten Schulter nach vorne. Blitzschnell hieb er mit der Klinge von unten nach oben und schnitt in Kahelles Schulter.

"Bis zum Blut“, sagte Samaelle. Damit war er der unverkennbare Sieger des Duells. Mit dem Heft voran gab er das Schwert seinem Besitzer zurück.

Die Klasse klatschte, huldigte ihrem Meister und erniedrigte Kahelle.

"Dosoelle", sagte Samaelle zu der jungen Frau. "Bring ihn zu den Heilern."

Im Jahr 50

IMGELLON

Golden tat sich das Licht hinter ihm auf. Er liebte es, wenn er bei Tagesanbruch flog und das Farbenspiel der Sonne beobachten konnte. Der Moment, in dem die Finsternis mit ihren Sternen verschwand und der allererste blutrote Strahl hernieder fuhr. Er war der Herold des Tages. Es ward Anfang und Ende. Die Nacht war besiegt und der Tag zeigte sich als der Stärkere.

Was zunächst im Blut begann, wandelte sich in feuriges Orange und breitete sich aus. Es verdrängte das Grau nach und nach, veränderte sich in Gelb und jagte den letzten standhaften Schatten nach. Letztlich mündete es in einem Funeral aus gleißendem Gold und fiel auf die Welt Anemeron und brachte ihr das Licht.

Der Windelb schlug mit seinen vier Flügeln, stieg höher und lächelte. Auch liebte er es auf das Land unter ihm zu schauen. Es war unbeschreiblich schön und besaß eine aufregende Kolorierung. Die Nuancen wirkten wie bei einem Wandteppich, an dem er täglich vorbeikam, nur dass dieser unscharf war und seine Neugier immer mehr anzog. Er ging in den Sturzflug, um näher an das Bild zu gelangen.

"Imgellon!"

Er machte kehrt und sah seinen Vater vor sich, der ihn vorwurfsvoll ansah.

"Hier bist du also, mein Sohn. Das hätte ich mir denken können."

"Lasst mich hinunter. Nur dies eine Mal, ich bitte Euch."

"Du kennst die Antwort."

"Ich will sehen, was dort ist."

"Dies ist per Dekret verboten, das weißt du genau."

"Ja, trotzdem möchte ich es."

Der Vater lächelte seinen Lieblingssohn an und nickte. "Ich verstehe dich. Glaube mir. Manchmal werden wir von Dingen angezogen, die nicht gut für uns sind."

"Das habt Ihr schon gesagt."

"Dennoch erlaube ich es nicht. In diesem Disput waren wir schon mehr als genug gefangen, Imgellon. Wie oft willst du noch danach fragen?"

"Bis Ihr ja sagt, Vater."

"Eines möchte ich dir dazu sagen: Du musst verstehen, dort unten ist ein gefährlicher Ort. Alles ist uns fremd und feindlich gesinnt. An jenem Ort wird unsereins nur Wunden empfangen können."

Der Vater flog neben seinem Sohn und sah ihn eindringlich an. "Was liebst du wahrhaft am meisten?"

"Alles hier und doch seid Ihr es."

"Gut. Diese Liebe ist unfehlbar, stell nie etwas anderes darüber und du wirst alles von mir bekommen, was ich habe."

Imgellon nickte.

"Versprich es."

Der Sohn schnitt sich mit seinem Dolch in die Hand und orangeweißes Feuer züngelte kurz empor, ehe Imgellon den Daumen der anderen Hand darauf drückte. Durch diesen Pakt begrub er seine Neugier, zumindest eine Zeit lang. "Ich verspreche es."

Der andere lächelte.

KAPITEL 2

DER FRÜHLING NAHT

Jahr 1455 nach Revogatags Schaffen

TORMENDAN

"ERWACHT!"

Die Stimme drang unweigerlich in seinen Kopf.

Er erwachte und richtete sich auf. Seine Gedanken konzentrierten sich auf die Gegenwart und den Raum um ihn herum. Es war still, niemand war bei ihm. Trotzdem war er sich sicher, dass die Stimme nicht unbedeutend war. Er stand auf, ging zu der Schüssel mit Wasser und wusch sich. Die erfrischende Kälte willkommen heißend, stippte er mit seinen Fingern darin umher. Da gewahrte er eine Erscheinung in der Flüssigkeit. Es erinnerte ihn an ein Mädchen und es sprach leise unter dem Tröpfeln: "Ellodanal. Begib dich dorthin."

Die Bewegung verschwand und es wurde still.

"Ellodanal also", überlegte der Magier. "So soll es sein."

Tormendan Falton, der Meister des Feuers, streifte sich ein frisches weißes Leinenhemd über die breiten Schultern und zog eine Lederhose an. Er hatte so lange auf diese Botschaft gewartet und freute sich sehr auf seine Reise.

Endlich konnte er die vertraute Umgebung seines Zuhauses hinter sich lassen und seine Queste beginnen. Darauf hatte er den Winter über gewartet. Die Illusion im Wasser war aber nicht nur wissenswert, sondern hatte ihn nahezu gedrängt aufzubrechen. Das trieb ihn noch mehr an. Er verabschiedete sich von seinem Vater.

"Du verlässt uns, nehme ich an", sagte Keraldon Falton ohne aus seinen Schriften aufzusehen als Tormendan in dessen Schreibstube eintrat. Sein Vater hatte kurzes braunes Haar, das jedoch an einigen Stellen grau schimmerte. Der Kommissionär arbeitete weiter trotz der Unterbrechung.

"Ich breche heute auf."

Der Ältere legte Feder und Papier aus seinen Händen und ging auf seinen Sohn zu und drückte ihn. Er wusste, dass dieser Tag kommen würde und war glücklich über die Zeit, die Tormendan bei ihm verbracht hatte. Er wusste auch, welche Bestimmung dieser auf seinen Schultern trug. Nach einer Weile löste er sich von seinem Sohn "Geh Dein Schicksal erfüllen, Junge."

"Das werde ich, Vater. Hab Dank. Auf Wiedersehen!"

Tormendan ritt mit Selba nach Westen auf den Bessadefo, den größten Strom Anemerons, zu. Es war schön, endlich zu wissen, wo er weitermachen sollte bei seiner Queste. Er spornte den Rotschimmel zum Trab an und genoss die Sonne auf seinem Gesicht. In der Ferne tanzten die Sonnenstrahlen funkelnd auf der Wasseroberfläche. Neben ihm war eine Baumreihe am Rande von Ackerland. Seine Umgebung war übersichtlich und so gewahrte er, dass er nicht allein war und tat weiter so, als merke er nichts. Eine Windbö kam auf.

Dann kam hinter ihm plötzlich eine Bewegung. Arme umschlangen ihn und drückten fest zu.

"Na, ganz allein unterwegs? Das ist keine gute Idee." Die Stimme war dem Magier sehr wohl vertraut und er hatte sie lange nicht gehört. Sie klang in der Melodie des Windes und seinem Spiel mit den Bäumen mit.

"Ich bin nicht so hilflos wie es den Anschein hat."

Tormendan griff hinter sich und hob die Gestalt vor sich in den Sattel, nachdem er sich aus der herzlichen Umklammerung lösen konnte. Die Nymphe war kaum von etwas anderem bedeckt als von ein paar spärlichen Eichenblättern. Sie schmiegten sich kunstvoll um ihren Körper, während ihr dunkles, ebenholzfarbenes Haar sanft ihre Schultern verdeckte und ein Gesicht umrahmte, das von unbeschwerter Heiterkeit zeugte. Die Freude in ihren bemerkenswert blauen Augen leuchtete auf, als würde sie das Dämmerlicht des Waldes herausfordern. Über ihrer linken Brust zeigte sich eine feine Narbe, ein stilles Zeugnis der Gefahren, die sie auf ihrer gemeinsamen Reise erlebt hatte. Seitdem sie ihm als Weggefährtin zur Seite gestellt wurde, hatte Immerdar nicht nur sein Herz gewonnen, sondern auch sein Leben gerettet. Florathien, die Göttin Mutter Natur, hatte diesen Bund besiegelt. Während seiner Ausbildungszeit bei den Köhlern in den Gleichgewichtswäldern war Immerdar mehr als nur eine Begleiterin; sie war zu einer Freundin geworden.

"Immerdar. Lange nicht gesehen." Er drückte sie an sich.

"Mein Süßer, ich sehe, du hast mich nicht vergessen", deutete sie seinen traurigen Blick. "Ich hoffe, du besitzt den Anstand zu sagen, dass du meine Gesellschaft schmerzlich vermisst hast und mich nicht nur brauchst."

Er küsste sie auf die Wange. "Schön dich bei mir zu haben, meine Freundin."

Immerdar streichelte Selba und reichte ihr einen frischen Zweig. Das Tier wieherte zufrieden.

Sie waren einige Tage dem Bessadefo gefolgt. Der junge Mann wusste nicht, wie er nach Ellodanal suchen sollte, denn elbische Magie schützte die Zuflucht. Außer Elben verweigerte sich der Übergang allen Völkern oder man hatte die Erlaubnis des Elbenherren. Der Schutzzauber reagierte wie ein Wächter und gab den Zutritt frei für würdige Besucher. Deshalb konnte Tormendan Ellodanal nicht finden. Er dachte, Immerdar wäre als Naturgeist der Schlüssel, doch sie sagte ihm, der Pfad sei nicht zu finden.

"Es muss etwas Dringliches zwischen uns und Lord Amaniels Zuflucht stehen", überlegte die Nymphe. "Doch ich vermag nicht zu sehen, was es ist."

Der Magier stieg von Selba ab und blickte sich um. Seit Tagen das gleiche Idyll: Das glänzende Band des Flusses und die Sonne, die der Natur mit ihrem Odem Leben einhauchte. Die vereinzelten großen Trauerweiden am Ufer bewegten sich wiegend. Der Baum in ihrer Nähe fing an sich zu bewegen. Die hängenden Äste zeigten nach Westen und dazwischen schauten weitere Dryaden heraus. Sie winkten den Menschen zu sich und riefen anzügliche Bemerkungen. Die Baumgeister zeigten viel Haut zwischen vereinzelten Zweigen und machten eindeutige Bewegungen, was sie von Tormendan wollten.

"...süßer Spross..."

"Wir wollen dir was zeigen..."

"Er kann uns auch was zeigen!"

"Hübscher!"

"Er sieht so unschuldig aus..."

"Vielleicht bringt er uns noch was bei."

"Wir wollen..."

"... einen Hasen!"

Tormendan genoss sichtlich das Geplänkel. Seine Gefährtin hingegen wurde des ungezügelten Treibens überdrüssig. Sie richtete sich auf Selbas Rücken zu ihrer vollen Größe auf und zeigte mit einem Finger auf die anderen Dryaden. "Es reicht, ihr übertreibt es mit euren Gelüsten!"

Die fremden Nymphen machten unverhohlen weiter. Einige Mutige sprangen vom Baum und begrapschten den Magier. Es ging so schnell, dass er gar nicht merkte, wie sie ihm die Knöpfe am Hemd öffneten. Weitere streichelten seine Wange und seinen Rücken.

Dryaden! dachte er grinsend. *Ich bin immer wieder überrascht, wie geschickt sie mit ihren Fingern sind.* „Ich erinnere mich an eine ähnliche Situation..." Jedoch ließ er den Satz unvollendet und grinste Immerdar nur an, die ihm einen funkelnden Blick zuwarf.

„Das war ganz anders", stellte sie fest.

Die anderen Dryaden wandten sich nun an Immerdar.

"Du willst ihn ja bloß für dich allein."

"... für dein persönliches Vergnügen."

"Wie ist er so beim...?"

„Ist wohl dein eigener Lustknabe."

„Den kannst du gerne mit uns teilen."

"Hat er ein großes..."

Immerdar konnte sich nun nicht mehr beherrschen. „Bei Bäumen und Blättern! Was ist nur los mit euch? Es reicht endgültig! Wir haben Wichtigeres im Sinn." Die Trauerweiden der Dryaden knarzten hörbar mit ihren Ästen und es kehrte Stille ein. "Wie finden wir Ellodanal? Ich weiß es nicht."

Der Wind wurde stärker und ließ die Stimmen der Dryaden wie einen Sturm klingen. "Reitet nach Westen und ihr werdet sehen. Eile, Hübscher! Du wirst gebraucht." Dann klang der Wind ab und die Naturgeister waren verschwunden. Tormendan ließ sein Pferd in Trab fallen.

ELLARIELLE

Golden schimmerten die Getreidefelder den Berittenen entgegen. Die Ähren standen hoch und besonders voll aufgrund des starken Bienenfluges, der in diesem anfangenden Jahr aufgekommen war. So würde im Winter niemand, sei es Adliger oder Gemeiner, Hunger leiden müssen.

Die Sonne brannte heiß, doch eine kühle Brise behauptete sich gegen die Hitze und machte es recht erträglich. Es war ein angenehmer Tag zum Ausreiten. Die Reiter bewegten sich am Strom entlang, in dessen silbernem Band das Licht glitzerte. Verborgen, aber deutlich hörbar für die elbischen Ohren, spielten Najaden im Wasser, was das Gekicher unter dem Plätschern im harmonischen Klang des Flusslaufs verriet. Manchmal und nur für die scharfen Augen der Beobachter sichtbar, tauchte ein Haarschopf oder ein blasser, zärtlicher Arm aus den Wellen empor. Mit einem neidischen Lächeln blickte die Elbenmaid dem fröhlichen Spiel der jungen Frauen zu.

Die Männer, Die Männer, die Ellarielle begleiteten, schlank und mit langen braunen Haaren, hatten alle kühle, helle Augen, die kurz über den Reigen der Nymphen huschten. Trotz der verlockenden Ablenkung hielten sie ihre Aufmerksamkeit größtenteils auf die Umgebung gerichtet, nur gelegentlich ließen sie ihren Blick länger auf dem tänzelnden Spektakel verweilen.

Die silberne Stimme des Barden, die durch die Luft schwebte, schien ihre Sinne zu fesseln, ließ jedoch ihre Wachsamkeit nicht nachlassen. Selbst die Elbenmänner, durch ihre Anmut fast wie Gestalten aus einer anderen Welt, konnten sich dem Reiz der Musik nicht entziehen. Ellarielle beobachtete ihre Eskorte mit einem leichten Lächeln. Sie machte keine Anstalten, sie an ihre Pflichten zu erinnern, wohl wissend, dass sie in sicheren Händen war. An diesem herrlichen Tag wollte sie niemandem die Freude nehmen, selbst wenn es bedeutete, dass ihre Begleiter für einen Moment ihren Pflichten weniger Aufmerksamkeit schenkten.

Ellarielle, eine der Jüngeren ihres Volkes, saß elegant seitlich auf ihrem aschgrauen Pferd. Ihr dunkles Haar war zu einem einfachen Zopf gebunden und fiel sanft über ihren Rücken. Ihre Augen, klar und silbern, zogen die Aufmerksamkeit auf sich, fast so, als würde man über einen ruhigen See blicken. Ihre helle Haut schimmerte leicht im Sonnenlicht, während ihr rosarotes Kleid ihre schlanke Figur umschmeichelte. Das Pferd, war ein Geschenk von ihrem Vater, bewegte sich ruhig und geschmeidig, ein Spiegelbild der Anmut seiner Reiterin.

Jedoch machte die Frau keinerlei Anstalten, die Eskorte an ihre Pflicht zu erinnern. Natürlich war sie in besten Händen und wollte an diesem herrlichen Tag niemandem die gute Laune verderben.

Voganaomarien, der Barde ihres hochgeschätzten Vaters Amaniel, spielte meist nur für sie. In ihrem jugendlichen Leichtsinn glaubte die Maid, er sei Hals über Kopf in sie verliebt. Allerdings hegten Barden meist eine innige Zuneigung für ihre Herrin, bis zu einem gewissen Punkt. Er ritt mit gebeugtem Haupt, hatte die Augen niedergeschlagen und seine zarten Finger entlocken der kastanienbraunen Harfe eine wundersame Melodie.

„Was für ein Tag“, dachte sie und nahm den verträumten Blick von den Wassernymphen. „Der Frühling naht.“

Das Licht der Sterne spiegelt sich in ihren Augen, als es aufs Wasser fällt.

Das Dunkel der Dämmerung gleicht ihrem langen Haar, wenn es seinen Schatten wirft.

Die Schönheit der Göttinnen erstrahlt in ihrer Anmut, wenn deren nicht gar minder ist.

Der Gesang der Lerche, ist ihre Stimme eigener Herr, wenn sie fröhlich erklingt.

Die Strahlen der Sonne erhellen ihr Auftreten, wenn ihr golden Licht obsiegt.

Die Brise des Windes beschwingt ihren Gang, wenn sie durch die Lande zieht.

Die Kühnheit der Krieger in ihrem Herzen, wenn sie zu trotzen stehet.

Der Frohsinn der Nymphen sitzt ihr im Gemüte, wenn sie tanzend schreitet.

Es war der Anbruch des Frühlings 1455 als der Treck der Elben am Silberband des Bessadefo ausritt am ersten Morgen des Nachtergs, des dritten Monats im Jahr. Die Straße führte am Nordende der Grünen Ebene entlang, das der Strom begrenzte. Über den Fluss erstreckte sich auf wenige Meilen frisch ausschlagendes Gras und dahinter die emporsteigende Tann Ferillyandars, die über den Winter kein bisschen ihrer vollkommenen Flora eingebüßt hatte. Die Sonnenstrahlen kürten Laub und Nadel in einem orangegoldenen Licht. Ein Anblick, der dem schönen Volk Freude bereitete. Harmonie der Natur war für sie das Wichtigste auf der Welt.

Die Reiter waren auf dem Heimweg von Riboracedis, den elbischen Anfurten, aufgebrochen. Ellarielle erklärte sich wegen des Frühlingserwachens für den Umweg am langen Wasserlauf, was von Seiten ihres Geleitzugs herzlichst wahrgenommen wurde. Der anbrechende Tag versprach viel, was das glänzende Land kündete; doch ob diese Prophezeiung zum Guten oder eher Schlechten hin spielte, blieb den Elben verborgen. So zogen sie frohen Herzens gegen Nordosten, den Wind im Haar genießend. Was vermochte diese Glückseligkeit zu zermürben oder gar zu zerstören?

Die Uferböschung war bereits mit Riedgras bewuchert und Ginster kämpfte sich durch die Risse im Gesteinspflaster unter den Hufen der Elbenrösser. Das Leben kehrte so nah am Wasser wesentlich schneller zurück als in den weiten, trockenen Ebenen.

Der Barde endete mit seinem Spiel. Vogelgezwitscher erfüllte die frische Luft; in Wahrheit ein Protest der Natur ob Voganaomariens verstummen. Einige mutige Lärchen flatterten auf den hochgewachsenen Elben zu und zupften an seinem Flachs blonden Haar. Sein Angesicht verhieß Güte und er ließ die fliegenden Peiniger mit einem belustigten Ausdruck gewähren. Heiterkeit und eine Spur Verwegenheit leuchteten in den blauen Augen das Licht der frühen Morgensonne. Sein junges Aussehen täuschte über die betagte Bildung auf der faltenfreien Stirn hinweg. Er war in Beige, Gold und weiß gekleidet, die Tunika mit goldener Spitze besetzt. Keine Waffe trug er am Körper, sondern sein Langschwert mit Perlmuttgriff stak am Elbensattel vor seinem rechten Bein. Voganaomariens haselnussbraune Falbe besaß muskulöse Flanken und eine breite Brust. In den schwarzen Augen des Rosses spiegelte sich Intelligenz, was die weiße Blesse auf den Nüstern unterstrich.

Der Emel gönnte sich noch einen Moment der Ruhe, ehe er seinen Gesang wieder aufnahm. Die Augen hielt er zumeist geschlossen, denn so konnte er sich besser auf seinen Gehörsinn einlassen und seine Stimme der Lyrik anpassen. Eine Manier, die viele Minnesänger des schönen Volkes bevorzugten.

Während er eine Ballade anstimmte, musste sich Ellarielle fragen, wie weit sie und ihre Eskorte bis zum Einzug der Nacht noch kommen würden? Bis zu Amaniels Zuflucht, wie gewöhnlich der Landsitz ihres Vaters genannt wurde, war es ein Marsch von vier bis fünf Tagen, bei dem Tempo, das sie an den Tag legten. Ellodanal, ein kleines Stück elbischen Gefildes, das inmitten der grünen Ebene lag, aber von Magie verborgen war. Ein Ort voller Behaglichkeit und glückseligen Zusammenlebens, eigens dafür erdacht, Freude zu verbreiten.

Sie hatte sich dazu durchgerungen, nun endlich mündig geworden und nicht ständig durch ihren geliebten Vater bevormundet zu werden, seine Wärme und Liebe hinter sich zu lassen. Sie selbst wollte eine Weile auf ihren eigenen Beinen stehen! Darum musste sie der Enge Amaniels entrinnen, seine ständige Nähe ward sie leid, trotz ihrer tiefen Zuneigung für ihn. Sie musste einmal hinaus aus dem Altbekannten, Gewohntem, Vertrautem und die Grenzen überschreiten. Einfach ihren goldenen Käfig verlassen und den Horizont erweitern!

Natürlich war Ellarielle des Öfteren in Ellodanal und dachte mit Wohlwollen an diese Tage zurück. An Geschichten, die beim Erzählen der Alten lebendig wurden. Als Mädchen lauschte sie mit Vorliebe der Vergangenheit und zog den Gesang des Barden den Unterweisungen ihres Lehrers vor. So säumte sie manchmal den Unterricht, was ihr Amaniels Unmut einbrachte. Aber der Elbenherr konnte sehr gut nachvollziehen, dass seine Tochter wie jeder andere des schönen Volks gerne zuhörte, wenn es um die Erschaffung Anemerons ging. Das Revogatag-Lied beschrieb den gesamten Schöpfungsvorgang von Anfang an, was die Emel nie müde wurden zu hören, selbst dessen unglaubliche Länge vermochte sie nicht zum Stöhnen zu bringen, denn es faszinierte sie von Mal zu Mal. Ellarielle würde Voganaomarien bitten, es für sie zu singen, sobald sie Ellodanal erreicht hatten. Gewiss würde der Barde den Wunsch seiner Herrin nicht ausschlagen.

Die Maid musterte interessiert das alte, überwachsene Straßenpflaster. Es wurde von Elben vor undenklichen Zeitaltern angelegt, als eine der frühen Taten ihres Volkes. Die Witterung hatte die Steine mit Rissen gezeichnet, was wie die schlecht verheilten Narben von Kriegern aussah und Unkraut spottete dem angehenden Verfall.

Den dritten Tag folgten sie nun dem Weg und die Berittenen entdeckten alles Neue im Frühling. Die Dolden, die Bäume, selbst die zirpenden Vögelchen am Himmel, der inzwischen ein volles Blau angenommen hatte. Ein kleiner, bunter Schwarm Schmetterlinge umgarnte mit einem Mal Ellarielle als sie leise summend Voganaomariens Lied begleitete. Sie streckte eine Handfläche aus, worauf sich ein Schwalbenschwanz gleichmäßig mit den Flügeln schlagend niederließ. Dann hob sie das Insekt vor ihren Mund und ihre Stimme galt nur ihm. Leise sang sie ihm vor. Eine Weile später gab die Frau das Tierchen wieder frei, worauf es sich in die Höhe schraubte.

Vornweg des kleinen Zuges ritten Elne und Ferelle auf hellgrauen Elbenrössern, die Speere unter den Satteldecken; sie waren sich keiner Gefahr bewusst, sonst würden sie alsbald davon Gebrauch machen. Dahinter in einigen Schritten Abstand zur Respektswahrung kam die junge Elbenherrin grazil auf ihrem Falben im Damensitz, zu ihrer Seite Voganaomarien. Danach folgten vier weitere Ritter ebenfalls kurzen Abstand wahrend zu der Maid. Selbst die Hochwohlgeborenen der Elben bestanden in gewissem Maße auf adlige Gepflogenheiten und Vorzüge. Blaublütigkeit war eben immer mit Eitelkeit gepaart.

Gegen Mittag erreichen Sie einen Abschnitt, an dem die Straße geradeaus nach Osten führte. Meilen später kreuzte die goldene Straße (die nach Goldar führte) den verwucherten Weg, dem die Gesellschaft folgte und überquerte den Bessadefo mit einer von Menschen angelegten Brücke. Einen kurzen Fall darunter war der Strom breiter geworden und floss durch steiles, steiniges Tal, was ihn zu einem eilenden Gewässer machte. Ein schwaches Plätschern parodierte die Strömung. Sein Flussbett aus Fels bereicherte eine spärliche Anzahl Eiben, die fest verwurzelt im Wind standen. Ferillyandars Schönheit rückte näher, was die Reiter mit den scharfen Augen erfreute. Am morgigen Tag würden sie unter den weiten Blicken der Gleichgewichtswälder weiterziehen.

Jäh aus den schweigenden Gedanken gerissen, hörten die Ritter mit den spitzen Ohrmuscheln die Stimme der Natur; die Najaden flüsterten noch eine Warnung im Gesäusel des Wassers, ehe sie schutzsuchend hinein tauchten. Speere fanden Hände und Pfeile ihre Langbögen. Gewappnet erwarteten die Emel die nächsten Augenblicke. Voganaomarien sang weiter die Ballade, um ihre Beschatter nicht wissen zu lassen, dass die Elben auf deren Ankunft vorbereitet waren. Eine kleine Ablenkung, mit der sich die Trolle in Sicherheit wägen sollten. Nach wie vor klangen Gesang und Melodie klar. Der Barde wusste mehr als die Bewaffneten und Ellarielle, denn sein Gehör ließ ihn niemals im Stich. Er zählte eine Überzahl Angreifer, doch er machte keine Anstalten zur Waffe zu greifen, sondern behielt seine Tirade bei.

Die Feinde näherten sich von den Seiten und von hinten, was unter den Elben - den Sänger ausgenommen - für Überraschung sorgte, obwohl die Gardisten mit einer ausgeklügelten oder hinterhältigen Taktik rechneten. Schließlich wussten sie nur, um die Anwesenheit der anderen.

Urplötzlich kamen die Trolle von der Flussbrüstung herauf und stürzten sich auf die berittenen Nachzügler, während weitere der neun Fuß großen Kreaturen mit den langen, dünnen Gliedern von der anderen Seite auftauchten. Rael erfasste die Situation blitzschnell und wehrte sich instinktiv, seinen Speer im Kreis wirbelnd. Die ersten Pfeile, die die Elben verschossen hatten, ragten einem seiner Gegner aus der Brust. Blut vermischte sich mit der glänzenden Haut, die teilweise mit groben, dunklen Schuppenflechten überzogen war. Trotz der Wunden büßte das Individuum kein bisschen an Kraft ein und der Knüppel prallte auf Raels Waffe. Die vier Ritter bildeten einen Ring und hoben ihre Schwerter und Speere zur Abwehr, doch sie wurden von einem halben Dutzend der großen Bestien eingekesselt.

Ehe der erste Schlag gegen Ellarielle von Seiten der weiteren sechs Trolle Erfolg hatte, sprang der Barde auf die Maid, die jeden Gedanken auf ihre hart bedrängte Eskorte richtete und nicht um ihr eigenes Wohl besonnen schien. Beide Elben fielen und rollten sich gekonnt am Erdboden ab. Das Ross der Herrin wurde von einem Fausthieb getroffen, worauf es panisch wieherte und auf die Vorderläufe stieg. Gefährlich trat es nach seinem Widersacher und machte sich auf und davon.

Voganaomarien fasste nach der Hand der Elbin und brachte sie aus der Reichweite des nächststehenden Trolls. Seine haselnussbraune Stute lief zu ihm. Er schwang sich in den Sattel und zog Ellarielle hinter sich aufs Pferd. Er lenkte die Falbe mit Schenkeldruck durch das Getümmel. Die Frau umklammerte ihn fest.

Trotz ihrer Furcht vermochte Ellarielle ihre Sprache zu beherrschen. "Was habt Ihr vor?"

"Meine Lady zu schützen und weitab der Gefahr zu bringen," erwiderte er knapp. Seine Reitkunst verlangte sein ganzes Können, als er den Waffen und Armen der Flusstrolle ausweichen musste. Monin, die Falbenstute, gab ihr Bestes, ihrem Besitzer dienlich zu sein. Sie wusste, was er wollte, denn ein Band von blindem Verständnis bestand zwischen ihnen, seit er das Tier aufgezogen hatte.

"Nein, das könnt Ihr nicht", erwiderte sie gereizt. Ellarielle konnte ihre Begleiter nicht so ohne Weiteres ihrem Schicksal überlassen. " Sie könnten... sie werden sterben. Was seid Ihr für ein Elb, Voga."

"Ja, sie könnten ihr Leben lassen, aber nur um Eures zu retten. Das haben sie euren Vater geschworen, meine Lady."

"Ihr seid ein Krieger. Weshalb lauft Ihr weg?"

"Seid still, Herrin. Meine Pflicht liegt bei Herrn Amaniel und Euch. Ich werde meine Order einhalten."

Sie fasste einen Entschluss und murmelte: "Aber ich laufe nicht weg." Dann glitt sie von Monin, die weiter zwischen den Kämpfenden umhersprang.

Voganaomarien drehte sich um und griff nach ihr, doch sie war ihm entschwunden und ein Troll schnitt den Barden den Weg zu ihr ab. Jetzt war es an ihm. Verwegen nahm er sein Schwert zur Hand. Das lange silberne, breite Blatt mit den Rosenverzierungen wurde aus der Scheide gezogen.

Ellarielle wich flink ihren Gegnern aus, darauf vernarrt zu Rael, Beofan, Araas und Lamkone zu kommen, vergaß sie völlig ihre Zauberkraft einzusetzen. Sie merkte nicht einmal, dass sie bis auf ihre Entschlossenheit unbewaffnet war. Jugendliche Überheblichkeit und Leichtsinn treiben einen manchmal dazu, seinen Verstand links liegen zu lassen. Da sah die Elbin wie Lamkone leblos aus dem Sattel glitt.

"Nein! Florathien, steh uns bei." Entsetzt, aber unbeirrbar lief sie. Sie tauchte unter einer schwingenden Keule ab, doch ihre Schritte trugen sie weiter.

Wenige Fuß vor ihren Rittern entfernt, nahm Ellarielle zum ersten Mal die Lage wahr. Sie standen einem ungleichen Kräfteverhältnis von zwei zu eins gegenüber. Da drängte sich ihr Verstand wieder auf, sich ihrer Macht zu bedienen. Geschult schleuderte sie zwei Zaubersprüche auf zwei der großen Kreaturen. Jeder ihrer zarten Hände hielt einen fest, während sie stehen blieb. Rael reagierte mit Intuition und schneller Schlagfolge. Die verzauberten Individuen fielen kopflos nieder.

"Habt Dank, Herrin", rief der Ritter und trieb sein Ross an, ihn an die Flusstrolle zu bringen mit denen Beofan und Araas im Gefecht verstrickt waren. Mit erhobenem Schwert führte er die Attacke.

Elne und Ferelle, die Vorhut des Zuges, hingegen schossen unentwegt Pfeile auf die Feinde, die langsam ermüdeten unter den Wunden und der tanzenden Pferde, die ihre Reiter sicher durch das Getümmel führten.

Um ein Haar wäre Ellarielle tatsächlich verletzt worden, falls der erhobene mit einem Hammer bewaffnete Arm eines Trolls sie getroffen hätte. Allerdings schlug Imviena, das Winterlicht, das mächtige Breitschwert von Voganaomarien das dünne Gliedmaß ab, ein weiterer Hieb spaltete die verstümmelte Kreatur entzwei. Die Elbin ergriff mit ihrer Macht den Wind und bündelte ihn. Ihre rechte ausgestreckte Handfläche lenkte den Luftstrom, was einen weiteren Gegner ins Straucheln brachte und von seiner Attacke gegen ihren Beschützer abhielt. Der Hochelb führte einen Rückhandschlag aus und die Klinge öffnete dem Feind die abgemagerte Brust. Blut spritzte, dann fiel das Ungetüm zu Boden.

Die eisenbeschlagenen Hufe der elbischen Streitrösser stampften auf den gestürzten Kadaver, als die Nachhut der Elben sich mit den letzten beiden Trollen abmühte. Die berittenen Bogenschützen feuerten Pfeil auf Pfeil. Sie wollten Araas noch zu Hilfe eilen, doch die Keule eines Angreifers hatte ihm sein schönes Angesicht zerschmettert. Sein Körper wurde von der Heftigkeit des Schlags aus dem Sattel gerissen.

Von da an schien sich Glück und Kampfestüchtigkeit von den Berittenen abzuwenden. Denn, obwohl es so aussah, als würden die Elben die Oberhand haben, stand ihnen das Naturell ihrer Feinde zum Trotze. Trolle besaßen die Fähigkeit zum Regenerieren, das heißt, ihre Wunden heilten alsbald. Das war auch der Grund, weshalb es bloß männliche Trolle gab, denn sie pflanzten sich fort, indem sie sich wahrhaftig zerstückelten. Die abgeschlagenen Glieder wuchsen nach und am abgetrennten Körperteil bildete sich der Nachwuchs dieser Rasse. Barbarisch, aber sinnvoll und natürlich.

Ellarielle beobachtete den Prozess mit weit aufgerissenen Augen. Wäre sie ein Mensch, hätte sie ihren Mageninhalt ausgespien. An einem leblosen Arm bildeten sich Zellen, als würden Ameisen aus einem Bau strömten. Das Gewebe nahm Form und Farbe an und auch die glitschige Schuppenflechte überzog den Körper. Das Phänomen war allseits bekannt, doch die Lady sah es zum ersten Mal selbst. Angewidert wandte sie sich ab.

Im Galopp sprengte Voganaomariens Streitross heran und er packte seine Schutzbefohlene an der Hüfte und setzte sie vor sich in den Sattel. Die Falbenstute brauchte keine Anweisung des Barden, sondern suchte sich ihren Weg, dem Gefecht zu entrinnen. Auf der Flucht beobachtete Ellarielle den Tod eines weiteren ihrer Vertrauten. Beofan nein! Sie verkrampfte sich, doch der Sänger hielt sie im festen Griff.

"Ihr könnt nichts mehr tun, meine Lady", fauchte Voganaomarien.

"Feigling."

"Seid still, sonst vereitelt Ihr unsere Flucht. Die Trolle sind uns ohnehin auf den Fersen. Diese Brut kann nicht ohne weiteres bekämpft werden, das habt Ihr selbst gesehen."

"Aber", der Protest erstarb und ihre Augen wurden feucht. "Es tut mir leid."

"Mir auch, meine Lady."

Die übernatürlichen Sinne des Mannes hielten ihn noch immer auf dem Laufenden, wie es seinen Freunden erging. Doch die unmittelbare Gefahr waren die Verfolger in seinem Rücken und sein Ritt würde nicht mehr lange dauern, Monin war müde ob der Hetzjagd und dem Gewicht zweier Reiter. Auch das Weite bot keinerlei Hilfe. Voganaomarien blickte sich nicht um, er wusste um den schwindenden Vorsprung und dachte nach. Er musste Ellarielle retten, koste es, was es wolle.

Monin trabte noch ein Stück weiter in die grüne Ebene. Anerkennend für den Ritt tätschelte der Hochelb sein geliebtes Tier. Das Ross blieb stehen.

"Was nun?" Ratlos blickte Ellarielle auf die rennenden Trolle. "Wir sind..." Ihr bebte die Stimme.

Voganaomarien schüttelte den Kopf. "Denkt nicht so etwas, meine Lady. Solange ich an Eurer Seite streite, wird Euch kein Leid geschehen." Er atmete tief ein und schloss die Augen. Seine Gesichtszüge beschlichen Kälte und Entschlossenheit.

Die Stute verharrte, der Barde blieb regungslos und lediglich das Herzpochen der Frau durchdrang die abwartende Stille. Die Verfolger hatten sie beinahe erreicht.

"Herrin", sagte der Barde leise, "Feuer verbrennt ihr Gewebe und ist das Einzige, was uns hilft."

Ängstlich blickte Ellarielle auf die acht Trolle, die ihre Waffen wild schwangen. Plötzlich berauscht von ihrer inneren Macht, richtete sie sich majestätisch auf und winkelte ihre Arme leicht an. Wut über den Mord an ihren Freunden gärte in ihr, was ihre Miene verzerrte. Fest hämmerte der Puls gegen ihre Brust.

Der Feind war heran. Auf einen Schlag riss Voganaomarien das Breitschwert vom Sattel, führte es in einen Halbkreis nach oben, wobei es Bauch, Brust, Hals und Haupt des nächsten Trolls zerfetzte. In Sekundenschnelle streckte Imviena, von meisterhafter Hand geführt, drei weitere Angreifer nieder. Indes beschwor Ellarielle eine orangerote Feuersbrunst herauf und verwandelte zwei Trolle in lebendige Fackeln. Der unerträgliche Gestank von verbranntem Fleisch stieg den Elben in die Nase und der Herrin machte Schwindel zu schaffen. Durch Voganaomariens Geschicklichkeit im Kampf gewannen die Elben Zeit, doch letztlich gereichte es ihnen nur zum Nachteil, ob der tückischen Regenerationsfähigkeit der Widersacher.

Die Feuerbälle der Lady fraßen sich todbringend in die Trolle. Sie legte einen brennenden Ring um Monin, Voganaoariens Falbe, und sie und ihr Begleiter wähnten sich zunächst in Sicherheit.

Der Mann stieg ab, die Klinge zum Himmel gerichtet, um die geschwächte Falbe zu entlasten. Ellarielle nahm die Zügel und küsste ihre freie Hand, blies über ihre Handfläche und ein zinnoberroter Lippen Kuss aus Licht flog zu Voganaomariens Breitschwert, worauf es über das Blatt streifte und gleißend in einem dünnen Strahl überging, der in die Luft aufstieg. "Florathien, gütige Göttin", flüsterte sie, "helft uns aus der Bedrängnis. Voga soll nicht auch noch sein Leben lassen wegen mir. Zu viele starben bereits. Rettet ihn und ich gebe mein Leben bereitwillig."

Noch hielt der Schutzwall.

"Wird die brennende Barriere sie aufhalten?“ Zweifel stahl sich in ihren Blick, aber ihre Stimme klang hoffnungsvoll.

Tödlich stand der Kämpe in seiner körpereigenen Starre, die Augen noch immer geschlossen. "Ich meine, Euch schwinden die Kräfte. Lange könnt Ihr den Brandherd nicht mehr aufrechterhalten."

Wäre die Elbin nicht auf Monin gesessen, hätten ihre Beine unter ihr nachgegeben. Ihr Zauber war stark, so dass keiner ihrer Feinde den Mut fand, durch die Feuerwand zu springen. Sie würden hier zusammen sterben. Vielleicht war wenigstens einer von den anderen ihrer Ritter entkommen.

Dann passierte so viel auf einmal als die Flammenbrunst niedriger wurde. Ein Zeichen, dass Ellarielles psychische Gabe verbraucht war. Heldenhaft setzte ein Troll über den Brandherd und warf sich schreiend Voganaomarien entgegen. Blind parierte er den hoch geführten Keulenschwinger, trennte in einer fließenden Bewegung von der riesigen Kreatur ein Bein ab und trat nach dem Ungetüm. Es stürzte winselnd zu Boden, doch die Waffe, die aus dessen Hand fiel, traf die Elbin am Kopf, was sie vom Pferd holte. Augenblicklich verebbte der feurige Schutzwall und langsam bewegte sich das Dutzend Trolle vorwärts. Sie bildeten einen Kreis.

Voganaomarien taxierte ihr Kommen mit dem empfindlichen Gehör. Er umkreiste die stöhnende Elbenfrau, die blutig und benommen der Länge nach im Gras lag. Imviena zollte den

Häschern Respekt ab und hielt sie auf Abstand, dann und wann zuckte es gefährlich nach vorne. Monin stand dicht bei jenen vom schönen Volk, aber sie war keineswegs verschreckt.

Die Unholde wussten nicht, wie ihnen geschah, ob des Barden geschmeidige Bewegungen in dem katzenhafter Kampfstil und Ausgeglichenheit zu erkennen waren. Diese leiteten ihn auf leichtem Fuß, was er nur mit voller Konzentration auf seinen Hörsinn vollbrachte.

Brüsk wurde ihm blanker Stahl, Holz und Fäuste entgegengestreckt. Ein fataler Fehler, wie sich sogleich herausstellte, denn darauf hatte der Elb vertraut. Er erahnte jedweden Vorstoß, blockte, verteidigte und hielt dagegen. Sein Geschick steigerte sich auf ein unglaubliches Maß. Diese Fähigkeit erlangten jedoch nur die größten Kämpfer des schönen Volks. Eine Kunstfertigkeit, die ohne Gabe und Talent niemals erreicht werden kann. Goldeffemenen, den Schatten küssen, nannten sie diesen Stil.

Im Gefecht wurde Voganaomarien ein Bruchteil vor seinem Fehler bewusst, dass er einen schmerzhaften Faustschlag in die Rippen einstecken musste. Er hielt die Muskeln angespannt und nahm den Treffer vorbereitet. Natürlich hätte er sich agil aus der Misere wenden können, aber dann wäre die Lady ungeschützt gewesen. Ihre Unversehrtheit war seine Pflicht und Ehre. Nichts könnte diesen Willen brechen!

Zumal waren Trolle dämlich und keine beherzten Krieger. Noch ein Schnitzer würde ihm nicht passieren. Dafür war das Risiko zu hoch. Zwar war er voll und ganz im Goldeffemenen aufgegangen, wusste andererseits um die neun unverletzten Trolle, die er in Schach hielt. Indes lagen verstümmelte Körperteile nebst ihm, die anfingen, sich zu erneuern. Ellarielles Schicksal lag auf Messers Schneide. Und sapperment diesmal war es nicht seine ruhmreiche Klinge.

Diese Schneide würde Ihnen den Kopf abschlagen. Diese Schneide in Form von drei Granitgargoyles bedeutete den endgültigen Untergang. Der Barde fühlte es förmlich in seiner Brust. Auch Ellarielle zuckte sichtlich zusammen. War das nun Schmerz oder ebenso Furcht bei ihr? Voganaomariens Knöchel wären weiß hervorgetreten, hätte er seine Gefühle nicht im Griff gehabt. Unverdrossen focht er weiter.

Die Granitgargoyles tauchten unverblümt aus dem Nichts auf, abseits des Geschehens. Sie glänzten in einem kalten Schimmer. Das Gestein ihres Körpers und ihrer Flügel reflektierte das Sonnenlicht. Der Tod ging von der anmutigen Eleganz ihrer Bewegungen aus. Tiefgrün blickten die magischen Augen.

Welche Teufelei?, fragte sich Voganaomarien ohne seine Sorge laut zu äußern als die Kreaturen sich unverhohlen näherten. Er schalt sich gedanklich für seinen weiteren Lapsus: Ein Sterblicher war bei den steinernen Elementaren.

Der Mensch riss die Arme auseinander, brüstete sich und plötzlich schlugen gleißende Flammenzungen aus den drei Untieren. Das Scharlachrot des Feuers rückte sie auf Grund ihrer Körperfarbe in ein noch unheimlicheres Licht. Dann griffen sie an.

„Pu on!" Ellarielles Verzweiflung ging nicht nur dem Solason, sondern auch dem eigentlich unerschütterlichen Elben durch Mark und Bein. Entsetzt hielt sie die Arme über ihrem Kopf.

Raserei machte sich indes bei den Flusstrollen breit. Die Granitgargoyles setzten sie beharrlich in Brand und zerfetzten sie mit Zähnen und Klauen. Sie richteten ein wahres Blutbad an. Es roch so stark nach versengtem Fleisch, dass es einem die Galle hochkommen ließ. Auch der Fremde hatte sich ins Getümmel gemischt und führte seine Klinge meisterhaft – auf eine ähnliche Weise wie der Elbensänger.

Obwohl Voganaomarien ein "Was geschieht hier?" vor sich her murmelte, blieb er im Rhythmus des Godeffemens. Er spürte, wie er seine Waffe in die Seite eines Trolls rammte und beim frei zerren eine klaffende Wunde hinterließ. Vereint streckten die beiden Streiter und ihre steinernen Helfer ihre Feinde mit Fechtkunst, Feuer und Flamme nieder.

Vorsichtig hielt Voganaomarien inne, die Spannung in seinem Körper sichtbar, als er den verbrannten Grasnarben nachblickte, stumme Zeugen der kürzlich erfolgten Vernichtung der Flusstrolle. Mit einer ausgestreckten Hand und der anderen, die Waffe behutsam nach hinten angewinkelt, seine dunklen Brauen hoben sich leicht.

Ellarielles Blick richtete sich nach oben auf den jungen Mann, der im reifenden Mannesalter der Solasons stand. Schlank und schön, sein Angesicht auf markante Weise männlich, rasiert und voll von Kühnheit und Strenge. Die grünen Augen des Jünglings blickten neugierig zu ihr, während sie noch auf dem Boden kauerte. Strähnen seines braunen, blond durchzogenen Haars hingen ihm wirr ins Gesicht, ein deutliches Zeichen der Anstrengungen des Kampfes. Die anliegende Tunika in Ocker betonte seine athletische Figur, während die weiten Schäfte seiner Lederstiefel, umgestülpt und von Schlamm bespritzt, auf seine kürzliche Wanderung ohne Reittier hinwiesen.

„Habt Dank, Herr Magier", sagte Voganaomarien in der Menschensprache, ohne seine wachsame und bedrohliche Haltung aufzugeben. „Was habt Ihr mit diesen Unholden zu schaffen?"

Der Mensch erwiderte offen Voganaomariens finsteren Blick, während die Granitgargoyles sich neben ihm positionierten, ihre massive Präsenz eine stumme Bedrohung.

„Wieso fahrt Ihr unseren Retter so an, Voga?" rief Ellarielle auf elbisch ihrem Kämpfer zu. „Behandelt ihn mit Respekt."

„Igo nu pe Solason. (Er ist ein Mensch.)" Er richtete seine Aufmerksamkeit erneut auf den Unbekannten. „Verzeiht meinen Argwohn, Herr Magier. Doch haben wir wenig mit den Belangen der Sterblichen zu schaffen. In ihrem Streben nach Macht werden sie habgierig, denken ausschließlich an sich und zerstören dadurch die Harmonie der Natur. Das alte, edle Menschengeschlecht ist nahezu verloren gegangen."

„Voga", schalt die Herrin wiederholt, wartete aber gespannt auf eine Antwort.

„Domel nu ego (Ein Elbenfreund bin ich)“, sagte der Mensch selbstbewusst.

„Ihr sprecht die Sprache des schönen Volkes. Das überrascht mich. So nennt Euren Namen, Herr.“

„Ich bin Tormendan Falton, zu Euren Diensten, ihr edlen Elben. Und Ihr seid?“

Voganaomarien wollte ihn des mangelnden Respekts tadeln, doch die Maid kam ihm zuvor und bedachte den Barden mit einem missbilligenden Blick. „Ellarielle Leradenoth und das ist mein Kämpe, Herr Voganaomarien.“

„Lady der Emel ist ihr Titel und sie ist die Tochter Lord Amaniels von Riboracedis, also verbeugt Euch und zeigt Manieren gegenüber der Dame, Herr Tormendan. Seid Ihr mit dem Protokoll zu Hofe vertraut?“

Der Magier verbeugte sich korrekt. „Solas“, sprach er und seine magischen Begleiter verschwanden.

Ellarielle verkrampfte sich sogleich unter dem Schmerz ihrer Kopfwunde und sie verlor ihr Bewusstsein. Tormendan kniete sich zu ihr und legte eine Hand auf die Verletzung. Der Elbensänger machte Anstalten einzuschreiten, doch erleichtert ließ er Imviena sinken. Sein Gefühl sagte ihm, dass dieser Knabe keine Bedrohung sei. „Domel.“

Seidig blau erstrahlte Tormendans Hand und der Glanz ging auf die besinnungslose Elbin über. Aus dem breiten Riss ihrer hohen Stirn versiegte der Blutschwall allmählich, doch Voganaomarien stiegen Tränen in die Augen, als er die Wunde zum ersten Mal betrachtete. Wäre seine wunderschöne Herrin auf immer entstellt gewesen wegen seines Versagens?

Ein Grind entstand aus dem heilenden Zauber. Dann langsam verblasste das Rot zu braun, über Ocker zu beige und anschließend zu dem Alabaster ähnlichen Hautteint der Emel. Schritt für Schritt kehrte die makellos glatte Stirn zurück. Ellarielles Antlitz war wie zuvor, als hätte sie sich diese böse Verletzung nur im Traum zugezogen.

Voganaomarien öffnete vor Erstaunen und Erleichterung den Mund. Er war so glücklich. „Ich danke Euch von ganzem Herzen, mein Herr. Ihr seid fürwahr ein Elbenfreund. Vergesst meine Vorurteile über die Menschen, denn rechtschaffend und wohlwollend seid Ihr. Edles Blut tragt Ihr in Euch."

„Gern tat ich es, Euch Erleichterung zu verschaffen", antwortete Tormendan freundlich. Er küsste sanft seine Fingerspitzen und fuhr mit der Hand über Ellarielles zart rosafarbene Wange. „Seht Herr Elb, Eure Lady erwacht."

Leise stöhnte sie. Unter der versiegenden Benommenheit regten sich ihre Hände und ihr Kopf drehte sich. Und blinzelnd schlug sie die Augen auf.

Tormendan war gefangen, als er sich in dem lieblichen Licht wiederfand. Silberklar wie ein unberührter Weiher waren sie und die langen Wimpern umstanden dieses Idyll wie Schilf und Riedgras. Unglaublich, unvergleichlich und unvergesslich, ein Sinnbild sylphenhafter Schönheit.

Der Knabe konnte nicht anders und starrte sie an, er stierte beinahe. Doch die hohe Frau schalt ihn keineswegs. Sie blickte ihrerseits in das frische Grün von Laub, wie es die Bäume und Sträucher im Frühling bekleidete.

Dieser Moment währte für beide eine Ewigkeit. Er war so kraftvoll und wunderbar und unvergesslich. Sie wussten, was das zu bedeuten hatte. Sie waren füreinander bestimmt. Liebe auf den ersten Blick.

Das sagen die Menschen oft, doch fällt es auf das schöne Volk zurück. Bei den Elben gibt es immer einen Mann und eine Frau, die füreinander bestimmt sind und Zuneigung füreinander hegen, ohne Gleichen. Und wenn sich diese beiden das erste Mal sehen, wissen sie – obwohl der andere völlig fremd ist – wie vertraut einem der andere erscheint. Liebeleien geben sich Elben hin, vor dem Treffen ihres Lebenspartners, aber das Zusammengehörigkeitsgefühl teilten sie nur mit dieser einen Person.

Wie lange sie sich anstarrten, vermochten sie nicht zu sagen. Dennoch wartete Ellarielle, dass der Sterbliche sie berührte, doch Tormendan wollte ihr die Annäherung überlassen. Letztendlich traute sich keiner der beiden den ersten Schritt zu machen. Also genossen sie einfach die Anwesenheit des Gegenübers. Wie berauscht sahen sie einander an und verstanden nicht so wirklich, was geschah.

Überrascht betrachtete Voganaomarien das Bild. Er lächelte und dachte daran, wie es ihm damals erging. Er gönnte es ihnen.

Seine empfindsamen Ohren vernahmen das Nahen von Pferden. Er richtete seinen Blick über die Ebene gen Norden dem breiten Strom zu und machte zwei Reiter aus. Selbst über die Meilen hinweg erkannte der Barde die Gardisten. Glücklich schickte er eine lautlose Tirade an Florathien, seine Göttin.

Das Hufgetrappel der Streitrösser brachte die Elbin und den Menschen zurück in die Wirklichkeit. Fröhlich kam Ellarielle auf die Beine und lief ihren Rittern entgegen.

„Rael ist gefallen“, sagte Elne traurig.

„Wir glaubten euch alle bei den Toten“, erwiderte die Lady und tätschelte die Oberschenkel ihrer Freunde.

„Entspricht das auch der Etikette bei Hofe?“, fragte Tormendan als er Voganaomariens belustigten Blick sah.

„Ganz und gar nicht, aber groß ist die Wiedersehensfreude. Sie hält nicht allzu viel vom Protokoll und lässt es außer Acht, wo sie nur kann. Eine dickköpfige Maid, mein Herr.“ Er wandte sich an die Ritter. „Die Herren Elne und Ferelle.“ Er stellte den Magier vor und die Berittenen nickten ihm zu und er erwiderte die Geste.

„Wie kamt Ihr zu unserer Rettung, Herr?“, fragte Ellarielle.

„Edle Lady, ein glücklicher Schmetterling sagte mir, er habe die anmutigste Frau Anemerons gesehen. Als ich ihn fragte, wo dies war, wies er mir die Richtung. Unterwegs traf ich jemanden, der noch mehr wusste."

„Wer war es?"

„Ihr sollt es erfahren, meine Lady." Er rief das Tier leise und schickte seinen Namen mit dem Wind über die Ebene. Eine Weile später trabte ein grauer Falbe auf die Gruppe zu. Schlanke Flanken besaß die Stute und dunkle Fesseln.

„Iloranon." Ellarielle konnte es gar nicht fassen, dass ihr Ross unversehrt dem Gedränge entkommen war. Sie ging mit offenen Handflächen an das Tier heran, um es zu begrüßen. Iloranon stampfte kurz auf und ließ sich von ihrer Herrin streicheln und die Arme um den Hals legen.

„Ich verdanke Euch vieles", sprach die Maid glücklich. "Allein Eurer Hilfe wegen, gewähren wir Euch den Zugang nach Ellodanal. Ihr könnt uns begleiten."

Im Jahr 1337 nach Revogatags Schaffen

NELTOMEN

Er kam sich völlig nutzlos vor. Seine Ausbildung war einzigartig und er hatte einen der größten Meister an seiner Seite, doch er hatte versagt. Er war nicht würdig. Es war alles umsonst gewesen. Die intensiven Studien und Trainings mit Samaelle. Die Weisen hatten sich allem Anschein nach geirrt. Die Aufgabe, die sie ihm zugedacht hatten, entsprach nicht seinen Talenten und Begabungen. Doch konnten sich die Weisen überhaupt irren? Er war ein Nichts, ein Wurm. Und er kam sich verloren vor.

Neltomen saß zusammengekauert auf den Dielen seines Zimmers. Plötzlich tat sich ein dunkles Loch auf und er stürzte hinein. Tiefer und tiefer fiel er. Er erkannte keinen Boden, doch seine Gedanken rauschten mit ihm hinab. Er spürte den Wind, während es abwärts ging. Wenn er aufschlug, wäre er tot und konnte nicht mehr versagen. Wenigstens dieser Trost war ihm gewiss. Er wollte seinen Meister nicht noch einmal enttäuschen und sein Ansehen in den Augen der anderen Weisen schmälern durch seine Schmach. Der Cherube war eine Schande! Im Himmel fielen die Taten der Schüler auf ihre Meister zurück. Sie hatten die Verantwortung mitzutragen. Die Erzengel! Er hatte sie alle enttäuscht, ihr Vertrauen verraten. Ja, sie erniedrigt! Die Obersten in Himmel!

Die Zeit verstrich endlos bei seinem Fall. Die Gedanken in seinem Kopf quälten ihn, doch es war seine gerechte Strafe. Er würde alles erdulden. Sei sie auch noch so hart!

Dann stand alles still. Sein Sturz stoppte und er brauchte einen Moment, um zu verstehen. Seine Schultern bebten. Er gewahrte, dass Samaelle bei ihm war und ihn schüttelte.

"Neltomen", beruhigte er seinen Schüler. "Es ist gut."

Der Jüngere verzog das Gesicht.

"Glaub es mir. Vertrau mir."

"Habe ich das nicht schon zu Genüge missbraucht?"

"Wie kommst du darauf?"

"Das fragt Ihr noch!", fauchte Neltomen. "Ich bin nutzlos. Meine Prüfung..."

"... war so, wie ich es erwartet habe," beendete der andere den Satz.

Schlagartig zuckte der Cherube zusammen. Sein Gesicht verlor jegliche Farbe. "Was soll das heißen? Habt Ihr mich nicht vor der Prüfung bestärkt und gesagt, dass alles gut wird? Ihr habt mich belogen, obwohl ich Euch vertraut habe." Er senkte das Haupt, damit sein Meister seine Tränen nicht sehen konnte.

"Meine Worte waren: Es wird gut gehen."

"Doch das ist es nicht." Er schluckte. "Ich habe versagt. Gebt mir noch einen Augenblick."

Der Erzengel lächelte. "Es ist gut."

Nach einer Weile fasste sich Neltomen und stand auf. Seine Stimme wurde wieder fester: "Meister, habt Dank für alles, was Ihr mich gelehrt habt. Ich packe meine Habe und dann verlasse ich Euch."

Nun lachte Samaelle aus voller Brust. "Neltomen, die Prüfung sollte deinen Willen testen, mit Niederlagen umzugehen und ihre Konsequenzen zu tragen, welch Opfer es auch fordern mag, dafür einzustehen. Es ist gut. Du hast bestanden!"

"Heute bestimmt deine Lektion, deinen Zustand des gestrigen Tages', fing Samaelle an. "Du sagtest, du bist nutzlos."

Er ließ es im Raum stehen und musterte seinen Zögling. Dieser zuckte merklich zusammen.

"Richte dich auf, Neltomen. Atme tief ein und aus, ein und aus. Es gibt Dinge oder Taten, die sind nutzlos, doch ein Individuum, ganz besonders von deiner Größe, war es nie, ist es nicht und wird es niemals sein. Bewahre meine Worte gut auf. Denn immer, wenn du an dir zweifelst, entsinne dich ihrer." Wehmütig senkte er den Kopf. "Einst habe auch ich dies erfahren müssen." Samaelle fing an zu erzählen.

Wütend vor Zorn schlug er die Bettstadt mit seinem kräftigen Armen auseinander. Die Heilerinnen flohen aus dem Saal. Danach bearbeitete er mit seinen Fäusten die Wand, bis der Stein bröckelte und seine Knöchel völlig zerschrammt und blutig waren. Erschöpft brach er zusammen. Seine Kraft war noch immer nicht zurückgekehrt nach der Schlacht, als er Moses und die seinen vor ihren gnadenlosen Verfolgern geschützt hatte. Doch die Regeneration seiner Stärke war nicht, was ihn in Rage gebracht hatte. Nein, es war sein Augenlicht, das er auf immerdar verloren hatte. Er war einer der größten Krieger Revogatags, des Einen. Wahrlich, er hatte unzählige Kämpfe geführt und seit jeher war er siegreich und gestärkt daraus hervorgegangen. Nun hatte er verloren, seine Stellung, sein Sehvermögen und seinen Sinn!

Erneut sprang Samaelle auf und wollte seinem Zorn freien Lauf lassen, doch etwas hielt ihn zurück.

"Lass ab von der Gewalt, mein Freund!", rief Gabrielle.

"Ich kann nicht!"

"Du musst", erwiderte der andere. "Der Zorn wird dir nicht helfen."

"Nichts vermag mir zu helfen, mein Sarim. Ich bin nutzlos. Siehst du das nicht?"

Gabrielle ließ ihn los. "Du magst vieles sein, aber fürwahr nicht nutzlos. Es gibt Dinge oder Taten, die sind nutzlos, doch ein Individuum, ganz besonders von deiner Größe, war es nie, ist es nicht und wird es niemals sein."

"Ich bin blind!"

"Ja, das bist du, Samaelle. Und doch ist es dein bislang ärgster Kampf, den du durchzustehen hast. Noch bist du im Gefecht. Finde die Blöße in den Paraden deines Gegners. Du bist einer der mächtigsten unter uns Erzengeln und Kriegern. Sei es auch, mein Freund. Sei es."

IMGELLON

Eines Morgens beobachtete Imgellon, die Sonne war bereits aufgegangen, eine kleinere Gestalt weit unter ihm. Er entschied sich, näher heranzufliegen. Nach einer Weile im Sinkflug erkannten seine Augen einen Kaiseradler, der auf der Suche nach Beute am Boden war. Es war ein schönes Tier mit einer Flügelspannweite von über 2 Metern! Charakteristisch waren die weißen Flecken an Schultern und Flügelbug, ansonsten war es größtenteils schwarzbraun gefärbt, außer im Nacken war es gelblich braun. Der Greifvogel bemerkte, dass er nicht mehr der Stärkste am Himmel war und ging in den Sturzflug.

Imgellon war derart fasziniert von dem Adler, da er solch eine ungewöhnliche Größe aufwies und folgte ihm. Beide gingen tiefer und tiefer, durch dichte rosane Wolkendecken, in denen Imgellon sein Ziel beinahe aus den Augen verlor. Doch sie waren so schnell hindurch, weshalb es immer weiterging. Manchmal musste der Windelb seinen Flug korrigieren, um dranzubleiben. Die Jagd kam für Imgellon einem Wettstreit gleich und er war noch eifriger bei der Sache seinem Vordermann nachzujagen. Der Adler wandte sich gekonnt im Flug und nutzte die Windverhältnisse nach allen Regeln der Kunst aus. Er stieß ein gedämpftes "ko-gok" als Warnruf aus und ein zweiter Greifvogel schoss wie ein Blitz von unten heran.

Die Distanz der beiden verkürzte sich und Imgellon wollte dem Tier zurufen, keine Angst vor ihm zu haben, als er plötzlich an einer Schwinge von etwas getroffen wurde und ins Straucheln kam. Er spürte immer mehr Treffer und Hiebe und erkannte zu spät, dass er sich viel zu tief befand! Dann stürzte er.

Imgellon rollte sich zur Seite und spürte einen stechenden Schmerz in seinem linken Flügelpaar. Vorsichtig setzte er sich und riss die Augen auf! Um ihn herum war so viel Unvertrautes. Er saß weich in einer Art brauner Schwingen und grünen Federn. Als er mit der Hand danach griff, stach er sich jedoch daran und ließ ab. Er sah starke braune Riesen mit unzähligen Armen und grünem oder goldenem Haar. Sie bewegten sich abwartend und leise.

"Was wollt Ihr von mir?" Er zog schnell sein Feuerschwert, doch erneut durchzuckte ihn eine Woge der Schmerzen und er krümmte sich. Trotzdem würde er sich nicht kampflos geschlagen geben. Imgellon verzog das Gesicht und wartete auf eine Reaktion.

Er wurde ungeduldig. "So frage ich erneut: Was wollt Ihr von mir?"

Abermals erhielt er keine Antwort.

"Lasst mich ziehen, denn nur widrige Umstände brachten mich hierher. Ich werde Euch nichts tun. Das Gleiche erwarte ich von Euch."

Weiterhin Stille.

"Nun gut", sagte er und stand unter Stöhnen auf. "Ich deute Euer Schweigen als Zustimmung. Wir haben einen Pakt."

Der Engel steckte seine Klinge ein und lief los. Er konnte von Glück reden, dass ihm nichts Schlimmeres widerfahren war, als zwei verletzte Flügel. Der Sturz hätte ihm das Genick brechen können.

Er wusste nicht, wie weit er gelaufen war, denn er war noch immer fasziniert von der fremden Welt um ihn. Nach einiger Zeit hatte er verstanden, dass zwischen den schweigsamen Riesen auch Unterschiede bestanden und es wohl auch verschiedene Chöre gab wie im Himmel. Alsbald erreichte er eine offene Fläche und verließ das Gebiet seiner Beobachter. Gras erstreckte sich vor ihm und die Anspannung, die sich seiner im Lager der Riesen bemächtigt hatte, fiel von ihm ab. Ein Stück voraus konnte er eine Erhöhung erkennen. Von da aus sollte er sich einen Überblick verschaffen können.

Dort angekommen, sprang er schnellen Schrittes, die Anhöhe hinauf, doch direkt machte sich seine Verletzung wieder bemerkbar und er lief langsamer. Auf der Spitze stand wie eine Festung ein weiterer Riese als Ausguck.

"Seid gegrüßt, Riese. Ich bin auf der Durchreise. Mein Name ist Imgellon. Ich habe eine Abmachung mit den Euren getroffen, dass keine Gefahr von mir oder von Euch ausgeht."

Der Angesprochene bewegte sich leicht in die Richtung des Engels und schnaubte laut. Währenddessen frischte der Wind auf und eine leise Melodie wurde zu Imgellons Ohren getragen.

Hellhörig wandte er sich von seinem Gegenüber ab und folgte der Stimme. Er sah eine Felsformation hangabwärts und hielt darauf zu. Gebeugt und leise stahl er sich heran, wollte die Sängerin nicht verschrecken. Es war zur Abendsonne im Sommer, als er sie sah, badend in einem Weiher, umstanden von wenigen kleineren der Riesen. Da schwanden ihm alle Wehnisse und ein Bann fiel über ihn, denn sie war die schönste Schöpfung, die er je gesehen hatte. Weiß wie der mondhelle Schnee war ihre Haut, ihre Augen waren wie der Sterne Glanz; ihr Haar fiel wie ein Mantel über ihren Nacken und ihre Schultern, es war wie der Sonnenschein, doch durch die Nässe dunkler wie die Morgendämmerung gefärbt. Liebreiz und Lust lagen in diesem wunderbaren Licht ihres Antlitzes. Und aus ihrer Erscheinung ging Wissen, Macht und Freude aus.

Doch sie entschwand seinen Augen und er näherte sich ihrer Badestelle, sprang hinein und richtete seinen Blick gen Süden, Norden, Westen und Osten, doch sah er keine Spur von ihr. Er sackte zusammen. In seinen Gedanken gab er ihr den Namen U'Domelle, was so viel heißt, wie fremdes Elbenkind.

Der Engel beruhigte sich, als er den strengen Blicken der Riesen um ihn gewahr wurde. "Wo ist sie hin? Sagt es mir, ich flehe Euch an."

Wie erwartet, blieb eine Antwort aus.

Er trank zunächst vom Wasser und fühlte sich besser. So erhob er sich und lief weiter. Er glaubte, einer der Riesen streckte einen langen Arm nach Westen und nahm diesen Hinweis dankend an. Langsam und seitlich bewegte er sich vorwärts, darauf bedacht, keinen Laut zu verursachen. Da sah er sie von Fern wie eine Feder, die der Sommerwind wegtrug. Diesen Weg schlug er ein.

Während er sich anschlich, hörte er erneut ihren Gesang, der ihn magisch anzog. Er spähte gebückt durch hohen Pflanzenbewuchs und sah sie. Sie stand vor ihm, schön und schrecklich, traumhaft und tückisch, verführerisch und verboten, alles zugleich. Seide umhüllte ihre Kurven, doch verhüllte sie sie keineswegs. Unter ihr stand einer jener Riesen und hob sie hoch, bis sie über ihm war.

"Ihr seid in meinen Wirkungsbereich eingedrungen. Sagt mir, was heißt Ihr hier zu finden?" Sie verschränkte die Arme unter ihrer Brust, die sie deutlicher zur Geltung brachte und ihn noch mehr gebannt starren ließ. Efeuranken schlangen sich um den Körper des Windelben, zogen ihn zu Boden und raubten ihm den Atem.

Ihr Blick traf ihn wie ein Zauber, den er kämpfend mit einem einzigen Wort brach. "U'Domelle." Imgellon gab den Pflanzensträngen nach und seine Welt wurde schwarz.

Da hielt sie in ihrem Ansinnen inne, denn in diesem Namen klang so viel Liebe mit, wie sie sie noch nie erfahren hatte. Von da an war es um sie geschehen und ihr Leben war mit dem seinen verknüpft.

KAPITEL 3

DER SCHÖNHEIT SINN, DER TIEF REICHT

TORMENDAN

Viele Wege brachten damals Wanderer an ihr Ziel. Welcher Art diese Wege waren jedoch, war völlig unterschiedlich. Trügerisch konnten sie gar sein und Reisende in die Irre führen. Also stellten die Elben einen Sinnspruch auf, der von den Menschen noch heute zumeist geachtet wird: >Behalte stets deinen Weg im Auge. < Manchmal war guter Rat teuer, vor allem wenn dieser derzeit unbedacht verworfen wurde.

Es war auch wohlgetan, einen Blick auf seine Füße zu werfen, schließlich führten sie einen ins Unbekannte, ins Nirgendwo... Wie dem so war, brauchte man zur Wanderschaft Ausdauer, Standfestigkeit und einen starken Willen, um es mit den Straßen aufzunehmen. Manchmal musste eine weite Strecke zurückgelegt werden und sofern einem kein Pferd zur Verfügung stand, blieb nur Schusters Rappen. Aber gutes Stiefelwerk konnte eine beschwerliche Reise erheblich angenehmer gestalten und brennenden Blasen an den Füßen vorbeugen. So verhielt es sich mit den altbekannten irdischen Wegen. Anders ist es mit den verzauberten und verborgenen Pfaden, die Magie geschwängert waren. Waldläufer benutzten, zumal ihre übernatürlichen Sinne, um auf überwucherte Straßen zu gelangen, sprachen mit der Natur oder Magier mit den Elementen und schufen so neue Wege. Manche Orte bargen allerdings ihre eigenen seltsamen Zuführungen wie auch Ellodanal.

Der Landsitz Ellodanal, erbaut von dem hohen Halbelben, das heißt seine Venen teilten altes menschliches Blut mit elbischen, Amaniel Leradenoth, spendete Bedürftigen Zuflucht und hielt viele weitere Überraschungen für Besucher parat.

In der Sprache der Solasons bedeutet dieser mystische Ort >Der Schönheit Sinn, der tief reicht<. Die Stätte selbst gebar bis auf die Magie von ihren Bewohnern keine, lediglich die Zugänge bestanden daraus. Um sich Eintritt zu verschaffen, musste das Geheimnis des außergewöhnlichen Weges einem bekannt sein oder sein Leben davon abhängen, nur so fügte sich die Erkenntnis in dessen Gedächtnis.

Ruhig traten die vier Elbenrösser über die grüne Ebene. Sie folgten keinem Weg mehr, sondern liefen querfeldein nach Osten. Im Hintergrund verblassten die dunklen Tannenwälder Ferillyandars und das Band des Bessadefo, auf dessen Oberfläche sich nun langsam das Feuer des anbrechenden Abendrots spiegelte.

Tormendan ritt hinter Voganaomarien. Selba, die Stute des Magiers, war nach dem Kampf zu ihm gestoßen. Immerdar dagegen hielt sich vorerst verborgen.

Die Herren Elne und Ferelle ritten hinten drein und beobachteten mit voller Aufmerksamkeit die Umgebung. Ellarielle schaute immer wieder zu ihrem Retter, ihrem Helden. Sie wollte etwas sagen, doch sie wandte sich wieder ab. Vielleicht fehlten ihr die Worte, doch sie beherrschte das Schüchternheitspiel einer verliebten Frau wie eine Meisterin. Ihre für gewöhnlich hauchzarten rosa Wangen waren tiefrot und verrieten sie allerdings auf schelmische Weise. Tormendan gefiel ihre angelegte Scheu und jedes Mal, als er in Gedanken ihren Namen wiederholte, klang es wie die Anrufung eines Engels. Er schenkte ihr ein ums andere Mal einen interessierten Blick.

Der Barde ließ Monin neben Selba fallen. “Sagt, Herr, was ist Euer Begehr in Ellodanal? Weshalb möchtet Ihr dorthin?”

Tormendan zuckte die Achseln. “Es wurde mir aufgetragen.”

“Gewiss, wurde es das. Ich verstehe, dass die junge Lady Euch mitnehmen möchte und dennoch bin ich für ihre und unsere Unversehrtheit zuständig. Und ich bin neugierig.” Er lächelte, als er seinen Blick zu Tormendan wendete. “Drum drängt es mich zu erfahren, von wem Ihr mit diesem Auftrag betraut worden seid?"

"Es war die Göttin Florathien."

"Bei der Göttin! Das nenne ich ein Cemta. Was ist es, Herr, was sie von Euch möchte?"

"Sie sagte, ich solle mich um ihre Avatar-Steine kümmern." Er senkte seine Stimme, doch bei Elben war dies nahezu sinnlos. "Einer ist bereits verloren, weshalb ich die anderen beiden finden und sie in Sicherheit bringen soll. In Ellodanal hoffe ich zu erfahren, wo diese sind."

Der Emel nickte.

"Und habe ich den Test bestanden, Herr Elb?", fragte Tormendan mit einem Grinsen.

"Fürwahr, das habt Ihr. Ich sah in Euren Zügen keine Lüge. Ihr dürft mit uns kommen."

Das graue Zwielicht beendete seinen Spaziergang und nahm die Sonne eng umschlungen mit sich. Von Ferillyan breitete die Nacht dann ihre Hände aus und tauchte die Reiter ins Dunkel. Im schwachen Schein der Mondsichel ließ Voganaomarien Halt machen. Auf einer kleinen Anhöhe fanden die nachtsichtigen Augen der Elben Holz und Tormendan fachte das Lagerfeuer mit einem magischen Wort an.

Sie setzten sich gemütlich nieder und wärmten sich an den Flammen. Und der Magier am Anblick der Elbin.

Die Kälte kroch heran, während die Reisenden den Proviant aßen und anschließend ihre Decken ausrollten. Voganaomarien hieß Elne die Nachtwache zu halten und sie im Morgengrauen zu wecken.

Ellarielle kuschelte sich in ihre Decken und kaute nachdenklich auf ihrer Unterlippe. Sie schaute zu Tormendan und wünschte sich innigst bei ihm liegen zu können. Allerdings war ihr bewusst, dass der Elbenbarde mit seinem überempfindlichen Gehör hören würde, sollte sie zu dem jungen Mann kriechen. Außerdem war ihr Ritter Elne auf seiner Wache und würde ebenso ihr Atmen hören können in der klaren Nacht. Sie spürte, wie ihr sterblicher Angebeteter zu ihr sah und erkannte das funkelnde Licht in dessen Augen durch die Finsternis. Die Maid schickte ihm eine Kusshand über ihre langen schlanken Finger. Sanft führte der Wind die amouröse Geste zu Tormendan und er glaubte beinahe sie über sich zu sehen, so schloss er die Augenlider und ließ sich von dem Moment übermannen. Sie lächelten sich Gute-Nacht-Wünsche zu und schliefen ein. Die Dunkelheit verging und eine gleißend helle, runde Sichel zerteilte die schwarzen Schleier der Nacht, die erröteten, ob ihrer Blöße Ausflucht suchten. Zu dieser Zeit weckte Herr Elne seine Gefährten. "So steht denn auf, der Tag erwacht bereits."

Der Magier setzte sich mit einem Gähnen auf und fuhr sich durch die zerzausten Haare. Es sah fast so aus, als hätte er doch mit der schönen Frau das Lager geteilt. Er trank von dem Wasser, das Ferelle ihm reichte und er fühlte sich sofort frisch. Mit einer Handbewegung löschte er das Feuer und eine dünne Rauchwolke stieg aus der Asche empor.

Sie verzehrten ein Frühstück aus Beeren, Brot, Dörrfleisch und Käse, eher karg für elbische Verhältnisse wohlgemerkt. Danach rollten sie die Schlafdecken zusammen und packten sie wieder auf die Pferde.

Frischer Tau benetzte bei ihrem Aufbruch das junge Gras und ein süßer Duft von Frühlingsblumen lag in der Luft. Der Himmel schien wie gemalt, klärte sich derweil zu seinem prächtigsten Azur, gesprenkelt mit weißen Wolkentupfen, die wie große Schiffe über das Meer segelten.

Der kleine Treck machte sich erst wieder gen Osten auf, doch nach ein paar Meilen beschrieb der Weg einen Schwenk nach Süden. Tormendan blickte sich interessiert um als Voganaomarien erklärte, Ellodanal sei nicht mehr weit, aber der Mensch fand hier und da nur das Grün vor, das der Ebene seinen Namen gab.

"Wo, Herr Elb? Ich sehe nichts, weder Stein noch Baum. Von einem Weg ganz zu schweigen."

Der Barde nickte. "Nicht jeder vermag nach Ellodanal zu gelangen. Der Pfad hinein ist beschwerlich und geheim."

"Elbenzauber?"

"Nein", winkte der Elb ab. "Ihr Menschen redet von uns meist von Zauberern, doch wir selbst sehen darin keine Magie. Es gehört zu unserem Wesen." Er blickte Tormendan an, wohl den Kopf nach hinten drehend, doch sehr eindringlich. " Glaubt Ihr, Herr, Ihr könntet den Weg finden?"

Der Jüngling dachte kurz nach. "Ich denke schon, wenn ich es versuchte."

"Nein, fürwahr nicht, sage ich Euch", erwiderte Voganaomarien, ohne jegliche Spur von Tadel oder Provokation des anderen. "Seht, nicht Ihr findet nach Ellodanal, Ellodanal findet Euch."

Der andere neigte kurz und einsichtig den Kopf. "Und was nun? Der Zugang ist verborgen sagt Ihr, wollt Ihr mir nun die Augen verbinden?"

"Ihr kommt mit uns hinein, bloß werdet Ihr vom Weg aus nicht viel sehen, was Ihr gleich erleben werdet."

"Ist es gefährlich?"

"Nein", antwortete Ellarielle, brachte ihre Stute näher und tätschelte mit einer Hand Tormendans Knie. "Nicht für Euch, mein Herr. Gebt mir Eure Hand."

Er tat wie ihm geheißen und fühlte die Zärtlichkeit ihrer glatten Haut.

Von einem Augenblick zum nächsten verblasste die Grüne Ebene in lichte Farbtöne, die die Augen des jungen Mannes blendeten. Sein Herz schlug heftig, aber die vertraut wirkende Wärme von Ellarielle beruhigte ihn wieder. Lautlos traten die Pferde durch das illusionäre Blendwerk. Als Tormendan zu Boden schaute, sah er lediglich eine bodenlose Tiefe. Er versuchte sich einen Reim darauf zu machen, allerdings ließ ihn seine Klugheit im Stich.

Eine Weile durchschritt die Gruppe diese mystische, ungewöhnliche Welt bis sie dann erneut ins Sonnenlicht trat.

Tormendan empfand die grelle Helligkeit als angenehm nach dem Zauberweg. Er blickte sich um und stand inmitten eines Rosengartens, den weiße Statuen von wunderschönen Elben zierten. Es schien als besäße das Gestein eine Atmung und einen fein gearbeiteten Augenaufschlag. Hölzerne Lauben waren in unterschiedlichen Größen und Formen aus dem Boden gewachsen und mit duftendem Efeu bereichert. Weit hinter dieser Pracht ragte ein riesiger Söller empor, der mit ausläufigen Terrassen und kleinen Ziegeldächern angelegt war. Elben tummelten sich in dem Garten, lagen im Gras, lauschten langen Geschichten. Zufriedenheit spiegelte sich in ihren Gesichtern und Tormendan beneidete sie.

Die Maid drängte Illoran voran, begleitet von den ständigen Verbeugungen und Grüßen ihrer Freunde. Sie zog Tormendan mit sich, doch Voganaomarien wusste dies zu unterbinden.

"Tut das nicht, meine Lady. Wartet einige Zeit ab, rate ich Euch."

Tormendan nickte dem Barden zu, dass er verstand und ließ ihre Hand los.

"Kommt, Herr Magier, lasst Euch den Pavillon zeigen. Dort werden auch die Pferde zu den Ställen gebracht."

Langsam näherten sich die Reiter dem Gebäude und der Sterbliche erkannte eine ausgereifte Steinmetzkunst im langen Treppenaufgang und den marmornen Wächtern. Hoch reichte der Pavillon und weit liefen die Terrassen aus. Vor den Stufen floss ein sanftes Gewässer entlang. Langsam und lautlos war es in seinem sandigen Becken und eine Brücke aus verwachsenen Ahornbäumen führte hinüber. Klar war der Tag und sein Licht spiegelte sich auf der silbernen Oberfläche myriadenhaft.

Dann kam ihnen ein groß gewachsener Hochelb entgegen. Er war in auffällige Samtstoffe gekleidet und sein Gang war steif, aber ein mildes, freundliches Antlitz ließ die äußerliche Eitelkeit vergehen. Leuchtend wie Granat schimmerte sein Haar. Willkommen heißend öffnete er die Arme: "Meine Lady, da seid Ihr nun endlich. Wir hatten uns schon Sorgen gemacht. Aber sagt, was ist Euch unterwegs widerfahren?", fragte er nach einem forschenden Blick auf ihre dezimierte Eskorte.

Während sie abstiegen und Dafuel die Pferde wegführten, berichtete sie von dem Hinterhalt in wenigen Worten und stellte anschließend ihren menschlichen Begleiter vor.

"Zu Euren Diensten, mein Herr. Ich bin Amaniels Burgsaß auf Ellodanal. Nemonbessa Cinafog ist mein Name. Seid hier willkommen."

"Mein Gruß", erwiderte Tormendan. "Danke für Eure Gastfreundschaft, Herr Elb."

"Meine Lady, soll ich Essen bringen lassen? Ihr seid gewiss hungrig nach dieser beschwerlichen Reise."

"Bitte edle Elben, ich möchte gerne vorher ein Bad nehmen", warf Tormendan ein. "Neben solch einer duftenden Blüte wie Euch meine Lady, möchte ich nicht riechen wie ein Wildschwein."

Ellarielle nickte.

Als der Burgsaß die Diener herbeirief, gingen die Neuankömmlinge geschwungene Stufen hinauf. Tormendan entdeckte so viel unvergleichliche Kunstfertigkeit bei kleinen Wandabschnitten, die mit glaslosen Fenstern und Reliefs versehen waren, bei Bäumen, die harmonisch in den Pavillon und den schneeweißen Fliesen der Söller-Platte hineinwuchsen. Teilweise erinnerte diese Baukunst an die Eremitage Cinabeofans, seinen alten Lehrmeister in Ferillyandar, aber diese architektonische Schönheit übertraf die Behausung des Waldelben wegen der hoch elbischen Elemente. Ob Menschenhand jemals etwas Vergleichbares schaffen konnte?

Über einen angedeuteten Bogengang führte Ellarielle ihren Gast zu den Badeterrassen, die im westlichen Teil der Wohnlandschaft lagen. Eine provisorische Wand aus Mauerbruchstücken und Frauenhaar schützte weder vor neugierigen noch schelmischen Blicken, denn das Schöne Volk kannte keine Scham, das ist eine Strafe des Einen für die vorzeitliche Untugend der Menschen. Das Wasser, des im Boden eingelassenen Beckens schimmerte blau und klar. Silberne Wannen waren zusätzlich aufgestellt und Handtücher waren fein säuberlich auf weißen Kommoden bereitgelegt. Junge Diener halfen den Badenden beim Waschen, Abtrocknen oder Ankleiden. Tormendan erwartete ungeduldig auf sein Erröten, ob der Blöße der Elbenfrauen, doch der Gefühlsausbruch blieb aus. Vielleicht hatte er seine Emotionen schon besser im Griff, was langsam auch Zeit wurde.

Beim Eintreten der Herrin und ihrer Begleitung sprangen drei Diener herbei, um Ihren Wünschen gerecht zu werden. Sie verneigte sich. Dann halfen sie der Maid ihr Kleid zu öffnen, des Anstands wegen, drehte sich Tormendan zur Seite und blickte hilfesuchend zu Voganaomarien. Ferelle und Elne verkniffen sich offensichtlich ein Lachen.

Ellarielle lief die Stufen ins Wasser hinab. "Helft meinem Gast beim Ausziehen“, wies sie ihre Bediensteten an. Die Diener schickten sich und ihre langen, schmalen Finger halfen ihm aus den Kleidern. So gingen er und die Ritter in das große Becken. Angenehm warm fühlte sich die Temperatur des Wassers an. Es wurden Seife und Blütenblätter eingelassen und es duftete stark nach Jasmin. Zwei Frauen schwammen zu Ellarielle und wuschen sie. Der junge Magier vergewisserte sich, dass die Männer sich selbst wuschen und atmete erleichtert aus.

Jedoch hatte er seine Gleichung ohne die Lady gemacht. Sie schickte ihre Dienerinnen hinfort und bahnte sich unverhohlen einen Weg durchs Wasser zu dem Sterblichen. Eigenhändig packte sie ein vorbei schwimmendes Schälchen mit Seife und streckte den Arm nach ihrem Gast aus. Als sie dessen

Schulter berührte, durchzuckte ihn ein freudiger Schauer. Dann glitten Ellarielles Hände behutsam und gründlich über seinen Rücken. Er fühlte, wie Schweiß, Schmutz und Stress von ihm abfielen durch ihre gleichmäßigen Bewegungen. Die Finger der Elbin erforschten frech die Brust und die Bauchmuskulatur, während sie die Seife auf seinem Körper verteilte. Schüchtern, aber offen ließ Tormendan die Herrin gewähren. Er fühlte, wie sich ein Kribbeln vor Freude in seinem Inneren breit machte. Liebe und Lust keimte regelrecht in ihm auf wie eine frisch erblühende Blume und er spürte in seinem Herzen, dass Ellarielle ebenso empfand. Wunderbar warm umfingen ihn diese Gedanken und er vergaß alles bis auf das Bild der personifizierten Schönheit vor ihm. So wie er die Augen schloss, um sich ganz und gar dem Gefühl hinzugeben, konnte er nicht sagen, ob sie ihn nun wahrhaftig geküsst und gepackt hatte und ihn eng an ihren Körper zog oder er bloß in einen Traum entschwebte.

Den badenden Rittern reichte man Tücher aus Leinen, Ellarielle wurde selbstverständlich von Zofen abgerieben. Von unbeschreiblicher Anmut war sie, denn ob ihrer Schönheit war sie nicht ausgehungert wie manche Hofdamen der Menschen, sondern schlank und kräftig.

Tormendan schalt sich, dass er letztendlich doch errötete, als sein Blick über die Höfe ihrer vollen Brüste glitt, obwohl ihr Teint blass, wie Alabaster war, schimmerte ein inneres Leuchten hindurch. *Wie ein Stern der Nacht*, dachte er. Die Dienerinnen zogen ihrer Herrin ein jadefarbenes Kleid über und befestigten es hinter Ellarielles Rücken. Ein seitlicher Einschnitt am langen Wurf ließ den Blick auf ihr linkes Bein frei. Geschickt wurde ihr dunkles Haar gekämmt und alsbald schimmerte es gleich der Dämmerung am Abend. *Der schönste Stern von allen*. Tormendan wartete noch immer im Becken und er starrte nur sie an. Und mit der gleichen Aufmerksamkeit und Liebe in ihrem Blick, ging sie mit ausgestreckten Händen zum Beckenrand. Der junge Mann ergriff zärtlich ihre Handflächen und ließ sich aus dem Wasser führen. Die Elbin nahm ein Handtuch und trocknete mit jener Forschheit wie beim Baden seinen Körper ab. Noch immer stand ihm die Scham ins Gesicht geschrieben, denn es waren einige Elben um sie herum. Sobald Ellarielle begriff, dass ihm noch unbehaglicher zwischen so vielen Beobachtern werden konnte, schlang sie das Tuch um seine Hüften. Dankbar schloss er die Augen.

"Danke, meine Lady."

Sie lächelte ihm verstohlen zu. Dann wandte sie sich an eine der Kammerdienerinnen: "Bringt meinem Gast was zum Anziehen." Die Frau nickte und machte sich daran, den Wunsch ihrer Herrin auszuführen.

Voganaomarien, Elne und Ferelle kleideten sich derweilen in hellblaue Paletots, die mit weißroten Stickereien verziert waren. Nach einer Weile kam die Zofe zurück und brachte eine beige Tunika mit, die Ellarielle ohne Umschweife Tormendan überstreifte und mit einem braunen Gürtel befestigte sie das Gewand.

"Nun gut, mein Herr, habt Ihr noch Hunger?

"Ja", gestand er.

"Folgt mir."

In einer weitläufigen Halle des Pavillons nahmen das Schöne Volk und der Magier das Essen ein. Purpur schimmerte das Firmament der Decke und doch war es so warm, da das Sonnenlicht senkrecht hineinfiel. Ein kühler Luftzug strich durch die Räumlichkeit. Gespeist wurde an einer Kastanienholz-Tafel, die von fünf Stühlen mit Phoenix-Schnitzereien gesäumt war. Sogleich die Hungrigen saßen, brachten Diener in weißen Gewändern elbische Köstlichkeiten: Fasanenbrust und duftender Putenbraten auf großen Tellern, Trüffelsauce und Marinaden-Saft in Glasschalen und warmes Nussbrot wurde gereicht. Der junge Mundschenk füllte währenddessen die Kristallgläser mit tiefrotem Wein.

Tormendan glaubte fast in dem Essen ebenso Magie zu verspüren wie bei allen anderen Dingen, die elbische Hände anrührten. Zu seinen Lebzeiten hatte er noch nie etwas so Schmackhaftes gegessen, obwohl er zu Hause eine gute Küche genossen hatte. Gewissenhaft vergewisserten sich Mädchen und Mundschenk, dass reichlich Speis und Trank vorhanden waren.

"Ein wirklich köstliches Mahl", sagte Tormendan. "Habt Dank, meine Lady."

Indes machte sich die Dienerschaft ans Abräumen, es folgten Geschichten und Gesänge, wie es das schöne Volk liebte nach dem Essen. Hier fand man noch tiefe Besinnlichkeit und Freude und vergaß nicht der vergangenen Tage und Taten.

Ellarielle führte den Magier hinaus aus dem Pavillon auf eine halbmondförmige Terrasse. Beide ließen sich auf einer gepolsterten Bank nieder. Es warteten bereits viele Elben hier, um die silberne Stimme Voganaomariens zu hören, der sie mit auf Reisen nahm. Der blonde Barde setzte sich und stimmte mit zartem Griff seine Laute. Flüssig streichelten seine Finger beinahe ehrfürchtig das Instrument, das harmonische, helle Töne erklingen ließ. Tormendan bemerkte diese Geschmeidigkeit, dass er damit vermutlich genauso gut umgehen konnte wie mit dem Schwert, obwohl diese lieblichen Klänge seinen makellosen Waffengang Lügen straften. Im Kampf verhieß sie Kraft und nun eine unglaubliche sanfte Fertigkeit.

Gespannt warteten die Zuhörer bis Voganaomarien die andächtige Prozedur beendet hatte. Schließlich fragte die Herrin: "Voga, darf ich mir etwas aussuchen?"

"Was immer meine Lady wünscht, werde ich so spielen, dass es Eurer Schönheit nahekommt", antwortete er.

"Singt das Lied von der Schöpfung, denn Herr Tormendan kennt es noch nicht."

Der Elb nickte. Er schloss seine Augen und entlockte der Laute eine leise Melodie, dann sang er auf elbisch und es klang wie die Stimme eines Gottes; sehnsüchtig und golden. In die Menschensprache übersetzt, hießen die Worte:

Eine große Leere herrschte

Ödnis und wirre Wüste

Anemeron, geliebte Erde

Trostlos, voll Wasser, ohne Berge

Bis die Nacht vorüber und es Tag werde.

Durch das Nichts Äonen glitten bloß,

Emanationen von Engeln, gestaltlos

Auf Erden tobte die Urflut los,

Dann kam sie, an Geiste und Wissen groß,

Den Samen von allem Leben in ihrem Schoß.

Dunkle

Dunkel, dominierend, durchwegs gegolten,

Mutter des einen Holden,

Allem Schönen und Gewollten

und den weißen Wolken

Auch als Äon ward Sie gegolten.

Höchste Weisheit war ihr inne,

Und eine beratende Stimme,

Half bei des Weltschöpfers Wille,

Schuf mit bei der Himmelsfülle

Und auch Erdenhülle.

Revogatag

Voll Klugheit und Tatendrang

Fing er seine Schöpfung an,

Morgen und heller Tag wurde es dann,

Fachte Sonne, Mond und Sterne an

Bis die Abenddämmerung herab sank.

Weiter schuf der Eine

Vögel, Fische, große, kleine

Pflanzen, gesunde starke Bäume

Des Menschen Seele und Gebeine,

Dass er der Natur diene und in ihr gedeihe.

Adoil

Einst trug es in sich

Ein großes Licht,

Schön und wunderlich.

Vom Thron` der Eine spricht

Nach oben hinauf: " Öffne dich".

Und der Lichtleib einen Äon gebar,

Indem die obere Schöpfung war,

So entstand der Himmel azurklar,

Mit Stern und ganzer Engelschar.

Archas

Vor unendlich langer Zeit,

Weder greifbar noch leicht,

Doch fest war dessen Leib,

Dem Gesicht des Morgens gleich

Rot und an Flammen reich.

Ein Ruf kam hinab,

Ein Äon spaltete sich ab

Auf Wunsch von Revogatag.

Zur Erd dauerte es noch lang, doch keimte ein Anfang.

Imgellon

Strahlte er einst heller

Wie ein Stern, noch greller

Als wenn Licht fällt auf Silberteller

Selbst der Glanz eines Spiegels seine Schönheit spottete aller anderen Engel.

Er strebte nach Ruhm und Macht

Eine Leidenschaft ward entfacht

Wollte Glorie und Glanz und lacht

Der höchsten Wesenheit Revogatag,

Weshalb er fiel, ab vom Licht zur Nacht.

Große Rebellion

Mit tödlich Flammenschwerte

Mit dunklen Engeln Imgellon aufbegehrte

Gen Himmel auf, das Böse lebte

Auf und die Welt erbebte,

So dann er Gottes Thron erstrebte.

Kämpfende Engel überall

Bringen Tod, Hass, grausam Qual

Unter dies brach Speer und Schildwall.

Letztendlich war es Michaelle mit seinem Stahl

Der brachte den einst so Geliebten zu Fall.

Mensch

Weit ab in der Tiefe ersinnt er eine neue List,

Er weiß, Revogatags letzte Schöpfung der Mensch ist,

Der Seele und freien Glauben besitzt,
In der Schlange Gestalt dem Mensch Unglück
Durch Lüge und Verführung gibt.
Dem einen missfiel des Menschen Aufsaß,
Beide, Mann und Maid, er aus dem Paradies warf,
Die so glücklich waren, hat er arg gestraft,
Doch seiner hohen Liebe Maß
Zu ihnen durch dies nicht minder ward.

Verständnis

Zunächst gab's für Engel ein Geschlecht
Bloß der Mann, war des einen Sinnbild gesetzt,
Aber manche Engel neideten der Menschenrecht,
sie wohnten irdischen Frauen bei, gegen Gesetz,
Galten als Gefallene, verstoßen und hinab versetzt.
Revogatag solch groß Bedauern befiel,
Seiner Engel wegen der Sterblichen Liebesspiel
Nachzuahmen. Seiner Erhabenheit glich
Die neu erschaffene Maid, er sie lieblich Evaelle hieß
Und fortan schöne Engelsfrauen erschienen.

Elb

So die Nachkommen der Engel Engelmaiden trugen aus

Doch das schöne Volk in der Menschenfrauen Bauch

Dass sie Beischlaf mit Engeln hielten auch,

Ein holdes, rechtschaffenes Volk keimte auf,

Hoffnung und Zuversicht der Eine setzte darauf.

Flügel nur waren ihnen vergönnt;

Kraft, Größe, Schönheit, Weisheit ward geschenkt,

Revogatag sie nun endlich vollkommen nennt.

Legt ihnen das Paradies in die Händ´,

Dass sich vieles auf Erden zum Besseren wend.

Sonore Schlussakkorde ließen den Cantus ausklingen und langsam kehrten die in die Ferne schweifenden Gedanken der Anwesenden auf die Terrasse zurück. Doch die Harmonie der gemeinsamen Stunden wurde unsanft verscheucht, denn unter den Elben saß auch Lael Eronfea, ein junger Krieger, der in tiefer Freundschaft mit der Herrin Ellarielle stand und sie schon in der Vergangenheit umworben hatte. Er war kräftig, was die Sehnen an den freien Armen zeigten und sein Haar unvergleichlich kurz für einen seines Gleichens; es schmiegte sich hinter seine spitzen Ohren als er es zurückstreifte und glänzte wie helle Kastanien. Vielleicht war es Eifersucht, die aus seinem geringschätzenden den Blick auf den Sterblichen sprach. Wobei allerdings Hochmut in seinem Gemüt herrschte, er mochte keinen Rivalen vom anderen Blute bei Ellarielle sehen. Es schmerzte ihn ein wenig, doch er wollte bloß das Beste für sie.

"Bitte, Freunde", richtete er das Wort in die Runde, "lasst Herrn Tormendan zu unserem Wohle singen." Es lag keine Bitterkeit in seinem Tonfall, nur selbstsichere Eitelkeit machte sich breit, um damit den Fremden zu erniedrigen, sollte er seine Bitte abschlagen. Seine grauen Augen glänzten siegessicher.

"Aber gerne", bremste der Magier den anderen aus. "Soll ich in der Euren Sprache singen, mein Fürsprecher? Gut, dieses kennt Ihr sicherlich. Herr Voganaomarien, könntet Ihr mich begleiten?"

Der Elb mit den blonden Haaren nickte. Er wusste, dass Tormendan die Ballade Ferillyandars zum Besten geben wollte. Leise leierte er den Canto.

Der Mensch fiel nach einer Weile mit getragener Stimme ein.

O Ferillyandar, uneinnehmbare Veste von Goldar,

stehst dem Bösen Anemerons zu Trotze

Entstanden aus Busch, Baum und Bannspruch.

Von Dafuel und Waldmenschen gehalten,

Ferillyan zum Schutze.

So sang er alle Strophen und seine Zuhörer erinnerten sich der vergangenen Tage, denn die meisten waren dabei gewesen, manche sogar in der Schar des Hochkönigs Iseron, der gegen Nagardons Schergen rückte. Tormendan mochte dieses Lied besonders, denn er hatte es von seinem alten Lehrmeister Fertan Maldos gelernt, als er seine Lehre bei den Köhlern gemacht hatte. Ferillyandar war gewaltig, doch das Dorf der Köhler war ein Teil davon, weshalb er sich ein bisschen mit dem Lied verbunden sah. Außerdem kannte er nicht besonders viele, wie er sich eingestehen musste.

"Ihr singt mit heller Stimme, Herr", lobte Lael und Bitterkeit füllte seine Stimme. "Ich bin überrascht, dass Ihr meine Sprache beherrscht wie meinesgleichen." Gram machte sich in seinem Gesicht breit. Er war beschämt worden, durch seinen eigenen Hochmut. Um einen Rest seiner Würde zu wahren, verließ er mit anerkennendem Nicken zu dem Köhler und einer Verbeugung zu Ellarielle die fröhliche Runde. So stolzierte der Krieger gekränkt davon.

"Ich entschuldige mich für sein Verhalten", sagte die Herrin und legte eine Hand auf Tormendans Knie.

"Nicht, meine Lady."

"Lael bildet sich viel auf seine Abstammung ein, doch er ist ein guter Freund für mich. Er hat einst um mich geworben..." Sie stockte in ihrer Erklärung und sah Tormendan in die Augen. "Er wird es verstehen und Euch keinen Groll nachtragen."

Verständnisvoll nickte der Magier. Geschwind drückte sie ihm einen Kuss auf die Wange.

Indes hatten die Verliebten nicht bemerkt, dass Voganaomarien bereits wieder sang und so die anderen elbischen Zuhörer von der Lady und dem Menschen ablenkte. Der Barde gab ein Gedicht für die Göttin Florathien zum Besten.

Oh Göttin, Florathien

erscheinest weit und breit, mit silbergoldenen Kleid,

bei mir doch verweilt und all meine Sorgen heil.

In so vielen Schönem bist du inne

durch deinen Anblick gibst du mir Kraft,

selbst in dunkelster Nacht wird Hoffnung entfacht.

Als Sternstrahl bist du heller der anderen gar,

dein Abbild sich im Meeresspiegel,

allüberall, du bist um mich.

So ging es denn dem Abend zu, nach Stunden voll Behaglichkeit. Das Abendbrot wurde gereicht und Tormendan aß sich ordentlich an Wildbret und Nussbrot satt. Kurz darauf verabschiedete er sich formell von der Herrin und verbeugte sich. "Gute Nacht, meine Lady."

Sie drückte noch einmal seine Hand und entließ ihren Gast mit einem sehnsüchtigen Blick. "Ich werde morgen nach Euch schicken, mein Held. Schlaft süß."

Wieder ihrem Willen ließ sie seine schwielige Hand los und lief zu ihren Gemächern. Der Magier wurde von einem Diener zu seinem Gemach gebracht und er betrat das luftige Zimmer. Es war ebenfalls im beeindruckenden elbischen Stil und mit Adler-Einlegearbeiten gefertigt. Er zog sich aus und dachte an das Bad mit Ellarielle und musste unweigerlich Grinsen. *Elben sind keinen Deut besser als Nymphen*. Bevor er einschläft, hatte er noch lange das Bild der wunderschönen Frau vor Augen; es hatte sich in seinem Kopf festgesetzt. Nie mehr würde er von ihrer Seite weichen, denn der Glanz ihrer dunklen Augen brachte die Sonne mit. Er fragte sich, was sie wohl morgen mit ihm anstellen wolle und errötete. Seine Gedanken kreisten um die Zweisamkeit beim Baden.

Am Morgen wurde er von einer frischen Brise des Frühlings geweckt. Seine Augen quälten sich zunächst des hellen Sonnenlichts, das orangegold durch die lichten Wände fiel. Ein Wasserspeier spendete klares Wasser, womit er Oberkörper und Gesicht von Schweiß befreite. Er griff nach einem Handtuch und trocknete sich ab.

Tormendan warf sich ein frisches Leinenhemd über, das er auf der Kommode fand. Er zog seine Hose an, sein Schwert Englar schnallte er an den Gürtel. Mit einem Kamm aus Kastanienholz fuhr er durch das ungebändigte Haar.

"Guten Morgen, Herr“, rief Ellarielle plötzlich vom Gang aus. "Gestattet mir, dass ich Euch zur Hand gehe."

Der junge Mann drehte sich um. "Gibt es keinen Ort, an dem man ungestört ist, meine Lady? Es beschämt mich bisweilen, wenn ich bei allem beobachtet werde, was ich tue."

„Ihr Sterblichen seid leicht zu beschämen“, stellte sie fest. "Natürlich gibt es hier Orte, an denen man ungestört ist, mein Herr. Aber Ihr müsst Euch noch etwas gedulden." Ihr kesser Blick unterlag diesmal seiner Männlichkeit. "Darf ich Euch nun waschen?"

"Bereitet Euch keine Umstände."

"Nein, das mache ich gerne. Ich kämme auch meiner Zofe das Haar. Gebt mir doch bitte den Kamm und setzt Euch aufs Bett."

Der junge Mann folgte und fand sich irgendwie in einem Katz-und-Maus-Spiel gefangen. Und ganz sicher war er nicht die Katze.

Er genoss das Führen der Bürste und das Streifen der Finger in seinem Haar. In Ihrer Nähe fühlte er sich anders, so als könnte er wie einer der Engel in die höchsten Lüfte des Himmels steigen. Es gefiel ihm sehr, doch was, wenn es wirklich nur ein Spiel von ihrer Seite aus war? Den Gedanken konnte er nicht ertragen, aber auch nicht einfach von sich schieben. Schließlich wusste er um der Elben Techtelmechtel...

Und dieses Geschäker missfiel ihm bei Ellarielle; aber sie war eine Fürstentochter und Elben konnten bisweilen sehr arrogant werden, was Lael Beronfea deutlich gemacht hatte. Liebe konnte seltsame Wege gehen wie Magie, doch es lohnt sich, diese einzuschlagen, wenn er die bildhübsche Frau ansah.

IMGELLON

Tiefste Nacht umhüllte ihn, als er erwachte. Nach einem Moment des Erinnerns wurde ihm bewusst, wo er war und er wurde schlagartig wach. Er hatte nicht mehr viel Zeit bis zum beginnenden Morgengrauen, um seinen Aufgaben nachzugehen. Sein Vater würde toben, sollte er herausbekommen, dass er das Dekret missachtet hatte. Er blickte nach oben. Nur in weiter Ferne erkannte er die Wolkendecke. Imgellon stand auf und sprang in die Luft. Kurz dachte er an die Verletzung in seinen Schwingen, doch spürte er keinerlei Schmerzen. Höher und höher stieg er und sah wehmütig nach unten. Er wusste, er würde wieder auf diese Welt zurückkehren, um U'Domelle zu suchen. Er vermochte es noch nicht zu deuten und doch hatte er eine Wunde dort empfangen, wovon ihn sein Vater gewarnt hatte.

In den folgenden Tagen war der Windelb immer wieder auf Anemeron und suchte nach der Maid. Obwohl er den Ort kannte, wo er das Land verlassen hatte seit jener schicksalhaften Begegnung, fand er keine Spur von ihr. Die stummen Riesen standen wie bei einer Totenwache noch immer an ihren Plätzen und gaben ihm keine Auskunft über ihren Verbleib. Schließlich kam er an ihre Badestelle und beugte sich hinab, um Wasser zu schöpfen. Imgellon bemerkte, dass er nicht allein war und trank weiter. Mit der Rechten fasste er unbemerkt an seinen Dolch. Dann spürte er wie Arme nach ihm griffen und ihn schlugen. Er setzte seine Waffe ein und trennte ein oder zwei Gliedmaßen ab.

"NEIN!" Jener Schrei ging ihm durch Mark und Bein, hatte er diese Stimme nur vernommen, wie sie von Freude und Gesang durchdrungen war und nun war sie voller Entsetzen. Gleich darauf traf ihn ein Geschoss und fiel mit ihm zu Boden. Er spürte, wie jemand auf ihm saß und Schläge auf seine Brust hämmerten. Er öffnete die Augen, erkannte U'Domelle und packte ihre Handgelenke. Sie entwand sich seinem Griff nicht und ließ jegliche Gegenwehr fahren. Ihr Kopf sank auf seine Brust. Er hielt sie einen Augenblick länger fest und gab sie schweren Herzens frei.

Sie kroch zu dem Riesen, den Imgellon verletzt hatte.

Er hörte eine Stimme flüstern, die er nicht vergessen hatte, doch mit einem unterschwelligen Ton.

"Ihr verschwindet und kommt zurück, um mich zu suchen." Sie sah ihn nicht an, denn ihre Aufmerksamkeit war auf den Verletzten gerichtet. Ihre Anmut war majestätisch und mädchenhaft zugleich und ihre Augen funkelten wie die Sterne selbst.

"Gleiches könnte ich über Euch sagen, Herrin."

"Wie meint Ihr das? Ich war und bin hier."

"Als wir uns zum ersten Mal trafen und ich erwachte, war ich allein. Allein bis auf eure stummen Riesen."

Sie lächelte. "Meine stummen Riesen... ich verstehe. Wir nennen sie Bäume. Sie leben und sprechen, doch nicht jeder ist ihrer Worte mächtig."

"Ihr meint wie Wolken oder Stein?"

"So ist es." Liebevoll sprach sie zu dem Baum. "Es ist nicht so schlimm, deine zwei gekürzten Äste sind noch jung und werden durch die Verletzungen zu mehr Stärke finden." Es raschelte in der Baumkrone und erneut wandte sie sich mit Härte in ihrem Tonfall an den Geflügelten. "Wie lautet Euer Name und was ist Euer Begehr?"

"Verzeiht die Wunde, die ich Eurem Freund schlug. Ich bin Imgellon und mein Herz begehrt Euch wiederzusehen."

Sie zog die Brauen hoch.

"Seit ich Euch sah, verlangt es mich danach. Mein Herz will zu Euch."

"Euer Herz hat etwas Boshaftes, wenn es Wunden schlägt. Nennt mich noch einmal bei dem Namen, mit dem Ihr nach mir gerufen habt."

"U'Domelle." Ehrfürchtig sprach er ihn aus. "Das heißt so viel wie fremdes Elbenkind."

Erneut spürte sie das Gefühl von Liebe in sich aufsteigen wie zuvor.

"Mein Name ist..."

"...U'Domelle. Denn das seid Ihr für mich."

Sie nickte.

"Verratet mir mehr über diese Bäume und ihre Chöre, über all das und Euch."

"Chöre?"

"Gruppen oder Kasten. Wir nennen sie Chöre. Ich sah viele von ihnen. Einige mit weißer Kleidung, manche in grauer und die meisten unter ihnen hingegen in brauner. Auch ihre Haare sind unterschiedlich."

Sie lachte und hakte sich bei ihm ein. "Habt Ihr Zeit für einen Spaziergang oder stehlt Ihr Euch wieder davon?"

KAPITEL 4

DES WASSERS WESEN

ZWISCHENSPIEL

Zwischen den Städten Daribo und Argir, war der Wolkenspiegelsee gelegen und seiner natürlichen Schönheit verdankte er seinen Namen. Klar und mit einer Spur azurblau färbte sich das Wasser aber seines weißen Sandes wegen für das Auge eines Betrachters gleich den Wolken im Himmel. Die Elben gaben ihm deshalb auch den Namen Beofanardeffemenen. Seine Tiefe schien schier unermesslich, angeblich fuhren die Fischer nicht allzu weit in diesem See, da sich in ihm Bestien aufhalten sollten, die einen bei lebendigem Leib verschlingen konnten, so erzählte man sich. Selbst die meilenumfassende Größe des Wolkenspiegelsees vermochte einem Angst zu machen, wenn man kein Freund des Wassers war. Aber diejenigen, welche ihren Lebensunterhalt ihm zu verdanken hatten, mehrten und schürten die kursierenden Gerüchte, um ungestört ihr Tagwerk verrichten zu können und keine weiteren ihrer Art hier zu dulden. Aber insgeheim trauten sie selbst dem See nicht so ganz über den Weg. Vermutlich hatten sie bereits Furcht vor ihrem eigenen Ammenmärchen.

Leise stahl er sich durch die Uferböschung des großen Sees, der still vor ihm lag. Manchmal suchte seine erhabene Gestalt Schutz vor fremden Augen und kauerte sich tief in das dicht bestandene Schilfgras, das Grün sprießend in die Höhe trieb. Die Sonne allein allerdings vermochte es seinen heimlichen Gang zu folgen, so geschickt setzte er seine Fertigkeiten ein, ungesehen zu bleiben.

Er verstand sich gut darauf, nicht gesehen zu werden, denn allein sein Aufenthalt auf dieser Erde war nicht gebilligt, nur verschwiegen.

Er wusste, wie er vorgehen und seine Spuren verschleiern musste. Schon öfter hatte er mit den Gesetzen seines vermeintlichen Herren gebrochen, doch er scherte sich nicht darum. Dafür hatte er schon vor langer Zeit gesorgt und niemand war ihm bislang auf die Schliche gekommen. Seraphim wussten darum zu reden und anderen Fragen so befriedigend zu beantworten, ohne wichtige Antworten zu geben. Ja, sein Talent lag eindeutig in der Verschleierung von Worten und seines Weges.

Zunächst beobachtete der Geflügelte eine Gruppe Fischer, die ihre kleine Schaluppe auslauffertig machten. Auf dem Mast blähte sich ein dunkles Segel, der Wind stand gut. Die schlanke Pier erhob sich linker Hand des Schiffes aus der Gischt. Der Beobachter erkannte seine Chance und sprang auf die Buchband des Schiffes zu, seine Flügel geleiteten ihn über die gut vier Ruten Wasser hinweg.

Vor lauter Arbeit an Schaluppe und Netzen bemerkte niemand den blinden Passagier am vorderen Schanzkleid. Kurz darauf wurde der Anker gelichtet.

Er hörte die Rufe der Männer auf dem Deck und Stiefeltritte. Vorsichtshalber blieb der Himmlische, wo er war, und richtete seinen Blick auf die Wasseroberfläche. Ziemlich genau in der Mitte des Sees würde er sein Ziel finden. Die Wellen brachen sich unter ihnen und das Schiff glitt darüber hinweg.

Ungefähr nach fünf Meilen Fahrt warfen die Fischer ihre Netze aus und holten das Segel ein. Der Seraph glitt vom Schanzkleid und tauchte in das Wasser ein. Ein simpler Zauberspruch ermöglichte ihm, unter Wasser zu atmen. Er bewegte sich wie eine Schlange und schoss schnell voran.

Die erste Zeit war er allein, doch nach einer Weile kam er an schillernden Fischen, Haien und Najaden vorbei. Da seine Schwingen von s'orik Bensa versteckt wurden, beachteten selbst die Wassernymphen ihn nur mit derselben Aufmerksamkeit wie sie jedem Menschen oder Elben begegnen würden. Ihre schlanken Körper bewegten sich mit äußerster Gewandtheit. Ihre Haut schimmerte grünlich, bläulich oder weiß wie die Farbvielfalt des Wassers. In den langen Haaren hatten sie Diademe oder

Kronen aus Steinen, Muscheln und Perlen als Schmuck. Manche der Nymphen wollten den Schwimmer bezirzen, doch er hielt sich nicht mit ihren Spielchen auf.

Je näher er dem Grund kam, desto mehr Kalkatolle streckten sich ihm entgegen. Die Seenlandschaft war auf ihre Art atemberaubend mit den vielen Pflanzen, deren bunte Farben Abwechslung in das öde Weiß brachten und den hellgrünen Seetang, der sich wie abgeschliffene Vorhänge und Gobelins an das Gestein klammerten. Hätte der Passant eine Vorliebe dafür gehabt, so wäre er beeindruckt gewesen, doch seine Liebe galt etwas völlig anderem.

Immer wieder zischte er an Najaden vorbei, die seinen Beweggrund zur Eile jedoch nicht erfassen konnten. Ihr Verstand reichte nur soweit ihren Daseinszweck zu erfüllen; sie schützten das Wasser und sorgten für Reinheit und Klarheit. Für das Denken waren die Ältesten verantwortlich. Und für den Avatar-Stein, der ihnen anvertraut war.

Die helle Farbe des Seegrundes spielte dem Archont gut zu, so dass er sehen konnte und sich keine Gedanken über Licht zu machen brauchte. Er mochte das Wasser nicht, es erschwerte ihm voranzukommen, trotz seiner Behändigkeit gleich eines Fisches; die Luft und der Wind waren seine Freunde, dort war er in seinem Element.

Nach einiger Zeit in den vermehrt auftretenden Atollen, spürte er letztendlich seinem Ziel näher zu kommen. Er wusste, wo der Splitter aufbewahrt wurde. Nur noch eine Meile ungefähr und er würde ihn in Händen halten.

Er gewahrte eine Eintrübung der Lichtverhältnisse für einen kurzen Augenblick, aber sie war geschehen. Hastig blickte der Engel sich um. Das, was er sah, ließ ihn tatsächlich den Atem stocken und das trotz der großen Rebellion, die er mitgemacht hatte. Und er merkte, wie sich eine Hand der Furcht auf seine Schulter legte.

Wahrhaftig, ein Leviathan!

Der Seraph war jedoch nur einen Moment erstaunt, bevor seine Kriegerinstinkte erwachten. Ein elbisches Wort und ein langer Speer erschienen in seiner rechten Hand und ein großer, rechteckiger Schild in der Linken. Er wusste nicht, wie er gegen dieses Ungeheuer vorgehen sollte, also tänzelte er schwimmend und beobachtete seinen Feind.

Weiß wie das Gestein war der Leviathan und doch leuchtete ein blaues Licht wie Kristall in ihn. Der Körper bewegte sich geschmeidig windend und gefährlich; seine Länge schätzte der Engel auf über zehn Ruten und sechs Fuß dick. Beunruhigend allerdings war dieser riesige Kopf, der nahezu bloß aus Zähnen wie Schwertphalanxen zu bestehen schien. Abgrundtief böse war der Blick aus den Amethystaugen, die fast aus Höhlen heraustraten als sich das Monster auf sein Opfer stürzte.

Der Windelb war ganz im Krieger aufgegangen, zögerte keine Sekunde mit dem Ausweichmanöver und taxierte den Leviathan weiter, unerschütterlich und entschlossen. Seine Taktik bestand darin, den Feind zu studieren und herauszufinden, wann er so weit abgelenkt war, dass der Geflügelte seine Hiebe austeilen konnte. Die harte Schuppen ähnliche Haut war von der Stärke wie eine Plattenrüstung, was sie vor schweren Treffern und Wunden am gesamten Leib schützte. Somit war die Schwachstelle des Gegners da, wo er auch am gefährlichsten einzuschätzen war.

Aufmerksam verfolgte er während seiner Ausweichschwünge die Bewegungen des Leviathans, insbesondere die des Kopfes. Einen finalen Hieb dort anzubringen war risikoreich, aber das behagte dem Himmlischen keineswegs, so viele Wagnisse war er schon eingegangen, da kam es auf dieses eine nicht mehr an.

Die Angriffsbewegung der Bestie war immer dieselbe, wahrscheinlich seine natürliche Attacke, wenn es auf Nahrungssuche ging, doch bislang war ihr noch kein Opfer so lange entwischt.

Dann sprengte der Leviathan durch seine überstürzten, energischen Vorstöße das Kalkgestein mit seiner gewaltigen Masse beim Aufprall auseinander, als wäre es Glas, seinen

Gegner aber schränkte es in seiner Beweglichkeit ein. Selbst als der Seraph die massiv wirkenden Findlinge in der Tiefe des Sees als Versteck nutzen wollte, hielt es dem Ansturm des Jägers nicht stand und barst auseinander.

Indes stieg eine breitgefächerte Kurbel und Staubwolke auf, die dem Ungetüm die Sicht nahm und es hilflos erscheinen ließ. Sofort nützte der Archont seine Möglichkeit und trieb den eisernen Speer mit enormer Wucht in das vernebelte Auge des Seeungeheuers. Ein monströses Brüllen und schmerzliches Aufbäumen versetzte es in tobende Raserei. Es wälzte sich in alle Richtungen, als wolle es den unbegreiflichen Schmerz abschütteln.

Der Windelb wurde hinfortgeschleudert und krachte schmerzhaft in ein Atoll hinein. Er sah genüsslich zu, wie der Leviathan verrücktspielte und mit der Waffe im Auge dann schließlich das Weite suchte, bis er als kleiner Punkt verschwand.

Ein Lächeln umspielte die Mundwinkel des Siegers. Dann erinnerte er sich an seine Aufgabe und schwamm weiter. Jetzt war Eile geboten, denn der Kampf und das Brüllen waren bestimmt nicht unbemerkt geblieben. Und Nymphen waren schlimmer als tratschende Weiber!

Sogleich erreichte er sein Ziel und mit einem langen, kräftigen Bannspruch hob er den wirkenden Schutzzauber auf, der sich wie ein Deckmantel um das wertvolle Artefakt gelegt hatte. Ein violettes Schimmern ging daraus hervor und verlieh fast dem gesamten See eine unnatürliche, schöne Färbung. Für einen Augenblick störte das grelle Licht den Engel, aber trotzdem legte er seine Hand um den Splitter. Er spürte, wie damals auf der Ebene von Afeanem, dass die Älteste der Najaden in seinem Geist dringen wollte, um ihn von seiner Tat abzuhalten. Doch der starke Wille des Seraphs war erhaben gegenüber der Stimme in seinem Kopf und verscheuchte sie so mühelos wie ein Pferd eine Fliege. Der mentale Angriff der Ältesten war sehr stark, doch nicht dem des Diebs gewachsen. Mit der freien Hand zückte der Verräter eine schmucklose, schwarze Schatulle aus seinem Wams und sperrte das helle Licht des Diamantsplitters in die einsame Dunkelheit darin ein.

Mit schnellen Schwüngen schoss der Engel der Oberfläche des Wassers entgegen, bevor noch weitere Bestien seine Abwesenheit aus dem Himmel verzögern würden. In seiner Vorfreude, der Utopie in seinem tiefsten Inneren wiederum ein ganzes Stück näher gekommen zu sein, erweiterte er den Lichtschleier, der um seine Schwingen lag, auf seine ganze Länge aus. Das Licht des Tages verschluckte ihn und er konnte unbeobachtet aus dem Wolkenspiegelsee auftauchen. Die Fischer auf der kleinen Schaluppe waren tief in ihr Tagwerk vertieft und hörten nur ein Klatschen auf der Wasseroberfläche. Einer der Männer drehte sich um und richtete seinen Blick darauf, doch er tat es als harmlos ab, vermutlich ein Fischreiher, der nur auf Nahrungssuche war. Mit einem Achselzucken wandte er sich ab.

TORMENDAN

Im frühen Sonnenlicht des Tages spazierten sie in den großen Gärten Ellodanals. Lange Hecken bildeten Wege und schotteten so kleinere Gärten ab, die jeweils von anderen Blumen dominiert wurden. Herrlich weich lief man durch dieses federnde Gras. Sie liefen barfuß und Tormendan bemerkte, dass Ellarielle ihre Füße behutsam und zärtlich durch das Grün schob; beinahe so, als wolle sie der Natur keinesfalls wehtun. Die elbische Liebe zu Mutter Natur überstieg einfach jedes menschliche Fassungsvermögen und nach einiger Zeit vergaß der Magier den Gedanken und begnügte sich damit die Beine der Herrin anzustarren.

Ellarielle hingegen nahm forsch das Kinn des Sterblichen und zog seinen Blick schnippisch auf sich. "Mein Held, ich habe euch soeben etwas gefragt. Als Lady erwarte ich eine Antwort."

"Verzeiht, meine Lady, aber ich war nicht bei Sinnen."

"Nun gut, es sei Euch verziehen", sagte sie und freute sich innerlich, denn sie verstand sein Starren und sein vertuschtes Kompliment als Beweis dafür, dass er sie bewunderte. Und nichts wünschte sie sich sehnlicher, denn allein schon ihre Bestimmung gebot es ihr und ebenso ihr Herz. "Seid Ihr in vielen Dingen so voll der Scham? Ich meine, ein so starker Heroe wie Ihr, lässt sich doch nicht etwa durch Kleinigkeiten wie die Blöße einer Frau in Verlegenheit bringen."

"Ihr seid sehr direkt, solche Fragen ziemen sich nicht für euch, Herrin." Er grinste. "Aber gewiss, ich zumindest werde durch Eure Blöße schwach, denn sie bringt mich mehr als nur zum Erröten."

"Vergesst das Protokoll", erklärte sie und küsste ihn einfach so unverblümt. Ihre Arme legten sich um ihn und drückten Tormendan näher an sie. Er ließ sie gewähren, aber dann erwiderte er den Kuss.

Für beide war es unvergesslich, denn der Kuss vermochte den Lauf der Sonne anzuhalten und sie wollten diesen

Moment ewig währen lassen. Voll Sehnsucht auf mehr die Lippen mehrmals aufeinander pressend, trennten sich langsam ihre Münder und als sie sich gegenseitig in die Augen sahen, wussten sie um die Gefühle des anderen. Ihre Liebe entfaltete sich nun, eine Liebe aus der noch vieles entspringen sollte.

Die Lady setzte sich ins Gras, zog ihre Beine seitlich an sich und Tormendan tat es ihr gleich. Sie strich ihm über die Wange und sagte: "Nenn mich bei meinem Namen und lass das Protokoll." Aufmunternd blickte sie ihn an.

"Ellarielle", sagte er leise und lehnte sie an sich.

Hand in Hand saßen Tormendan und die Elbenlady nun im Garten. Sie erwärmten sich an der Gegenwart des anderen und vergaßen selbst die unvergleichliche Landschaft um sie herum. Und als sie eine Weile für sich allein in Abgeschiedenheit verbracht hatten und die Sonne sich bei ihrer mittäglichen kurzen Ruhephase befand, gewahrte der Mensch die vielen Weiher, mit denen Ellodanal gesprenkelt war. Viele Gewässer lagen neben ihnen; alle unterschiedlicher Größe, manche einsam und mit stiller Oberfläche, andere hingegen voller Leben. Najaden spielten dort für gewöhnlich mit den hellhäutigen Wasserelben, den Bessarael und Tormendan spürte beinahe deren Freude, denn es erinnerte dieses Elbenvolk an ihr geliebtes Meer und der damit verbundenen Sehnsucht irgendwann einmal wieder an ihre ursprüngliche Heimat hinter dem Meer zu segeln. Diesen Ort hier mit den Weihern nannte man Cusimeritaomarien, die Tränen des Himmels, weil er so traurig war, das Land nicht berühren zu können und so hatte er vor Revogatag geklagt.

Aber plötzlich tauchte aus einem stillen Weiher eine Nymphe auf, deren klitschnassen weißen Haare um ihren Busen und ihren Rücken wie ein Wasserfall flossen. Kleine Tropfen glitzerten auf ihrer bläulich blassen Haut. Ihre Schönheit schien alterslos und ihr Blick streng, den Magier fixierend. Trotz ihres kleinen Wuchses baute sie sich vor dem Menschen auf. Er wusste sofort, wer vor ihm stand: Eine Älteste.

"Lady Ellarielle, Tormendan", grüßte sie knapp. Der harsche Unterton in ihrer Stimme brachte den Weiher, aus dem sie gestiegen war, ebenso in Schwingung und die Verliebten hörten ein Rauschen im Wasser. Ihre Stimme klang wie Gischt, die sich an der Brandung bricht. "Florathien hat Euch auserkoren, ihr Kämpe zu sein und Euch mit der Suche nach dem vermissten Avatar-Stein beauftragt, Jüngling. Ihr vertreibt Euch hier vergnügt die Zeit und lasst Eure Queste auf sich beruhen. Ohne Eure Mühen kann sich nichts ändern!"

„Beruhigt Euch, Älteste“, beschwichtigte Tormendan sie. "Ich werde meine Pflicht gegenüber Mutter Natur nicht vergessen. Seid unbesorgt, ich finde den Splitter."

"Er wird unverzüglich aufbrechen, sobald wir darüber gesprochen haben, wo wir mit der Suche anfangen sollen, Daphne", unterstützte die Elbin ihn.

"Während Ihr hier sitzt, wurde auch mein Avatar-Stein gestohlen", brachte die Najade betroffen hervor. Schweigen und Schrecken bemächtigten sich der drei und sie zogen sich in ihr Inneres zurück.

Dann erholte sich der Sterbliche als erstes von dem Schlag, der ihn umgehauen hätte, wären ihm nicht Zuversicht und Kraft durch Ellarielles Händedruck vermittelt worden. "Was hat das für Auswirkungen für die Göttin?"

Daphne schluckte laut und man sah, wie sich Scham auf ihrem Gesicht ausbreitete, denn sie war es ja, die nun versagt hatte. Sie wandte ihren Blick ab.

Tormendan kniete sich neben die Älteste, die vor wenigen Augenblicken noch so voller Wut war und nun zu einem Häufchen Elend zusammengekauert war und nahm sie an den schlanken Schultern. Allein durch die Berührung spendete er ihr Trost, doch ihre Bestürzung reichte tief. Es dauerte einen Moment, ehe sie die Kraft fand, um zu antworten. Tränen kullerten von ihren Wangen und wuschen die Betrübnis von ihr.

"Sagt schon, Älteste", bat er einfühlsam. "Was bedeutet es für sie?"

"Florathien kann weder ihren Avatar noch sich selbst nach Anemeron begeben. Jetzt kann sie uns nur noch wenig Hilfe zukommen lassen. Ihre Macht schwindet..."

"Ich werde tun, was ich kann, das verspreche ich, bei meiner Liebe zu Florathien, gebe ich Euch mein Wort. Wisst Ihr, wer den Splitter gestohlen hat, habt Ihr ihn womöglich gesehen?"

"Nein", gestand die kleine Frau und wischte sich die Tränen aus dem Gesicht. Ich spürte ihn, habe versucht, ihm die Tat auszureden, aber seine Willenskraft war einfach zu stark. Er ist mächtig mit dem Geiste, so viel steht fest. Ich glaube, es war ein Engel, doch er vernebelte seine Aura so stark, dass ich sie nicht erkennen konnte."

Die Aura ist das geistige, innere Verzeichnis eines Individuums, das alles Wissen über sein Wesen beherbergt. Es gibt Personen wie Zauberer, die wissen ihre Aura zu verbergen.

"Es ist gut", sagte der Köhler aufbauend, "ich werde die Steine zurückholen, Älteste."

Die Besprechung war am nächsten Tag und begann im Morgenlicht. Ein Gongschlag ertönte und die Versammelten nahmen Platz. Während Tormendan es den anderen gleich tat, dachte er nochmals über das Gespräch mit Ellarielle nach, als er ihr alles über seine Queste erzählt hatte. Auch wenn er nicht wusste, warum, aber Schicksal und Herz hatten ihn intuitiv zu ihr geführt. Er lächelte seine Angebetete kurz an und schaute in die Runde. Mit ihnen saßen Lael Eronfea, der den Gast noch immer nicht ins Herz geschlossen hatte, der Burgsaß Nemonbessa und der Barde Voganaomarien. Die Herren Elne und Ferelle, die dem Magier mit freundlichen Blicken bedachten.

Dann war da noch zu Tormendans völliger Überraschung ein Windelb, dem der Solason schon begegnet war. Sein Name war in aller Munde, denn überall sprach man von ihm und seinen legendären Taten; erhaben thronte Gabrielle in seinem Sessel und sein Auftreten kam dem eines Gottes gleich, verehrungswürdig und ehrfürchtig. Der Engel hatte ihn unterstützt, als er den Immerdar und Dryaden geholfen hatte. Hingegen der Gewohnheit der seinen ließ er seine Schwingen sichtbar und wie einen Königsmantel über seine Schultern fallen. Der Mensch verspürte einen großen Respekt ihm gegenüber und der Erzengel war es, der seinen Blick suchte und ihn ebenso ehrte, als er sein Haupt neigte.

"Junger Tormendan. Es freut mich, Euch wieder zu sehen. Ihr tatet gut daran, Euch nach Ellodanal zu begeben, denn hier könnt Ihr auf Ratschlag hoffen, der von Weisen gegeben wird. Jedoch fürchte ich, in dieser Sache liegt es allein an Euch, wo Ihr mit der Suche anfangt.

Gabrielles Tonfall klang wundervoll, durchflutete einen mit Mut, denn er vermochte es anderen gut zuzureden wie ein geborener Anführer, weshalb er so viele Engel zur großen Rebellion um sein Banner scharen konnte und ihm auch die Herrschaft über den Himmel gegeben ward. "Seid gewiss, Hilfe wird Euch hier nicht verwehrt werden. Die Elben stehen treu zu Florathien wie auch Ihr." Dann wartete er einen Augenblick und schaute in die Runde. Sein Blick haftete letztendlich auf Ellarielle. "Ich weiß, dass Ihr auf jeden Fall mit Tormendan gehen wollt, meine Lady, woraus ich schließe, alle hier Versammelten werden Euch beiden folgen. Herr Voganaomarien und die anderen Elben werden sich nicht davon abbringen lassen, ihre Herrin allein losziehen zu lassen."

„Keineswegs“, stimmte der Barde zu und lachte. "Es ist unsere Pflicht. Außerdem hat Herr Tormendan nichts gegen zusätzliche Augen, Schwerter und Gesellschaft, würde ich meinen. Ihr könnt die Lady nicht ohne uns mitnehmen."

"Fürwahr, ich nehme Euer Angebot gerne an", antwortete der Mensch, obwohl er gedanklich noch damit rang, zu widersprechen, aber er wollte Ellarielle nicht zurücklassen und fand an dem Vorschlag des Barden immer mehr Gefallen als er so darüber nachdachte. Bestimmt würde sich die Weisheit und Klugheit der Elben als nützlich erweisen, davon abgesehen waren sechs Köpfe besser als einer.

"Es liegt nun an uns, hier zu entscheiden, wo Ihr mit eurer Suche anfangen sollt", verkündete der Geflügelte. "Ihr könntet euch wohl an den Plätzen umsehen, an denen die Steine entwendet wurden, was aber meines Erachtens nur wenig Aufschlussreiches auf ihren Verbleib verspricht."

Voganaomarien sprach den Gedanken aller Anwesenden aus: "Wir sollten am Versteck des letzten Avatar-Steins auf den Dieb warten. Doch zunächst wissen wir nicht, wann der Täter wieder zuschlägt, noch wo der Splitter verwahrt wird."

"Wo er sich befindet, das kann ich Euch sagen", verkündete Gabrielle geheimnisvoll und alle Augen richteten sich auf ihn. Sein Gesichtsausdruck wandelte sich in Frust und seine Stirn barg besorgte Furchen, die sein Weh deutlich sichtbar machten. "Und dies ist auch der eigentliche Zweck meines Besuchs in Ellodanal. Meine Aufgaben können nicht warten, aber Ihr müsst diese Dinge erfahren. Von der obersten Triade der Engelschöre, also Seraphim, Cherubim und Ophanim, wissen manche die geheimen Aufbewahrungsorte der Avatar-Steine. Das heißt wiederum, dass viele Schlüsse durch den Verlust gezogen werden können. Bislang gibt es insgeheim Spekulationen und Gerüchte, doch es spricht niemand laut aus. Nunmehr haben Florathien und ich beratschlagt, den dritten Splitter aus seinem Versteck zu holen und zu einem anderen zu bringen. Allerdings können wir so nicht herausfinden, wer dahintersteckt. Also lasst ihn da, wo er ist, was uns nur zum Vorteil gereicht, selbst wenn dies das gefährlichste Unterfangen ist. So erfahren unsere Gegenspieler nichts von unserer Absicht, sie in eine Falle gehen zu lassen."

Lael nickte zustimmend. "Wo ist der Stein?"

"Bei den Eleionomai, den Nymphen der Moore, hoch oben im Norden in der Trauerweide."

"Und Ihr haltet diesen Ort tatsächlich für angebracht, Sarim", fragte Ferelle ungläubig nach. "Das meint Ihr nicht im Ernst. Aus diesen Landen hört man nichts Gutes."

"Deshalb birgt der Norden eine gewisse Sicherheit. Zumindest hat er das lange getan", erwiderte der Barde.

"Nun gut", schloss Tormendan nach einer Weile, "dann sollten wir uns dorthin begeben."

"Halt!", warnte der Sarim und hob eine Hand. "Wenn unser Widersacher Wind davon bekommt, welchen Plan wir verfolgen, kann es brenzlig für euch werden, Freunde. Ich weiß, ihr seid alle Krieger und furchtlos, wenn es zu einem Kampf kommt, aber lasst euren Verstand arbeiten, ehe ihr zum Schwert greift."

"Gewiss", sagte der junge Magier.

"Tormendan. Trefft eure Vorbereitungen rasch und brecht so bald als möglich auf, sonst ist Eure Queste verloren, ehe sie begann." Gabrielle verabschiedete sich mit einem Mal rasch von ihnen und machte sich sogleich von hinnen.

"Wir brechen morgen auf", verkündete Tormendan und alle gaben sich einverstanden, selbst Lael, der ihm einen angewiderten Blick entgegen schleuderte.

Der Burgsaß sprang von seinem Platz auf und empfahl sich entschuldigend, da er die Verpflegung für die kleine Gruppe zusammenstellen musste. So löste sich die Versammlung auf.

Ellarielle griff nach Tormendans Hand und streichelte mit der anderen seine Wange. Besorgt sah sie ihn an. "Nimm es Lael nicht übel, mein Liebster."

"Ich zweifle daran, dass es gut wäre ihn mitzunehmen, denn er wird irgendwann gegen meine Entscheidungen aufbegehren."

Die Lady verzog das Gesicht und ihre Züge zeigten Verständnis. „Tu es. Du wirst es sehen."

"Hast du gesehen als er mich vorhin fast erstochen hätte mit seinen heraustretenden Augen, nachdem ich sagte, wir brechen morgen auf? Er zweifelt an mir und meinen Führungsqualitäten für diese Aufgabe. Ich sage dir, irgendwann endet dies im Streit."

"Es gibt nichts anzuzweifeln an deinem Anspruch. Du wurdest von Florathien erwählt, ihr Kämpe zu sein."

Er drückte sie und gab sich einverstanden. Doch er musste sich eingestehen, anderer Ansicht zu sein als Ellarielle.

Gemeinsam verbrachten sie den Rest des Tages auf dem Balkon von Ellarielles Gemächern, derweil tauchte die Sonne bei ihrem Niedergang die Gärten in Schatten.

Unter dem gestirnten Himmel zogen sich der Magier und die Maid aus der um sich greifenden Dunkelheit zurück. Tormendan schlang einen Arm und ihre Hüfte, hob sie hoch und gab ihr einen Kuss. Behutsam legte er Ellarielle auf das Bett, sie löste mit aller Raffinesse die Knöpfe an seinem Hemd und seiner Hose, bevor auch sie die Träger des Seidenkleids von ihren Schultern schob. Indessen folgte Tormendan ihr verfallen, als sie ihn über sich zog. Lust und Wärme schlugen ihm entgegen. Zart liebkoste die Elbin sein Gesicht und seinen Hals. Sie strich mit ihren Fingern Rücken und Po ihres Geliebten entlang; seine Hand hingegen griff an ihre Hüfte und seine Lippen drückten sich auf ihre. Mit ihren Händen zog sie den Menschen heftiger an sich, glücklich benommen von dem süßen Rausch des Akts. Sie bewegten sich langsam und leidenschaftlich. Tormendan beflügelt von seinen Gefühlen für diese schöne Frau wurde drängender und heftiger, doch ihr gefiel es und sie flüsterte ihm leise ins Ohr: "Liebster, mach weiter." Dann packte sie mit ihren Händen seine Hüfte fester. Ellarielles Lust ließ sie den Kopf zurückwerfen in ihrer Erregung und Aufstöhnen. Auch er gab sich dem Gefühl bis zum Schluss hin und atmete erschöpft aus.

Sie schmiegte sich fest an ihn, während er ihre Hand drückte.

Für beide war es unvergesslich und unvergleichlich gewesen und sie schliefen erschöpft aneinander gekuschelt ein.

IMGELLON

"Dies ist eine Silberweide, Imgellon. Sie ist raschwüchsig und an die 50 Jahre alt und siedelt gerne in Wassernähe. Und merkt Euch: Leidet Ihr an Fieber oder Schmerzen, so kaut Weidenrinden."

Der Windelb und U'Domelle standen in einem Wäldchen und sie zeigte ihm verschiedene Baumarten. Anfangs war es schwer vorstellbar für ihn, dass es keine Riesen waren, sondern so etwas wie Fels. Im Himmel gab es keine Bäume. Oder nur wenige und er hatte noch nicht darauf geachtet wie hier.

Er legte eine Hand auf die graue Rinde der Weide und spürte neben Leben auch Furchen und Risse in kreuzweiser Maserung. Mit ihren knapp 20 Metern und den weit ausladenden Ästen wirkte sie doch imposant zwischen den anderen Bäumen.

"Ihren Namen hat sie hierdurch erhalten. Seht Ihr die oben und unten silberhaarigen Blätter?" Sie stellte sich auf ihre baren Zehenspitzen und wollte mit der Hand an einen Ast greifen. Doch ihr fehlte ein Stück. Imgellon lächelte und wollte ihr helfen, da kam der Ast ihr entgegen und schenkte ihr einige seiner Blätter und Blüten. Die Maid fasste Imgellons Handgelenk, drehte es und legte ihm eines zwischen die Finger. Zunächst spürte er nichts und mit einem Mal fühlte er die besagten Härchen, oben seidig dünn, unten dichter. Das Blatt selbst war schlank und geformt wie die Lanzen der Engelskrieger. Als nächstes gab sie ihm eine Blüte. "Hier werden sie gemeinhin 》Kätzchen《 genannt. Das ist eine weibliche Blüte. Das erkennt Ihr an der grünen Farbe und später, seht hin, an der wollig weißen."

Die zylindrische Blüte kitzelte ihn und veränderte tatsächlich ihr Aussehen! Anschließend bekam sie lange, weiße Haare. Der Wind frischte kurz auf und nahm die Blüte mit sich, während sie sich der langen Haare als Flughilfe bediente. "Der Kreislauf des Lebens."

U'Domelle sah in seine Augen; sie glichen dem weiten Himmelsmeer an einem klaren Tag. Sie verlor sich eine Weile darin, indes zog Imgellon sie näher an sich und küsste sie.

Er hatte sich die ganze Zeit gefragt, wie diese vollen Lippen wohl schmeckten. Dann als er sie berührte, konnte er keinen klaren Gedanken fassen, denn sein Herz schlug wie wild als wolle es zerspringen und es schüttelte ihn. Ihm wurde heiß und plötzlich spürte er kaltes Wasser um sich, dass ihn wieder klarer denken ließ. Und er bemerkte, dass U'Domelle in dem See halb auf ihm lag. Sie blickte ihn an.

Der Engel atmete erleichtert auf. "Was ist geschehen?"

"Anscheinend habe ich eine erhebliche Wirkung auf Euch", lachte sie. "Ich musste Euch abkühlen."

Beide krochen aus dem See und legten sich auf den Rücken. Das Zwielicht schattierte den Himmel mit einem leuchtenden Pink und er wusste, dass er in einigen Stunden wieder nach Hause musste.

"Was habt Ihr, Herr?"

"Später muss ich Euch einstweilen verlassen, doch noch ist Zeit." Er zog sie zu sich und wollte sie erneut küssen, doch U'Domelle gebot ihm leise zu sein und sich zu verstecken. Er hörte Stimmen und versuchte schnell einen Unterschlupf zu finden im Gestrüpp. Er verhielt sich still.

Dann sah er, wie die Maid ihr Gewand auszog und in den See watete. Langsam versank ihre makellose Figur im Wasser. Zuerst die wohlgeformten Schenkel und ihr Po, dann langsam ihre Hüfte und ihr Rücken. Imgellon verbreiterte sein Sichtfeld mit zwei Fingern durchs Geäst und sah vier Männer mit Langbögen um ihre Schultern gelegt, ganz in Braun und Grün gekleidet, auf die Badende zukommen. Sein Herz pochte wild, als würde ein Schmied ein Stück Eisen bearbeiten. Einen Moment hatte er Angst um sie. Einer der Männer sprach sie an und sie stand auf, woraufhin dieser einen Arm nach ihr ausstreckte, während seine Begleiter die Gegend beobachteten, vorrangig in seine Richtung. Sie mussten einen ausgeprägteren Gehörsinn haben als Imgellon.

In der Brust des Windelben entbrannte ein Kampf, einerseits wollte er dazwischen gehen und ihr helfen, andererseits hatte sie ihn weggeschickt. Da er Anemeron und seine Bewohner nicht kannte, versuchte er Ruhe zu bewahren und doch war er hin und her gerissen. Mit einem Mal legte sich eine Art Schleier über ihn und seine Sicht wurde schlechter. Dann sah er, wie U'Domelle die Hand des Mannes ergriff und mit ihm ging. Das war zu viel für den Engel und sein Blut geriet in Wallung. Dabei knackte ein Zweig unter ihm, was sich wie ein Donnerschlag in seinen Ohren anhörte. Er kniff die Augen zusammen und hoffte, dass die Fremden es nicht gehört hatten. Als er wieder hinuntersah, war der Anführer der Gruppe noch bei der Lady, doch die anderen waren schon fast bei ihm. Er rannte so schnell er konnte und stieg dann in die Luft und ließ die Gefahr unter sich.

In seinem Kopf überwarfen sich die Gedanken. *Wer waren die Männer? Was wollten sie von U'Domelle? Was würden sie ihr antun? Hatte er sie im Stich gelassen? Aber sie hatte ihn weggeschickt. Warum nur?* Er hätte sie verteidigen können. Sie beschützen. Er konnte sich denken, was sie von ihr wollten. Schließlich wollte er sie auch, wollte bei ihr sein. Er konnte es den Männern nicht verübeln, sie war begehrenswert, ohne Zweifel. Er spürte es ebenso. Die Nacht hieß ihn willkommen und er wusste, er konnte nicht umkehren, ohne dass es Auswirkungen haben würde.

IMGELLON

Verlangen und Schuld führten ihn wieder hinab. In der Dunkelheit war es leichter für ihn, umzukehren. So flog er langsam zur Oberfläche. Er landete ein Stück abseits der letzten Begegnung, seine Schwingen waren doch heller als die Nacht und er wollte keine Aufmerksamkeit auf sich ziehen. Er war der Jäger!

Querfeldein schlich er sich eine Anhöhe hinauf. Unterwegs hörte er fröhliche Klänge von Flöten und Harfen. Schöne Stimmen sangen und eine erkannte er unter allen anderen: U'Domelle. Als er oben ankam, sah er einen Lichtschein von mehreren schwebenden Kristallen und ein Dutzend Männer und Frauen tanzten oder musizierten.

Imgellon entspannte sich ein wenig, denn er hatte sich umsonst Vorwürfe gemacht. Es ging ihr gut. Trotzdem wurde er das Gefühl nicht los, dass er beobachtet wurde. Diese Bäume standen um ihn, doch sie waren es diesmal nicht. In einem der Wipfel zeigte sich ein mädchenhaftes Gesicht. Es schälte sich aus der Esche hervor, gefolgt von einem kleinen, schlanken, nackten Körper. Ihre Haut war grau wie die Rinde und hatte die gleiche Maserung. Grünes Haar mit gefiederten Blättern fiel ihr auf die Schultern. Als Schmuck trug sie purpurrote Blütentrauben, deren Form einer Kugel ähnelten. Das zierliche Geschöpf würde von einem starken Ast zu Imgellon geführt. Dann raschelten die Blätter und es formte sich eine Stimme in seinem Ohr: "Fremder, sei unbesorgt. Das sind Freunde dort im Tal. Dennoch bitte ich dich von dem Lager der Dafuel Abstand zu wahren. Die Herrin wird dich bald aufsuchen. Warte auf sie."

"Dafuel... Elben des?"

"Waldelben, mein Hübscher."

"Und was seid Ihr, kleine Herrin?"

"Eine der Nyfuen, eine Nymphe des Grünen. Ich bin die Hüterin dieses Baumes, eine Meliade."

"Ich kenne andere wie Euch! Die Aurai, die geflügelten Nymphen der Lüfte und die Nephele, die der Wolken und der Nebel. Habt Ihr einen Namen?"

Sie schüttelte den Kopf. "Wir sind eine Zierde der Natur, so wie die Blüten und die Blumen. Benannt werden bei uns nur die Ältesten."

"Dann nenne ich Euch bei Eurem Titel, Meliade."

"Du gefällst mir, Süßer. Du wirkst so unschuldig mit deinen Augen und deinen reinen Schwingen. Was bist du?"

"Ich bin ein Engel, ein Windelb."

"So etwas gibt es?" Sie machte ihm schöne Augen und zog seinen Blick auf sich, indem sie mit ihrem Haar spielte. "Wie macht ihr denn…?"

"Meliade, verschrecke meinen Gast nicht mit deiner Neugier“, sagte U`Domelle.

"Herrin, ich wollte nur Erkundungen für Euch einholen."

"Du kannst uns allein lassen."

Die Nymphe schnaubte. "Gerade als es spannend wurde." Enttäuscht verschwand sie wieder in ihrer Esche.

Imgellon stand noch immer verwirrt da.

"Zunächst lasst mich Euch etwas zeigen, denn so zieht Ihr bei weitem zu viel Aufmerksamkeit auf Euch." Sie lachte verführerisch. "Die Aufmerksamkeit von anderen, doch ich will sie für mich allein. Lasst es unser Geheimnis sein, Imgellon." Verschwörerisch blitzten ihre klaren Augen. "Wir nennen es s'orik Bensa, die magische Maske. Damit verschleiert Ihr das Offenkundige. Eure Art kennt man in diesen Gestaden nicht, so verstecken wir Eure Schwingen und Ihr seht aus, wie ein gewöhnlicher Elb, sollten Euch fremde Augen sehen."

KAPITEL 5

SCHWERTLEITE

THYRILLION

Thyrillion kam in den Empfangssaal, Lord Ulvar wartete ungeduldig. Er und seine Mannen waren abmarschbereit. Die Rückreise zum Schattenhorst würde fünf bis sechs Tagesläufe benötigen und der Aufbruch war bereits durch den Prinzen verzögert. Seine Familie war anwesend, um ihn zu verabschieden. Durch seine bequeme Reisekleidung bemerkte keiner seine körperlichen Veränderungen. Seine Brüder drückten ihn.

"Sei stark und glaube an das, was da drinsteckt, Bruder", sagte Keran und tippte ihm auf die Brust.

"Wie soll ich das schaffen ohne dich?"

"Du wirst alles schaffen, Thyr, gleich welche Prüfungen dir bevorstehen. Ich weiß es."

"Mach dein Reich und mich stolz", sagte der König und legte ihm eine Hand auf die Schulter.

Seine Mutter nahm ihn in den Arm und erinnerte ihn erneut: "Höre immer auf dein Herz, mein Sohn. Ich liebe dich."

Der Tross um Lord Ulvar machte sich in Richtung Nordwesten auf. Beim Sonnenaufgang bahnten sich ihre Strahlen immer wieder Wege durch den Nebel, der Thal belagerte wie ein Heer. Die Straße war teilweise befestigt und sie kamen gut voran, trotz der unklaren Sicht. Die Landschaft fing an grün auszuschlagen durch den anbrechenden Frühling. Der Boden war hart und feucht. Aufgrund des Morgens und der Jahreszeit war es noch sehr kalt und sie zogen ihre Mäntel enger um sich, vor allem Thyrillion war froh über das grobe dicke Tuch von seinem.

Stumm beobachtete er seine Reisegefährten. Allen voran ritt Lord Ulvar auf seinem Marschpferd, einem braunen Hengst. Dann folgte der älteste Knappe Berden auf seinem Tier, der neben sich das Streitross des Ritters führte, dessen Kuvertüre den Doppelmond auf rotem Grund seines Herrn mehrmals widerspiegelte. Nächster hinter Thyrillion war der Knecht Talor, der auch den Klepper mit der Ausrüstung mitführte. Zum Schluss ritten die beiden Gefolgsmänner Gartho Theren und Falkon Daar. Beide waren gedungene, harte Männer mit Kampferfahrung und finsterem Blick.

Ihre erste Rast machten sie an einer Baumgruppe abseits der Straße. Sie stiegen ab und jeder ging einer Aufgabe nach. Gartho und Falkon sammelten die Pferde und banden sie an den Bäumen fest. Berden versorgte die Tiere und Talor suchte Essen für eine schnelle Mahlzeit zusammen. Sir Ulvar rief seinen neuen Knappen herbei.

"Du stehst herum. Halte dich an Talor und beobachte, was er macht. Du wirst ihm helfen in den kommenden Tagen."

Der junge Mann nickte und ging zu dem Knecht. Er drückte ihm Brot und Käse in die Hand.

"Nimm das. Du reichst es zuerst dem Herrn."

Talor brachte dem Lord einen Schemel. Der Ritter setzte sich. Die anderen nahmen im Gras Platz.

"Gib mir das Brot, Junge", forderte der Herr von Schattenmond. Er schnitt sich ein Stück vom Laib ab und reichte den Rest weiter an Gartho. Ebenso machte er es mit dem Käse. So ging es reihum und vor Thyrillion behielt Berden den Rest des Essens. Der Prinz hielt seine Hand auf, doch der Knappe leckte es genüsslich an und schob es sich schmatzend in den Mund.

"Nimm deine Finger weg!", schrie Berden und Spucke vermischt mit Essensresten flog Thyrillion ins Gesicht.

"Was soll das?"

Ohne Vorwarnung krachte die Faust des Knappen auf seine Nase und dieser war über ihm. "Halt dein Maul, Junge. Du bist still und tust nur, was wir dir sagen. Du bist nicht mehr in deinem feinen Palast."

"Genug", fauchte Ulvar. "Lasst eure Wut beim Kampf aus. Talor, los hol die Holzschwerter."

Der Knecht tat wie ihm geheißen und nahm die Übungswaffen vom Packpferd. Er gab Berden eines und warf das andere in Thyrillions Richtung.

Mit knurrendem Magen griff er nach dem Schwert, doch ein blitzschneller Hieb von Berdens Waffe beförderte Thyrillion zu Boden. Überlegen umkreiste der Stehende sein Opfer wie ein Tier. Wiederum spürte der Prinz seine körperliche Schwäche in sich. Sein Gehörsinn war beinahe weg. Im Hintergrund hörte er dumpf hämisches Gelächter. Seine Hand griff nach der Waffe und er versuchte aufzustehen. Ein Tritt in seine Seite brachte ihn erneut zu Fall und er verlor das Holzschwert. Seine Muskeln spürte er zwar, doch auch die Schmerzen.

"Lass ihn aufstehen, Berden", sagte der Ritter.

Thyrillion stand unter Stöhnen auf und sein Blick suchte das Übungsschwert. Bevor er es ergreifen konnte, folgte eine schnell geführte Hiebfolge seitens des Knappens, der ihn vorführte zur Belustigung der anderen. Ein instinktiver Wechselschritt brachte Thyrillion außer Reichweite seines Peinigers und er zog seine eigene Klinge, um sich der Angriffe zu erwehren. Er parierte gekonnt die Holzwaffe und ging zum Gegenangriff über. Beim Vorstoß traf sein Schwert auf Garthos Stahl, sein Unterarm wurde von Falkon festgehalten, seine Klinge entrissen und anschließend sein Standfuß weggezogen.

Falkon stand über dem Prinzen. "Da du mit einer Waffe nicht umgehen kannst, benötigst du diese nicht mehr. Ich behalte sie." Er nahm ihm auch die verzierte Scheide ab und befestigte sie an seinem Gürtel.

"Das könnt ihr nicht tun. Er hat nicht ehrenhaft gekämpft."

"Auf der Straße gibt es keine Ehre", erwiderte Sir Ulvar. "Und um dich zu strafen, wird Gartho dein Pferd nehmen."

Die beiden Gefolgsmänner lächelten finster.

"Das ist nicht…"

"Sei still, Welpe! Ich will dein Gejammer nicht hören." Er wandte sich an seine Untergebenen: "Fesselt ihn."

Geknebelt hing er quer über Garthos Grauen gefesselt. Seine Seite und sein Gesicht schmerzten, aber er hatte schon schlimmere erduldet. Der Prinz tat immer noch so, als schliefe er und öffnete nur ein Auge halb. Das Pferd war an seinem festgebunden, darauf saß Gartho in seiner krummen Reithaltung. Dessen Blick galt der Umgebung. Der Knecht führte den grauen Klepper nah bei seinem Tier und weiter vorne ritt Berden mitsamt dem Streitross an der Hand. Der Ritter immer noch an der Spitze des Trosses nebst Falkon. Die beiden unterhielten sich, aber der Geknebelte verstand kein Wort.

Die Sonne hatte ein weites Stück ihrer Wanderung zurückgelegt und es sollte später Nachmittag sein, was Thyrillion am orangenen Licht erahnte. Bald würden sie ihr Nachtlager aufschlagen. Dann würde er hoffentlich in eine sitzende Position gebracht. Sein Blut stieg ihm in den Kopf und er konnte nicht mehr klar denken, aber in seinem Zustand würde er weder fliehen oder einen Plan dazu ersinnen.

Nach einer Ewigkeit für den Prinzen hielt der Lord die Gruppe an. "Bereitet alles für die Nacht vor. Falkon, du kümmerst dich um den widerspenstigen Welpen."

"Wird gemacht, mein Herr", antwortete Falkon und lief zu dem Gefangenen. Es schien, als freute er sich auf diese Aufgabe. Er zog einen Dolch. "Aufgewacht, Prinzlein, du hast dich genug ausgeruht." Er zog Thyrillions Kopf am Haar hoch und sah ihm direkt in die Augen. Dabei hielt er ihm die Waffe an die Kehle. Sein Atem stank fürchterlich. "Du wirst niemals ein Ritter werden. Dafür braucht man Kraft und Geschicklichkeit. Eigenschaften, die du nicht hast. Du bist ein Nichts. Vielleicht dachtest du immer, du bist etwas Besonderes, aber du wurdest nie geliebt. Warum wollte dein Vater dich wohl loswerden? Du bist ein Dorn für ihn und musst abgeschnitten werden. Dein Leben ist vorbei."

Falkon schnitt das Seil durch und Thyrillion rutschte zu Boden und schlug sich den Kopf. Blut spritzte und er schrie auf. Er zog ihn zu einen der Bäume und fesselte ihn. Er gab ihm etwas Wasser, doch er verschüttete mehr, als er in den Mund des Gefangenen tropfte. Dann ging er zu dem Lord.

Der Prinz sah, dass die Pferde von Talor abgeladen und versorgt wurden und der Knappe ein Zelt aufbaute. Gartho schlug mit der Axt Äste von den Bäumen. Falkon richtete bereits eine Feuerstelle ein und holte Gemüse, Wasser und Kochgeschirr.

Während die Gruppe beim Essen zusammensaß, musterte Thyrillion seine Peiniger. Sir Ulvar war alles andere als ein rechtschaffener Ritter. Er achtete keinesfalls den Kodex, sondern eher, dass der schwarze Doppelmond bei all seinen Gefolgsleuten auf den roten Gewändern zu sehen war. Falkon war ein kleiner Mann mit kurzen Haaren. Meist hatte er die Kapuze seines Mantels hochgezogen, damit andere das hässliche Gesicht und die Hakennase nicht sehen konnte. Bei Berden war bereits an seiner Körperfülle erkennbar, warum er dem Prinzen kein Essen gegeben hatte. Er war hoch und breit gewachsen. Das Kettenhemd schlang sich an seinen massigen Körper. Seine langen kupferfarbenen Haare waren im Nacken zusammen gebunden. Stark war er, dass hatte Thyrillion bei jedem Schlag zu spüren bekommen. Der Knecht Talor war eher harmlos und darauf bedacht, die anderen nicht zu verärgern. Er war dünn, aber seine Arme kräftig durch das Auf- und Abladen der Ausrüstung auf die Pferde. Der Gefährlichste von ihnen war aber Gartho mit seiner Narbe im Gesicht an der linken Wange. Er hatte Schädel und Gesicht glattrasiert, was sein Aussehen verwegen und verschlagen wirken ließ.

Trotz das Thyrillions Kopf brummte, schaffte er es gerade noch einen Gedanken zu fassen. Er musste sich irgendwie befreien und flüchten.

"Wacht auf."

Zunächst glaubte er, es sei einer seiner Begleiter. Aber etwas war anders.

Die Stimme klang warm und einfühlsam. "Wacht auf, Prinz." Er gab ihr nach.

Helligkeit schlug ihm entgegen und davor eine vage Gestalt. Langsam klärte sich sein Blick. Das Gesicht war von einer Kapuze verdeckt.

"Haltet durch. Spart Eure Kräfte, Ihr werdet sie brauchen. Hilfe wird kommen..." Die Worte, die Stimme und das Licht gaben ihm Hoffnung.

Unsanft wurde er wachgerüttelt. Berden gab ihm Wasser und ein sehr kleines Stück Brot. Es war hart, aber es brachte eine Linderung des Hungergefühls. Das Pochen in seinem Kopf war noch da, aber erträglich.

Nachdem die Habe der Lordschaft auf die Pferde geladen war, hievten die beiden Gefolgsmänner Thyrillion auf den Grauen. Da der Gefesselte sehr schwach aussah, beschlossen sie, ihn mit den Händen an den Sattelknauf zu binden.

"Angenehmen Ritt, Prinzlein", lachte Gartho. Es war hell, aber neblig, als der Tross sich in Bewegung setzte. Die orange Scheibe schimmerte warm hinter dem Dunst. Ihr Weg ging weiterhin nach Nordosten.

Die Landschaft war weiterhin geprägt von frisch wachsendem Gras in der Erde und Tau. Vereinzelt ragten Birken wie einzelne stumme Wächter oder in Gruppen am Wegesrand. Es ging wie gestern etwas Wind und spielte mit den Blättern. Beim Passieren von vier hoch gewachsenen alten Bäumen nahm der Wind zu und tanzte mit dem abfallenden Laubwerk einen Reigen. Seine Reisebegleiter blieben unbeeindruckt und lediglich Talor kuschelte sich enger in seinem Mantel. Thyrillion aber nahm mehr wahr im Wind. Stimmen raunten ihm ins Ohr.

"Verzweifelt nicht, Süßer. Es wird Euch geholfen. Haltet durch." Es war wie ein Kanon und wiederholte sich. Als er nach vorne schaute, reagierten die anderen noch immer nicht darauf. Die Botschaft war nur für ihn bestimmt. Er schaute sich langsam um. In den Baumkronen zwischen den Ästen erkannte er Dryaden: kleine, wunderschöne, nackte Frauen mit langen dunklen Haaren. Sie lächelten und eine warf ihm eine Kusshand zu, die wie ein Blatt auf dem Luftstrom zu ihm flog und an der Wange sich auflöste. Er spürte eine Linderung von Schmerzen und Hungergefühl.

Gartho führte wiederum den Grauen bei sich am Pferd. Der Gefolgsmann ließ keine Gelegenheit aus, ihm zu erzählen, dass Thyrillions Eltern froh waren, ihn loszuwerden und nie geliebt hatten. Er wollte den Prinzen erniedrigen für all die Widrigkeiten, die er im Leben erfahren musste.

Der Mann spuckte aus. "Du bist so schwach. Du hast dein Leben nicht verdient. Lass mich dir meine Geschichte erzählen. Ich wurde so oft misshandelt und geschlagen von meinem alten Herrn. Immer und immer wieder. Es war nie gut genug, was ich machte. Ich war ein Bastard einer Dienstmagd und des Lords." Eine Spur Bitterkeit und Sentimentalität lag in seinem Tonfall. Als Thyrillion ihn ansah, drehte er seinen Kopf weg. Seine Stimme schlug um und wurde von Hass dominiert. "Bis ich beschloss, es reichte. Niemals mehr würde mir ein dahergelaufener Blaublütiger leid zufügen!" Er zog seinen Dolch und ritzte sich in den linken Unterarm. Bevor Blut floss, sah der Gefesselte mehrere Narben daran. Gartho tat es regungslos. "Was willst du wissen? Ich sehe, du hast eine Frage."

Thyrillions Brauen hoben sich.

Gartho grinste. "Sir Ulvars Vater. Ja, wir sind Halbbrüder. Er half mir und ich ihm bei seinem Problem. Dafür sind Brüder da." Er wirkte verrückt, dann leckte er das Blut von der Waffe.

Meldoban und Keran hatten ihm von ihrer Schwertleite vorgeschwärmt, von Abenteuer und Ehre. Welche Pflichten die Ritterschaft mit sich bringt. Beide hatten sie mit ihm schon als Kinder das Fechten geübt; Oberhau, Unterhau, Mittelhau und Zornhau, immer wieder, bis er die Grundpositionen trotz seiner Schwächen perfekt beherrschte. Meldoban sagte immer, Thyrillion sei besser als er darin. Selbst die Meistertechniken hatte er trainiert.

Während sie rasteten, durfte auch Thyrillion absteigen und bekam ein Stück trockenes Brot und Wasser. Die Männer aßen Dörrobst und gesalzenes Fleisch. Es war Mittag, die Sonne stand am Zenit und spendete Wärme.

Die zwei Tage, die sie unterwegs waren, begegneten sie keine anderen Menschen. Vereinzelt sahen sie Katen und Schober in der Ferne. Kein Wunder, da Burg Schattenmond die letzte Festung vor den Dunklen Landen war. Dort ist der Boden nicht urbar und für die Feldarbeit geeignet. Der Weg war bewusst gewählt von Sir Ulvar.

Am Abend schlugen sie mit gewohnter Routine das Nachtlager an einem windgeschützten Hang auf. Dort entsprang eine Quelle und speiste einen großen Weiher, dessen Überlauf in einen Bach floss und sich ein Stück mit der Straße Richtung Nordosten teilte.

Falkon band den Gefangenen an einen Baum und gab ihm eine Kelle Wasser, ein Teilstück Käse und einen Faustschlag ins Gesicht. Dann setzte er sich zu den anderen.

Thyrillion kaute langsam sein Essen und war dankbar für das wenige. Er beobachtete die friedliche Oberfläche des Wassers und lauschte dem Spiel der Quelle. Es half ihm, seine Schmerzen zu vergessen und er fühlte sich ein bisschen, als wäre er in eine Meditation vertieft. Während die Nacht herab sank, bildete sich Nebel über dem Weiher und verschlang nach und nach das Lager.

Eine Hand legte sich über Thyrillions Mund und er riss seine Augen auf. Seine Fesseln wurden durchtrennt. Das mädchenhafte Antlitz mit dem blauen Teint deutete ihm still zu sein. Wie natürliche Kaskaden floss ihr weißes Haar aus Wasser vom Haupt über die Schultern, die Brüste, den schmalen Linien ihres Bauches und dem Becken schließlich verjüngend bis zu den Beinen herunter und sie flüsterte mit dem leisen, lustigen Plätschern des Wassers.

"Du musst fliehen. Ich bringe dich hier weg."

Sie stand auf. Sie war klein, schlank und zierlich, im Haar hatte sie ein paar Kieselsteine, zwischen denen fröhlich Gischt spritzte.

Sie küsste ihn, was die Müdigkeit aus seinem Körper trieb und seine Muskeln mobilisierte. Dann zog sie ihn auf die Beine. "Wir müssen weg."

"Wartet, mein Schwert."

Sie wollte etwas erwidern, doch in dem Moment kam Berden in Sicht und stand mit dem Rücken zu ihnen, als er austrat. Er taumelte ein bisschen. Im Weiher plätscherte es, als wäre etwas aufgetaucht und der Knappe ging näher heran.

Indes schlich der Prinz von hinten an ihn, zog dessen Dolch mit rechts, führte ihn über Berdens Kehle, seine Linke hinderte ihn am Schreien. Thyrillion ließ den Toten leise zu Boden gleiten. Zwischen den Nebelschwaden sah er Falkon, der vermutlich auch das Geräusch im Wasser gehört hatte. Der Prinz nahm das Schwert von Berden und sah sich nach seiner Befreierin um. Sie stand nackt im Weiher und fuhr sich verführerisch mit den Armen durch die Haare, die wirkten, als wären sie mit dem Wasser verbunden.

"Süßer Prinz, kommt zu mir", sagte eine weitere Nymphe und winkte ihm mit ihrem Finger zu sich. Ihre Stimme klang wie Wind, der Wasser bewegt. "Ihr müsst weg, sonst folgen sie uns. Noch haben sie es nicht bemerkt." Sie drehte sich und er blickte auf ihren perfekten Po. "Nun kommt, lasst Euch nicht ablenken." Sie lächelte verschmitzt und ergriff seine Hand.

Die beiden liefen los, die Oreade führte ihn sicher durch den Nebel. Es erklangen Schreie der Männer.

"Er ist weg. Sucht ihn."

"Berden ist tot!"

"Der Mistkerl hat ihn getötet."

"Wir müssen ihn finden!"

Die Stimmen trieben Prinz und Oreade an, schneller zu gehen. Plötzlich stand Falkon ihnen im Weg. Thyrillion riss die Nymphe um und landete auf ihrem Hintern.

"Dafür ist später Zeit. Steht auf, süßer Prinz. Wehrt Euch."

Der Prinz stand auf, zog das Schwert und ging in Kampfstellung. Der Bastard griff an mit Oberhau, lange Klinge-kurze Klinge-Wirbeln und Thyrillion war immer einen Schritt außerhalb der Reichweite der Attacken. Er ließ seinen Gegner angreifen, bis der Boden uneben und die Schlagfolge von Falkon unsicherer wurde. Der junge Mann antwortete mit einem rechten Zornhau. Die Klinge weit hinter der rechten Schulter, drehte seinen Körper erst, um die Distanz zwischen zu überbrücken, schwang unmittelbar das Schwert mit Kraft nach links unten in den Wechsel. Der Gefolgsmann parierte eine Sekunde zu langsam, die Klinge einhändig geführt, da er einen Dolch zog und zustach. Er konnte den Hieb nicht mehr ablenken, da dieser voller Wucht geführt war und von Hals ab in die Schulter schnitt. Blut spritzte und Falkon fiel zu Boden. Erschöpft ging auch der Sieger in die Knie und fasste sich an die Seite. Eine tiefe Wunde klaffte dort.

Er nahm sein Langschwert und die Scheide vom Toten zurück.

"Eilt Euch, Prinz", sagte die Oreade. Sie zog ihn mit sich.

Die Quelle, die den Weiher speiste, lag auf der gegenüberliegenden Seite. Der Nebel verschleierte ihre Flucht noch immer. Der Prinz hörte noch immer die Flüche seiner Peiniger. Seine Kraft würde weitere Kämpfe nicht mehr überstehen. Das Geplätscher wurde lauter. Die Nymphe glitt beinahe lautlos ins Wasser und der Mensch folgte ihr mit einem Platschen, was aber von Wind und Wassergeräuschen gedämpft wurde. Vor der Quelle selbst, die aus einem Felsstück im Hang kam, drehte sich die kleine Frau um. Sie deutete ihm an, sich zu ihr zu beugen. Sie küsste ihn unverhohlen und innig.

Als sie von ihm abließ, sagte sie: "Nicht reden, folgt mir." Sie zwinkerte. "Der Kuss macht Lust auf mehr." Dann tauchte sie ab, Thyrillion hinterher.

Durch einen schmalen Spalt in ein paar Fuß Tiefe in der Felswand kamen sie in einen See innerhalb einer Kaverne. Das Gestein war braun, vom Wasser dunkel verfärbt und abgeschliffen. Das Wasser erschien grün und war nicht so kalt wie außerhalb im Weiher. Von einer Höhlenwand leuchtete ein gleißendes weißes Licht und blendete den Prinzen. Es verlor einiges seiner Helligkeit, als sich eine Erscheinung davor manifestierte. Vor Erschöpfung und Fieber schlief er ein.

IMGELLON

Immer wieder trafen sich Imgellon und U'Domelle. Stets im Geheimen und darauf bedacht, dies so zu belassen. Sie verbrachten Zeit miteinander und zum allerersten Mal begehrte ein Windelb eine Frau eines anderen Volkes. Es war neu und aufregend, weshalb sie ihre Gefühle zuließen.

Als sie das erste Mal beieinander lagen, erforschten sie den Körper des anderen und die Unterschiede ihrer Völker. Dabei entstand ein Band aus Liebe, Wärme und Zuversicht. Zusammen besuchten sie auch die Welt des anderen. Während die Lady ihm die Wunder Anemerons erklärte, nahm er sie mit und zeigt ihr einsame Stätten im Himmel. U'Domelle schaffte sich mit ihrer Magie Flügel, um einem Engel zu gleichen. An sich war sie für Imgellon magischer Natur und mehr als eine gewöhnliche Elbin.

Von Liebe und Freude erfüllt, wollte Imgellon dieses Glück nicht für sich allein beanspruchen, das er gefunden hatte, sondern es mit seinen Vertrauten teilen. Am nächsten stand ihm Arathron, ein mächtiger Hüter aus dem Chor der Throne, der vieles überwachte, vorrangig die Belange von Karma. Der Verliebte besprach sich mit seinem Freund und dieser sah das Glück in den Augen des anderen.

"Was sagst du dazu, Arathron?"

Imgellon sah die Unentschlossenheit im Gesicht des anderen. "Verwirrt bin ich. Es hieß Zeit unseres Lebens, dass wir uns fernhalten sollen von diesen Gefilden und dennoch bringst du solch frohe Kunde. Wurden wir all die Zeit belogen?"

"Hüte dich, sei nicht so schnell mit deinem Urteil." Der Cherub sah ihn liebevoll an. "Ich will, dass du mich begleitest. Du sollst die Wunder dort selbst sehen. Dann entscheiden wir, wie wir weiter vorgehen."

"Du willst mich mitnehmen an jenen verbotenen Ort?"

"Seit wir klein waren, hatten wir keinerlei Geheimnisse vor dem anderen. Dir vertraue ich am meisten, Dom." Dom war das elbische Wort für Freund.

"Und ich dir."

Im Licht der Morgensonne machten die beiden Windelben ihren Anflug auf Anemeron. Imgellon übernahm die Führung und eine Zeit vor der Landesoberfläche beschwor er den Zauber s'orik Bensas herauf, wie es ihm seine Angebetete gelehrt hatte. So betraten sie unbemerkt das Freital nahe einem Waldstück. Imgellon schaute zu seinem Gefährten. Grau wie Nebel waren seine Augen, durch die blaues Mondlicht schien. Sie waren tiefliegend und voller Weisheit und beherbergten eine Wissbegierde, als sie das Unvertraute um ihn herum aufsogen. Sein Verstand verarbeitete die unzähligen Eindrücke schnell und ein Lächeln bildete sich um seine Mundwinkel.

"Ich wusste, es gefällt dir."

"Es ist atemberaubend." Flüsternd sprach auch Arathron wie Imgellon zuvor. Schließlich war es immer noch verboten hierher zu kommen und sie wollten nicht auffallen.

Doch es war zu spät.

Imgellon spürte die Seil ähnlichen Schlingzweige an seinen Beinen, als er weiterlaufen wollte und dann an den Handgelenken. Sein Begleiter war ebenso gefesselt. Er ließ den Kopf mit einem Seufzen sinken.

"Unvorsichtig und ungeschickt", ertönte die melodiöse Stimme U'Domelles. "Mir scheint, die Herren benötigen mehr Zuwendung."

Arathron faszinierte bereits der Klang ihrer Stimme, doch ihr Auftreten brachte auch sein Blut in Wallung. Der Sterne Glanz in ihren Augen und der Sonnenschein ihres Haares hatten es ihm angetan. Ihre weiblichen Rundungen waren diskreter verdeckt und eine Windbrise hob ihren langen Mantel kurzzeitig seitlich empor. Auch sie war in Begleitung gekommen.

"U'Domelle, das ist mein Vertrauter Arathron."

Die Herrin neigte freundlich den Kopf und deutete auf die andere Frau. Diese war in Grau gekleidet. Das Leder war freizügig geschnitten an Brust und Schenkeln, was ihren makellosen, hellen Teint betonte. Kristalle, die aussahen wie Eis, funkelten in ihren Augen und silbern glänzte ihr gebürstetes, langes Haar. Auch sie war eine Schönheit wie U'Domelle. "Das ist Aster."

Aster schlug kurz die Augen nieder zum Gruß und auf ihren Lidern dämmerte ein silberner Schatten. Es war jene Geste, die den mächtigen Thron beeindruckte und die ihn in den Bann der Liebe zog.

Und so begab es sich, dass mehr Windelben an dem gefundenen, verbotenen Glück teilhatten und es weiter erzählten. Es wurden mehr und ihre Gemeinschaft wuchs im Stillen. Das war zu jener Zeit, als auch die Sterblichen die Gestade Anemerons erreichten und Revogatag, der Eine, für dieses Volk eine besondere Frau in Sinn hatte.

"Wir nennen sie Solasons, die Vergänglichen oder Sterblichen."

Imgellon hob die Augenbrauen.

"Sie breiten sich aus. Zu anfangs waren sie neugierig und wollten lernen, doch dies hielt nicht lange an. Nun nehmen sie nur noch." Ihre Miene verzog sich zu einer traurigen, aber auch entschlossenen. "Es gibt eine unter ihnen, die mein Vertrauen genießt, seitdem sie hier anlangte. Ihr Name ist Lilie und eine traurige Geschichte ist ihr eigen."

"Was ist ihr widerfahren, Liebste?"

"Sie wurde ausgewählt, zusammen mit dem Anführer der Solasons, Herrin über jenes Volk zu sein, da sie dunkel, wild und schön ist. Jedoch wollte er sie sich Untertan machen. Sie wurde von ihm gezwungen, sich ihm unterzuordnen. So wie alle jener Art. Sie verweigerte sich ihm und es kam zu einem Streit. Einige der Männer des Anführers nahmen die Frauen mit Gewalt. Und was geteilt sein sollte, beherrscht nun er mit Kraft und Härte. Seitdem wurde sie nicht mehr gesehen."

"Was sagst du da? Das ist wider den Geboten des Einen."

Sie nickte.

KAPITEL 6

SCHMERZ UND HEILUNG

THYRILLION

Mit einem Schrei erwachte Thyrillion. Er zitterte und Schweiß badete seinen Körper. Bestimmt war der Dolch Falkons mit einem Gift bestrichen gewesen, was seinen Zustand erklären würde. Najaden kümmerten sich um ihn. Seine Verletzung war genesen. Sie kühlten seinen Körper mit Pflanzenwickeln.

"Beruhige dich, Süßer."

"Wo bin ich?", fragte er.

"Du bist in Sicherheit."

"Aber ich…"

"Ihr müsst Euch ausruhen, Prinz Thyrillion Nalfarîon von Thal", sagte eine fremde tiefe Stimme. "Ihr hattet einen Albtraum. Ihr seid nicht reisefähig. Euer Körper braucht Ruhe."

Vor ihm stand ein Mann von mittlerem Wuchs und kräftiger Statur, dessen klare, wasserähnliche Augen mit einer ruhigen Bestimmtheit auf ihn gerichtet waren. Das weiche Morgenlicht fing sich in seinem glatten Haar und ließ es schimmern, während seine Topas hellen Flügel leicht zitterten und ihm eine imposante Präsenz verliehen.

"Ihr seid ein Windelb."

"Ich bin Neltomen." Mit diesen Worten ging der Engel in die Hocke, um auf Augenhöhe mit dem Prinzen zu kommen. Seine Stirn legte sich in Falten, als er sich konzentrierte und dann mit einer klaren, kräftigen Stimme rief: "DOSOELLE!"

Die Luft um sie herum begann zu flimmern, als ob die Kavernenwände selbst auf das Kommando hin schwankten. In der Luft fügte sich eine Gestalt in einem wirbelnden Tanz aus Wassertropfen und hellem Licht zusammen. Klein und zierlich materialisierte sich der Engel, ihre Bewegungen voller Anmut und Leichtigkeit, während sie auf den Felsenboden zu schwebte. Ihre weißen, federgeschmückten Flügel bewegten sich sanft im Einklang mit ihrem Gang. Die zarte Figur wurde von dem kräftigen Rot und Gold ihres Gewandes umhüllt, das ihre schlanke Taille und Kurven hervorhob. Sie kniete sich neben den Prinzen, ihre Bewegungen voller Sorge und Mitgefühl, und nahm seine Hand in ihre. Ihre kirschroten Wangen waren im Kerzenlicht der Höhle deutlich sichtbar, und ihre halblangen braunen Haare schimmerten warm und einladend.

"Ich nehme Euch das Gift." Ihre Worte waren sanft, als sie sich zu ihm herunterbeugte und ihre Lippen zärtlich auf seine drückte. Thyrillion spürte eine Welle der Geborgenheit und des Trostes, die durch ihn hindurchströmte, während er in seinem Geist sah, wie dunkle Schwaden von ihm zu ihr übergingen. Als sie sich zurücklehnte, streichelte sie noch immer seine Hand, ihr Gesicht jetzt von Anstrengung gezeichnet und blass – ein deutliches Zeichen dafür, dass sie seine Leiden auf sich genommen hatte.

Sie nickte. "Magie fordert ihren Tribut, welche Form sie auch sei." Sie wirkte angestrengt beim Sprechen und hielt einen

Moment inne. "Ich bin einer Eurer Schutzengel. So wie Neltomen."

Er richtete sich auf und nahm sie in den Arm. Sein Blick war verwirrt.

"Neltomen hat Euch das Ritual gezeigt", erklärte sie. "Jeden Schmerz, den Ihr erduldet, werde ich annehmen. Entscheiden welchen, müsst Ihr selbst." Sie verschwand.

Thyrillion blickte den anderen Engel an. "Was meinte sie damit? Ich muss entscheiden, welchen?"

"Dosoelle nimmt Euren Schmerz auf und erduldet ihn. Sie kuriert ihn aus. Das braucht Zeit."

Schockiert brauchte der junge Mann einen Moment. "Das würde bedeuten, wenn es irgendwann zu viel ist,..."

Sein Gegenüber nickte. "Blüten verblühen. Das ist Eure erste Lektion." Er erhob sich. "Zieht Euch an, Prinz, Ihr müsst noch viel lernen."

NELTOMEN

Der Engel suchte sich eine abgelegene Stelle im Kavernenkomplex. Er setzte sich und ging tief in sich. Er sendete seine innere Energie über einen Edelstein in die Sphäre, einem Sein, in dem sich Engel und andere Intelligenzen treffen konnten. Dort suchte er nach einem grünen Schimmer.

In der Sphäre existierten lediglich Lichter und jedes war einzigartig und verkörperte eine Wesenheit. Das Licht Neltomen - ein schwaches oranges - schwebte einfach. Es schickte einen Gedanken aus und wartete. Nach einer Ewigkeit manifestierte sich ein volles grünes Licht wie Moos. Beide Lichter schwebten miteinander, verschmolzen und lösten sich.

Der Schutzengel war zurück in seinem Körper.

Antworten würden kommen.

THYRILLION

Als sich Thyrillion dank Dosoelles Zauber besser fühlte, stand er auf und streckte sich langsam und atmete einige Male ein und aus. In der Konzentration vernahm er bewusst das stete Tropfen von Wasser in den See. Langsam wie ein Herzschlag tönte er, nur mit einem verklingenden, beruhigendem Echo arrangiert. Er nahm sein Schwert und ging in Ausgangsstellung. Nach und nach führte er Hiebe aus, zunächst einen Wirbel von Oberhau mit kurzer und langer Klinge, dann im Wechsel mit den Meisterschlägen. Nach Beendigung seines Trainings war er völlig verschwitzt, aber fühlte sich großartig. Seine Muskeln traten deutlich hervor, größer als sie jemals waren. Instinktiv fühlte er sich an das Ritual von Runa und Amezyarak erinnert. Er fuhr mit dem Finger seine fast verheilte Narbe unter dem Kinn nach. Er fragte sich, was davon war wirklich geschehen und was nur im Traum passiert? Er konnte es nicht sagen, es hatte sich alles echt angefühlt: Schmerzen, Stärke, Sex und schärferen Sinne. Vor allem in Bezug auf die Misshandlung seiner Freundin und er sich nicht eindeutig sicher war, ob es ihr trotzdem Lust bereitet hatte.

Während er seine Fechtübungen ausgeführt hatte und seinen Gedanken nachhing, beobachteten die Nymphen ihn interessiert und seinen maskulinen Oberkörper. Die Brustplatten waren fest und ausgeprägt und fügten sich perfekt in seine sehnige Statur ein. Der Prinz war sich seiner Wirkung auf das andere Geschlecht selbst noch nicht bewusst und realisierte es erst nachdem er sein Leinenhemd überstreifen wollte und die Frauen enttäuschte Seufzer äußerten. Er hielt verdutzt inne.

"Gönn' uns doch den Anblick."

"Reine Verschwendung, das zu verstecken."

Der Mensch zog sich bewusst langsam an. Ihm gefiel die Aufmerksamkeit. "Sind alle Nymphen so wie ihr?"

Die Najaden kicherten wie Wassergeplätscher. Sie riefen durcheinander und warfen ihm Küsse zu und winkten. Es wirkte, als wäre der See lebendig.

"Wir sind hier."

"Ja!"

"Zeig uns was anderes."

"Wir wollen alles."

"Wir sind was Besonderes."

"Vor allem ich!", rief die Oreade, die ihn geküsst hatte. Es war, als platschte ein großer Stein ins Wasser und die Najaden verstummten und tauchten ab. Jetzt sah Thyrillion sie zum ersten Mal, nicht so flüchtig wie bei seiner nächtlichen Rettung.

Sie stieg langsam aus dem See, ihre Hüfte schwang nach links und rechts und Tropfen perlten funkelnd von ihrer kurvigen und dennoch ästhetischen Figur. Sie war eine stattliche Erscheinung: grazil, göttlich und gebieterisch. Ihre Haut war blassgrau wie Mineralgestein gemasert und glänzte von der Feuchtigkeit. Dies setzte besonders ihre vollen Brüste in den Vordergrund und brachte ihre großen, graublauen Augen zur Geltung. Dadurch wirkten sie dunkler und mysteriöser geschminkt und zogen ihn in ihren Bann. Die Geschichten über Sterbliche, die sich in Nymphen verliebten, hatten wohl einen wahren Kern. Der Blick war fesselnd, ihr Antlitz war makellos und sogar die Wangen glitzerten wie eine Art Rouge aus Wasser. Nasses, weißblondes Haar schmiegte sich an ihrem Rücken entlang.

"Ich bin Echo", sagte sie und die Grotte gab ihren Namen von mal zu mal leiser werdend von den Wänden wider. "Das ist mein Heim, in dem Ihr Euch befindet, Solason. Hier erfahrt Ihr Hilfe und Heilung."

NELTOMEN

Aus einem sich ausbreitenden grünen Lichthof trat ein Engel in die Kaverne. Seine Haltung war Respekt einflößend, doch sein Haupt war geneigt und seine tief liegenden Augen bargen Weisheit und Güte. Seinem Gesicht entnahm man eine Fülle an Wissen und Kenntnissen; leichte Fältchen umspielten Augen, Stirn und Mund und trotzdem behielt es noch die typische Jugend seines Volkes. Sein Teint war weiß mit einem Hauch Grün wie auch die Flügel, nur erinnerten sie mehr an die Farbe von Beryll. Grau wie Eschenrinde war sein Haar und oben am Knopf gebunden. Die Tunika und die Hose waren braun gehalten. Seine Arme waren geöffnet zur Begrüßung.

"Neltomen, mein Freund, du hast mich gerufen und hier bin ich. Was ist dein Wunsch? Ich habe nicht viel Zeit hier zu verweilen."

"Meister Dratzelle," nickte der Jüngere. "Mein Schützling ist ungewöhnlich anfällig für die Krankheiten der Menschen. Bitte, seht ihn Euch an."

Der Prinz schlief auf einem Moosbett, umringt von Najaden. Sie kuschelten sich teilweise an ihn oder streichelten seine Haut.

"Solas, egoks ara nyraen", verscheuchte sie der Windelb. Dann kniete er sich auf sein linkes Bein und streckte den rechten Arm über Thyrillions Bauch. "Def egoh, tir veh!" Die sonore Stimme bildete einen grünen durchscheinenden Nebel, der den Geist des Sterblichen aus seinem Körper löste und über ihm schweben ließ. Thyrillions Geist war anthrazit und wurde langsam von Dratzelles Nebel verschluckt, bis er völlig eingesogen war. Der Anthrazit wehrte sich, fing an schneller gegen die Wände seines Gefängnisses zu schlagen und verfärbte seinerseits den Nebel dunkel.

Neltomen beobachtete die Magie des Meisters und als die beiden Formen miteinander agierten, ging er einen Schritt zurück. "Ging des Prinzen innerer Ursprung für die Krankheiten über Dratzelles Kräfte hinaus? War das möglich?" Er konnte es nicht glauben.

Der Kampf der beiden Erscheinungen tobte weiter und die zuckende Masse, die es inzwischen geworden war, flog wirr in der Höhle umher.

Der Heiler wirkte nun älter und verbrauchter, als Neltomens Blick wieder auf ihn fiel. Er rezitierte Bannsprüche in elbische Sprache und seine wohltuende, befehlsgewohnte Stimme wurde schwächer und leiser.

Dann explodierte der verfärbte Nebel an der Höhlendecke und der Lichtblitz blendete die beiden in der Grotte.

Als der Schutzengel seine Augen wieder ohne Stechen öffnen könnte, zerfielen noch einzelne Partikel von Nebel und Licht in der Luft und auf der Wasseroberfläche. Die Gestalt des Meisters war in sich zusammengesackt und lag regungslos vor Thyrillion. Der Prinz schlief weiter, so als wäre nichts geschehen.

Neltomen sprang zu Dratzelle, drehte ihn zu sich. "Meister!"

Dessen Blick war verstört und verängstigt, seine Worte waren undeutlich und schwach: "Hüte... dich... vor..." Und so verstarb Dratzelle, der Meister der Heilung. Neltomen legte sein Haupt auf dessen Brust und weinte. "Was habe ich bloß getan?"

Von Trauer übermannt, schlief der Schutzengel ein. Vor ihm erschien Dratzelle als Geist. Er wollte etwas sagen, doch der andere bedeutete ihm zu schweigen.

"Wir haben nicht viel Zeit", sagte der Meister und legte ihm eine Hand auf die Stirn.

In seinem Verstand bettete sich die Erinnerung an Dratzelles letzte Augenblicke ein, ehe dieser vollends verging.

Unter Aufwartung seiner ganzen magischen Kräfte, stemmte Dratzelle sich gegen die unbekannte Macht, die er dem Sterblichen entlockt hatte. Anfangs war es ein warmes freundliches Licht gewesen, das sich ihm gezeigt hatte. Während sich der Engel diesem widmete, es enträtselte, entstieg auch eine anthrazitfarbene Dunkelheit, der eine Verderbtheit innewohnte, wie er es selten gesehen hatte. Sie stürzte sich hinterrücks auf seinen Geist und verschlang ihn. Dratzelle verteidigte sich, doch umso mehr er sich wehrte, desto stärker wurde sein Widersacher. Ehe er das verstand, war es bereits zu spät und er konnte nicht mehr entkommen. Es verzehrte seinen Geist vollkommen. Das, was er sah, war gestaltlos wie ein Schatten.

Neltomen wurde bang in seinem Herzen und er fing an zu frieren. Die Erinnerung fühlte sich beinahe so an, als wäre er von der fremden Wesenheit verschlungen worden. Er wusste nicht, was der Meister ihm hatte zeigen wollen! Er wollte ihn warnen, aber wovor?

Mit diesem Rätsel kam Neltomen wieder zu sich.

THYRILLION

Er fand sich auf einer Lichtung im Wald wieder. Vögel zwitscherten einem Engel zu, der in braun und grün gekleidet auf einem Baumstamm saß. Wie ein Mantel hingen die gefalteten, Beryll farbenen Schwingen über den Rücken. Eine Blaumeise setzte sich mutig auf seine offene Hand. Sie pickte ihn frech mit ihrem Schnabel. Ein Blutstropfen bildete sich und er lachte leise.

"Ihr seid wach", stellte der Windelb fest. "Gut, es beginnt."

Thyrillion schaute den Fremden verdutzt an. "Was beginnt? Und wer seid Ihr?"

"Mein Name ist Dratzelle. Ich bin der Meister der Heilung. Ich werde Euch lehren."

"Werdet Ihr dabei auch sterben? Jeder, der mir helfen will, zahlt einen Preis. Wollt Ihr diesen zahlen?" Er schrie die Worte. Nur zu gut, hatte er die Opfer von Runa und Dosoelle im Kopf. Es schmerzte ihn.

"Wollt Ihr es?" Dratzelle sah ihn fest in die Augen. "Jedwede Macht dieser Welt fordert einen."

"Also eine Art Handel?"

"So gesehen, ja. Die wahre Größe liegt darin, zu wissen, was man anbietet und den Mut zu haben, es zu tun." Dann leckte er das Blut von seiner Hand. "Ihr müsst es zuerst denken, bevor Ihr es tun könnt."

"Ihr meint, dass Ihr Euch im Klaren sind, was sie tun?" So etwas hatte ihm Dosoelle auch geantwortet.

"Für einige mag es so sein, für andere nicht."

Der Prinz runzelte die Stirn.

"Nicht jeder weiß, welchen Preis er zu zahlen hat. Wenn man aus den falschen Trieben handelt, dann willigt man schnell ein, gleich welcher Höhe."

Thyrillion verarbeitete das Gesagte des Meisters und seine Gedanken kreisten um seine Freundin Runa. Sie hatte gewusst, was passieren würde. Das bestätigte ihm, ihr Selbstbewusstsein bei der Durchführung des Rituals, ihre anmutige Körperbeherrschung und die Duldung der Schmerzen. Aber da war auch Lust gewesen, glaubte er.

"Prinz", holte ihn Dratzelle aus seinen Gedanken. "Grämt Euch nicht, wegen den Entscheidungen anderer. Ihr könnt sie nicht beeinflussen. Das kann nur einer."

"Wer hat solche Macht?"

"Ein jeder, in sich selbst. Entscheidungen und Taten bestimmt jeder für sich selbst. Kein anderer." Er schwieg eine Weile, da er den Sterblichen beobachtete, der noch immer über etwas grübelte. "Hört mir zu, das ist wichtig für Euch. Tut, was ich sage, keine Fragen." Der Windelb setze sich auf. "Legt Euch hin und schließt die Augen. Stellt Euch vor wie Ihr alles, was Euch gerade beschäftigt, in eine große Schüssel mit Wasser gebt. Leert das Wasser auf den Waldboden und seht, wie das Wasser mit Euren Gedanken langsam in der Erde versickert. Bleibt ruhig noch eine Weile liegen und geht in dieses befreite Gefühl."

Thyrillions Atmen war entspannt und gleichmäßig geworden. Alles Negative war weggespült.

Entspannt wachte der Mensch auf. Unter seinen Fingern spürte er das frische Moos. Er bemerkte die wohltuenden Eigenschaften des Gewächses, das belebende Aroma und nahm ein magisches Geschehen darin wahr. War die Unterredung mit Dratzelle ein Traum oder Wirklichkeit gewesen? An seine Brust gekuschelt, schlief die Najade, die ihn von den Fesseln befreit hatte. Er lächelte und stand auf. Bis auf die Nymphe war er allein.

"Mein Hübscher, geht es dir besser?", fragte sie.

Er nickte. "Kann ich dich um einen Gefallen bitten? Da fällt mir ein, wie heißt du überhaupt?"

"Nymphen haben den Zweck, die Natur zu bereichern. Namen bekommen lediglich die Ältesten." Beim Sprechen hüpfte sie leichtfüßig über die Steine. Das weiße Wasser ihrer Haare rauschte über ihren Körper, die Rundungen als Stufen nutzend.

Als er das beobachtete, fing er an zu lachen. Es war wunderschön und es erinnerte ihn an den Springbrunnen mit den Stufen in Thal.

"Lachst du frecher Junge über mich? Es ist eine Ehre einen Namen zu erhalten." Sie blieb abrupt stehen und baute sich vor ihm auf, die Arme verschränkt unter ihren Brüsten. Das Wasser sammelte sich in den Ellenbeugen und rauschte dann in einem Fall zu Boden. Ihre schmalen Augen wirkten wie ein Silberquell, fröhlich und heiter.

"Gewiss nicht. Mir ist ein Name für dich eingefallen. Ich nenne dich Kaskade."

Unvermittelt sprang sie auf ihn und küsste ihn innig. Nach einer Weile löste sie sich glücklich von ihm.

"Du machst deinem Namen alle Ehre."

"Hab Dank, Hübscher." Sie strahlte vor Freude. "Du wolltest einen Gefallen. Kaskade, zu deinen Diensten."

"Sie sind vor uns", wisperte die Najade.

Er nickte. Auch wenn er nichts sehen konnte, vertraute er ihren Worten. Nymphen waren für Sterbliche nicht zu sehen, es sei denn, sie ließen es zu - die besten Späher. "Wie weit?"

Über die Anhöhe zeigte Kaskades Handbewegung.

Thyrillion legte die Rechte aufs Schwertheft und pirschte sich heran. Die letzten Meter zum höchsten Punkt kroch er. Sie und Echo blieben an seiner Seite.

Er sah das Lager in der Senke. Die Pferde waren zusammengebunden und Talor striegelte das Streitross des Lords. Die beiden anderen Männer saßen am Feuer und hielten Stöcke darüber.

"Können Eure Begleiterinnen sie ablenken?"

"Das mache ich selbst", antwortete Echo knapp und verschwand.

Geduldig wartete er. Die Sonne verweilte noch am Himmel, doch Wärme spendete sie nicht. Wolken drängten sich dicht zusammen und begleiteten sie.

Schreie zerrissen die Stille und ließen den Prinzen aufschrecken. Er gewahrte die Situation unter ihm, obwohl alles so schnell ging. Die Männer sprangen auf und griffen zu ihren Waffen, um sich zu verteidigen. Die Pferde rissen sich los und jagten davon. Im rasanten Tempo kam etwas Großes und Bedrohliches auf den Lagerplatz zugestürmt. Auf den ersten Blick glich es einem Löwen, nur war es imposanter durch eine Schulterhöhe von sechs Fuß. Die Läufe bewegten sich so schnell, dass er ihren Bewegungen fast nicht mehr folgen konnte. *Hat die Kreatur sechs Beine?* Das Fell war braun und die Mähne dunkler, doch darin und an Brust und Schultern glänzte Gesteinsmasse. Aus dem Maul ragten zwei lange Säbelzähne hervor und auch auf der Nase war ein spitzes Horn, das es gesenkt zum Angriff hielt. Am Schwanzende waren scharfe Steine, die den Tod bei einem Treffer verhießen. So etwas hatte er noch nie gesehen!

Doch es war keine Zeit die Kreatur zu betrachten, denn sein Streitross galoppierte auf ihn zu, den Abhang hinauf. Wenn er nicht aufgepasst hätte, wäre er niedergeritten worden, so wie das Tier in Panik war. Thyrillion wich mit einem Schritt aus und instinktiv schwang er sich mittels seines rechten Arms über den Hals des Hengstes auf dessen Rücken.

"Hoooo!", rief er und streichelte dem Pferd die Flanke, um es zu loben. Um ein Haar wäre er abgeschleudert worden, doch er fing sich gerade noch ab. "Ho!", wiederholte er eindringlicher. Nach einer Weile wurde es langsamer und ließ sich dann von seinem Herrn führen. Er wendete und ritt zurück.

Voller Hass donnerte er den Abhang hinunter und auf Falken zu. Er zog seine Klinge und hob sie über den Kopf. Der Abstand verringerte sich und er stieß ein "THAL!" aus. Er gewahrte in seinem Eifer zwar, dass sich die drei Menschen noch immer im Gedränge mit der gewaltigen Kreatur befanden, doch er hielt direkt darauf zu. Er trieb das Streitross weiter an, führte es links ins Gemenge und enthauptete Talor mit einem wuchtigen Hieb. Als er durchbrach, drehte er sich um und sah Kopf und Körper fallen.

Die beiden Brüder kämpften weiter mit dem Löwengeschöpf. Sir Ulvar wurde von einer Tatze zur Seite geschleudert und schrie laut auf. Garthos Schwert und Langdolch schlugen ein ums andere Mal auf das Untier ein, doch seine Treffer zeigten keine Wirkung auf dem glänzenden Gestein. Der Prinz beobachtete, wie sich die Steinmasse bewegte und Treffer harmos abprallen ließ. Einstweilen stoben Funken beim Aufprall davon. Der Gefolgsmann fluchte.

Voller Wut und Adrenalin getrieben, lenkte Thyrillion sein Ross zum nächsten Angriff. Dieses Mal suchte er den Ritter, der sich benommen auf einem Knie hochstemmte. Die Klinge hatte er in der Hand, er kämpfte aber mit seinem protzigen Mantel, der sich um sein linkes Bein verfangen hatte. Gerade rechtzeitig stand er auf und rollte zur Seite weg, sonst hätten ihn die Pferdehufe zermalmt. Der Lord packte eine Lanze vom Boden, stellte einen Fuß darauf und die Spitze in Richtung seines Angreifers. Thyrillion war zu ungestüm bei der nächsten Attacke und wurde aus dem Sattel geschleudert als die Stangenwaffe in die Brust des Streitrosses eindrang. Es bäumte sich auf und stürzte nieder.

Der Prinz rappelte sich wieder auf und ging in Grundstellung, das Schwert über der rechten Schulter. Im Augenwinkel nahm er wahr, wie das Untier nach seinem fliehenden Streitross griff. Bewusst atmete er seinen Puls herunter, ehe er auf Lord Baros stürmte. Beim Schwertkampf waren Konzentration in die Einheit von sich selbst, der Waffe und dem Ausblenden von allem anderen, der Schlüssel zu Sieg oder Niederlage. Sir Ulvar griff an, Oberhau von rechts, Unterhau von links, gefolgt von Zornhau, also ein Hieb von der rechten Schulter mit voller Wucht ausgeführt gegen Thyrillions linkes Ohr. Sein Gegner konterte Schlag auf Schlag und antworte beim Kontakt der Klingen mit einem Knopfstoß gegen die Nase des Ritters. Die Kontrahenten gingen auseinander, ehe sie wieder fochten. Beide schlugen einen Hieb von oben, so dass die Waffen aneinandergedrückt wurden. Zu einem Kräftemessen kam es nicht, da Thyrillion sein Schwert transferierte - schlitterte an Ulvars Klinge übers Heft - und schlitze dessen Gesicht, Kehle und Unterarm auf. Der Lord schrie, Blut spritzte und er fiel. Gurgelnd kamen seine letzten Atemzüge hervor.

Der Sieger besann sich auf seinen letzten Feind. Gartho befand sich noch immer im Kampf Mann gegen Untier. Er wirkte erschöpft, doch seine Verbissenheit und sein Überlebensinstinkt verliehen ihm zusätzliche Kräfte. Mit Schwert und Dolch setzte er der Kreatur unermüdlich zu. Diese war genauso verbissen und Treffer waren durch das magische Gestein beinahe unmöglich. Trotzdem hatte der Gefolgsmann dem Löwengeschöpf blutende Wunden zugefügt. Der lange Schwanz mit den scharfen Steinen peitschte den Mann weg.

Als Thyrillion in den ungleichen Kampf eingriff, wollte er nur Gartho töten. Wie er die Kreatur dann besiegen sollte, daran hatte er keinen Gedanken verschwendet. Bevor das Monster Gartho mit den Klauen zerfetzen konnte, parierte Thyrillions Schwert die Tatze. Dann schlug er mehrere Male darauf ein und es brüllte unnatürlich laut. Verwundet zog sich das Untier zurück und leckte seine Wunde. Das war der Moment, den der Bastard ausnutzte, aufsprang und unvermittelt mit einem Schlag von unten auf den Prinzen losging. Er wirbelte die Klinge beim

Vorwärtsdrängen in Richtung Thyrillions Kopf. Durch seine Konzentration wich der Adlige zurück und brachte dann seine Klinge auch über die Schulter und konterte. Die Kontrahenten tauschten ihre Hiebe aus. Die Waffen beschrieben einen Tanz und ihr Geklirre gab den Takt vor.

Beide standen mit gesenkten Waffen und atmeten schwer. Gleichzeitig schwangen die Klingen im Halbkreis nach oben, sie schlugen von oben, Thyrillions Schwert, schneller geführt, prellte gegen Garthos, der die Wucht abfangen musste. Der Prinz vollführte einen Handwechsel aus dem Untergriff am Heft, so dass sich die Klinge wendete und trieb sie weit in die Schulter und Brust seines Widersachers. Ungläubig schrie Gartho vor Schmerz und schlug tot auf dem Boden auf.

"Wer ist es nun, der nicht mit einer Waffe umgehen kann?", sagte der Prinz. Dann hob er die Klinge und wandte sich der Kreatur hinter ihm zu. Er würde sein Leben nicht ohne Kampf lassen.

Furchteinflößend stand das Löwengeschöpf vor ihm. Seine Muskeln waren angespannt und die Säbelzähne zeigten bedrohlich zu Thyrillions.

Sekunden des gegenseitigen Tangierens verstrichen. Der Sterbliche eröffnete die Partie mit einem Schritt nach vorne.

"Haltet ein!", rief Echo. Ihre Stimme glich einem Felssturz. Sie breitete ihre Arme aus und das Geschehen erstarrte. Ihr Auftreten war trotz ihrer geringen Größe und verletzlichen Nacktheit beeindruckend und herrisch. "Calcit, beruhige dich. Und Ihr, süßer Prinz, er ist kein Feind." Sie wurde ruhiger und grinste: "Das war die Ablenkung, die Ihr wolltet."

Betroffen steckte er das Schwert weg und er entspannte sich. Dann lächelte er und brach erschöpft zusammen. Auf Knien atmete er schwer, sein Oberkörper hob und senkte sich schwer.

Die Oreade rannte zu ihm, beugte sich hinab und drückte ihn an ihre Brust. "Wir müssen hier weg. Ihr braucht Hilfe. Könnt Ihr reiten, Prinz?"

Er nickte erschöpft.

Dann kam Kaskade hinzu. Sie legte ihre Hände auf die Wunde von Vela, Lord Baros Schlachtross. Anschließend setzte sie sich auf den Pferderücken, ließ Vela aufstehen und lenkte sie zu dem Menschen. Der junge Mann zog sich in den Sattel.

Echo wandte sich an das Löwengeschöpf: "Calcit, du kannst uns verlassen, du hast uns sehr geholfen. Hab Dank."

Die Kreatur brüllte wild und rannte davon.

Zurück in der Grotte wies die Oreade den Prinzen an, sich auszuziehen. Da er geschwächt war, half sie ihm. Sie genoss es sichtlich, als er so hilflos war und streifte mit ihrem Finger seinen Oberschenkel, Bauch und Brust entlang. Seine Männlichkeit erwachte und sie zog ihn mit ins Wasser. Es war wunderbar warm und spendete Energie. Er streckte seine Arme an den Rand und Echo setzte sich auf seinen Schoß. Langsam fing sie an, sich auf und ab zubewegen, untermalt von ihrem leisen Stöhnen. Platsch, platsch, platsch in einem Decrescendo, den Takt stetig wiederholend. Das tropfende Plätschern der Grotte schien lauter zu werden und sein Blick wurde davon magisch angezogen. Er beobachtete den Weg des Wasserpartikels, wie er von der Grottendecke nach unten über die Felsspitze rollte und wagte dann nach einer Rast den Absprung in den See. Es lag etwas Meditatives in dem Klang und der Prinz wurde eins mit dem Tropfen. Im Fallen vom Felsen abwärts schien die Zeit sich zu verlangsamen. Alles um ihn veränderte sich: die Farben von Gestein wurden kräftiger, die Marmorierung und die Körnung detaillierter; das Licht greller und feine Nebelschwaden bildeten sich. Der Geruch wurde verstärkt und es ergab sich ein natürliches Aroma aus Moosen und Kräutern, feuchtem Fels und Schwefel. Dann tauchte er ein in den See und wurde direkt überwältigt von den Empfindungen, die auf ihn einströmen. Der Tropfen vereinigte sich mit dem Wasser und er spürte alles, was es berührte. Die Temperatur war angenehm warm. Thyrillion war auf und in Gestein, Kristallen und vor allem Echo. Er war ihr Haar, das ihren Körper umspülte, aber auch der See um sie herum. Die Intensität steigerte sich ins Unermessliche. Er legte den Kopf in den Nacken. So hatte er Gefühle noch nie erfahren! Er war jeder Tropfen, nahm jeden einzelnen Rhythmus aus der Masse wahr.

Am stärksten allerdings spürte er Echo. Abwechselnd schlug sie ihre Fingernägel in seinen Rücken, kratzte ihn blutig, biss ihm in die Schulter oder schlug ihn auf die Brust. Selbst das Wasser wusste sie einzusetzen und ließ es bewusst durch die frischen Striemen und Wunden gleiten, wodurch es immer wieder unterschiedlich brannte. Die Schmerzen taten weh, doch er genoss es, genoss das abenteuerliche Spiel der Härte, das Fremde, ihre Art der Lust. Er stöhnte ab und zu und empfand tiefe Freude. Währenddessen kam er bereits heftig, was Echo höher schob und ihr ein freches Grinsen entlockte. Ihr gefiel es, ihn zu reizen.

Umso schneller ihre Bewegungen wurden, desto mehr stieg die Temperatur an. Um die beiden breitete sich ein grünes Licht aus und erhellte die Grotte. Der Sterbliche bemerkte, wie die Last der Schwäche von ihm abfiel und von dem Leuchten um sie herum aufgesogen wurde. Die Nymphe steigerte ihr Tempo, bis sie ihren Höhepunkt hinausschrie, was wie eine Lawine klang. Ihr Beben des Körpers ließ sie zitternd die Arme um Thyrillion legen. Er spürte noch eine ganze Weile seine Emotionen und klammerte sich an ihr fest. Sie gaben sich gegenseitig Halt, nach dem Feuerwerk der Lust und Gefühle.

"Was war das eigentlich?", fragte Thyrillion schließlich.

Sie grinste. "Muss ich Euch das wirklich erklären? Also, es gibt die kleinen Nymphen, die haben eine..."

Er legte ihr lachend eine Hand auf den Mund, doch sie biss ihm in die Finger. "Hey!"

"Ich habe gespürt, wie es Euch gefiel", antwortete sie. "Und das deutlich."

"Das hat es. Sehr." Er küsste sie. "Es war unglaublich. Das meinte ich aber nicht, Herrin. Was war das, was uns geholfen hat, Sir Ulvar zu töten? So etwas habe ich noch nie gesehen."

"Das war der Mahr'Ries Calcit."

"Mahr...Was?"

Sie löste sich von ihm und setzte sich neben ihn. "Mahr'Ries. Das sind Behüter. Von dem Einen geschaffene Wesenheiten, um Ordnung und Chaos in Gebieten in Harmonie zu wissen. Ihr Aussehen kommt in verschiedensten Formen vor. Calcit besteht aus Teilen von Tieren und dem Stoff der Ebene, die sein Reich ist."

"Also ein magischer Wächter der Natur?"

"Ja und nein, Prinz. Ein Wächter der Natur, ja, magisch vielleicht für euch Sterbliche, doch er ist von dem Einen geschaffen, so wie ich von Florathien. Das ist keine Magie."

"Für mich war das mit Euch magisch", lachte er und zog sie auf sich.

Sie lehnte sich zurück und stützte sich auf seine Schenkel. Die gestreckten Ellbogen drückten ihre Brüste weiter hervor und er packte sie.

RUNA

Stille.

Mit ihr begann für Runa jeder Tag. Nachdem sie vor Sonnenaufgang erwachte, löste sie sich von ihrer Liebschaft der letzten Nacht. Sie warf sich eine dünne Robe über ihre nackte Haut und ging auf die Dachterrasse des Palastes über ihrem Schlafzimmer. Aus einem Wasserspeier trank sie und benetzte ihr Gesicht mit Wasser und spürte, wie langsam die kalten Tropfen belebend über ihre Brust rannten. Sie hieß die Liebkosung willkommen, dann setzte sie sich auf eine Steinbank und schloss ihre Augen. Sie beruhigte ihre Atmung, die Züge immer länger werdend. Aus ihrem bewussten Verstand verdrängte Runa alle Gedanken und leerte ihn. Sie nahm ihre Umgebung bewusster wahr, spürte den Stein unter ihren Zehen, den Wind unter ihrer Robe, wie er mit ihrer Empfindlichkeit spielte, als genoss er es ihr, hier und da eine Gänsehaut zu bescheren. Es brachte sie zum Lächeln. Nach einer Weile mischten sich die wärmenden Sonnenstrahlen ein und gewannen immer mehr die Oberhand gegen den Wind.

Sie beobachtete sich aus der Ferne. Die Meditation half ihr, sich von allem Schlechten und Erdrückenden zu befreien, jeden Tag ihre Kräfte zu sammeln für ihre dunkle Kunst, um gegen ihre Auswirkungen gefeit zu sein. Sonst wäre sie schon längst zu einem Ungeheuer geworden. Und das wollte sie keinesfalls.

Während ihrer Meditation nahm sie etwas Ungewöhnliches wahr. Sie öffnete ihre Augen und stand auf. Der Palast lag höher als die Stadt selbst und sie hatte einen freien Blick hinunter. Der Anblick, der sich ihr bot, ließ sie mit offenem Mund zurück und die Robe ihren tauben Fingern entgleiten.

Langsam war das graue Zwielicht heran gekrochen durch die Nacht. Doch es gab eine Schwärze, die noch finsterer als die Nacht selbst war. Sie begann im Himmel als Avatar eines schwarzen Flecks. Aus dem oberen abgetrennten Ausschnitt dessen schimmerte ein Leichenlicht in Form von Brust, Schultern und Hals, auf dem der deformierte Mond wie ein gesichtsloses Haupt thronte. Wie Haar beleuchtete weißtürkiser Sternenstaub die Erscheinung. Schattenstrahlen erstreckten sich aus der Schwärze zur Stadt Thal. Sie verschlangen alles, was sie berührten: Teile von Gebäuden, Straßen, Plätzen und der Stadtmauer. Und die Menschen! Sie löschten sie aus! Die Existenz dieser Dinge! Was für eine Macht war dazu imstande?

Wie abstrakte, kranke Kunstwerke hinterließen sie Häuser mit scharfen Kanten und Schrägen. Das Pflaster der Wege und der Schutzwall schien, als wären sie nie fertiggestellt worden. Durchtrennte halbe Körper lagen auf der Straße. Doch das Schlimmste daran war die Stille, mit der das grausame Werk verrichtet wurde.

Und es kam auf den Palast zu!

Runa löste sich aus ihrer Starre. Sie streckte ihre Arme in die Höhe. Dann ging sie auf ein Knie und schlug mit den Händen auf den Boden. Ein purpurner Funke brachte ein Beben hervor, das durch den gesamten Palast hallte.

Sie brauchte einen Augenblick, bis sie erkannte, was weiter passierte. Am Ende eines jeden Finsternisstrahls ritt eine geisterhafte Gestalt, die das Vergehen der Existenz mit sich brachten. Sie beobachtete den Reiter, der am schnellsten den Palast erreichen würde.

Weiterhin nahm sie wahr, wie Bewegung auf der Mauer und den Wehrtürmen aufkam. Alarmglocken läuteten, als verkündeten sie den Untergang der Welt. Schreie wurden laut und Kampfeslärm ertönte. Allerdings waren die Waffen der Ritter und Soldaten machtlos gegen ihre Feinde. Selbst die Pfeile der Bogenschützen richteten keinen Schaden an. Vielmehr glitten die gut gezielten Geschosse ins Schwarz und verschwanden.

Die Dachterrasse erreichten nun auch ihr Vater und Prinz Keran in Begleitung mehrerer Bogenschützen. Der Thronerbe rief: "Was geschieht hier?"

"Wir werden angegriffen, mein Herr."

"Dann werden wir sie zerschmettern!"

"Haltet ein", sagte Runa. "Der Feind ist immun gegen gewöhnliche Waffen."

Keran schaute ungläubig.

"Ich wirke auf Euch und Eure Männer einen Zauber, der helfen wird." Sie schloss die Augen, murmelte leise und machte eine streunende Handbewegung. Daraus resultierte ein heller Schimmer, der sich über die Männer legte. Sie nickte dem Adligen zu.

"Auf eure Posten, Männer. Fegt sie vom Himmel!" Er wandte sich an Armaros. "Könnt Ihr den Zauber über alle werfen? Ist das möglich?"

Armaros legte Keran eine Hand auf die Schulter. "Keine Angst, junger Prinz. Ich kümmere mich darum." Er ging zur Brüstung, um das Geschehen besser einschätzen zu können und konzentrierte sich auf seine Magie.

"Runa", sagte der Thronfolger, "ich brauche ein Pferd. Schnell!"

Sie beschwor ein Streitross aus purem Licht. Geschickt sprang Keran auf dessen Rücken, zog sein Schwert und hob seinen Schild. Genau im rechten Moment prallte die Klinge des Angreifers darauf und der Prinz hieb einen Moment zu spät nach seinem Widersacher. Er dachte, er schlug in die Luft, doch seine gleißend helle Klinge durchtrennte den Finsternisstrahl des gegnerischen Reiters. Dadurch wurde auch die Existenzauslöschung beendet und es war nur eine Spur entstanden, die Einblick ins obere Stockwerk des Palastes freigab. Ein lang gezogenes Fauchen erklang. Der Reiter wendete sein Tier, um sich erneut dem Sterblichen zu stellen.

Keran ritt einen Bogen vor dem Loch. Er sah sich seinen Feind an: Seine Gestalt wirkte humanoid, was an der Rüstung mit dem türkisen Grünspan, der wie eine Art Fungizid schimmerte, der dunklen Robe und dem weiten Mantel lag. Der Kopf war Finsternis, die Augen brannten als türkise Flammen. Seine Waffe war ein langes Krummschwert, das wie seine Rüstung leuchtete. Dessen Nachtmahr hatte das Aussehen eines schwarzen Hengstes, doch es war nicht lebendig, was das verweste Fleisch und die Knochen an einigen Stellen verrieten. Die Augen waren Flammen wie die seines Reiters.

Der Sterbliche ritt unbeirrt auf den Geistwepeling zu. Er vertraute auf die Macht Runas, die sie auf ihn gewirkt hatte und sein Können. Beide Kontrahenten ließen ihre Tiere springen und schlugen ihre Klingen aneinander. Der Aufprall hätte Keran beinahe aus dem Sattel gerissen.

Der König stand im Thronsaal. Vor sich sein riesiger Schild mit dem Wappen von Thal, die Krone über dem Palast auf blauem Grund. In der Rechten stützte er sein riesiges Bastardschwert zu Boden. Er wartete und konzentrierte sich auf die Leere. Zu beiden Seiten waren die Ritter der königlichen Leibwache und vier weitere umringten Fyranen beim Thron.

Lautlos lief der Nachtmahr mit dem Geistwepeling in den Thronsaal und hinterließ eine Leere in den Gängen. Seine türkisen, schaurigen Augen taxierten Nalfar Girabon. Leibwächter sprangen wagemutig auf den Angreifer, doch ihre Klingen glitten durch ihn hindurch. Sein flammendes Krummschwert dagegen tötete bei jedem Streich. Jeder Schnitt übertrug das geisterhafte Feuer und verbrannte die Opfer qualvoll. Andere, die im Finsternisstrahl standen, als es sie berührte, verschwanden sofort.

Nalfar machte sich bereit. Er spürte, wie Licht von oben herabfiel und sich auf ihn und seine verbliebenen Krieger legte. Den Schild schräg vor ihm, ging er auf ein Knie nieder und stemmte sich mit aller Kraft gegen den Reiter. Der Nachtmahr sprang über den Sterblichen, doch der abrupte Hochstoß des Schildes und der aufgelegten Schwertspitze brachten ihn zu Fall. Das Tier schien verletzt und sein Reiter rappelte sich gerade auf. Der König schritt selbstbewusst auf ihn zu.

Prinz Meldoban sah sich in seinem Leben noch nie so einem Gegner gegenüber. Er hatte gesehen, was mit den Soldaten geschehen war, die sich ihm in den Weg gestellt hatten. Er wusste, dass er hier und heute seinen Tod finden würde, doch aufgeben und verzweifeln lag ihm nicht im Blut. Also wartete er mit grimmigem Blick. Dann spürte er einen feinen Staub auf sich fallen. Es war keine Zeit darüber nachzudenken, was es war, sein Feind schlug auf ihn. Er sprang hoch. Instinktiv blockte Meldoban und band wider Erwarten dessen Klinge an seine. Der Schwung gab ihm mehr Kraft und beide fielen zu Boden, knapp neben der schwarzen Leere des Finsternisstrahls. Behände stand der Prinz auf und griff sofort an.

Mittlerweile waren mehrere Nachtmahre durch den Palast geritten, ihre vernichtende Fracht hinter sich. Die Soldaten und Ritter von Thal schöpften nach der anfänglichen Unterlegenheit, durch Armaros' Zauber wieder Hoffnung. Doch die vielen ausgelöschten Flächen machten den Menschen langsam zu schaffen und die Zeit spielte gegen sie. Je länger der Kampf dauerte, desto schwerer würde es für sie werden.

Durch einen Spalt in der Decke des Thronsaals sah die Königin ihren Erstgeborenen im Duell mit seinem Feind. Er kämpfte elegant, wie er es gelernt hatte. Die Klingen banden einander und beim Kräftemessen verlor Keran und wurde ein Stück zurückgestoßen. Indes schlug Runa mit einer Peitsche aus Licht nach dem Geistwepeling und umschlang dessen Waffenarm. Der Prinz reagierte und schlug ihm den Kopf ab. Er sah nach unten Richtung Thronsaal und erkannte seinen Vater, der eine der dunklen Gestalten tötete. In seinem Rücken kamen weitere Geistwepelinge angaloppiert.

Keran rief das Pferd aus Licht zu sich, schwang sich auf und trieb es durch eine Öffnung, neben schwarzer Leere, auf einen Angreifer zu. Er duckte sich hinter dem Hals seines Tiers, um schneller zu fallen und rammte den vorderen Nachtmahr mit voller Wucht und schlug dem Geistwepeling ins Gesicht.

"Für den König!"

Nun hatte nur noch der zweite Geistwepeling Nalfar zum Ziel. Der Mensch reagierte zu spät und wurde vom Schwert gegen seinen Schild getroffen. Er verlor sein Gleichgewicht und seine Klinge und sein Schild. Stöhnend schlug er am Boden auf. Langsam trabte der Nachtmahr auf ihn zu. Die Vorderhufe schlugen auf die Brust des Königs und nagelten ihn am Boden fest. Unter Schmerzen schrie Nalfar.

Keran vernahm dies und lenkte sein Ross heldenmutig auf seinen Gegner. Er musste seinem Vater helfen. Beim Zusammenstoß fiel er mit dem Reiter in die schwarze Leere des Finsternisstrahls und hörte auf zu existieren. Der König war frei und kämpfte sich auf die Beine. Sein Sohn war tot. Wie konnte das passieren? Er hieb den Nachtmahr mit seinem Bastardschwert entzwei. Er sah sich um. Nur eine Handvoll seiner Leibwache war noch am Leben, der Thronsaal war weitestgehend zerstört und er wusste nicht, wie lange die Decke noch halten würde. Sie mussten hier raus. Er hatte keine Kraft mehr und ging in die Knie.

Plötzlich erschien sein Zweitgeborener und eilte ihm zur Hilfe. Meldoban stützte ihn. "Alle raus hier!", schrie er. "

Sie setzen sich in Bewegung. Von der Decke fielen Steinbrocken und begruben zwei Ritter. Um ein Haar wäre auch Fyranen begraben worden, doch einer der Leibwächter zog sie am Arm.

"Lauft!"

Die Not brachte sie durch den Flügel der Königsfamilie. Sie rannten unbeirrt weiter. Meldoban und der König fielen ein Stück zurück, aber kamen auch voran. Fyranen kannte den Geheimgang in ihren Gemächern und führte die Gruppe dorthin. So weit in den hinteren Teil des Palastes war noch keiner dieser übernatürlichen Feinde eingedrungen. Sie stoppte vor der Wand und betätigte den Mechanismus eines Steins. Eine Tür zeichnete sich magisch ab und schwang nach innen. Dort erwarteten sie Schwärze, Staub und Spinnweben. In einer Halterung stak eine Kistallfackel, die Licht spendete. Die Königin sah zurück. Nach einer gefühlten Ewigkeit kamen ihr Mann und ihr Sohn ins Gemach.

"Eilt euch! Wir müssen hier weg", rief sie.

Fyranen nahm die Fackel und lief als erstes in den Gang. Dann folgten der Prinz, der König und der Leibwächter.

Die Sterbliche schloss die Geheimtür. "Los, wir müssen weiter. Wir sind noch nicht außer Gefahr!"

Sie folgten dem Gang, so schnell sie es vermochten.

Sir Raden ließ ihnen einen Vorsprung und blickte des Öfteren zurück. Seine Augen waren inzwischen an die Dunkelheit gewöhnt und er erkannte die verblassenden Umrisse hinter sich. Plötzlich vermochte er jedoch sie nicht mehr zu durchdringen und er wusste, dass ihr Feind sie eingeholt hatte. Er zog sein Schwert: "Für den König!"

Meldoban hörte eine Zeit lang Waffengeklirr hinter sich, doch es wurde bis auf ihre Schritte still.

"Raden ist gefallen", sagte der Prinz. Seine Kraft wurde auch schwächer, doch er musste seinen Vater retten, weshalb er sich nichts anmerken ließ.

Nalfar flüsterte. "Zusammen werden wir es nicht schaffen. Lasst mich zurück und rettet euch. Ihr seid nun die Hoffnung für Thal."

Meldoban schüttelte den Kopf.

"Dein Vater hat Recht, mein Sohn. So findet die Kreatur uns." Sie küsste ihren Mann ein letztes Mal und hatte Tränen in den Augen. "Bis wir uns wieder sehen, mein Herz."

"Ich freue mich darauf, meine Königin. Mein Sohn, ich bin stolz auf dich. Nun geht! Blickt nicht zurück." Er packte seine Klinge und lehnte sich schwach an die Wand.

Die Schritte seiner Liebsten verschwanden. Dann nahm er seinen Feind wahr. Der Gang schien hell im Kontrast zu dem Geistwepeling. Dahinter war nur noch der Finsternisstrahl, sonst nichts. Der König biss sich auf die Lippe, sammelte seine Kraft und stellte sich seinem Widersacher in der Hut des Pflugs entgegen. Sein rechter Fuß vorne, sein Schwertheft neben dem rechten Knie und die Spitze zeigte auf seinen reitenden Gegner zu. Zur rechten Zeit machte er einen Schritt nach rechts zur Wand, brachte seine Waffe nach rechts oben zur Schulter und hieb von dort blitzschnell nach links unten.

Nalfar schnitt den Reiter von der Finsternis ab, doch er war zu schwach, sich weiter zu halten und fiel in die Schwärze. Er stürzte mit einem Lächeln.

Runa wusste, wo sie die Königsfamilie finden würde und flog mit magischen Schwingen aus grauem Licht von der Dachterrasse weg. Die Kämpfe waren noch voll im Gange und ihr Vater vollends mit seinem Unterstützungszauber gebunden. Also musste sie sich um die Herrscher von Thal kümmern, hatte Armaros gesagt.

Nervös schaute sie auf den monströsen Avatar der Finsternis. Was sie dagegen tun sollte, wusste sie noch nicht. Aber er hatte bereits einige seiner verheerenden Strahlen eingebüßt und das ließ sie hoffen.

Im Sinkflug kam sie ihrem Ziel näher. Östlich des Palastes am äußeren Ende des Stadtviertels war ein einsames Gebäude. Es wirkte alt und etwas heruntergekommen, doch es erfüllte seinen Zweck. Sie landete auf ihren Füßen und ging ins Haus, ihre magischen Flügel verschwanden. Sie befahl der Geheimtür sich zu öffnen und sie schwang auf. Kaltes Kristalllicht flackerte ihr entgegen, doch sie sah niemanden. Sie trat hinein und lief los. Sie musste sie finden!

Seine Mutter war außer Atem, aber sie rannte weiter. Meldoban war dicht hinter ihr. Das Opfer des Königs hatte ihnen Zeit verschafft. Doch er fühlte, wie ihr Verfolger näherkam.

"Lauf weiter, Mutter. Wir haben es bald geschafft. Der Ausgang ist nah!"

Der Jäger hatte seine Beute nun vor sich. Er musste sein Reittier nicht antreiben, denn es wurde bereits schneller, als er die Frau vor sich sah. Jetzt würde auch sie vergehen. Er schwang sein unheimliches Krummschwert seitlich. Dann wurde er plötzlich aus dem Sattel gerissen und fiel auf den Meldoban. Der Geistwepeling umschlang ihn, so dass er ins Existenzlose ging. Doch dieser hatte seinem Feind einen Dolch in den Hals gerieben.

Fyranen ahnte bereits den Tod hinter sich. Sie drehte sich um und blickte ihm stolz wie eine Königin ins Auge. Dann wurde sie niedergetrampelt von dem schwarzen Ross.

Runa hörte Hufschlag und schickte sich an, schneller zu gehen. Dann gewahrte sie die Gefahr vor sich, die auf sie zukam. Sie schoss einen Blitz aus ihrer Hand und tötete das Geistertier. Dann sah sie die Königin am Boden liegen, als eine blutige, breiige Masse. Die Magierin schluckte und wandte sich von dem grausamen Anblick ab. Sie war zu spät gekommen.

Während sie das Gebäude verließ, wurde sie wieder der Inkarnation am Himmel über Thal gewahr. Sie musste etwas dagegen tun, sonst wäre die ganze Stadt verloren. Sie straffte sich und sprang in die Luft, sie wollte zu ihrem Vater.

Und in jener dunkelsten Stunde der Königsstadt Thal, in der alles verloren schien, gab es doch Hoffnung. Denn dort am Himmel erschien eine Gestalt aus blauem und weißem Licht. Sie war groß, glänzend und gewaltig, trotz ihrer geringen Größe im Vergleich zu dem Avatar der Finsternis. Die Augen bargen Geheimnisse, die niemand verstehen konnte. Die Züge in ihrem Gesicht waren geheimnisvoll und gnadenlos. Ihr Haar war lang und blau wie der klare Himmel bei Sonnenschein. Die

Schulterplatten, der Armschutz und der Hüftgürtel bestanden aus Silber. Weißer Stoff lag über Brust, Rücken und Po ihres wohlgeformten Körpers. Ihre Beine steckten in schlanken, hohen Stiefeln. Sie überstrahlte durch ihre sechs weißen Flügel, die mit Federn und Saphiren gestählt waren, ihren Feind bei Weitem. Das Flammenschwert in ihrer Hand brannte in hellem blau und purpurn. Sie war ein Seraph, vom höchsten Chor des Himmels, die Wächterin aller Schlüssel und Geheimnisse, Erzengel Michaelle.

Furchtlos flog sie auf ihren Gegner zu. Geschickt wich sie den Finsternisstrahlen aus, jeder Flügelschlag brachte sie ihrem Gegner näher. Indes sie ihren ersten Angriff flog, erschienen hinter ihr weitere weiß strahlende Lichter und manifestierten sich zu wunderschönen Engeln mit weißen Kleidern und silbernen Harnischen mit Flammenschwertern. Sie zerschlugen die Strahlen und verwickelten Geistwepelinge in Kämpfe. Das waren die Elitekriegerinnen der Arelim, Michaelles Schwadron.

Der Erzengel schoss nach oben über den Avatar und binnen eines Wimpernschlags ließ sie sich fallen auf den deformierten Mond des Kopfes, ihr langes Schwert mit dem Ort nach unten gerichtet. Als sie die Inkarnation berührte, umschloss sie ein helles Feuer, das sie schützte. Die Flammenklinge zerschnitt das Haupt und den Körper. Das Licht um sie zerteilte die Schwärze. Die Strahlenarme des Avatars schlugen wild um sich auf Grund des Schmerz des Vergehens und fegten dabei Engel vom Himmel und tilgten Menschen und Gebäude von der Erde. Sie vernichteten vor ihrem Zerfall so viele der Sterblichen und ihrem Geschaffenen in Thal.

Erstaunt über die Wendung in dem ungleichen Kampf, blickte Runa zum Himmel und beobachtete das Geschehen. Die Hitze des Adrenalins in ihrem Körper verschwand und sie fing an, die Kälte zu spüren. Erst jetzt bemerkte sie, dass sie unbekleidet war. Was für ein Morgen!

THYRILLION

Gedankenverloren saß der Prinz auf dem Moosbett. Nachdem er nun die Aufgabe seines Vaters nicht mehr erfüllen konnte, ein Ritter zu werden, wusste er nicht, was er tun sollte. Wenn er zurück nach Thal ging, würde er den König enttäuschen und seine Regentschaft in Frage stellen. Gerade er als Nachkomme musste seine Befehle anerkennen und befolgen. Welchen Schaden würde Nalfarîons Ansehen bei seinen Untertanen nehmen. Vielleicht würde sogar eine Revolte stattfinden, wofür Thyrillion der Auslöser wäre, da er dem König auf der Nase herumtanzte. Das Wort des Königs ist nunmal Gesetz in Thal. Andererseits konnte er sich von Sir Ulvar nicht mehr anleiten lassen. Des Weiteren kamen noch die Morde an ihm und seinem Gefolge. Wie sollte er das erklären? Das würde ihn als Mitglied der Königsfamilie unglaubhaft und aufbegehrend erscheinen lassen.

Da er nicht wusste, wie es weiter ging, zog er sein Schwert. Er leerte seinen Geist. Dann stellte er sich, wie es ihm sein Bruder Keran beigebracht hatte, in die Hut Alber. Die meisten Schwertkämpfer wählten die Hut des Tages, doch er war nicht wie die anderen. Er war anders. Thyrillion stellte also seinen linken Fuß nach vorne, den rechten auf einer Linie nach hinten. Die Schwertspitze zeigte nach vorne Richtung Erde geneigt. Seine Arme waren fast gestreckt. Er atmete langsam ein und begann seinen Tanz. Die Stücke, die er focht, waren perfekt einstudiert, einfach und doch überraschend für fast alle Gegner, da er die Hiebe mit tödlicher Schnelligkeit von unten heraus begann.

Echo erkannte die Anmut in seinen Bewegungen und spürte seinen kontrollierten Zorn, den der Prinz in die Schläge steckte. Sie beobachtete ihn stumm und ließ ihn erst seine Wut abbauen, da er nicht wusste, was er machen sollte. Ihre Nachricht würde ihm eine Entscheidung erleichtern, was er tun musste, doch einfach war es keineswegs.

Als er sein Schwert senkte, kniete er sich ans Wasser und trank.

"Mein Prinz", sagte die Oreade.

Er sah sie an.

"Thal wurde angegriffen. Große Teile der Stadt wurden vernichtet." Sie schluckte.

"Was ist mit meiner Familie? Geht es ihnen gut?"

"Der Palast und die Euren waren das Ziel des Angriffs. Sie wurden alle getötet."

Thyrillion sank in sich zusammen. "Nein, das kann nicht wahr sein!" Er schlug die Hände vor das Gesicht. "Wer war es?"

"Es war eine Verkörperung der Finsternis und geisterhaften Reitern. Ihr Wirken löscht das Sein aus."

Echo wollte ihm Trost spenden, doch er ließ es nicht zu. "Lasst mich allein."

Sie verschwand im See und überließ ihn seiner Trauer und seiner Wut.

Echo wusste, dass es ihn tiefer in den Sog der Verzweiflung führen würde mit der Kunde über seine Familie, doch er musste und würde es ohnehin erfahren. Sie wollte ihm helfen, ihm Kraft und Geborgenheit geben, doch er hatte sie weggeschickt. Und es war gut, so befand sie. Er allein musste mit dem Schicksal und den Gegebenheiten klarkommen. Nun war die Bürde Thals und seiner Bewohner an ihn gefallen. Es war eine weitere Reifeprüfung des Lebens auf dem Weg zum Mann, auf dem Weg zur Krone. Thyrillion war der letzte direkte Erbe des Königs!

IMGELLON

So wie die Treffen mit U'Domelle Imgellon mit Freude erfüllten, so hegte er aber auch Reue und in seinem Verstand nistete sich der Gedanke des Verrats gegenüber seinem Vater ein. Dies erfüllte ihn mit Gram, denn er wollte ihn nicht belügen. Und doch tat er es. Sein Herz war im Zweiklang, denn er liebte beide sehr, nur auf unterschiedliche Weise. Als die Zweifel seiner Heimlichtuerei ihn so sehr plagten, suchte er das Gespräch mit seinem Vater.

"Habt Ihr einen Moment?"

Sie waren allein auf einer Terrasse aus Wolkenstein. Sein Vater saß auf einer felsernen Bank und genoss den jungen Sonnenschein nach der Morgenröte.

"Setz dich zu mir."

Er tat es und setzte aufgeregt an: "Vater, Vater, ich..."

"Still, mein Sohn. Genieße das Licht und die Wärme, ohne sie wäre es dunkel und kalt."

Imgellon schnaufte und sonnte sich ebenso und seine innerliche Anspannung löste sich etwas.

"So ist es besser. Nun, was hast du, Imgellon?"

"Ich bin im Hader des Versprechens, das ich Euch gab. Dass ich nichts über die Liebe zu Euch stellen würde."

Die allwissenden Augen sahen ihn an. Imgellons Verdacht bestätigte sich: *Er wusste es bereits!* Sein Vater hatte diese unerklärliche Weitsicht, wie er sie von niemand anderem kannte. *Verdammt*! Nun konnte er es nicht einfach erzählen, sondern musste alles offenlegen.

"Vater, vergebt mir, denn ich habe gesündigt..."

IMGELLON

Voller Freude flog Imgellon nach Anemeron zu U'Domelle. Er wollte ihr von der frohen Kunde berichten, dass sein Vater sehr gefasst reagiert hatte. Er sagte, dass es ihre Entscheidung sei für die Liebe und nicht seine. Im Traum hatte er nicht mit dieser Antwort gerechnet, sondern mit einem Konflikt auf höchster Ebene. Er fand sie allein badend im satten Gras sitzend vor. Langsam setzte er auf und näherte sich ihr von hinten.

"Dieses Mal hast du mich nicht bemerkt, Liebste", lachte er fröhlich.

"Gewiss habe ich das, Imgellon."

"Aber warum lässt du mich dann in dem Glauben, ich hätte es nun endlich geschafft." Er legte die Arme um sie und wollte sie küssen und erschrak. "Warum weinst du, was ist geschehen?"

Zunächst ließ sie ihren Kopf nach hinten gegen seinen sinken und nahm seine Wärme auf. Sie schluchzte heftig und ihre Hände suchten seine. Dann gruben sich ihre Fingernägel in seine Haut und es schmerzte ihn, jedoch nicht so sehr wie ihre Traurigkeit. Als ihr Griff sich löste, drehte sie sich um. Die Sterne in ihren Augen hatten ihren Glanz verloren und Nebel befand sich davor.

"Es geht nicht."

Der Engel verstand nicht, woraufhin sie sich zwischen Schluchzen zwang, weiterzusprechen.

"Unsere Verbindung, unsere Liebe... Es war eine Seifenblase... schön, in allen Farben, verspielt, ... und ein Wunder. Doch sie ist nun geplatzt und mit ihr mein Herz. Es zersprang in Myriaden von Tropfen und jeder davon schmerzt mich mit unendlicher Pein."

"Ich verstehe nicht, U'Domelle, wovon sprichst du?"

"Mein Schöpfer ließ mir die Wahl."

"Die Wahl wofür?"

"Der Liebe zu dir oder die Liebe zur Natur."

Sein Gesicht erstarrte.

"Geh!" Die Antwort traf Imgellon wie ein Felsbrocken. Er stolperte, ihm schwindelte, er stand auf, rannte davon, fiel erneut, hastete weiter. Ihm war, als stürzte das gesamte Himmelreich auf ihn ein.

IMGELLON

Ihr Vater erlaubte ihre Verbindung nicht. Und sie entschied sich gegen ihn! Sondern für die Natur! Warum? Was war so besonders daran? Imgellon verstand die Welt nicht mehr. Tränen mischten sich mit Schweiß in seinem Gesicht. Vor Zorn zog er sein Schwert und wollte seiner Wut freien Lauf lassen. Sein Herz drohte zu zerspringen und er bekam keine Luft mehr, dann verschlang ihn die Schwärze.

Er saß an einem Baum gelehnt, völlig erschöpft. Seine Klinge steckte neben ihm. Noch immer erregt durch die Abweisung U'Domelles, ließ er den Kopf sinken.

Eine gefühlte Ewigkeit kämpfte er innerlich gegen die Pein an. In seiner Ausbildung war er einmal durch ein Schwert verletzt worden in einem Zweikampf und er hatte höllische Schmerzen empfunden. Doch diese waren nichts im Vergleich hierzu. Er wollte allein sein und sich ihnen hingeben. Allerdings war es ihm nicht vergönnt.

"Imgellon!"

"Du hast nach mir gesucht?"

"Ich bin dir gefolgt", berichtigte sie ihn. Sie kniete sich, um ihn anzusehen. Ihr Gesichtsausdruck war ernst und aufrichtig. "Es tut mir leid, dass es so kam." Ihre Stimme war einfühlsam und zitterte des Öfteren.

Sein Blick war starr.

"Als mein Schöpfer zu mir kam, sagte er mir, dass unsere Verbindung nur bestehen kann, wenn ich meiner Existenz abschwöre. Doch die gesamte Natur, ein jeder Baum, ein jeder Ast und ein jedes Blatt, entspringt zu einem Teil von mir selbst. Für ihren Fortbestand gebe ich Leben und Liebe. All meine Liebe, so kann ich sie dir nicht geben, mein schöner Engel. All das hier würde vergehen und das kann ich nicht zulassen. Ich weiß, es hilft dir nicht und doch will ich aufrichtig zu dir sein. Denn nichts anderes hast du verdient."

Reglos starrte er weiter geradeaus.

"Ich verstehe deinen Schmerz, denn auch ich empfinde ihn. Glaub mir, es lässt auch mein Herz bluten. Eines Tages wirst du mich verstehen." Sie ließ ihren Blick schweifen und die Sterne in ihren Augen wurden von Tränen erfüllt. "Was hast du nur getan, Imgellon?" Sie packte ihn und schüttelte ihn aus seiner Lethargie. "Ich akzeptiere deinen Zorn und dass du mir itzo schaden willst, doch warum dem Leben hier? Haben sie nicht auch ein Dasein in dieser Welt, einen höheren Zweck zu erfüllen, wie wir?" Ihre Stimme wurde schriller. "Schau dich um, Imgellon! Welchen Frevel hast du getan? Welch Wahnsinn trieb dich an?"

Er sah sich um. Die Baumwipfel waren nunmehr von Feuer gekrönt. Die Dichte des Waldes glich einem Meer aus Flammen, auf dem Schiffe aus Schatten fuhren. Hitze schlug wie eine Peitsche um sich, was ihm schier den Atem raubte. Alles Leben, alles, was Florathien so sehr liebte, war dabei zu vergehen. Und dennoch empfand er keine Genugtuung, sondern ihm war bang, dass er so etwas herbeigeführt hatte! Niemals wollte er sie so sehr verletzen! Um seinen Gefühlsausdruck vor ihr zu verbergen, senkte er den Kopf.

Mit ausgebreiteten Armen stand sie auf und Ruß fiel von ihrem schönen Kleid. Dann wurde er in die Höhe gerissen und seine Muskeln konnten sich nicht dagegen wehren. Mit weit aufgerissenen Augen sah er sie an. Er spürte die Luft dünner werden und glaubte zu ersticken. Seine Sinne schwanden und schwarze, schmale Silhouetten tanzten um ihn herum. Sie rückten näher zusammen, engten ihn ein, nahmen ihn ein und legten sich wie Schlingen um seinen Hals, zogen ihn in eine Leere, fort von allem, was er kannte. Imgellon war machtlos. Nie hatte er solche Qualen in seinem Leben erfahren und instinktiv fragte er sich, ob er tot war. Er spürte, wie mit jedem Herzschlag seine Existenz verging, sein Licht verblasste. Er, der Lichtbringer, verlor sein eigenes! Dann fand er keinen Sauerstoff mehr. Der Schmerz steigerte sich ins Unermessliche! Je länger sich der Moment dehnte, desto sicherer war er.

Dann holte er befreiend Luft!

Grau in Grau standen lediglich Skelette der Bäume, der Boden bestand aus Asche und glimmend roten Kohlestücken. Die Luft flirrte vor Hitze und Staub. Schwaden wanden sich von einzelnen, ersterbenden Brandherden gen Himmel.

Es kam nur ein Wort aus seinem Mund: "U'Domelle." Es war so mächtig und allgewaltig wie die Liebe selbst: süß und bitter, heilend und giftig, weich und hart, glücklich und traurig.

"Geh!"

Und es war jener Moment, in dem sich Imgellons Liebe zu seinem Vater ins Gegenteil wandelte. Durch ihn hatte er verloren, was er am meisten liebte! Nun sollte auch der Eine erfahren, was es hieß, wenn einem das Liebste genommen wurde!

So ging er zu seinen Vertrauten, unter ihnen Arathorn, sein engster und er klagte ihnen seinen Verlust und auch sie erzählten von ähnlichen Erlebnissen mit ihren Gefährtinnen. Sie waren ebenso verstoßen worden oder wollten dem Edikt Revogatags nicht nachkommen. Ihre Schar war gewachsen und nach einiger Zeit entstanden Familien, die sie niemals verlassen wollten. Imgellon fühlte sich für sie verantwortlich, hatte er sie doch in diese Lage gebracht und wollte sie nicht allein lassen. Da fasste er einen folgenschweren Entschluss.

KAPITEL 7

LANG LEBE DER KÖNIG!

NELTOMEN

Neltomen flog so schnell er konnte in Richtung Thal. Er war sofort aufgebrochen, nachdem er Echo beauftragt hatte, zu Thyrillion zu gehen. Seine Aufgabe war es nun, Antworten auf die Fragen in der Königsstadt zu finden.

Nach zwei Tagen sah er das schreckliche Ausmaß des Angriffs. Die scharfen Kanten der Bauten und Wege stachen wie Reihen von Holzpfählen aus dem Boden. Die armen Menschen!

Er landete in einer Baumreihe und gedachte ihrer Seelen. Dann verbarg er seine Flügel mit s'orik Bensa und legte seinen Mantel um sich.

Um ihn herum war niemand zu sehen, nur die erwachende Natur im Frühling. Der Windelb lief zur Straße und folgte ihr zum Stadttor und zog seine Kapuze über.

Er gewahrte die fehlenden Stücke in der Mauer und an Türmen und Häusern. Als hätten riesige Schwerter diese sauber und klar herausgeschnitten! Was mussten die Bewohner nur Furchtbares bei dem Angriff erlebt haben! Schlimmer war nur noch, was sie verloren hatten.

Neltomen kam unbehelligt in die Stadt, trotz der erhöhten Wachsamkeit der Soldaten und dem Trubel in den Straßen. Da er Hunger hatte und mehr über den Angriff in Erfahrung bringen wollte, suchte er sich einen Gasthof in der Nähe des Marktplatzes. Sterbliche verbrachten gerne ein paar Stunden nach ihrem Tagwerk bei stark Gebrautem und zwanglosen Gesprächen.

Der Schankraum des >Heim im Thals< bot viel Platz und war bereits mit Gästen jedes Standes besetzt. Solasons waren immer, egal welche Gegebenheiten herrschten, in Tavernen zu finden. Neltomen erkannte anhand ihrer Kleidung den Beruf, dem sie nachgingen. Auch die Gruppierungen an den Tischen ließen erkennen, welcher Schicht sie angehörten. Er wählte einen leeren Tisch an der Wand, der für einen Engel in Hörweite lag.

Zwar bekam er einige flüchtige Blicke zugeworfen, doch Fremde waren keine Seltenheit in der Stadt. Eine Schankmaid mit langem dunklem Zopf lächelte ihn an.

"Mein Herr, was darf es sein?"

"Was gibt es zum Essen?"

"Schmortopf vom Hausschwein und Gerupften mit Brot."

"Dann den Gerupften und einen Krug Bier." Er genoss gerne die Spezialitäten der Menschen in Anemeron, waren sie doch so ganz anders als die Speisen der Engel.

Sie verschwand und kam kurze Zeit später mit dem Gewünschten zurück.

Bereits der Geruch der frischen Zwiebeln mit dem Weichkäse ließ ihm das Wasser im Mund zusammenlaufen. Er trank einen Schluck und fing an zu essen. Der angemachte Käse mit der Butter und der Schärfe aus Pfeffer und Chili schmeckte köstlich und das Brot war noch warm.

Das Thema der Kaufleute war wie so oft ein Geschäft. Neltomen lauschte während des Essens. Es waren ihrer vier, wie sie unterschiedlicher nicht sein konnten.

"... sollte ich mich auf deinen Vorschlag einlassen, wäre ich ein armer Mann. Ich würde so viel, ach was sag ich da, alles verlieren, was ich habe." Der Kaufmann war mit einer Tunika bekleidet, deren Schnitt eng und elegant war. Er gestikulierte wild mit den beringten Händen.

"Dass ich nicht lache. Sieh nur einmal deine Kleidung und unsere an!" Der Größte von ihnen sah aus wie ein Bär, was nicht nur an seiner Figur und den Fellen lag, die er trug. Es war seine ruhige Art und der Blick seiner Augen, spielerisch und gefährlich. Neben ihm saß ein Mann von mittlerem Wuchs und einem hageren Gesicht mit schmalen Augen. Seine Kleidung bestand aus grobem Tuch, die besser zum Reisen geeignet war. Also waren beide nicht aus Thal.

"Sieh, ich habe lediglich diese Lumpen, die ich am Körper trage", sagte der Hagere. "Du dagegen scheinst ein Dieb im Mantel eines Kaufmanns zu sein."

Der Bärige fügte hinzu: "Mehr als das fürchte ich. Er ist der Sohn eines Diebes und vermag uns mit seinen Worten zu überreden statt dem Dolch."

Der Mann in der Tunika schüttelte den Kopf. "Aber, nein, nein. Ihr irrt euch beide. Manchmal kauft eine Zofe oder ein Kammerdiener niederer Lords bei mir, womit ich mich ebenso über Wasser halten kann. Doch das Wasser steht mir tatsächlich bis zum Hals. Ich bitte euch zwei Gauner, geht mit eurem Wucherpreis runter und helft mir zu überleben."

"Deine schweren Ringe ziehen dich nach unten."

"Dein Stammbaum besteht aus Halsabschneidern und Dieben!"

"Wo denkt ihr hin, gewiss nicht. Ich mache euch einen neuen Vorschlag, der mich stark bluten lässt."

"In deiner Diebesgilde, wovon du der verfluchte Vorsteher sein musst, gehen die Reichsten der Reichen hinein und kommen bettelarm heraus, weil du sie ausgenommen hast! Da kannst du uns das Doppelte geben für die Felle, du diebische Elster."

"Pah, dieser Angriff lässt die feinen Herrschaften zuhause bleiben und ich verdiene nichts mehr. Meine Familie muss verhungern."

Neltomen konzentrierte sich auf eine andere Runde neben seinem Tisch.

Das Gespräch der Soldaten versprach mehr Aufschlussreiches. Sie tranken Wein und erzählten wesentlich Interessanteres.

"... so viele Soldaten waren noch nie gleichzeitig zur Wache eingeteilt, während meiner Laufbahn." Dem Aussehen von Alter und Gesichtszügen nach, ein Offizier, der schon lange Dienst an der Waffe führte.

"Vermutlich wollen sie auf einen weiteren Angriff gefasst sein."

"Falls es einen geben sollte."

Die anderen beiden waren jünger, doch von athletischer Figur. Ein Merkmal der Mehrheit von Thals Soldaten, was im Wesentlichen an ihrer Ausbildung rührte.

"Das kann niemand sagen."

"Aber die Engel haben alle vernichtet! Wer soll uns noch angreifen?"

Das Gespräch fing an immer interessanter zu werden für Neltomen. Er trank von seinem Bier und lauschte weiter.

"Da Michaelle mit ihrer Schar wieder verschwunden ist, sollte uns gewiss keine Gefahr mehr von außerhalb angreifen."

"Was willst du damit sagen? Eine Intrige?"

"Shhh, senke deine Stimme, du Sohn eines Trunkenbolds! Hier können auch die falschen Ohren mithören. Das kann uns den Kopf kosten. Äh, gib mir die Flasche, sonst säufst du wieder alles alleine und ich bekomme keinen Schluck davon ab."

Leiser ging die Konversation weiter. "Meint ihr, jemand wollte die Girabons stürzen?"

"Es wäre möglich."

"Ja, schließlich wurde die Familie gezielt... angegriffen."

"Hauptmann, Ihr habt Recht, das riecht nach Verrat."

"Shhh, seid leiser. Alle beide. Es ist gefährlich, so zu sprechen."

"Aber der König war beim Volk beliebt und er war gerecht. Wer würde so etwas tun?"

"Ach, du Schwätzer. Interessanter ist doch: Wer hat Verbindungen zu solch unnatürlichen... Wesen? Und wer vermag es, sie für sich zu gewinnen? Und wer hat einen Vorteil davon?"

"Ja, genau. Wer, Hauptmann? Ihr wisst es sicherlich. Sagt schon."

"Still, du Wicht! Ich brauche Ruhe beim Trinken." Der Offizier nahm einen langen Zug. Er winkte die beiden Soldaten mit dem Finger zu sich über den Tisch und flüsterte den Namen.

THYRILLION

Er sah auf seine blutenden Fäuste herab und atmete schwer. Die Nymphen in der Grotte waren geflohen, als er angefangen hatte zu schreien und die Felswand zu bearbeiten. Nachdem Thyrillions Wut verraucht war, saß er auf dem Boden und konzentrierte sich darauf, seinen Verstand zu leeren. Er schob alle Gedanken beiseite und suchte die Stille. Sein Brustkorb hob und senkte sich langsamer und er spürte die Schmerzen in der aufgerissenen Haut an den Händen. Es brannte, doch das machte ihm nichts aus, es half ihm, sich zu konzentrieren.

In der Leere drängte sich ihm immer wieder ein Gedanke in den Geist wie ein Kind, das unbedingt etwas haben will, nachdem es die Eltern wieder und wieder verneinen.

"*Thyrillion.*"

Lange ignorierte er den Ruf, doch nach einiger Zeit erlosch sein Widerstand und er ließ den Gedanken zu, spürte er doch eine regelrechte Hartnäckigkeit darin.

"*Thyrillion.*"

"Ja?"

"*Ich bin es, Runa.*"

"Sag mir, wie starb meine Familie!"

"*Tapfer, Thyr, unglaublich tapfer.*" Die Magierin erzählte ihm, was vorgefallen war.

Der Prinz schüttelte fassungslos den Kopf.

Nach einer Weile der Stille sagte Runa: "*Du bist nun rechtmäßiger König von Thal. Was gedenkst du nun zu tun?*"

"Ich werde zurückkommen. Doch es wird einige Tage dauern."

"Warte, es gibt noch mehr zu berichten. Wir sollten aber unter vier Augen darüber sprechen. Tritt in den Spalt ein."

Unvermittelt zerteilte ein Blitz ähnliches Licht die Realität vor ihm. Thyrillion trat hinein.

Und in Runas Zimmer kam er heraus!

Ein aufdringlicher Geruch von Myrrhe und Salbei erfüllte die Luft und Kerzenschein erleuchtete den Raum. Thyrillion war ein weiteres Mal überrascht. Wiederum wurde ihm klar, wie wenig er sie kannte und er fragte sich, welche Geheimnisse sie wohl noch vor ihm verborgen hielt.

Sie lächelte schwach. Blasser als gewöhnlich war ihr Gesicht und sie stand auf wackeligen Beinen vor ihm. Bevor sie fiel, fing Thyrillion sie mit beiden Armen auf.

Er legte sie auf ihr Bett und strich ihr eine dunkle Strähne hinters Ohr. Dabei fühlte er die Hitze ihrer Stirn. "Du verbrennst ja, Ru."

"Magie fordert ihren Preis. Es ist Geben und Nehmen." Sie hustete und ihre Stimme wurde zu einem Flüstern. "Verlass meine Gemächer unter gar keinen Umständen. Es darf dich keiner im Palast sehen!" Die Erschöpfung war ihr anzusehen, sie wirkte gealtert und kraftlos. Die Atemzüge wurden langsamer.

"Ich muss mich ausruhen. Die Thronfolge ist bereits geregelt. Da du..." Sie brach ab. "Mein Vater hat alles veranlasst."

"Ru, was hat er veranlasst?"

Dann schlief sie ein.

Unruhig lief Thyrillion auf und ab in Runas Gemächern. In seinem Kopf herrschte ein regelrechter Wettstreit der Fragen, die Antworten bedurften. Sie waren wie Ritter beim Tjosten und immer, wenn sich eine stellte, brach sie eine Lanze an seinem Kopf. Doch die Unwissenheit machte ihm mehr zu schaffen als die Schmerzen. Hoffentlich wachte die Frau bald wieder auf.

Wie konnte gezielt seine Familie getötet werden? Wer steckte hinter dem Angriff und warum? Wenn Armaros seine Inthronisierung veranlasst hatte, dann würde er ihn als König unterstützen oder etwa nicht? Er war der Berater seines Vaters, deshalb sollte er ihn auch unterstützen. Allerdings hatte der Magier nie so viel von Thyrillion gehalten wie von seinen Brüdern. Wenn es eine Intrige gegen die Königsfamilie war, warum wurde er nicht getötet? Oder steckte das in Wirklichkeit hinter seiner Schwertleite? Ihn auch aus dem Weg zu schaffen?

Grübelnd starrte er vor Ungeduld auf Runa. Er wusste nicht, wie lange er schon über den Fragen sinnierte und sie beobachtete, um sich abzulenken. Ihr blasses Gesicht war wunderschön und die mit Kohle geschwärzten Augenlider machten sie noch reizvoller für ihn, als sie es ohnehin schon war. Die Fahlheit zog ihn magisch an. Die Rundungen ihrer Brüste wogen sich sanft auf und ab durch ihre Atemzüge. Wie so oft, trug sie beinahe durchsichtigen Stoff.

"Auch wenn dir gleich die Augen ausfallen, haben wir gerade keine Zeit dafür", schalt sie ihn. "Hier passiert viel auf Grund des Angriffs."

"Erzähl mir alles."

Sie setzte sich zunächst auf. "Ich habe stark die Vermutung, dass jemand deine Familie ermorden wollte. Weißt du, natürlich haben alle gelitten, doch die Geistwepelinge haben nach ihnen gesucht. Außerdem wurden deine Mutter und Meldoban im Geheimgang getötet. Diesen kennen nur sehr wenige in Thal. Ich kam von der anderen Seite, doch es war bereits zu spät. Deine Brüder und dein Vater sind verschlungen worden. Den Leichnam Fyranens aber ließen sie mich finden."

Sie schwiegen eine Weile.

"Du sagtest, dein Vater habe schon alles für die Inthronisierung veranlasst. Wann soll die Krönung denn stattfinden?"

"Illyar soll bereits in drei Tagen zum König..."

"Warte, was?"

"In drei Tagen wird er gekrönt."

"Illyar soll König werden an meiner statt?"

"Ja, Thyr. Da du deine Schwertleite begonnen hast, wollten sie Illyar einsetzen. Bedenke, er ist älter als du und wird von allen geliebt. Von dir hingegen weiß nahezu keiner was in Thal."

"Nein, nein und nochmals nein. Ich werde als direkter Thronfolger übergangen. Das können wir nicht zulassen."

Runa zog eine Grimasse. "Du weißt, ich unterstütze dich dabei."

"Aber?"

"Ob mein Vater deinen Anspruch unterstützt, das kann ich dir nicht sagen."

"Wir müssen sofort mit Armaros sprechen."

"In der Tat, das müssen wir. Doch zunächst musst du dir etwas ansehen. Komm mit." Sie zog ihn mit sich und sie schlichen die Treppe zur Dachterrasse empor. Niemand war zu sehen. Oben angekommen, offenbarte sich ihm langsam das Ausmaß der Zerstörung. Im Boden klafften scharfkantige schwarze Löcher. So als wäre diese kranke Abstraktheit im Sinne der Erbauer gewesen. Der Prinz traute seinen Augen kaum und lief näher ran. Er blickte in die Löcher und sah nichts als Leere darin. "Bei den Göttinnen!"

"Vorsicht, Thyr", unterbrach Runa ihn und hielt ihn an der Schulter fest. "Alles, was sie berührten, verlor sein Dasein." Sie gab ihm einen Moment, bevor sie weitersprach. "Geh zur Brüstung und sieh dir deine Stadt an, Thyr."

Langsam schritt er hinüber. Je näher er kam, umso schwerer wurde ihm sein Herz, als er die einst schöne Stadt sah. Wie Gerippe eines Tierkadavers staken hier und dort die schwarzen Flecken heraus. Die eingestürzten Häuser waren dazu verdammt neu aufgebaut zu werden, das war möglich zu einem Teil. Grotesk dagegen wirkten die aufgeschnittenen Gebäude deren Inneres teilweise zum Vorschein kam oder durch den finsteren Vorhang verdeckt wurde. Das zu beheben war ein Akt der Unmöglichkeit! Trotzdem zwang er sich jeden Teil der Zerstörung anzusehen. Im Stillen gedachte er den Verlusten.

Als Thyrillion sich umdrehte, konnte er nach unten in den Thronsaal blicken, der stark in Mitleidenschaft gezogen worden war. Runa sah seinen Blick, der auf den verwaisten Thron fiel.

"Dort stand der König mit seinem Schwert und kämpfte wie ein Gott. Dann kam ihm Meldoban zu Hilfe und sie konnten mit deiner Mutter fliehen."

"Ich habe genug gesehen, Ru. Lass uns deinen Vater aufsuchen."

Armaros' Ratszimmer war unweit von Runas Gemächern. Es war karg eingerichtet und die dunklen Möbelstücke erfüllten ihren Zweck. Große, gefüllte Bücherregale, ein Tisch mit mehreren bequemen Sesseln und ein Beistelltisch, auf dem Tee, Wein und Gewürze standen. Ein Aroma aus Muskat und verschiedenen Kräutern durchströmte den Raum. Der Magier saß am Tisch und schrieb. Er wirkte selbst im Sitzen noch groß. Als er den Kopf hob, rümpfte sich seine markante Nase. Er legte die Feder beiseite, stand auf und breitete die Arme aus. "Mein Prinz, Ihr seid zurück! Und Ihr lebt. Ich fürchtete das Schlimmste, nachdem Eure Familie so tragisch ums Leben kam."

"Habt Dank, Meister Armaros. Mir geht es gut."

Der Berater ging einen Schritt auf Thyrillion zu.

Der junge Mann empfand die Zuneigung schon fast als Bedrohung, wich aber nicht zurück. Er würde sich behaupten, seinen Anspruch auf den Thron zeigen. "Mit Euch hätte ich wirklich nicht gerechnet! Das erfordert weitere Maßnahmen für die Thronfolge."

"Deswegen bin ich hier, um mein Recht zu fordern. Und ich hoffe, Ihr unterstützt mich, so wie meinen Vater all die Jahre."

"Gewiss doch, mein Prinz. Ich werde umgehend die Schreiber und Kuriere benachrichtigen, dass wir den Erben gefunden haben." Er winkte einem Diener, der sofort das Zimmer verließ. "Erzählt mir, Thyrillion, was Euch widerfahren ist. Was ist mit Lord Ulvar geschehen?"

Der junge Mann schnaubte. "Lord Ulvar und seine Männer haben mich gedemütigt, sobald wir Thal verlassen hatten. Sie nahmen mir mein Hab und Gut, schlugen mich und banden mich auf eines der Packpferde. Ich fand einen Weg mich zu befreien und entledigte mich ihrer. Es war wahrlich nicht einfach und nun bin ich hier, nachdem ich Kenntnis vom Tod meiner Familie erlangte."

"Gut. Doch, mein Prinz, Ihr seht trotz allem furchtbar aus. Runa, sorge dafür, dass er ein heißes Bad bekommt. Am besten in deinem Badezimmer, denn noch soll keiner den Prinzen sehen, sonst passiert vielleicht etwas Schlimmes."

Der Dampf aus der Badewanne verteilte sich in dem Raum. Thyrillion legte seine Kleidung ab und stieg ins heiße Wasser. Die Magierin beobachtete ihn. "Erneut stelle ich fest, meine Mühen haben sich gelohnt. Nur zu gern würde ich zu dir ins Wasser kommen. Dein Anblick erregt mich noch immer."

"Tu es einfach."

"Zugegeben, die Verlockung ist groß." Runa fuhr mit der Zunge über ihre Oberlippe und zog an ihrem Gewand. Plötzlich stürmten Männer in den Raum und zerrten Thyrillion aus der Badewanne. Er wehrte sich und schlug nach einem, einen weiteren stieß er zur Seite. Er wollte davonlaufen, doch er wurde festgehalten und mit Knüppeln schlugen sie auf ihn ein, bis er das Bewusstsein verlor.

Es fühlte sich in seinem Kopf so an, als wäre er wiederholt zwischen den anstoßenden Krügen von besoffenen Zwergen gelandet. In Wahrheit war er in einem schmutzigen Loch. Sie hatten ihn also nicht in den Kerker geworfen, sondern an einen ihm fremden Ort gebracht. Eine logische Entscheidung, denn dem Prinzen war in Thal vieles vertraut, besonders die Kerker. Dort war er des Öfteren mit seinen Brüdern gewesen, als sie jünger waren. In der Kindheit hatten sie einen gewissen Reiz geboten.

Thyrillion drehte seinen Kopf zu den Seiten. Er versuchte die Umgebung zu erfassen, die Dunkelheit vermochten seine Augen aber nicht zu durchdringen. Weiter vorne allerdings machte er einen Fackelschein aus und Schatten bewegten sich. Hinter ihm war es an einer Stelle mehr grau als schwarz. Er entschloss sich, zu dem Fenster zu kriechen, dort würde er einen Blick hinauswerfen können. Seine Aussicht war der Nachthimmel, an dem Sterne prangten. Lichter sah er nur einzelne in ähnlichen Abständen. So gesehen, war er noch im Palast, in einem der Türme des Festungsrings oberhalb der Stadt, den Gebäuden abgewandt.

Er hörte ein Geräusch und ließ vom Fenster ab. Sein Magen verlangte nach etwas Essbarem. Er lehnte sich sitzend an der Wand an und murmelte: "Mein Körper ist kräftig und vital. Mein Körper ist kräftig und vital. Mein Körper ist kräftig und vital." Dieses Mantra half ihm, über den Hunger und die Schwäche hinwegzukommen. Seit seiner Kindheit hatte er sich darangehalten und es hatte ihm immer geholfen. Um weiter der Situation Herr zu werden, dachte der Prinz an seinen Bruder. Keran stand vor ihm und ein Langschwert lag mit dem Heft auf der linken Handfläche. Er war noch ein kleiner Junge und es war seine erste Schwertstunde. Dann erklärte Keran ihm geduldig dessen Teile, angefangen an der Spitze. "Das ist der Schwertort, die Klingenspitze. Vom Ort bis zur Mitte der Klinge ist es die Schwäche, danach bis zum Heft sprechen wir von der Stärke. Sollte ein Schwert brechen, geschieht dies meist zwischen

Stärke und Schwäche. Dann folgt die Parierstange oder das Kreuz. Dahinter ist das Heft, wir sprechen vom Gehilz. Zu guter Letzt ist der Knopf. Den brauchst du, um dein Schwert im Kampf schneller zu drehen. Weiter ist die Schneide der Klinge, die zu dir zeigt, die kurze und die zu deinem Gegner zeigt, die lange." Keran packte das Schwert an Heft und Knopf. "Dann folgt die Teilung des Mannes in vier Quader." Mit dem Schwertort zog er eine Linie von Thyrillions Kopf zum Boden. "Das sind Ober und Unter. Eine weitere Linie zog Keran in der Körpermitte von links nach rechts. "Das ist links und rechts." Er steckte die Waffe weg. "Das Gleiche machen wir beim Kopf. Nur sprechen wir vom Ohr."

"Bruder, ich verstehe nicht, für was soll das gut sein? Ich will kämpfen lernen."

"Geduld, Thyr. Lass es mich dir verdeutlichen. Wir teilen den Mann und den Kopf, um dir so leichter zu erklären, wie wir unsere Schläge führen. Sieh her! Der gewöhnliche Schwertkämpfer steht so." Er stellte seinen linken Fuß nach vorne, hob sein Schwert über den Kopf, die Klingenspitze zeigte nach oben. "Das nennen wir die Hut des Tages oder Oberhut. Aus dieser Position schlägt man von oben nach unten." Langsam machte er die Bewegung mehrmals vor und die Waffe ging in Richtung von Thyrillions Kopf. "Das ist der Oberhau, ein Schlag von oben. Ich zeige dir nun, wie du diesem Schlag begegnest. Stell deinen linken Fuß nach vorne. Strecke deine Arme und den Schwertort nach vorne zum Boden aus."

Seine Augen prüften Thyrillions Stand und er nickte. "Gut. Das ist die Hut des Alber. Der Name kommt von albernem Streich."

"Verhöhne mich nicht, Keran! Ich bin leider nicht mit deiner Kraft und Vitalität gesegnet. Ich bin der Krüppel!" Vor Zorn schlug er mit dem Schwert nach seinem Bruder, die Waffe nach oben. Im letzten Moment prallte das Langschwert seines Bruders dagegen, ehe dieser verletzt wurde. Das Klirren des Aufpralls ließ Thyrillion zitternd die Waffe aus den Händen fallen.

Der Ältere nahm den kleinen Prinzen und die Arme. Nachdem sich der Jüngere beruhigt hatte, schob Keran ihn ein Stück von sich, schaute ihm aber fest in die Augen.

"Keran, es tut mir leid."

"Du bist kein Krüppel. Lass dir das von niemandem einreden, du bist ein Prinz.

"Aber..."

"Du bist körperlich schwächer als andere, da hast du Recht. Doch es gibt auch auch Stärkere als mich. Und um dies auszugleichen, zeige ich dir, wie du dich gegen jeden im Kampf behaupten kannst. Stellst du dich in die Hut des Alber, wird dich jeder Gegner unterschätzen. Und was wichtiger ist, alle werden dich unterschätzen. Sie haben es schwer mit deiner Fechtweise zurecht zu kommen, da fast alle von oben anfangen zu schlagen. Ich möchte, dass du dich verteidigen kannst, wenn ich einmal nicht da bin." Er gab seinem Bruder, das Schwert wieder. "Stell dich in deine Grundposition."

"Die Hut des Alber."

"Genau, Kleiner. Schlägt dein Gegner von oben auf dich, so überkreuzt du im Hochgehen mit dem Schwert deine Arme. So blockst du und dein Ort kommt gegen deines Gegners Ohr..."

Thyrillion erwachte. Ein weiteres Geräusch erklang. Dieses Mal war es nicht sein Magenknurren, sondern eher wie etwas, das zu Boden fällt und es kam von außerhalb seines Gefängnisses. Dann öffnete sich langsam die Tür und ein Schatten fiel herein.

Unbeirrt folgte der Prinz dem Vermummten. Der Mantel bedeckte dessen breite Erscheinung. Eine letzte Biegung und sie traten durch ein Tor in Fackelschein. Der andere zog Thyrillion aus dem Licht und beide duckten sich an der Steinwand in den Schatten. Zu ihrer Rechten standen Soldaten und unterhielten sich leise. Erschöpft versuchte Thyrillion zu atmen und es gelang als sich die Hand des Vermummten auf seinen Mund stülpte. Dieser legte den Zeigefinger an seine Lippen.

Nachdem die Wachen aus ihrem Sichtfeld verschwunden sind, schlichen die beiden weiter an der Mauer entlang. Als sie den Turm umrundet hatten, warf der Vermummte einen Blick auf die Wehrmauer.

Thyrillion sieht ihn erwartungsvoll an. Der andere schüttelte den Kopf, in dieser Richtung gab es kein ungesehenes Entkommen. Der Vermummte zeigte einen Dolch und bedeutete dem Prinzen zu warten, ehe er davonschlich. Thyrillion sah ihm hinterher, wie er lautlos auf eine Gestalt zuging.

"Was machst du hier?"

Er hatte die beiden Wachen in seinem Rücken nicht gehört, doch nun hatten sie ihn gestellt. Durch sein verdecktes Äußeres erkannten sie ihn nicht. Er hatte keine Waffe bei sich und würde in seinem Zustand ohnehin keinerlei Gegenwehr zustande bringen. Also lief er zur Wehrmauer und drückte seinen Rücken dagegen.

"Bleib stehen!", rief einer der Soldaten, während sie langsam auf ihn zugingen. Sie wussten, dass er nicht fliehen konnte. Dann streckten sie ihm bedrohlich ihre Speere an die Brust.

In einem verzweifelten Versuch, sich zu wehren, schob er sich zwischen die beiden Speere und packte einen mit letzter Kraft, drückte ihn zur Seite und er wollte Reißaus nehmen. Jedoch war der Soldat schneller, trat einen Schritt nach vorne und rammte seinen Schild gegen den Körper des Prinzen. Zu geschwächt torkelte er und bevor der Stich des anderen ihn verletzen konnte und er wieder gefangen genommen wurde, entschied er sich, sich fallen zu lassen. Es rauschte in seinen Ohren und er spürte sein Adrenalin hochschießen. Die Geschwindigkeit des Sturzes wurde immer höher und er wusste, sein Tod wäre noch gewiss. Immerhin würde er keine Schmerzen spüren. Er schloss die Augen.

Dann umarmte ihn der Nachtwind und er hieß ihn mit einem Lächeln willkommen.

Der Aufprall war nicht so hart, wie er geglaubt hatte. Er fühlte Gras zwischen den Fingern und unter den Knien. Es war ein wunderbares Gefühl. War es nach dem Tod etwa so schön? Voller Freude warf er sich auf den Rücken und lachte.

"Still! Willst du, dass sie dich hören?"

Überrascht von der Stimme, verstummte der Prinz und setzte sich auf. Er sah seinen Retter nun vor sich. Sie stand in einen Mantel gewickelt vor ihm und sah ihn tadelnd an.

"Ru", flüsterte er. "Du warst das?"

Sie seufzte. "Ehrlich, ich fühle mich geschmeichelt, dass Du so überrascht tust. Du musst mir ja nicht gleich um den Hals oder auf die Knie fallen und anbeten, als wäre ich eine Göttin, aber angebracht wäre es schon. Hast es mir wohl nicht zugetraut, Dich da rauszuholen. Zugegeben, diesen anderen Kerl loszuwerden, war nicht ganz einfach." Sie hielt mit einem Mal den Dolch in der Hand, den der Vermummte auf der Mauer Thyrillion gezeigt hatte.

Ein Schrecken ergriff ihn. Er sprang auf und packte sie an den Schultern. "Was hast du getan?"

"Der Sturz muss dir wohl doch mehr zugesetzt haben, als ich dachte." Sie verdrehte die Augen. "Ich habe dich gerettet."

"Was hast du mit dem anderen gemacht? Ist er etwa?"

"Nein, gewiss nicht, Thyr. Beruhige dich, ich habe ihn nur aufgehalten, dass er uns nicht so schnell folgen kann. Das ist ein gutes Stichwort. Wir sollten los. Die Soldaten werden nach Dir suchen."

Runa sah sich um. Über ihnen ragten die Kronen des kleinen Eichenforsts in der Nähe des Palasts.

"Komm, wir gehen."

Mit diesen Worten warf sich eine geflügelte Gestalt auf Runa und beide rollten zusammen durch das Unterholz, bis sie von einem Stamm sie aufgehalten wurden. Runa saß obenauf und hielt ihren Gegner spielerisch leicht am Boden, während sie eine Hand bedrohlich auf ihn richtete.

"Es widerstrebt mir, bereits bei unserer zweiten Begegnung unter Euch zu liegen", sagte sie. "Wer seid Ihr?"

"Ich bin Neltomen, Teuerste. Ich sage Euch, wir haben das gleiche Interesse."

"Und was ist Euer Begehr, Neltomen, abgesehen von mir?"

Er sah den Prinzen an und wehrte sich nicht mehr.

"Ihr steht auf Knaben", lachte Runa und stand auf. "Dann bin ich wohl vor Euren Fingern sicher."

"Ru, er gehört zu mir."

"Also doch, junge Männer. Was für eine Verschwendung!"

"Keineswegs, Teuerste."

"Neltomen ist mein Mentor. Er lehrt mich..."

"Von euren Spielchen will ich wirklich nichts wissen. Obwohl, wenn ich es mir so überlege, könnte es interessant sein."

"Genug davon", rief Thyrillion. "Nein, nichts dergleichen. Doch einstweilen müssen wir weg von hier. Runa, geh voran."

"Das gefällt mir." Sie lief los und führte sie zum Waldrand und anschließend ungesehen zu einem großen Lagerhaus in der Nähe.

Sie legten sich im oberen Stockwerk auf das Heu. Runa reichte ihnen Brot und Käse.

Bei der dramatischen Flucht hatte der Prinz seinen Hunger völlig vergessen, doch jetzt drängte er sich wieder auf und er biss rasch in Brot.

"So sagt, was ist das nun mit euch? Ihr habt mir Antworten versprochen."

Thyrillion aß ungeniert weiter und ließ Neltomen reden.

"Ich bin auf ihn gestoßen, als er vor Sir Ulvar und seinen Handlangern gefesselt worden war. Und ich muss dazu sagen, dass ich auf der Suche nach ihm war."

"Wie das?"

"Mein Schicksal liegt hier auf Anemeron Ein weiser Mann sagte mir, ich solle die Antwort in Thal suchen. Anfangs klangen die Worte unbestimmt, doch nun ergeben sie einen Sinn. Seitdem ich ihn fand, lehre ich ihn, was ich weiß, um ihn stärker zu machen."

"Seine Muskeln besitzen Stärke."

Der Engel lächelte. "Gewiss tun sie das. Doch es geht auch um die innere Stärke und um diese zu entwickeln, braucht es bestimmte Vorgehensweisen. Damit er sein Schicksal erfüllen kann, leite ich ihn an."

"Verstehe", sagte sie und blickte zu ihrem Freund, der bereits eingeschlafen war.

Am nächsten Tag erwachte Thyrillion und sein Körper fühlte sich besser an. Das Essen und der Schlaf hatten ihren Teil dazu beigetragen.

"Habe ich lange geschlafen?", fragte er.

"Keineswegs genug, doch muss es reichen", sagte Neltomen. "Wir müssen unsere nächsten Schritte abwägen."

Der Prinz sah ihn an und der Engel sprach weiter: "Die Krönung Eures Verwandten soll bereits Mittag sein."

"Was? Diese Verräter lassen sich nicht beirren. Obwohl sie wissen, dass ich noch atme."

"Gewiss tun sie das. Und doch war es vor deiner Rückkehr so beschlossen. Mein Vater und dein Vetter wollen es so schnell wie möglich. Bislang hat das Volk keine Kenntnis, dass du lebst und durch das Drängen wird es abgelenkt. Feierlichkeiten vermögen jeden treuen kleinen Untertanen zu bestechen."

"Warte", unterbrach Thyrillion. "Du sagtest, dein Vater wollte es? Das heißt, du wusstest davon. Dann..." Er war im Begriff sich auf Runa zu stürzen, doch Neltomens kräftige Hand hielt ihn zurück.

"Hört sie an, mein Prinz."

Thyrillion fiel es schwer sich zu beherrschen, doch er schaffte es.

"Als wir beide meinen Vater besuchten, wusste ich nichts von seiner Verschwörung gegenüber deiner Familie. Erst nachdem du weggebracht wurdest, wollte ich ihn zur Rede stellen. An den Gemächern Armaros` wurde ich von den Wachen abgewiesen, da er eine Unterredung mit deinem Vetter hatte. Ich ging und schlussfolgerte, dass die beiden zu dem Komplott gehörten. Anschließend habe ich mich auf die Suche nach dir gemacht."

Thyrillion brauchte einen Moment. Unschlüssig blickte er zu dem Engel.

"Ihr könnt ihr vertrauen."

"Nun gut, was sollen wir tun? Uns bleibt nicht viel Zeit. Das schaffen wir niemals."

"Keine Bange, mein Prinz. Während du seelenruhig geschlafen hast, haben Neltomen und ich unter anderem einen Plan gefasst."

"Unter anderem? Was habt ihr denn noch gemacht?"

"Nicht so wichtig wie das hier", lächelte sie verschwörerisch. Dann wurde ihre Miene fest. "Thyr, ist es dein fester Wille dein Geburtsrecht einzufordern und König über Thal zu werden und wirst du die Menschen führen durch die kommenden Zeiten?"

Er verstand die Ernsthaftigkeit ihrer Rede und stand auf.

"Willst du, Thyrillion Nalfariôn, König werden?"

Entschlossen ballte er die Faust: "Ja, ich bin der König von Thal!"

"Die Zeit drängt, wir müssen los!"

"Ich dachte, ihr habt einen Plan?"

"Merk dir einfach deine Antwort, mein König." Sie küsste ihn lächelnd die Wange und zog ihn mit sich.

Im Palast von Thal waren die Schäden durch den Angriff der Geistwepelinge ausgebessert oder anderweitig verschönert worden. Die Krönungszeremonie selbst fand auf dem Balkon der Königsfamilie statt, während sich das Volk auf der großen Terrasse unterhalb zusammendrängte. Dieser von der Stadt abgewandte Teil war glücklicherweise größtenteils unversehrt während der schrecklichen Nacht geblieben. Das Rot der Familie Feretiôns zierte alle Banner der Palasttürme und Wehrmauern. Die Zeichen des Herrschaftswechsels waren gesetzt.

Der Anwärter auf den Thron stand in der Mitte der Balustrade. Illyar Feretiôn war beim Volk und bei den Hochgeborenen äußerst angesehen. Er glich einem Gott mit seinem goldenen Haar, die Frauen liebten ihn aufgrund seines athletischen guten Aussehens und die Männer wussten um seine Stärken im Kampf und der Diplomatie. Zeit seines Lebens war er beliebt und bekannt für seine Führungsqualitäten, denn er galt als mitfühlend, hart und gerecht.

Er kniete nieder, um die Krone zu empfangen. Es war an Armaros, der neben ihm stand und die Insignie in die Höhe hielt. Still und ergriffen beobachtete die Menge auf der Terrasse das Geschehen. Es war beinahe so, als hielten sie den Atem vor Ehrfurcht an.

"Fürst Illyar Feretiôn, ist es Euer fester Wille Euer Geburtsrecht einzufordern und König über Thal zu werden und werdet Ihr die Menschen führen durch die kommenden Zeiten? Wollt Ihr die Königswürde annehmen?"

Der Thronanwärter zögerte die Zeremonie absichtlich hinaus, um die Dramatik zu erhöhen.

Und es war in jenem Moment, als Thyrillion, des Königs Erbe, vom Dach des Palasts herunter schwebte und alle Blicke auf sich zog. Um ihn herum waren schnelle Bewegungen von Aurai, den Nymphen der Lüfte, die ihn größer und schöner als seinen Kontrahenten wirken ließen. Die Zuschauer allerdings sahen ihre Gestalten nur sehr vage, denn ihr Licht schimmerte in allen Farben, als wäre er ein Erzengel, der zu ihrer Rettung kam. Er war nicht der Schwächling, von dem die Menschen gehört hatten, sondern ein kräftiger junger Mann, der andere inspirieren konnte. Während alle gebannt, wie in einer Stasis auf ihn schauten, hielt er plötzlich die goldene Krone in den Händen.

"Ja, ich. Prinz Thyrillion Nalfariôn, will euer König sein und euch führen!" Seine Stimme klang kraftvoll und sie wurde über den Wind und die Luftgeister zum Ohr eines jeden Einzelnen getragen, als spräche er nur für ihn.

Es ging ein Raunen durch die Menschen. Dann setzte er kühn die Krone auf sein Haupt. Ein Schrei übertönte alles: "Lang lebe König Thyrillion!"

Und der Wind schien ein dominantes Shhhh zu in sich zu tragen und es wurde wieder still auf dem Platz.

Die flinken Aurai setzten Thyrillion auf dem Balkongeländer ab, so dass er weiterhin gut zu sehen war. Sein eisiger Blick fiel entschlossen auf die Verräter. "Ich trete heute nicht nur vor euch, um mein Recht auf den Thron zu fordern, sondern auch den Mördern meiner Familie Rache zu schwören." Er streckte seinen Arm und deutete auf die Rädelsführer, doch bevor er seine Anklage vorbringen konnte, gab Illyar seinen Wachen ein Zeichen und sie umstellten ihn.

Armaros baute sich vor ihm auf und funkelte ihn an. "Du hättest fliehen sollen, als du die Chance hattest. Deine Qualen werden unvorstellbar sein." Dann wandte er sich lauthals an die Menge, die unruhig geworden war. "Das ist nicht Thyrillion. Ihr wisst, der dritte Sohn unseres verstorbenen Königs war gebrechlich und schwach, keineswegs ist es dieser Scharlatan. Seht, wie kräftig er ist. Er will uns alle täuschen und sich nur für Thyrillion ausgeben. Seid gewiss, gute Leute von Thal, ich kümmere mich persönlich um ihn. Er wird genug Zeit in einer Zelle haben, um über seine frevelhafte Tat nachzudenken. Nicht nur, dass der Verlust unseres geliebten Königs uns immer noch schmerzt, auch die vorgegaukelte Hoffnung, es hätte ein Spross ihn überlebt."

Doch Thyrillion ließ sich nicht beirren und sprach weiter. "Illyar, für viele seid Ihr ein Vorbild, ein Held, jemand, zu dem die Menschen aufschauen. Sie mögen Euch. Warum gebt Ihr dies auf und macht Euch zum Thronräuber? Oder zeigt Ihr nun Euer wahres Gesicht?"

"Wachen, ergreift diesen Mann!"

Geschickt sprang der Prinz über die verdutzten vorwärts drängenden Soldaten, zog eine kurze Klinge und rollte nach vorne. Ein Knie stemmte er in den Boden hieb nach oben gegen Illyars Seite. Der Fürst war zu verwundert, über die Behändigkeit seines Vetters und zog sich mit Schmerz zurück. Indes Thyrillion aufstand und nach einer Fluchtmöglichkeit suchte, waren die Soldaten heran und hielten ihm ihre Speere unentrinnbar entgegen. Er hatte sich verrannt und saß in der Falle. Seine Kühnheit hatte ihn einen Fehler machen lassen. Die silbernen Spitzen der Waffen kamen seinem Hals gefährlich nahe. Und dann stieg urplötzlich ein farbenfroher Nebel um den Balkon auf und verschluckten alles. Bewegungen und Schreie waren zu hören.

"Ergreift ihn, Männer!"

"Lasst ihn nicht entkommen! Tötet ihn!"

Ein Mann ging zu Boden und etwas Metallisches klapperte.

"Lauft schon, Euer Hoheit, sonst wird es eine sehr kurze Amtszeit!"

"Das nächste Mal wäre es schön, etwas mehr von eurem Plan zu wissen, Ru. Dann kann ich meine Rolle besser spielen."

Die beiden rannten in die königlichen Gemächer. Den Geheimgang kannte die Magierin seit der verheerenden Nacht. Die anwesenden zwei Wachen lehnten grotesk an der Wand und Blut war um sie herum. Ein Stück weiter war noch eine Leiche. Thyrillion erkannte Keteb, den Heiler, der sich immer um ihn gekümmert hatte, wenn er krank danieder lag. Als sie im Zimmer seiner Mutter angelangt waren, murmelte Runa vor sich hin und öffnete den geheimen Weg. Er war dunkel und etwas schien sich darin zu bewegen. Er spürte darin einen Sog und in sich selbst Angst.

"Wir müssen gehen, Thyr."

Der Gang schloss sich hinter ihnen und Thal, seine Heimat, verschwand.

Er fragte sich, was nun dort geschehen würde.

Es war hell, doch er nahm es nicht wahr. Irgendwann, er wusste nicht, wie lange er überlegt hatte, stieß Neltomen auf ihn und Runa. Auch sie war ihre Gedanken versunken. Sie waren außerhalb der Sichtweite von Thal.

"Thyrillion, schön Euch zu sehen. Runa, Ihr steckt voller Überraschungen." Es wirkte, als wäre er ein wenig überrascht, doch nur einen Moment lang. "Unsere Saat ist aufgegangen. Nun braucht es Zeit und Geduld."

Der Prinz legte ihm eine Hand auf die Schulter. "Habt Dank, mein Freund. Wohin gehen wir nun?"

"Wir sollten die Stadt eine Weile meiden. Und Ihr solltet Euch ausruhen, mein Prinz."

"Ja, die Krone ist schwer", sagte er mit einem Patschen auf seine Manteltasche. Dann sah er sich um, die Gegend kam ihm vertraut vor.

Am Weiher trank er genüsslich das heilende Wasser. Und während die Wellen verebbten, die seine Hand verursacht hatte, blickte er in sein Gesicht. Es war noch immer hager und blass, doch sein Kinn und seine Miene waren härter geworden. Selbst unter Schmutz und Bartstoppeln erkannte er die Veränderung. Er reifte. Diese Prüfung, die eben erst begonnen hatte, machte ihn zu einem Mann. Nein, zu einem König.

Thyrillion ließ sich rücklings ins Gras fallen und schaute in den Himmel. Klar blau war er und zwischen den weißen Wolkensegeln entdeckte er einen Engel, der auf ihn zuflog. Das Licht, das von ihr ausging, war rot und weiß.

“Wer ist das?”, fragte Runa mit verengten Augen.

Thyrillion spürte, wie die Windelbin landete und ihre Schwingen einen sanfte Brise erzeugten. "Herrin Dosoelle."

Ihr gültiges Gesicht strahlte. "Mein Prinz, Ihr seht besser aus als bei meinem letzten Besuch. Das freut mich sehr."

"Und mich erst."

“Und mich erst”, äffte die Magierin ihn nach. Sie musterte Dosoelle abschätzend. “Ich bin Runa.”

Die Heilerin nickte respektvoll.

Neltomen zog Runa mit sich in Richtung der Grotte. Sie wollte sich wehren, doch der Engel dagegen ihren Eifersuchtsanfall unterbinden.

Dosoelle biss sich auf ihre Lippen. "Ihr wisst, dass ich mich Euch verschworen habe, Prinz, und einen Teil Eurer Last auf mich nehmen werde."

Er nickte schwermütig.

"Es ist der Lauf der Dinge. Es ist meine Bestimmung."

"Und doch will ich es nicht! Versteht Ihr das nicht? Ich will nicht Schuld tragen am Vergänglichen Eurer Schönheit."

Sie schlug ihn mit ihrer Handfläche ins Gesicht und wollte es ein weiteres Mal tun, doch der Prinz hielt sie davon ab. Sie kämpfte verbissen und wollte ihren Schmerz und ihren Frust an ihm auslassen, doch sein Griff war zu stark und nach einer Weile ließ sie ab. Dosoelle sah ihn mit ihren traurigen Augen an. Das Grün der Haselnussblätter wirkte beinahe magisch auf ihn und die aufkommenden Tränen darauf glichen dem Morgentau. "Ich will es von Herzen."

"Doch nicht, wenn Euer Antlitz und Eure Reinheit damit befleckt werden." Er strich mit seinem Finger die winzigen Fältchen um ihre schmalen Lippen nach.

Sie lächelte schwach. Und diese Regung ließ alle Hemmungen des Menschen fahren und er küsste sie innig. Er berührte mit der Hand ihren Hals. Sie schmeckte nach einer

Süße wie Kirschen und er konnte nicht aufhören, sondern wollte mehr. Das Gefühl, er könnte sie verletzen, schob er beiseite, denn sie war es doch, die es wollte! Er genoss ihre Berührungen mit der Zunge. So konnte er nicht anders und küsste sie weiter, forscher, neugieriger, drängender und zärtlicher. Er nahm wahr, wie eine Verbindung zwischen ihnen wuchs, ähnlich einem Rosentrieb, schön, kräftig und dornig. Es war in ihm gewachsen, Schmerz und Freude bestätigten es ihm. Atemlos ließen sie voneinander ab, Stirn an Stirn und kosteten den Moment der Ewigkeit aus. Als er sie ansah, hasste er sich. Ihr Antlitz hatte etwas von ihrer Jugend verloren und war reifer geworden.

Die Sonne und der Tag unterzeichneten einen Vertrag, der besagte, es würde angenehm und warm werden. Sie besiegelten es mit blutroten Tintenstrichen und färbten das Himmelspergament orange. Das frühe Nass im Gras verschwand und der Boden sog die Wärme gierig auf. Die wenigen Bäume warfen lange Schatten, unter denen sich Farne und Funkien trollten.

Wie in Trance wirbelte Thyrillion mit einem einfachen Schwert beim Weiher umher und focht gegen einen humanoiden Wasserelementar, den Echo für ihn gerufen hatte. Gewohnt präzise durchlief der Mensch seine einstudierten Stücke, die Schlagfolgen der Hiebe und die Schwertarbeit. Abermals in seiner Grundstellung Alber verharrend, linker Fuß vorne und den Schwertort vor sich, schlug er von unten überzwerch nach dem linken Arm seines Gegners nach oben und stoppte kurz mit dem Heft über seinem eigenen Kopf. Der Wasserelementar hieb von oben auf ihn, doch Thyrillion ging mit rechts in dessen linke Seite, blockte mit seiner Schneide und verschränkten Händen am Heft, die feindliche Klinge.

Erneut hob er sein Schwertheft über die Schulter, die Spitze nach hinten zeigend. Er täuschte den gleichen Hieb an, doch war er diesmal schneller und gelangte zwischen Kopf und Klinge. Einen Feind hätte er so töten können. Zurück in der Grundstellung ließ er die Waffe sinken. Sein Blick zum Sonnenstand verriet ihm, dass er schon einige Stunden trainierte.

Trotzdem empfand er keine Müdigkeit. Er trank vom Weiher und merkte wie sich eine Wärme um seine Herzgegend ausbreitete.

Er hob sein Hemd hoch und erschrak. Um seine linke Brust wanden sich dunkle Linien. Er betastete sie. Sie fühlten sich an wie Venen und bildeten ein ähnliches Muster wie der Wuchs von Strauchrosen. Ihm schauderte. Er versuchte es mit panisch mit Wasser abzuwaschen, kratzte mit den Fingernägeln dran, doch es war in seiner verfluchten Haut! Wie war die Zeichnung bloß dahin gekommen? Er zog sein Wams wieder nach unten und konnte es zumindest nicht mehr sehen.

"Nun bin ich immer bei Euch. Ich kann spüren, wenn Ihr mich braucht."

"Dosoelle, opfert das Geschenk Eurer Reinheit und Vollkommenheit nicht für mich, einen Menschen."

Sie lächelte. "Nicht einen Menschen, einen König. Einem König ist es bestimmt zu fordern und zu geben. Seine Gabe ist es, den Unterschied zu erkennen."

"Wenn ich wählen kann, entscheide ich mich gegen Eure Hilfe."

"Mein Prinz, diesen Disput führten wir bereits zuvor. Nicht mit Eurem Willen entscheidet Ihr für Euch. Ihr entscheidet mit über das Schicksal einer ganzen Welt."

"Wie vermag ich es zu erkennen?"

"Seid gewiss, Ihr werdet es wissen."

"Ihr seid nicht nur ein Rätsel für mich, Ihr sprecht auch so." Er zog sein Wams aus und deutete auf seine Veränderung in der Nähe seines Herzens. "Verratet mir, wie ihr das gemacht habt, Herrin."

Dosoelle strich zaghaft, doch neugierig über seinen Brustmuskel und fuhr die Farben des Musters nach. Thyrillion spürte ihre Wärme und er war auf eine ihm unbekannte Art erregt. Indes, als ihr Finger die Linien berührt hatte, fingen diese an zu fluoreszieren. Dann presste sie die Handfläche auf die Zeichnung und er glaubte, mit ihr vereinigt zu sein, eins zu sein. Er spürte, was sie empfand: Liebe, Hingabe, Treue, Verbundenheit und ein selbstloses Maß an Opferbereitschaft ihm gegenüber. Eine Linie des Musters wurde länger und eine schmale Falte bildete sich um ihren rechten Mundwinkel. Er verstand, dass er ihr Schicksal sein würde, für ihren Tod verantwortlich, für ein höheres Ziel, ein größeres Ideal. Und er konnte sie nicht daran hindern. Durch die Erkenntnis verließ ihn sämtliche Kraft und er fiel vor ihr auf die Knie. Sie kam ihm nach und küsste ihn.
"Ich will es."

THYRILLION

Als der Prinz im Gras saß und meditierte, hörte er eine plätschernde Melodie. Zu Anfang klang sie schneller und lebendig, dann wurde sie getragener mit deutlichen, einzelnen Passagen und letztlich verlangsamte sie sich in dramatische Pausen und Schlussakkorde. Über allem glaubte er, einen Gesang zu hören. So schlug er die Augen auf und erkannte Echo, die auf einem Felsen in dem Weiher saß und ihre langen weißblonden Haare kämmte. Falls sie sein Starren störte, zeigte sie es nicht, sondern kümmerte sich weiter um ihre Hygiene. Das ausgekämmte Wasser spielte die Melodie aus Tropfen. Wenn ein Haar ins Wasser fiel, so glaubte er, Schlangen wandten sich darin und seine Augen wurden größer.

"Glaubt nicht alles, was vor Euch ist, sei auch Wirklichkeit, süßer Prinz."

"Aber..."

"Ich werde es Euch zeigen. Kommt zu mir ins Wasser." Damit sprang sie grazil in den Weiher und verschwand.

Er schwamm ihr hinterher. In der Kaverne am rückwärtigen Teil entstieg er dem See. Er stand neben der Oreade vor der Wand auf einem Plateau, welches das Niveau mit der Wasseroberfläche hatte und somit nicht zu sehen war.

Echo spuckte aus. Thyrillion grinste verlegen. Das hätte er ihr nicht zugetraut.

"Seht!", schalt die Nymphe ihn und die Felsen warfen das Wort hallend zurück.

Plötzlich schoss ein Geysir in die Höhe, so dass seine höchsten Spritzer die Decke benetzten. Das Schauspiel war zutiefst beeindruckend und schön. Das Weiß der Gischt wurde von grünem und violettem Leuchten illuminiert und feiner Nebel bildete sich. Dazwischen hüpften Najaden und Oreaden so schnell, dass sie mit bloßem Auge fast nicht zu sehen waren.

Ergriffen beobachtete der Mensch das Naturspektakel.

"Hier sehe ich Dinge, die geschehen mögen oder werden", erklärte Echo seelenruhig. Sie machte eine ausschweifende Handbewegung und sprach weiter: "Da ich hieran gebunden bin, erfahre ich so Geschehnisse, ob sie wahr sind oder sein werden. Es liegt an mir, daraus zu sagen, was wahr ist."

Thyrillion hob die Brauen.

"Die hohe Kunst der Wahrsagerei. Dabei geht es nicht um irgendwelche Zukunftsaussichten. Eine andere Kraft, kann niemals die wirkliche Wahrheit kennen, denn diese liegt immer im Suchenden selbst. Seien es nun Fragen, Antworten oder Ratschlag. Doch befragt Ihr eine andere Kraft, hat es doch den Zweck, der eigenen inneren Wahrheit näher zu kommen. Daraus entsteht Euer Entschluss und Euer Handeln. Wenn die Kraft, die Ihr befragt, Eure letzten Worte wiederholt, so spiegeln sie das, was Ihr wissen wollt. Das ist das wahre Sagen."

Sie sah ihn an. "Deshalb glaubt nicht alles, was Ihr seht oder gesagt bekommt. Seid skeptisch, süßer Prinz."

Er blickte sie entschlossen an. "Ich will es versuchen."

"Wenn Ihr es wünscht. Habt Acht vor der Antwort."

Thyrillion spuckte aus.

Zunächst geschah nichts. Er sah Echo wieder an und hob die Brauen.

"Geduld."

Dann stieg ein Grollen vom See auf, erst leise, doch ansteigend in einem Crescendo, bis die Grotte vibrierte. Plötzlich explodierte eine Geysirwoge in einem furiosen Finale und schlug mit seiner Kraft gegen die Felswände, die Einrichtung und die Anwesenden. Die Höhle vibrierte und große Teile stürzten ein, Steinsplitter flogen wie Geschosse aus Ballistas durch die Luft und das Wasser. Die Oreade reagierte mit ihren Kräften und versuchte, das Wasser wieder unter Kontrolle zu bringen. Selbst unter Aufgebot ihrer ganzen Willenskraft wurde sie des Wassers nicht wieder Herr und das Beben verstärkte sich. Als Stalaktiten von der Decke fielen, erhob sich eine weitere Fontäne aus dem See und schleuderte den Prinzen gegen die Wand, ehe er von einem durchbohrt wurde. Dann brach die gesamte Decke ein, doch das Wasser mit seinen Wirbeln und Wirken war stärker, kämpfte dagegen an und verlangsamte den Fall der Trümmer. Das Plateau wurde davon verschluckt. Die Bergnymphe erschuf eine Luftblase für den Menschen, der noch immer nicht bei sich war und sie wurden verschlungen. Eine Woge schwemmte sie aus der Grotte nach oben ans Tageslicht. Die Bewegung bot ihnen einen gewissen Schutz. Als sie die Oberfläche erreichten, sah Echo erschöpft das gesamte Ausmaß des Kataklysmus ihrer Heimstatt: Kristall und Gestein trieben von oben durchs Wasser und ihr steinernes Antlitz wurde blass.

"Nach welcher Antwort habt Ihr gesucht, Prinz Thyrillion?"

NELTOMEN

"Was habt Ihr getan, Domel?" Der Windelb war außer sich vor Zorn. Das Gefühl stand seinen freundlichen Zügen keineswegs, was seinen Unmut noch mehr zum Vorschein brachte. "Ich gab Euch den Rat, Kraft zu schöpfen und unauffällig zu sein. Während ich für Euch unterwegs war, um einen weiteren Weg zu finden, Euch zu stärken, um Euch Eurer Aufgabe zuzuführen. Und was macht Ihr? Ihr zündet nicht nur nächsten den Strohhaufen, nein, ihr brennt einen ganzen verdammten Tempel nieder und Euch als Opfer gleich mit! Thiens! Und da das nicht genug ist, mit einer Magie, als wäre es finstere Nacht und das Leuchtfeuer ist kilometerweit sichtbar. Seid gewiss, dass ganz Anemeron weiß, dass es hier geschah. An dieser Stelle!"

Der kleine Weiher war zu einem tiefen See geworden, indem er Echos Kaverne komplett in Besitz genommen hatte. Das Landschaftsbild war verändert, so als hätte die gewaltige Faust eines Riesen ein Loch in die Oberfläche geschlagen und bis zum Grundwasser aufgerissen!

"Aber..."

"Schweigt! Thiens! Besitzt nicht die Frechheit einer Ausrede." Neltomens Augen funkelten kalt. Dann sprang er auf Thyrillion und warf ihn zu Boden.

Eine Klinge fuhr direkt neben des Prinzen Kopf in die Erde. Bevor der Sterbliche sich regen konnte, war der Engel wieder in der Luft, sein Schwertort vor sich und stieß erneut nieder auf einen fremden Gegner. Schnell wie ein Blitz schoss der Windelb auf und ab. Blut und Gedärm spritzten bei jedem neuen Anflug und sein schönes Gesicht war zu einer entschlossenen, verzerrten Fratze geworden. Wie ein Adler schlug er seine Klinge ein ums andere Mal in sein Opfer. Als wäre er aus einem Traum erwacht, sah er entsetzt seine Tat an.

Unter ihm war nur noch eine blutige Masse mit Knochensplittern. Sein Gegner war chancenlos gegen den Zorn des Windelben gewesen. Selbst er hatte es nicht verdient, so brutal zerstückelt zu werden. Neltomen sprang in den See, um sein Gemüt abzukühlen.

Er kam zurück und wandte sich an seinen Schützling. Sein Tonfall klang harmonisch wie gewöhnlich. "Ihr seid ein Prinz, der kommende König der Solasons. Findet niemals Ausreden, es ziemt sich nicht für Euch. Übernehmt die Verantwortung und tragt die Konsequenzen. Und das mit Stolz."

Thyrillion nickte und schaute auf den Leichnam des Daemons.

"Bittet um Verzeihung, falls es nötig ist. Doch tut es nur, wenn es sein muss. Sonst wird es Euch als Schwäche ausgelegt. Ich frage Euch: Habe ich Euer Vertrauen? Dann schenke ich Euch meins."

Respektvoll neigte der Prinz den Kopf vor seinem Mentor. "Das könnt Ihr, Neltomen. Ihr könnt mir vertrauen. So wie ich Euch", schlussfolgerte er mit einem Blick auf den toten Daemon.

Wasser spuckend kroch Runa aus dem Weiher. Sie hustete eine Zeit lang. "Was bei allen Daemonen ist da unten passiert! Ich wäre beinahe ertrunken, wenn mich die Nymphe nicht rausgezogen hätte. An meinen Haaren! Der werde ich was erzählen..." Dann sah sie den entstellten Daemon im Gras liegen. "Was habt ihr denn schon wieder angestellt? Da bin ich einmal nicht bei euch und dann sowas."

"Wie hat er uns wohl gefunden?", fragte der Prinz an den Engel gewandt.

"Euer beschworenes Chaos in der Grotte, muss ihn auf uns aufmerksam gemacht haben, als er in der Nähe war."

Thyrillion nickte. "Gut. Sagt, was habt Ihr herausgefunden?"

"Ich bekam das. Nehmt es." Der Engel zog ein altes Pergament aus seiner Tasche. "Dessen Inhalt birgt eine Rezeptur, die Euch weiterhilft. Leider vermag ich es nicht und auch keiner unserer Weisen zu übersetzen."

"Wo finde ich einen, der es kann?"

"Das, Domel, ist die richtige Frage, doch kann ich Euch auch das nicht beantworten, denn nur mit dem mannigfaltigen Schlüssel offenbart es sein Geheimnis." Er schluckte. "Fragt Eure Freundin. Aber, Thiens, verhaltet Euch dieses Mal unauffällig!"

Der Wind trug dumpfe Geräusche zu ihnen. Sie klangen wie Pferdehufe und Stimmen.

"Ihr seid hier nicht mehr sicher. Geht, während ich sie ablenke."

Aus dem Nichts stieg Nebel über dem großen See auf und hüllte unnatürlich schnell die Ebene und Hügel darum ein.

Thyrillion spürte einen Griff an der Schulter und die beinahe lautlosen Worte am Ohr: "Kein Wort. Mir nach."

Der Nebel wurde undurchdringlicher und der Sterbliche sah seinen Führer nicht mehr, doch hielt er sich an dessen Umhang fest. Sie schlichen in östlicher Richtung davon. Hinter sich hörten sie, wie der Hufschlag zu einem Donnergrollen anschwoll.

"Wo sind sie?"

"Dieser Nebel ist doch nicht natürlich, oder?"

"Sucht sie, lasst sie nicht entkommen!"

"Männer, es ist nur Nebel. Habt keine Bange. Sucht sie!"

Der Windelb wurde schneller, doch er führte sie auf sicherem Weg weiter.

Plötzlich hörten sie Wasserplatscher, Pferdewiehern und panische Rufe, die in Todesschreien endeten.

"Helft uns!

"Hilfe!"

Dutzende Reiter und Pferde fielen der Tücke des Nebels über dem See zum Opfer.

"Halt, hier ist überall Wasser. Es ist tief."

"Vorsicht!"

"Stehen bleiben! Das Wasser ist zu tief."

"Habt ihr Angst vor Wasser und Nebel, Männer? Ihr seid doch keine Feiglinge, sondern Soldaten Thals. Sucht die Feinde der Krone!"

Kraftvoll wurde der Prinz gepackt und in den See gezogen. Der Tumult der Ertrinkenden übertönte die Geräusche, die sie verursachten. Immer tiefer wurde der Mensch mitgenommen, weg von seinen Verfolgern, während diese sich langsam durchs Gelände bewegten.

Thyrillion war überrascht, dass er atmen konnte, doch er ließ sich weiterführen. Nach einiger Zeit vermochte er schon undeutlich zu sehen. Vor ihnen war ein schwacher grüner Schimmer, dem sie folgten.

Ist das Echo?, fragte sich Thyrillion. Er sah um sich herum ansonsten nur Schwärze, was ihm aber ganz recht war, denn sie gingen immer tiefer. Manchmal erhaschte er einen flüchtigen Fleck am Rande ihrer Erscheinung, doch es hätte auch Einbildung sein können. Er merkte, wie die Temperatur sank und der Lichtschein schmaler wurde. Indes fühlte er ein beklemmendes Gefühl und er glaubte, dass Mäuler mit Zähnen aus der Dunkelheit nach ihm schnappten.

Sie legten an Geschwindigkeit zu. Genauer gesagt, wurden sie von einem Strudel erfasst, der sie mitriss. Das Schimmern breitete sich aus, erhellte die Dunkelheit mehr und mehr. Die Gischt, am Rande von Echos Gestalt, verwandelte ihre Intensität und Farbe: Zuerst fahl und schwach wurde es kräftiger und heller, bis es schließlich in kristallweiß und gleißend hell war, dass Thyrillion die Augen beschatten musste. Mit der

Zeit wurden sie langsamer und als er wieder etwas sehen konnte, nahm er nun geisterhafte Schemen wahr und er fragte sich erneut, ob alles seiner Fantasie entsprang. Auch diese Wesen umringten sie und zogen den Kreis enger um sie. In gewisser Weise machten sie dem Prinzen mehr Angst als die dunklen Kreaturen zuvor. Diese Präsenzen schienen körperlos zu sein und er würde mit seinen Waffen nichts dagegen ausrichten können. Indes verharrten die vier und eines dieser Wesen kam nah an den Menschen heran. Es bestand aus Blitzen, die wie Herzschläge die Form hervortreten ließ. Denn immer, wenn der Blitz erloschen war, erkannte Thyrillion vage ihre Gestalten. Sie besaßen einen humanoiden Oberkörper, doch statt Beinen hatten sie mehrere Tentakel, doch keineswegs fest, sondern mehr wie Nebel oder Rauch. Fasziniert schaute er sein Gegenüber an, es war wunderschön, trieb darauf zu. Er hob seine Hand, um es zu berühren. Bevor er es erreichte, hörte er einen dumpfen Schrei wie aus weiter Ferne.

"Nein!"

Und plötzlich ging alles ganz schnell. Die Wesensform vor ihm wurde zu etwas Schrecklichem: Wie ein Schatten aus Weiß wurde sie verzerrt und die Fangarme schossen wie Blitze nach ihm, versuchten ihn zu treffen. Einer traf Thyrillion am Arm und ließ diesen mit einer Taubheit zurück. Sein Begleiter reagierte sofort mit seinen Flügeln, die eine Druckwelle auf das Geisterwesen schickten und den Sterblichen weiter in ihren Schutzkreis zogen. Alles um sie herum explodierte in einem gleißend hellen Licht.

Sie fielen. Und in diesem Fall verlor Thyrillion jegliches Zeitgefühl. Er konnte nicht sagen, wie lange die Hatz schon gegangen war, doch jegliche Jäger, die bei ihnen gewesen waren, verschwanden und dann kehrte sich alles um. Sie wurden nach oben getrieben. Nach oben!

Und der Mensch war beinahe am Ende seiner Kräfte, als sie nach einer Ewigkeit in einer Grotte ankamen. Fluoreszierende Mineralien erleuchteten das Innere der Höhle und gaben den Blick auf ein Plateau mit einer großen Felswand frei.

Obwohl Thyrillion unter Wasser atmen konnte, sog er gierig die Luft ein, als er auf den Felsen stieg. Seine Brust hob und senkte sich schnell und all seine Muskeln brannten.

"Herrin, würdet Ihr bitte das Tor öffnen?"

Die Oreade beschwor mit ihren Händen zwei Wasserstrahlen, welche auf die hohe Wand trafen und eine Zeichnung in Form einer nassen Tür hinterließen.

Thyrillion stand auf und bestaunte die riesigen Ausmaße.

"Jetzt muss es nur noch einer öffnen."

Echo grinste. "Es ist bereits offen, süßer Prinz. Tretet ein."

Er schritt darauf zu und tastete vorsichtig nach dem feuchten Stein. Ein Luftzug kitzelte ihn und er lief hindurch.

THYRILLION

Sein Fuß berührte sandigen Boden. Als er zurückblicke sah er Mangrovenbäume, die wie erstarrte Baumgeister im salzigen Brackwasser gediehen. Über ihm schien eine heiße Sonne in einem lavendelfarbenen Himmel. Die Luftfeuchtigkeit war hoch, so dass seine Kleidung nicht wirklich trocknete, sondern klamm wurde. Um ihn herum war dichter Dschungelwuchs, weshalb er vornehmlich grüne und gelbe Farben sah, die sich weit zogen, doch in unglaubliche Höhen und Tiefen erstreckten. Die Intensität war um ein Vielfaches höher als er es kannte und deshalb wirkte die Landschaft interessant, fremd und in seinen Augen etwas krank. Manchmal waren ein paar Kleckse in Form von Blüten in knalligem rot, pink oder blau, teilweise schimmerte die Luft verschwommen. Tierschreie klangen von fern und nah, darunter viele unvertraute.

"Wo, um alles bei den Göttinnen sind wir?"

"Im Inneren", kam die knappe Antwort von Echo.

Thyrillion legte den Kopf schräg.

"Das, süßer Prinz, ist das tiefste Innere Anemerons. Einst von Asteroth in ihrer Trauer geschaffen. Ist es nicht unglaublich schön?"

"Es ist atemberaubend. Warum ist es so schwer zugänglich; Herrin?"

"Die Solasons würden es vereinnahmen wie Anemeron."

Innerlich stimmte sogar Runa der Bergnymphe zu.

"Wie hast du das gemacht?" Thyrillion saß neben seiner Freundin. Seit ihrer Flucht aus Echos Heimstatt machten sie die erste Verschnaufpause. Zwar beobachtete Thyrillion ihre Umgebung immer noch vorsichtig, doch da die Nymphe unbeeindruckt schien, waren sie wohl nicht in Gefahr.

"Dich gerettet? Ist eine schlechte Angewohnheit von mir." Ihr Gesicht nahm ernste Züge an. "Nein, ich bin Illyar und meinem Vater zuvorgekommen, gerade im rechten Moment. Der Engel hat sie weggelockt."

Ein gewaltiges Brüllen ließ sie verstummen. Echo mahnte zur Vorsicht. Dann verschwand sie im Gebüsch.

Der Prinz und die Magierin zogen sich hinter einen Baum zurück und warteten. Eine Bewegung vor ihnen ließ beide entspannen, als Echo zurückkam.

"Keine Gefahr", sagte sie beiläufig und verschwand wieder.

Thyrillion spielte mit dem Pergament, das er hervorgeholt hatte. Es war rau, vergilbt, stark zerfleddert und mit myriadenhaft Falten besetzt. Er begutachtete es, doch fand keinerlei Schriftzeichen, es war einfach leer.

"Was hast du da, Thyr?"

"Neltomen gab es mir. Sein Inhalt soll wertvoll für mich sein. Allerdings erwähnte er einen Schlüssel, um es zu lesen."

"Zeig mal, ich kenne mich ein wenig mit solchen Schriften aus." Unverblümt nahm sie es ihm ab und wendete es in ihren Händen und hielt es ins Licht. Anschließend murmelte sie Beschwörungen, machte Gesten darüber und spuckte sogar darauf. Dann ritzte sie ihren Finger und tropfte Blut aufs Pergament und anschließend verteilte sie alles. Ihr Einfallsreichtum ließ nach und sie warf es ihrem Freund ins Gesicht. "Leeres Gewäsch, was der Engel erzählt hat. Dass die aber auch nicht klare Worte finden, sondern immer so geheimnistuerisch. Der hatte bestimmt selbst keine Ahnung, der Quacksalber!"

"Sprich nicht so über ihn."

Runa schnaubte.

"Er hat gesagt, nur mit dem mannigfaltigen Schlüssel erzählt es sein Geheimnis. Das war alles, was er in der kurzen Zeit sagte, die ihm blieb."

"Meint Ihr, er wusste mehr, Echo?"

"Fürwahr nicht", rief die Oreade, "doch sagte er, Ihr wüsstest einen Weg, Magierin.

Runa verzog das Gesicht.

"Wer ist nun ahnungslos?", neckte Thyrillion.

"Ach Gewäsch," rief Runa. "Der Engel hat Recht, ich finde einen Weg. Schließlich liegt es erneut an mir, dir zu helfen, Thyr. Unfassbar! Was habe ich nur verbrochen, das Kindermädchen für den kommenden König zu spielen?"

Nachdem Runa in unzähligen Entschlüsselungsversuchen und ausgiebigen Fluchen versunken war, erkundete er die nähere Umgebung. Thyrillion lief vorsichtig in die Vegetation, da es unbekanntes Terrain für ihn war und er keine gefährlichen Tiere aufscheuchen wollte. Trotz der Faszination der Farben und Formen um ihn, achtete er auf seine Füße, um nicht zu stolpern. Manchmal erhaschte er einen flüchtigen Blick auf fremde Geschöpfe, doch vermutlich bewegte er sich für ihr Gehör zu laut, weshalb sie flüchteten. Als er an den Rand des Baumbewuchses kam, fiel das Land vor ihm ab in einen Graben, der sich wie ein langer Lindwurm durchzog und anschließend wieder auf seinem Höhenniveau weiter verlief. In der Senke jedoch, waren zwischen der Flora mehr Felsformationen und Erde zu sehen, vor allem an den Hängen. Im Inneren herrschte natürliches Chaos, bestehend aus Wurzelwerk, abgeknickten Bäumen, Schlamm und Geröll. Vereinzelt waren Wasserlachen zu sehen.

Er genoss den Anblick der Natur mit den ungewöhnlichen Farben. Und als er so dastand, brach unvermittelt ein Donnergrollen los und die Erde fing an zu rumoren und stärker werdend zu Beben. Dann rutschte der Vorsprung, auf dem der

Mensch stand in die Schlucht hinein. Im Fallen nahm er noch wahr, wie am entfernten Ende der Senke etwas glänzendes Monströses erschien. Sein Sturz beschleunigte ihn und er fügte sich einige Schürfwunden zu, ehe er von einem Baumstumpf jäh gebremst wurde. Ihm taten alle Knochen weh und er sah wie eine Stampede aus schnellen, hellen Kreaturen auf ihn zusteuerte. Begleitet wurde das Geschehen von der mitreißenden Lawine an den Talhängen, die Chaos und Zerstörung zurückließ.

Aus der Nähe erkannte Thyrillion, dass die Kreaturen aus Kristall und Fels bestanden. Das erklärte die blendenden Lichtreflexionen, die sie abstrahlten. Sie waren groß, scharf umrissen und hatten vier Beine. Und wahrlich beeindruckend, doch fragte sich der Prinz, was eine Herde solcher Geschöpfe in Rage gebracht haben konnte. Lange Zeit darüber nachzudenken hatte er nicht, denn durch die Vibrationen der Erde würde auch sein sicher geglaubter Baumstumpf entwurzelt und er schlitterte direkt auf die Stampede zu, den Tod vor Augen.

Als er gebremst wurde, blieb der erwartete Hammerschlag aus. Um ihn herum war es still geworden, eine Halbkugel aus Schatten hatte sich auf ihn gelegt. So konnte er mit zusammengekniffenen Augen zumindest etwas in der reflektierenden Helligkeit erkennen. Jegliche Gefahr prallte daran ab und trotzdem war Thyrillion flau im Magen. Woher kam der Schutz und wie lange würde dieser noch bestehen? Er beobachtete wie sich die Schlange der Kristallkreaturen vorbei schob und alles zermalmte. Welches Glück er doch hatte! Das Ende der Herde kam in Sicht und er spürte, wie sich der Schatten um ihn langsam veränderte. Während das letzte Geschöpf ihn passiert hatte, schaute er sich um. Er war zu tief gefallen, als dass er sich aus eigener Kraft hätte befreien können.

Da wand sich das Schutzgewebe um ihn und brachte ihn nach oben, unweit der Stelle, an der er abgerutscht war und verflüchtigte sich vollends.

Erschöpft vor Anspannung und Schmerzen blieb er liegen. Noch immer fragte er sich, was oder wer ihn gerettet hatte.

Später ging er zu Runa zurück und erzählte, was ihm passiert war, doch sie wollte ihm zunächst ihre Erkenntnis mitteilen, bevor sie das nächste Mysterium um seine Rettung lösten.

"Mir sind alle Zaubersprüche für Schlüssel bekannt. Es kann somit keine Lösung magischer Natur sein."

"Du bist dir sicher, Ru?"

"Mir scheint, deine Kombinationsgabe ist bemerkenswert. Ja, das habe ich eben gesagt."

"Wie können wir das Rätsel dann lösen? Hast du dafür auch eine Antwort?"

"In der Tat. Während du dich im Dreck gewälzt hast, habe ich meine Zeit sinnvoll genutzt und habe nachgedacht."

"Und?"

"Es wird dir nicht gefallen, Thyr. Wir müssen nach Hilfe fragen."

Thyrillion verdrehte die Augen. "Ich frage dich noch einmal, Ru. Du willst das Ritual hier abhalten?"

Die Magierin schnaubte. "Das haben wir doch schon besprochen. Der Ruf ist hier einfacher, denn die Energie ist stärker."

"Das hast du mir gesagt und dennoch ist mir nicht wohl dabei."

"Dir gefällt nicht, wie ich es tue, aber trotzdem bist du darauf angewiesen. Um den Schlüssel zu finden, musst du wissen, wo er liegt. Erst dann können wir ihn holen. Denke daran, komm nicht zu mir, was auch passiert. Und jetzt sei still, ich muss mich konzentrieren."

Mit ihrem Stab zog sie einen Kreis in den Sand. Dann unterteilte sie ihn mit drei inneren Ringen und teilte diese in Sektoren ein. Sie streifte ihr Kleid ab und kniete sich in den kleinsten Ring in der Mitte. Sie nahm ihr Messer zur Hand, ritzte sich den Zeigefinger und malte eine Sigille in den Sand. Diese flammte kurz weißblau auf, Runa rief sechs Mal den Namen Asaselle und während der Rauch abzog, erschien eine Gestalt.

Es war ein wunderschöner Engel mit einem markantem Gesicht und die wenigen Falten an seinen goldenen Augen zeugten von Erfahrungen und versprachen Geheimnisse, die ihn nur noch attraktiver machten. Das Haar war lang und hatte die die Farbe von glänzend poliertem Silber. Hinter seinem Kopf war ein Kreis aus Stahl, der mit einem großen Kristall an der höchsten Stelle und kleineren in Rauten eingefasst und verziert war. Flügel hatte er vier, die aus weißem Licht und silbernen Legierungen erwuchsen. Doch so beeindruckend der Windelb selbst auch war, umso mehr war es seine Bekleidung. Ein ultramarinblaues Gewand verdeckte teilweise die beste Schmiedearbeit, die Thyrillion je gesehen hatte. Allein der Brustpanzer war beeindruckend mit dem geschickten Verbund von Stahl mit Silber und Gold. Die Platten verliefen überlappend von oben nach unten und in den Vertiefungen schimmerten blau die filigranen Verzierungen. Ab der Hüfte wurden die Rüstungsteile ausschweifender, aber stellten trotzdem noch das hohe Handwerksgeschick des Schmiedemeisters ungetrübt dar. Bewusst wurde hier erneut der blaue Stahlton von oben wiederum aufgegriffen, nur diesmal auf den größeren Flächen, wobei es schien, als bewege sich das Metall beinahe.

"Warum rufst du mich, Magierin?"

"Ich suche eine Antwort und du wirst sie mir geben, Asaselle."

"Ich könnte dich zerquetschen wie ein Insekt."

"Da ich dich beschworen habe, musst du mir gehorchen, Asaselle, und ich bin mir sicher, dass ich dir nicht die Regeln des Beschwörungskreises erklären muss."

"Deine Sigille ist gut, doch Sand ist nicht die erste Wahl als Materie dafür. Er ist trügerisch und kann dich verraten. Doch ich kann dich beruhigen, Weib, er ist sicher."

"Ich dachte mir bereits, dass du ihn abgetastet hast. Und nun, Asaselle, hör auf, mir die Zeit zu stehlen mit deinem Geschwätz. Ich habe schon ganz andere Daemonen beschworen." Sie wiederholte bewusst seinen Namen, um die Kontrolle über ihn zu behalten. Er war mächtig und ewig konnte sie ihn nicht halten. "Hier habe ich ein Stück Pergament, doch es ist leer. Ich erhielt es mit den Worten, dass es nur mit dem mannigfaltigen Schlüssel sein Geheimnis preisgegeben würde. Sag mir, wo finde ich diesen Schlüssel?"

Der Daemon lachte lauthals. "Du hältst ihn bereits in der Hand."

Falls Runa überrascht war, zeigte sie es nicht. "Erkläre es."

"Du hast deine Frage gestellt, Weib, nun komm zu mir. Für das Kommende musst du unglaublich gut sein."

"Sei dir gewiss, Asaselle, das bin ich." Sie stand auf und verschränkte ihre Arme unter der Brust, um diese hervorzuheben.

"Gib mir das Pergament."

Wortlos reichte sie es ihm. Der Daemon beschnupperte es, leckte es an und gab ein kehliges Lachen von sich. Dann falteten seine Hände in unnatürlich schnellen Bewegungen das Papier. Runa beobachtete ganz genau, was er mit seinen Händen tat. Als er fertig war, hielt er einen Schlüssel in der Hand, mit doppelseitigem Bart, kantigem Holm und quadratischer Reite: Der mannigfaltige Schlüssel!

"Hier ist er." Während er ihr den Gegenstand zurückgab, packte er sie mit unerbittlichem Griff am Hals und drückte zu. Während er den Schlüssel gefaltet hatte, musste er unbemerkt den Bannkreis an einer Stelle durchbrochen haben. Nach anfänglicher Gegenwehr der Magierin, erschlaffte ihr Körper schließlich und er warf sie zur Seite.

"Nein, Ru!!!" Der Prinz sprang mit erhobener Klinge auf den Daemon zu, doch dieser blieb unbeeindruckt und wehrte ihn mit einer Armschiene ab, indes erschien wie von Zauberhand eine Klinge in der anderen Hand und versetzte dem Sterblichen einen Schnitt. Dann sprang Asaselle aus dem Bannkreis und wandelte seine Gestalt. Sein Unterleib wurde von dem eines Menschen zu dem eines Bocks: so wuchsen ihm vier kräftige Beine mit Hufen und sein unterer Rücken würde zu einem ausladenden Hintern. Das Fell daran bestand aus Sandkörnern! Er wuchs auf das Dreifache seiner Gestalt an und seinen baren, breiten Oberkörper bedeckte lediglich ein paar zerfledderte Stoffbahnen seines blauen Gewands. Von seiner Stirnwulst aus wanden sich zwei Hörner im Bogen bedrohlich nach vorne. Dann hob der Daemon in einer Wolke aus Sand ab und zog lachend in einem Sturm davon.

Thyrillion kroch zu seiner Freundin. Er suchte ihren Puls, doch fand nichts und er schlug mehrmals wild auf ihren Brustkorb.

Dann manifestierte sich Echo neben den beiden. Sie stieß den Sterblichen zurück und legte ihren Kopf auf Runas Oberkörper.

Die Zeit verstrich langsam und Thyrillion wurde panisch. "Was ist mit ihr? Echo, lebt sie noch? So sagt doch!"

"Mein Prinz, beruhigt Euch. Es hilft ihr nicht, wenn Ihr Euer Leben lasst. Doch vermag ich nur einem von euch beiden zu helfen."

"Helft ihr!"

Die Nymphe lenkte einen Teil Wasser, durch das sie zum Inneren Kern gekommen waren, auf die leblose Magierin. Es zogen Wirbel um Runa, hüllten sie in Wasserbahnen und Thyrillion erkannte, wie die Klarheit des Wassers um seine Freundin nach und nach dunkler wurde, bis es schwarz und schmutzig wieder zu seinem Ursprungsort zurückkehrte.

Runa schlug geschwächt die Augen auf: "Es tut mir leid, Thyr."

Er lächelte und verlor seinerseits das Bewusstsein. Die Klinge des Daemons war vergiftet.

"Sturer Bock! Ich kann es nicht fassen, dass er mein Leben dem seinen vorzieht. Der kann was erleben, wenn er wach wird. Ich prügel ihn selbst tot, diesen Dummkopf. Er weiß doch, wie wichtig er für die Menschen ist. Ich werde..."

"Magierin."

"Verflucht, was ist denn? Ich bin beschäftigt."

"Er ist wach."

"Was sagt Ihr da, Nymphe? Na warte, der kann was erleben!" Doch ihr Zorn verrauchte nicht, als sie ihn ansah und schlug ihm auf die Wange. "Endlich, du bist wach." Mit einem Lächeln in ihrem blassen Gesicht fügte sie hinzu: "Komm wieder zu Kräften und ich trete dir verdammt nochmal so kräftig in den Arsch, dass du es nie mehr vergessen wirst. Und das wirst du nicht, glaub mir. Warum hast du der Nymphe gesagt, sie soll mich retten statt dich?"

"Du hast mich schon so oft gerettet. Du hattest es verdient."

"Was faselst du da? Wurdest du so erzogen von deiner Familie? Schäm dich! Ich werde dir zeigen, was der Unterschied ist zwischen Herrin und Diener! Und glaub mir, dass überstehst du nicht so unbeschadet wie das hier. Da kommt kein Engelchen vom Himmel und hilft dir, denn die Schmerzen lasse ich dich nicht mehr vergessen, mein Freund. Ich zeig dir, was dienen ist."

"Was schreist du so, Ru? Ich habe schon Kopfschmerzen."

"Wirklich? Hoffentlich! Die Zwerge sollen ihre Hämmer richtig auf die Ambosse in deinem Kopf schlagen." Sie sah ihn freundlicher an. "Weißt du, Thyr, als du kleiner warst, waren deine Brüder des Öfteren bei mir. Sie wollten, falls sie eines Tages nicht da wären, dass ich auf dich achten solle. Sie haben mir ein Versprechen abgenommen."

"Abgenommen, wofür?"

"Als Keran jünger war, beobachtete er mich, stellte mir nach. Einmal, als er getrunken hatte, stahl er sich in meine Gemächer und packte mich. Zunächst wehrte ich mich körperlich, doch nach einer Weile konnte ich ihn nicht mehr zügeln, denn umso heftiger ich mich zur Wehr setzte, desto härter drang er in mich ein und schlug mich, um mich gefügig zu machen. Er brachte sich und mich in Rage wie ich es noch erlebt hatte. Zwar gefiel es uns beiden, doch irgendwann war der schöne Schmerz dem unerträglichen gewichen. Unterbewusst schoss meine Magie aus mir heraus. Dabei wurde Keran von mir und gegen die Wand geschleudert. Sein Kopf war aufgeplatzt und Blut war überall, doch er lebte. Thyr, es war nur ein Schutz, es war keine Absicht. Dann wandte ich mich an Keteb, den Daemon und er half mir die Wunden an deinem bewusstlosen Bruder ungeschehen zu machen. Später beschlossen wir, nicht darüber zu sprechen. In erster Linie wegen seinem Ansehen und andererseits wären die Konsequenzen für mich auch nicht gut ausgegangen, beim Versuch, den Thronfolger zu töten. Nur Meldoban wusste noch davon."

Sie holte langsam Luft. Es fiel ihr schwer darüber zu sprechen. "So begannen wir eine Affäre, um von dem Vorfall abzulenken. Es war nichts Ernstes für keinen von uns. Da Meldoban seinem großen Bruder stets nacheiferte, versuchte auch er zu mir ins Bett zu steigen, als Kerans Interesse nachließ. Er sagte, er würde unser Geheimnis ausplaudern und so ließ ich ihm seinen Willen. Du weißt, ich teile mit vielen das Lager. Ich schätze, da beide fast alle Frauen im Palast haben konnten, wollten sie wohl eine, die ihnen nicht zu Willen sein musste. Arme Männer, sie wussten selbst nicht, wozu sie imstande gewesen wären, hätten sie mehr echte Liebe erfahren."

"Bist du deshalb immer in meiner Nähe?"

"Warum denn sonst, du Hornochse? Bilde dir mal ja nicht zu viel ein, so gut bist du nun auch wieder nicht."

"Magierin, Ihr solltet den Prinzen schonen."

"Schonen? Und wer schont mich bei so viel Dummheit eines Mannes? Jetzt sagt mir schon eine Nymphe was ich zu tun habe. Pah!"

"Mein Prinz, ich denke, Ihr kommt nun alleine klar mit ihr. Ihr solltet das klären", sagte Echo mit einem Zwinkern und verschwand.

"Ru, es tut mir leid."

Sie quittierte es mit einem Schnauben.

Thyrillion wollte weiterreden, doch er biss sich auf die Lippen.

Nach einer Weile brach Runa das Schweigen. Sie hielt den mannigfaltigen Schlüssel in der Hand. "Zumindest sind wir an den Schlüssel und sein Geheimnis gelangt. Hier sieh dir das an. Durch die vielen Falze ergeben sich Wörter. Er nahm den Schlüssel und begutachtete ihn. Schwerer als das Pergament zuvor, wog dieser und dessen Form war hart. WANDELERZ BIN ICH IN REINSTER GÜTE HERZ.

"Was soll das bedeuten?"

"Dies ist ein Stoff für eine Handwerksarbeit. Wir brauchen nur den richtigen Schmied."

"Gut, dann lass uns aufbrechen. Ich will hier nicht länger lagern als notwendig."

"Nicht so voreilig. Wir sind beide geschwächt, noch dazu weiß keiner von uns, wie wir diese Welt verlassen und nach Anemeron zurückkommen."

"Warum nicht auf dem Weg, wie wir hierhergekommen sind?"

Runa schüttelte den Kopf. "Nein, der Sog führt nur in eine Richtung. Selbst Echo vermag es nicht mit ihren Kräften ihn in die andere Richtung zu lenken."

"Aber vielleicht weiß sie Rat. Echo! Echo, wo seid Ihr?"

"Was schreit Ihr so, süßer Prinz?", rauschte die Stimme der Oreade wie ein Bergrutsch an seine Ohren, als sie erschien. Danach klang ihr Ton wie Kiesel, die über Wasser hüpften. "Ihr braucht nicht zu schreien, ich höre besser als die Sterblichen."

"Aber Ihr wart nicht hier, deshalb rief ich nach Euch."

"Ich bin immer bei Euch, mein Prinz."

"Ich bin immer bei Euch, mein Prinz, schmacht, schmacht. Wart Ihr nicht wieder unterwegs mit Euren drallen Kurven die Welt zu verschönern?"

"Wie Ihr meint, Magierin."

"Wisst Ihr, wie wir diesen Ort verlassen, Herrin?", fragte Thyrillion.

"Gewiss."

"Und würdet Ihr es uns verraten oder schreibt Ihr es auf Eure nackten Brüste?"

"Ru! Es genügt! Könnt Ihr uns führen, Echo?"

"Erholt Euch einstweilen. Ich führe Euch, süße Prinz, gleich morgen früh, doch zuvor haben wir noch etwas zu erledigen. Und Euch schlage ich den Ausgang mit blauen Flecken auf Euren blassen kleinen Hintern, Ihr..."

"HERRIN! Wie ihr sagtet, wir brauchen Ruhe."

Echo verschwand nickend.

"Blasser kleiner Hintern... der werde ich mit dem nackten A..."

"Bei den Göttinnen! Diese Frauen!"

Die Nacht war noch nicht vorbei, als der Sterbliche von der Nymphe geweckt wurde. So beeindruckend die fremd wirkenden Farbverhältnisse tagsüber im inneren Kern waren, so standen ihnen die der Nacht in keinster Weise nach. Purpurne Schleier auf grauem Hintergrund und zwei feurigenn purpurnen Monden wirkten wie das Wappen eines gefährlichen adligen Hauses. Echo deutete ihm an, leise zu sein und sie schien es eilig zu haben. Als er sich bewegte und seine müden Knochen knackten, klang es wie eine Kriegstrommel in der Stille. Neben ihm hörte er eine Bewegung, Runa.

Sie nahm seine Hand und führte ihn durch den intensiven Nebel. Durch die kräftige Farbe war es ein Kampf für seine Augen, so schloss er sie und vertraute ihr blind. Er genoss die Wärme und den dominanten Griff ihrer Berührung. Sicher liefen die beiden durch das Unterholz und verursachten keinerlei Geräusch.

Thyrillion fragte sich, was er für die Bergnymphe empfand und er wurde rot, vor allem, als er an den Sex dachte.

"Mein Prinz, grinst nicht so dämlich", wisperte sie in sein Ohr. "Wir sind da."

Vor ihnen lag eine Klamm mit überhängenden, kahlen Felswänden von gut zehn Metern Tiefe. Über den Abgrund führte eine schmale Brücke aus Bruchsteinen, die von Verfall gezeichnet war. Niemals würde Echo ihn dazu bewegen können, auch nur einen Fuß darauf zu setzen. Von einem breiten Plateau führte sie trügerisch immer verjüngend in einem halbrunden Bogen darüber. An der schmalsten und höchsten Stelle wurde sie wiederum breiter und niedriger und endete in einem Felssims auf der anderen Seite.

"Um nichts in der Welt werde ich diese Brücke überqueren."

"Dass Solasons immer so besorgt um ihr Leben sind. Vermutlich legen sie deshalb so eine Hetze an den Tag."

"Und so ist es umso wertvoller für uns, Herrin. Zumindest für einige von uns. Es kommt darauf an, wie wir es nutzen und welche Veränderungen wir herbeiführen können."

"Unsere Zeit drängt."

GABRIELLE

Sie standen ehrfürchtig vor dem Schlund. Der ungewöhnliche Nebel schob sich zu einem Kreis auseinander und ließ freien Blick auf die Brücke: Ein Flirren in der Luft und Thyrillion wurde steif vor Anspannung. Dann regte sich Echo als Erste und verschwand. Runa blieb ruhig oder wirkte zumindest so.

Es manifestierte sich ein Wesen auf der höchsten Stelle der Brücke, als wäre es eine Gottesstatue. Eine Hand über dem Kopf erhoben, die Schwingen in halbrunder Bewegung machten ihn noch größer als er ohnehin war. Kristallweißes und schwarzes Feuer wogte um seine Gestalt. Das Gesicht war verzerrt und die Augen blickten kalt auf den Prinzen. Und die Gewänder wogten in einem dunklen Licht.

"PRINZ THYRILLION!" Der Name hallte wie ein Donnerschlag durch die Klamm und noch stärker in den Ohren des Sterblichen. "WELCH WAHNSINN TRIEB EUCH AN, EINEN DER GROSSEN DAEMONEN ANZURUFEN? ERKLÄRT EUCH!"

Runa wollte antworten, doch der Geflügelte fuhr zu ihr hernieder, so dass sie zu Boden stürzte und kein Wort herausbekam. Sie konnte sich nicht erheben.

Sein Schwert ziehend, eilte der Mensch seiner Freundin zu Hilfe. Das Feuer wurde zu mehreren gläsernen Schilden, die Thyrillions Ansturm blockten und er prallte dagegen. Indes spürte er, wie ein tödlicher Hieb an seiner Kehle vorbei glitt. Ihm blieb die Luft weg.

Während er langsam wieder atmen konnte, erkannte er, dass die Dunkelheit und die verzerrte Miene des Windelben verflogen waren. Nunmehr spiegelten sich darin Schönheit und Souveränität und die Augen, welche Sonnenstrahlen glichen, die auf einem See tanzten, blickten majestätisch und voller Milde. Seine sechs Flügel bestanden aus Federn und goldenem Licht. Sein flachsblondes Haar fiel gleichmäßig links und rechts auf seine Schultern.

Der Erzengel neigte leicht sein Haupt und hielt der Magierin eine Hand entgegen. "Verzeiht meinen Ausbruch, Magierin, doch ich musste Euch Euren Fehler begreiflich machen. Ich bin Gabrielle."

"Welch unbekannte Stärke Euch innewohnt." Sie nahm die Hilfe an und studierte ihren Gegenüber.

"Auch in Euch erkenne ich außergewöhnliche Talente."

Dann wandte Gabrielle sich an Thyrillion. "Nun, junger Prinz, sagt mir, was es damit auf sich hatte? Ihr könnt von Glück sagen, dass Ihr noch am Leben seid."

"Wir waren auf der Suche nach einer Antwort", sagte der Sterbliche und befühlte ungläubig seinen Hals.

"Er hätte Euch beinahe getötet. Ihr solltet die Konsequenzen erfahren, wenn Ihr einen der Großen Daemonen anruft. Ihr fragt Euch, was die Großen Daemonen sind? Sie haben eine ähnliche Stellung inne wie wir Erzengel. Sie sind ebenso wenige, doch überaus mächtig in ihrem Wirken."

"Dessen waren wir uns nicht bewusst, Sarim."

"Ihr vielleicht nicht, Prinz", sagte er geheimnisvoll und ließ seinen Blick zu Runa schweifen. "Habt Ihr Eure Antwort erhalten?"

"In gewisser Weise." Er zog das Pergament hervor und gab es an den Windelben. "Nun brauchen wir nur noch den Schmied zu finden."

"Ein seltener Anblick dieser Tage. So sind denn nahezu alle Erze dieser Art verbraucht. Das Wissen über seine Bearbeitung ging verloren."

"Dann war all das mit Asaselle umsonst? Wir hätten beinah unser Leben verloren! Noch einmal möchte ich ihm nicht begegnen." Der Mensch wurde blass.

Gabrielle lächelte. "Und dennoch werdet Ihr es tun. Ihr müsst Sorge dafür tragen, dass er nicht allzu viel Unheil anrichtet, was er zweifelsohne tun wird."

"Wie soll ich das anstellen, Herr? Er ist wie Ihr sagt, einer der Großen Daemonen. Was kann ich ihm schon entgegen setzen?" Ihm wurde schwindlig und eine tiefe Angst legte sich um ihn.

"Verfolgt ihn und macht Euren Fehler wett. Seht es als Prüfung für Eure Reife. Ihr seid der kommende König von Anemeron. Vergesst nicht, Hilfe wird Euch zuteil. Die Zeit des Versteckens ist vorüber. Zeigt Euch und zweifelt niemals an Euch und Euren Fähigkeiten." Sein Tonfall gab Thyrillion neuen Mut und Vertrauen.

Runa legte dem Prinzen eine Hand auf die Schulter. "Hab keine Angst, Thyr, ich werde dich begleiten und wie immer retten."

Plötzlich rumorte es in der Nähe und der Boden und die Brücke vibrierten. Die Zeit wurde knapp. Sie mussten hier weg.

"Gabrielle, wo finden wir den Schmied?"

"Sucht bei den Zwergen, sie haben das größte Geschick in diesem Handwerk. Aber als erstes kümmert euch um den Großen Daemon. Geht, hier seid ihr nicht sicher. Prinz, sucht zuerst Asaselle. Fahrt wohl!"

Dann erschien Echo und mit ihr füllte sich der Schlund unter ihnen mit einem brausenden Tosen mit Wasser. Indes wurde das Erdbeben stärker und die Natur um sie geriet in Bewegung. Als der Wasserstand annähernd ihrem Höhenniveau entsprach, spiegelte sich die Felsbrücke an der Oberfläche und es entstand ein kreisförmiges Tor. Bevor Gabrielles Gestalt verblasste und sich auflöste, warf er Thyrillion einen Dolch zu. Abgelenkt von dem Verschieben der Erdspalten, explodierender Vegetation und fliegendem Fels fing er die Waffe, aber schnitt sich in den Unterarm.

Thyrillion packte Runas Hand, ehe sie von den steigenden Wassermassen ergriffen und durch die Öffnung gesogen wurden.

THYRILLION

"Sucht zuerst Asaselle." Diese Worte hallten in Thyrillions Kopf nach. Aber sie halfen ihm, sich daran festzuhalten, statt mit dem Wirbel der Strömung völlig benommen zu werden.

Doch so schnell es begann, war es auch wieder vorbei und er fand sich am steinigen Ufer eines Stromes wieder. Die Magierin schöpfte ebenso Atem, nur Echo war wie gewöhnlich keineswegs mitgenommen von den Strapazen. Selbst ihre Haare saßen! Runa schenkte ihr einen neidischen Blick.

Der Sterbliche blickte sich um. Der Strom lag blau wie ein dickes Band vor ihnen. Das war der Bessadefo und dahinter wogte die herrschende grüne Farbpalette im Wind, Ferilyandars Baumkronen. Auch hier stand eine aus Felsblöcken geschaffene, schmale, nicht vertrauenserweckende Brücke. Aus der Ferne meinte Thyrillion Lücken darin zu erkennen. Diese war bestimmt nur noch ein Überbleibsel aus alter Zeit.

Der Sonnenstand war dem Zenith nahe. Endlich war der Mann der Tageszeit wieder Herr. Im Innersten Kern war sein Zeitempfinden auf eine harte Probe gestellt worden.

"Wir sind nicht an unserem Ausgangsort."

"Das habe ich auch erkannt. Danke, Thyr."

"Wir befinden uns zwischen Niederau und Ellodanal, der Elbenzuflucht."

"... der Elbenzuflucht. O Herrin Neunmalklug weiß wohl alles."

"Gut, nachdem wir nun wissen, wo wir sind, würde ich gerne wissen, wie wir so knapp hierherkamen. War das Euer Zutun, Herrin?"

"Zu einem Teil ja." Sie überlegte kurz. "Der Innerste Kern pulsiert und explodiert immer wieder in sich selbst. Dem Fels dort konnte ich entnehmen, wann es soweit war. Ich wusste um die Brücke und brachte uns dorthin. Das Wasser wurde durch mich aus dem Inneren beschworen, um das Portal zu aktivieren."

"Wer war es dann?"

"Könnt Ihr Euch das nicht denken, mein Prinz? Euer Blut muss die Magie aktiviert haben."

"Den Dolch fing ich erst nachdem das Wasser kam."

"Ja und dennoch müsst Ihr es unbewusst gewesen sein."

Der Mensch schwieg vor Verwirrung. *Hatte er Echo benutzt und ihre Magie kontrolliert? Wie das? Es war unbeabsichtigt und er hatte keine Ahnung wie?*

"Ihr könnt später darüber diskutieren, wie es geschah. Wir sollten weg von hier. Es wird nicht mehr lange dauern, bis die Elben uns Gesellschaft leisten."

Echo pflichtete ihr bei. "Das würde uns Zeit kosten. Da wir hier ankamen, wird der Daemon nicht weit sein."

"Welchen Weg wählen wir?"

"Der Daemon hat schon gewählt. Er ist nach Nordwesten unterwegs." Runa hatte die Augen geschlossen.

"Lasst uns aufbrechen." Echo legte die Hand auf die Steine der Uferböschung. Es entstand eine Vertiefung und der frische Geruch von Quellwasser schlug ihnen entgegen.

"Nicht schon wieder Wasser, Nymphe. Meine verdammte Haut ist so aufgequollen, als wäre ich eine Wasserleiche! Habt Erbarmen."

"Magierin, ich verstehe Euch wirklich von Frau zu Frau. Doch ihr seid beide erschöpft und solltet euch zunächst erholen. Ihr seht nicht gut aus, trotz Eurer Schönheit. Ihr habt mein Wort, wir werden auf dem Wasser sein und nicht darin. Eure Magie in Ehren, doch schont Eure Kräfte. Meine dagegen können wir nutzen."

Runa nickte.

Nach ein paar Schritten im Düsteren wurde die Sicht besser. Um sie herum war nichts als Fels. Die Luft war feucht und auch das Gestein glänzte vor Nässe. Die Oreade küsste den Stein zu ihren Füßen. Es erschien eine Quelle. Sie sprudelte fröhlich vor sich hin wie ein Faun, der ums Feuer tanzte. Nach und nach bewegten sich die Steinmassen mehr und kräftiger, der Boden fing an zu Beben. Echo formte mit ihren Fingern eine Konstruktion, die einem Floß ähnelte. Weiderichstängel wuchsen aus dem Boden und bildeten es nach.

"Schnell steigt auf, der Ritt geht gleich los!"

"Da gehe ich nicht drauf, das trägt uns niemals! Es ist viel zu zerbrechlich, Nymphe."

Das Floß lag auf Fels und Erde gebettet und machte einen soliden Eindruck. Thyrillion setzte sich und deutete seiner Freundin an, es ihm gleichzutun. Er wurde bereits durchgerüttelt. Missmutig setzte sie einen Fuß darauf und empfand es als robust genug.

Und plötzlich schoss das Gefährt durch die Gesteinsmasse, die sich lösten, voran. Thyrillion schrie kurz auf, da er vor ihnen nur festen Fels sehen konnte. Er dachte, sie würden daran zerschellen. Doch wie von Zauberhand teilte sich die Felswand und gewährte ihnen Durchlass. Als er einen Blick zurück warf, schloss sich die Lücke wieder. Um das Floß glaubte der junge Mann einen starken Arm und linker Hand eine Art Kopf zu erkennen. Und weiter voran einen zweiten Arm, der ihnen den Durchgang verschaffte.

"Interessant", stellte Runa fest.

Nachdem die Oreade entspannt saß und ihn anlächelte, war es wohl keine Magie, die sie anwendete.

"Echo, was könnt Ihr mir über die Brücke sagen? Ihr wusstet von ihr."

"So ist es. Es gibt mehrere von ihnen. Bislang war nur keiner in der Lage, sie zu nutzen. Sie wurden Wi'Illor genannt. Gemeinhin nennen die Menschen sie Teufelsbrücken, denn Imgellon selbst hat bei der Errichtung geholfen. Er schloss einen Pakt mit den Baumeistern. Dieser besagte, dass der Erste, der die Brücke überquerte, ihm gehört. Doch nur noch wenige wissen, dass Imgellon einen anderen Zweck für die Brücken erdachte. Es ging ihm nicht um die Überquerung eines Flusses, er stellte Verbindungen von Orten her, um zu ihnen zu gelangen. Wenn das Wasser die Brücke spiegelt, ist es möglich mit *seinem* Blut den Pfad zu öffnen."

"Das ist unmöglich! Davon habe ich noch nie gehört."

"Seitdem Imgellon gebannt wurde, ging das Wissen mit der Zeit verloren, denn niemand konnte es aktivieren. Es sei denn, Imgellons Blut ist im Spiel." Dabei sah sie den Sterblichen direkt an.

Thyrillion kniff die Augen zusammen.

"Es gab eine Zeit nach Imgellons Verbannung und auch zuvor, dass andere sein Blut bei sich trugen und die Wi'Illoren öffnen konnten. Doch wenn Blut nicht in den eigenen Venen fließt, ist es irgendwann verbraucht."

"Ich habe mich an dem Dolch geschnitten, den Gabrielle mir zugeworfen hatte."

"Ja, wir wussten es schon vor deiner bemerkenswert schnellen Auffassungsgabe, dass das Blut das Portal geöffnet hat, Thyr."

"Eines erschließt sich mir noch nicht. Wie konnte ich das Wasser durch Euch wirken, Herrin."

"Es ist das Blut, das sich erinnert. Ohne das Wasser hätten wir das Wi'Illor nicht nutzen können. Ungewöhnliche Dinge treten oftmals erst in höchster Gefahr auf."

THYRILLION

Wie konnte ich das Wasser durch Echo beeinflussen? Ich habe keine solchen Kräfte. Oder doch?

Gewiss hast du sie, sonst wäre es nicht passiert. Und ohne sie und den festen Glauben daran, wirst du Asaselle niemals besiegen können.

Thyrillion schaute sich um. Er war allein. *Bin ich verrückt?*

Was glaubst du?

Nein. Ich fühle, dass ich nicht allein bin, aber ich sehe dich nicht. Gib dich zu erkennen!

Und dennoch bin ich hier.

Wer bist du?

Ich bin die Stimme in deinem Kopf. Ich bin du. Aber, um es dir einfacher zu machen, nenn mich Nagaryel, Nachtschwinge. Es hilft dir, nicht verrückt zu werden. Hör endlich auf, an dir zu zweifeln. Du hast die Stärke und die Kraft, den Großen Daemon zu besiegen. Du grämst dich. Sag, was hat es mit dem Dolch auf sich, an den du die ganze Zeit über denkst?

Der Dolch… ich bekam ihn von dem Erzengel Gabrielle. Als ich mich daran schnitt, konnte ich unbewusst ein Portal öffnen. Doch ist es nicht der Dolch, sondern das Blut, das es öffnete.

Welche Art von Portal?

Für Thyrillion fühlte die Stimme sich vertraut an und doch wollte er noch nicht alles preisgeben. Er nahm sie als Energiewolke in seinem Inneren wahr. Sie pulsierte, gab ihm Mut und Kraft. *Um große Distanzen zu überbrücken.*

Die Wi'lllor. Ich habe von ihnen gehört. Jetzt atme tief durch, fühle dein Blut pulsieren.

Er atmete ein. Er spürte, wie eine neue Energie in ihm aufkeimte, eine zarte Blüte. Er atmete aus.

Runa räusperte sich. "Bald haben wir Asaselle eingeholt. Wir sind nah dran."

"Gebt mir Bescheid, Magierin, wenn es so weit ist."

Die Anspannung erzeugte eine Stille und nur das Grummeln der Erde beim Weg freigeben war zu hören.

"Es ist soweit, Nymphe."

"Macht euch bereit."

"Bereit wofür?"

Dann explodierte alles.

IMGELLON

Imgellon saß auf einem Hochsitz und schaute auf die weiße Stadt aus Wolkenstein, Fels und Magie. Ihre schlichte, schöne Symmetrie schimmerte im Schein des verblassenden Mondlichts wie ein Leichentuch. So als würde der Himmel eine Vorahnung hegen, was folgen würde. Die Stadt selbst war wie eine feste, riesige Landmasse, nur dass sie aus einer Wolkendecke bestand. Durch die hohen Türme und Gebäude war es unmöglich, ihr Ende und den dahinterliegenden Himmel zu sehen. Die Magie des Ortes erzeugte hier und da Farben und erschuf ihr eigenes Spektrum inmitten dieser Weißtöne.

"Sind die anderen bereit?"

Arathron nickte.

Imgellons Finger betasteten seinen Hals. Zwar war keine Narbe zurückgeblieben, doch spürte er den Schmerz so, wie Schlingen aus Schatten noch immer dort. Manchmal glaubte er, nur schwer Luft zu bekommen. Er ließ seinen Blick schweifen und verharrte am beeindruckenden Bauwerk. Spektralmarmor wand sich zuerst dicht aneinandergereiht in die Höhe. Dann wurden die Abstände weitläufiger mit vereinzelten Schattenspielen, ehe sie in obiger Ferne eine Art gigantische Baumkrone errichteten, welche das Sonnenlicht mit Kristallen einfing und in einem warmen bläulichen Schimmer erstrahlen ließ, einem Abbild der Sonne: der Thronsaal seines Vaters.

Darin konnte der Eine alles sehen, gleich, wo es sei. Sei es jener Raum mit den gefallenen Sternen, Seelen oder Sphären, erschaffenen Elementen, Elementaren und Erdenklichen.

Der Ausdruck im Gesicht Imgellons war kalt und entschlossen. Er nickte kaum merklich, doch Arathron nahm den Angriffsbefehl seines Herrn und Freundes wahr. Er hob den Arm.

"Herr, du bist am Zug."

"Und so beginnt es," sagte Imgellon und stand auf. Er nahm die Hand von seinem Hals, dann wurde sein Blick grimmig. Der schönste und höchste aller Engel begann sein Tagwerk. Mit Flügelschlag seiner vier Schwingen sprang er in die Höhe. Am Himmelszelt klaffte eine Wunde rot auf, als zerteile ein gewaltiges Schwert den Leib der Nacht. Nach und nach pulsierte das Blut und mit ihm das Dasein aus der Dunkelheit heraus. Dann wurden orange Feuer entzündet, um die Überreste des Leichnams zu verzehren und graue Schwaden zogen von dannen. Letztlich erschien die Klinge aus Licht, die den Niedergang der Nacht herbeigeführt hatte und bohrte sich von oben in die Krone von Revogatags Palast. Die Kristalle sogen die Sonnenstrahlen ein und warfen sie myriadenfach auf die weiße Stadt darunter. Der Eine genoss den Tagesanbruch und schloss die Augen auf Grund des grellen Lichteinfalls. Im Zentrum des Sonnenaufgangs flog Imgellon direkt auf seinen Vater zu, die Waffe zum tödlichen Schlag bereit.

Indes waren seine Vertrauten im Schatten der vergehenden Nacht verborgen an ihre Positionen gerückt. Imgellons Ankunft war das Signal gewesen. Sie hatten magische Elixiere platziert, mit ihren Feuerschwertern entflammt und Chaos verbreitet.

Bevor Imgellon Revogatag töten konnte, wurde seine Klinge im letzten Nu geprellt, so dass sie den Einen nicht ins Herz traf. Zwar wurde sein Schwertarm zur Seite gerissen, aber die Wucht seines Ansturms begrub ihn unter sich. Blitzschnell zog er einen Dolch und zog diesen über die Kehle seines Vaters, doch erneut wurde er gehindert und bekam einen schmerzhaften Tritt in die Seite. Er rollte sich ab und kam in der Hut des Tages wieder auf die Beine. Ihm gegenüber stand Michaelle mit ihren bestechend blauen langen Haaren, jene Frau, die ihn im Waffengang unterwiesen und die er nie besiegt hatte! Die oberste Kriegsmeisterin der himmlischen Heerscharen! Er sah an ihr vorbei zu dem Einen und sah, dass sein Dolch einen tiefen Schnitt am Hals hinterlassen hatte. Sein Vorstoß war geglückt. Er täuschte einen Hieb vor, ließ das Sonnenlicht hell aufschimmern, so dass Michaelle kurz die Augenlider senkte. Dann gab es mehrere Explosionen und der Palast stürzte in sich zusammen. Imgellon ergriff die Flucht. Revogatag und der Erzengel verschwanden in Trümmern aus Wolken und Staub.

IMGELLON

Abseits des abstrakten Gemäldes aus Staub und Ascheregen verfolgte sein Blick, wie seine Gefährten einer nach dem anderen daraus hervorstießen. Es waren Schwaden aus Schatten, lang, unkenntlich und ohne Form. Imgellon fasste sich an den Hals, drückte seinen Mittelfinger in die Kuhle, dass es ihm Schmerzen bereitete. In was hatte er sie nur hineingeführt? Waren sie stark genug an Kraft und Zahl den kommenden Krieg zu gewinnen? Oder hatte er sie ins Verderben und den sicheren Tod geführt. Er schrie vor Kummer und barg sein Antlitz in seiner Hand. Tränen füllten seine Augen und sein Schmerz stieg ins Unermessliche und er spürte, wie ein Beben durch ihn hindurch lief. Sie waren zu schwach, sie waren alle verloren.

Dann wurde sein hoffnungsloser Schrei erwidert und verstärkt, denn seine Gefährten mussten zu der gleichen Erkenntnis gelangt sein. Er verdrängte seine Angst und zwang sich zu ihnen zu sehen.

Die Gestalten vor ihm waren ihm fremd: grau und schwarz waren sie, entstellt und doch erhaben, größer und stärker als jene Engel des Einen.

Dennoch kannte er ihre Namen, denn es waren seine Hauptmänner, seine Engsten. Sie vertrauten ihm und er ihnen. Da waren Asaselle; sein Oberkörper bestand aus Metall, Magie und Muskeln, während aus seinem Rumpf vier Beine wuchsen, und Bathin, der Reisende voller Neugier, keineswegs ein Krieger, bestand nunmehr aus spektralen Schlieren und Strängen, Amezyarak, der Heilkundige unter ihnen; seine sonst so weiße Haut glich schwarzem Leder, und der Zauberer Chermoni ward seiner engelhaften Jugend beraubt und glich einem vergilbten, zu oft gefaltetem Pergament, während Ornias markante Züge dem eines Löwen gewichen waren. Doch Aster und Arathron, seine Liebsten, hatte es am schlimmsten getroffen. Die Schönheit der Frau war so entsetzlich geworden, dass ein jeder von ihrem Bann befallen wurde durch Verehrung und Hörigkeit, Trieb und Furcht. Und dennoch, war sie durch dieses Dunkle noch anmutiger und atemberaubender geworden.

Ihrer schrecklichen Wandlungen einerseits waren sie alle in Imgellons Augen schöner als zuvor. Arathron hingegen bestand nur noch aus Dunkelheit und Eisen.

Imgellons Blick glitt über die Trümmer, die sie hinterlassen hatten. Als Stille einkehrte, nahm er die Hand vom Hals. "Freunde", sagte er mit zitternder Stimme, doch das Wort und ihre Gefolgschaft gaben ihm Kraft, "wir haben viel zu tun. Geht zu den Solasons, die wir lieben gelernt haben. Genießt die Zeit mit ihnen und bringt ihnen etwas."

IMGELLON

Imgellons Quest für die Seinen war es, den Menschen Wissen und den freien Willen zu bringen. Er selbst machte sich auf die Suche nach Lilie. Einerseits, um sich abzulenken, von seinem Schmerz, andererseits hatte sie ebenso leid erfahren. Auch sie war zu einer Anführerin auserkoren, weshalb er sie für seine Sache gewinnen wollte.

Eines Tages kam Bathin zu Imgellon und berichtete, dass er eine Sterbliche von solcher Schönheit geschaut hätte, die beinahe der von Aster, Arathrons Gefährtin, gleichkam.

“Bring mich zu ihr, mein Freund”, sagte der prächtige Engel und sie flogen nach Anemeron.

Ihr Weg führte sie in die weite Gebirgslandschaft im Nordosten dieser Welt. Imgellon kannte das Gebiet aus der Luft, doch war er selbst noch nie dort gewesen.

“Was ist das für ein Ort, an den du mich bringst, Bathin?”

“Es ist eine Zuflucht. Die braunen Züge und Erhöhungen sind ähnlich wie der Wolkenstein, Herr. Die Solasons nennen sie Gebirge. In ihrem Inneren werden wir sie finden.”

Imgellon nickte. “Gut, bring uns hinein.”

“Verzeiht, Herr. Dorthin müsst Ihr alleine. Meine Gestalt verursacht Angst unter ihnen. Eurer göttlichen Erscheinung hingegen, werden sie Vertrauen schenken.”

“Gut, denn. Wo kann ich ihnen entgegentreten?”

“Ich kenne einen Ort. Kommt mit.”

Bathin blieb zurück, indes Imgellon weiter auf ein kleines Plateau zu flog. Von weitem erspähte er die Gestalten der Sterblichen. Es wurden Pfeile auf ihn gerichtet, doch er blieb unbeeindruckt, wurde langsamer und zeigte seine ganze Pracht. Das Licht hinter ihm blendete die Bogenschützen, so dass sie ihn nicht anvisieren konnten und die Geschosse richteten keinen Schaden an.

Dann sah er sie. Die Frau, die Bathin ihm beschrieben hatte. Ihre Gestalt war klein, schlank und an Brust und Hüfte wohlgeformt. Ihre Haut schimmerte milchweiß an Armen, Schultern und Beinen, die Kleidung war spärlich in Rot- und Brauntönen. Goldener Seide gleich schimmerte ihr Haar, das sie zurückgesteckt trug. Grünweiß von außen nach innen strahlten ihre Augen wie eingefangenes Sonnenlicht in krönenden Tautropfen auf einem Grasmeer; bewegend, bemerkenswert und beeindruckend.

“Wir haben bereits Kunde von jenen mit Flügeln erhalten, doch geschaut habe ich noch keinen. Nennt mir Euren Namen, Windelb.” In ihrer Stimme lag eine Bestimmtheit, die er nicht für möglich gehalten hatte.

“Imgellon, Herrin.” Er landete und ging auf sie zu. Ihre Wachen, allesamt Frauen, spannten erneut ihre Bögen.

“Ich bin Lilie.” Auf ein Zeichen von ihr entfernte sich ihre Leibwache. “Ihr seid der, auf dessen Geheiß, die Euren bei uns liegen, wofür wir die Geheimnisse des Himmels und der Welt erfahren.”

Lilie lächelte und der Engel war von ihrem bezaubernden, unschuldigen Antlitz eingenommen. Er fühlte sich von ihr angezogen.

Die Frau ging selbstsicher zu ihm und schaute ihm in die Augen. “Teilt dies mit mir, Imgellon.”

“Das werde ich. Dieses Wissen sollte allen zugänglich sein, allen voran jenen, die wir lieben.”

Dann küsste sie ihn wild und lustvoll mit einer Leidenschaft, die ihn mitriss. Sie begehrte ihn, wollte ihn und streifte ihm das Gewand ab. Dann löste sie ihr Kleid, setzte sich auf ihn und bewegte ihre Hüfte. Als sie sich heftiger wand, kratzte sie

Imgellon am Rücken. Er packte sie und seine Schwingen bewegten sich, so dass sie abhoben. Lilie stöhnte, schrie ihre Lust hinaus, als der Engel sie zum Höhepunkt brachte. Er hielt sie weiter fest in seinen Armen.

"Bringt mich runter!"

Langsam kamen sie dem Boden wieder näher.

"Und nun, macht mich zu einer der Euren!" Es klang mehr nach einem Befehl als einer Bitte. "Ich gebe Euch, was Ihr wollt und Ihr gebt mir, was ich verdiene. Dann werdet Ihr an meiner Seite sein."

Lilie vermochte es mit ihrer Schönheit und Lust, die sie in Männern und Frauen hervorrief, alles zu bekommen, was sie wollte. Es war eine Magie, der sich nur wenige erwehren konnten. Ihre Lippen küssten ihn noch einmal.

"Tut es, Großer."

Nackt, klein und zerbrechlich stand sie vor ihm. Ihre wunderschönen Augen blickten traurig und er konnte diesen Schmerz darin nicht ertragen. So beschwor er sein inneres Feuer herbei. Weiße Flammen umgarnten sie, verzehrten sie, ihre Haut, ihren Körper und sie schrie! Ihr Leib verbrannte lebendig und sie fing an voller Ekstase zu lachen. Und in dem Feuer wurde sie erneuert mit Schwingen, zwei jeweils größer als die zwei davor und die davor; sechs an der Zahl. Sie bestand aus reinem Feuer wie die Seraphim.

"Von nun an wirst du Lilith geheißen", sagte Imgellon "und wie eine Göttin verehrt werden."

KAPITEL 8

DAS OPFER

TORMENDAN

Im Frühtau machten sich die Gefährten auf die elbische Zuflucht Ellodanal zu verlassen. Aurora schickte sich an, die letzten versprengten Schatten der Dunkelheit zu verjagen und triumphierte strahlend im Sonnenlicht. Die Natur war schon lange erwacht und erwartete die Reisenden mit offenem Armen und ihrem belebenden Duft nach Frühling. Das Gras wiegte sich im Wind und roch unglaublich frisch.

Fröhlich trabten die Rösser voran. An ihrer Spitze ritt der Meister des Feuers nebst der schönen Herrin. Dahinter folgten Voganaomarien und Lael, den Schluss des Trosses bildeten die erfahrenen Kämpen Elne und Ferelle.

Sie verließen die magischen Gestade der Elben und kamen auf die Straße Richtung Norden, der sie folgten. Der Übergang war keineswegs sichtbar, lediglich die Umgebung war fahler und das Vorkommen zahlreicher Pflanzen und Farben weniger geworden. Trotzdem erschien diese Natur nicht nur Tormendan bezaubernd, sondern auch seinen Begleitern. Fest war die Straße angelegt, doch kämpfte sich der Bewuchs von Farnen und Wurzeln wie Mittelsmänner hinter feindlichen Linien hervor. Der Trab der Tiere war flott und sie brachten ein gutes Stück Weg hinter sich. Einige Sperlinge begrüßten sie freudig und thronten hoch oben in den Kronen von Erlen. An einem Baumbestand etwas abseits machten sie Rast.

Um an ihr Ziel zu gelangen, mussten sie eine lange Reise zurücklegen. Das Tempo wurde durch Ausdauer und Stärke der Pferde bestimmt und Tormendan wusste, dass man zwischen Trab und zu Fuß führen wohl am schnellsten eine lange Wegstrecke hinter sich brachte. Dennoch war Ihrer Fahrt Eile geboten, denn sie wussten nicht, wann der Täter zuschlagen würde, um den verbliebenen Avatar-Stein zu stehlen. Alleine würde er schneller sein, doch er wollte Ellarielle nicht allein lassen.

Die Elben und der Magier saßen im Kreis und besprachen ihr Vorgehen. Der Weg schien klar, aber Tormendan wollte sie der Unwissenheit wegen schnell am Ziel wissen und der Straße folgen.

Voganaomarien schlug vor, einen heimlichen Weg querfeldein zu nehmen, dass ihre Queste nicht Gefahr lief, durch Überfälle und dergleichen hinausgezögert zu werden. Die Herrin stimmte dem Barden zu und Lael ohnehin. Argumente für und wider wurden genannt und es waren alle Vorschläge einleuchtend. Doch Tormendan war der Anführer dieser Unternehmung und sagte: "Wir nehmen die Straße."

Lael spuckte aus. "Was fällt Euch ein, den Ratschlag eines Weisen unseres Volkes abzulehnen? Voganaomariens Wissen und Erfahrung ist weitaus größer als Ihr es seid!" Er sprang auf und schüttelte seine Faust drohend.

Die Geste ließ den Sterblichen aufstehen und er bedachte seinen Gegenüber mit einem festen Blick. Das war Reiz für den Elben genug und er schlug Tormendan die Faust ins Gesicht. Der Getroffene fiel auf die Knie und rang einen Augenblick nach Luft.

"Lael! Hör auf!"

"Haltet ein!"

"Nein!"

Die Elben riefen aufgeregt durcheinander, sprangen auf und hielten den Angreifer zurück, noch einmal nach zu setzen.

Der Solason atmete tief ein und stand entschlossen auf. Binnen eines Wimpernschlags war er über Lael und schlug ihn gnadenlos zu Boden. Seine Augen waren hart. "Ich sagte, wir nehmen die Straße." Er sah die anderen an. "Lasst uns weiter."

Beim Weiterritt drängte sich der Barde zu Tormendan und sagte ruhig: "So werdet Ihr Euren Zwist nicht lösen."

Der Magier erwiderte nichts.

"Ihr habt bereits bewiesen, dass Ihr der Bessere im Waffengang seid. Doch ein weiteres Mal solltet ihr es nicht zeigen. Denkt darüber nach."

Voganaomarien sprach etwas an, das er noch nicht bedacht hatte. Er war kein Mündel, das irgendeiner Führung bedarf. Ihn regte der Gedanke auf, den der Elb ihm mitgegeben hatte, jedoch mehr, dass er Recht hatte und er nicht selbst darauf gekommen war. Still ritt er weiter.

Der Weg wurde karger und felsiger. Das Grün wich mehr und mehr dem Grau des Gesteins und die Bäume trugen Nadeln statt Laub. Vereinzelt erhoben sich Hügelkämme abseits der Straße und machten die Landschaft unebener und ließ die Berittenen ihr Tempo verringern. Die Gruppe sprach nicht, da ihre wachsamen Augen die Umgebung auskundschaften und der Streit auf ihre Gemüter drückte. Die Bedrohung sollte nicht aus ihrer Mitte kommen, doch es betrübte die Elben sehr. Allen voran die Elbenmaid, die beide Männer schätzte. Ihre Reise würde noch lange dauern, ohne Gespräche und Unterhaltung.

Sie seufzte. "Voga, spiel für mich. Ich möchte mich daran erfreuen."

Der Elb nahm sein Instrument zur Hand. Er blickte sich zu Elne um und gab ihm einen stummen Befehl, voraus zu reiten. Ferelle spornte sein Tier an und sicherte die Seiten. Lael ließ sich stumm zurückfallen und bildete die neue Nachhut.

Voganaomarien fing an zu singen. Während seines Sangs flog eine kleine Schar Spottdrosseln heran und lauschte ebenso.

Golden ist der Palast,

der trägt in sich solche Pracht,

sie ist süß, leidenschaftlich,

anmutig, erregend und süffig.

Die Traube, der Spross der Rebe.

Golden ist ihr Vermächtnis,

das aus ihrem Schoß entspringt,

es ist wahrlich vollkommen,

herzhaft und tut jedem wohl bekommen.

Der Wein, der Saft der Rebe.

Als die Stimme des Barden erklang, erschien Immerdar vor Tormendan im Sattel und lehnte sich an dessen Brust an. Ihr gefiel das Lied und sie summte die Melodie mit, was ein sanftes Rauschen des Windes bewirkte. Es war wie die Untermalung eines Stücks. Die Männer des schönen Volks nahmen von der Baumnymphe kaum Notiz, denn sie war für diese wie eine weitere Blume der Natur. Lediglich die Lady warf einen neidischen Blick auf die kleine nackte Frau mit den langen schwarzen Haaren. Es sollte sie sein, die sich an den Magier kuschelte.

Nachdem der Emel verstummt war, ergriff Immerdar die Gelegenheit und stimmte selbst ein Lied an. Ellarielle schnalzte mit der Zunge und trieb ihre Stute mit einem zynischen "Nymphen" an, vorauszureiten. Lael folgte ihr.

Tormendan beobachtete seine Angebetete mit einem Grinsen im Gesicht. Er genoss sichtlich ihre Eifersucht.

Da war ein Mann,

in seinen jungen Jahren,

der wollte eine Frau

mit großem Vorbau.

Die gab es, sie war Schankmagd

Ja, ihre Arbeit war hart,

kamen doch alle Wirtshaus Gäste

zu sehen ihre schönen Brüste.

Der junge Mann, sah diese zum ersten Mal,

als er in das Wirtshaus kam,

und seinen Humpen Bier bekam.

Er sah in ihren Ausschnitt

und sofort verliebte er sich.

Die Röte stieg ihm ins Gesicht

und seine Hose beulte sich.

Er trank vom dunklen Bier,

fühlte sich stark wie ein Stier

und lächelte sie lüstern an,

bevor er ihre Brust in seine Hände nahm.

Sie drückte sein Gesicht

völlig ungeniert

daraufhin fest an ihre Brüste

und sagte zu ihm: "Nun Küsse!

Wenn du das gut kannst,

nehm ich dich als Mann!"

Lael beugte sich im Sattel vor und sah seine Freundin eindringlich an: "Er spielt mit dir. Siehst du das nicht? Er ist nur ein Mensch und versteht nichts von unserer Liebe. Lass ab von ihm."

"Mein Schicksal ist an ihn gebunden", antwortete sie geheimnisvoll.

Zwei Tage waren sie bereits unterwegs. Tormendan hatte seine Route fest vor Augen. Der Ritt war nachdenklich für ihn gewesen. Bislang zweifelte keiner der Hochelben mehr an seinen Führungsqualitäten. Selbst Lael war in sich gesunken und sprach nur mit den Rittern und der Lady. Ellarielle hingegen war es leid, seitdem die Dryade aufgetaucht war, nur die zweite Geige für den Solason zu spielen. Und so lenkte sie ihre Falbe zu dem Magier und der Nymphe. Sie legte ihre Hand auf Tormendans Knie.

"Immerdar", sagte sie, "bitte verzeiht mein Benehmen Euch gegenüber. Ihr seid Florathiens Auge auf Tormendan, das respektiere ich natürlich." Sie neigte den Kopf.

Die Baumnymphe freute sich und sprang zu der Elbin aufs Pferd und drückte sich an sie.

Ellarielle fiel in ihr Lachen mit ein und der junge Mann grinste verschmitzt.

"Was lächelst du da?", fragte die Lady.

"Ja, du hast nichts zu lachen. Da hast du deine Nase rauszuhalten", stimmte Immerdar zu und hielt ihm drohend einen Finger entgegen, worauf Tormendan lauthals anfing zu lachen.

"Ach und wer will mich daran hindern?"

Die Frauen sprangen gleichzeitig auf ihn und stürzten mit ihm zu Boden. Sie setzten sich auf ihn und Wurzeln aus dem Erdboden banden ihn zusätzlich, so dass er sich nicht gegen die beiden schönen Geschöpfe wehren konnte. Zumindest ließ er sie in dem Glauben, um sich weitere Peinlichkeiten zu ersparen. Er lachte einfach weiter und genoss die Nähe der beiden. Ellarielle küsste ihn innig, während Immerdar ihn in die Seite kniff.

Die Eskorte hatte indes angehalten und fand das Szenario sehr lustig, mit Ausnahme von Lael, dessen Inneres einen Schmerz erlitt. Die Eifersucht in ihm fraß ihn fast auf. Er ballte eine Faust und drehte sein Ross weg von den Turteltauben. Jäh in diesem Moment gewahrte er eine Bewegung im Augenwinkel und stieß einen Warnruf aus: "Gebt Acht!" Die Klinge glitt blitzschnell in seine Hand. "Feinde sind heran!"

Just flogen Pfeile auf die Reiter von einem Hügelkamm. Dann kamen die sandigen Gestalten mit den kurzen Ziegenhörnern ihre Flanke entlang. Der Feind war den Reisenden vier zu eins überlegen. Die sechs Bogenschützen blieben auf ihrer erhöhten Position und schossen weiter. Die anderen sprangen waghalsig auf die Elben und Tormendan mit gezückten Waffen zu.

Der Magier schickte ein schwaches Erdbeben zu dem Hügelkamm und brachte die Fernkämpfer ins Straucheln. Lael spornte sein Ross an, überbrückte die Distanz rasant und schlug auf die Sandsatyre ein. Der blinde Barde stellte Monin schützend vor die noch am Boden liegende Ellarielle wie einen letzten Schutzwall und stieg ab. Die Ritter Elne und Ferelle ritten die Angreifer links und rechts nieder und spießten mit ihren Speeren Köpfe auf. Einige von ihnen ergriffen bereits die Flucht vor den Rössern mit den todbringenden Hufen. Die vorderen Feinde rannten durch eine auflodernde Feuersbrunst und schrien, teils aus Schmerz, teils als Kampfschrei. Vier fielen als schwarzes verbranntes Fleisch zu Boden und drei schafften es bis zu Voganaomarien, der sie mit gezücktem Schwert in der Hut des Tages erwartete. Sein linker Fuß vorne, das Schwert über dem Kopf. Flink schlug er gerade von oben gegen die Schädel der Sandsatyre. Plötzlich weitete sich das Feuer durch Wind und Sand aus, erfasste ein paar Eibenbäume und hervor stürzte ein gewaltiger Daemon.

Die silber legierten Schwingen wirkten wie riesige Pfeilspitzen, wovon eine auf den Magier zu schoss und die andere auf Ellarielle! Er war gigantisch groß, der Oberkörper war elbisch und bestand aus puren, baren Muskeln und der Hinterleib war der eines Bocks, nur bestand sein Fell aus Sandkörnern. Die vier starken Beine waren ausgestreckt und mit Hufen versehen. Er führte eine schwarze Lanze und stach nach Tormendan. Der Sterbliche wich zur Seite aus, während der Angreifer sich gekonnt drehte und nach Voganaomarien schlug. Imviena, Voganaomariens Schwert, parierte die Waffe des Daemons und der Elb drehte sich in seinen Gegner, um die Wirksamkeit der Lanze zu schmälern. Voganaomarien trieb mit dem Schwert die schwarze Waffe nach außen und stieß seine Schulter gegen die Brust des Daemons. Die Lanze schmälerte sich zu einem Kurzschwert und als der Geflügelte beim Aufprall des Elben nach hinten gestoßen wurde, schlitzte er Voganaomariens Unterarm auf. Der Daemon hieb erneut zu, diesmal ein schneller Schlag von oben. Tormendans Stahl parierte im letzten Moment, doch zu schwach und Englar wurde nach unten gedrückt. Eine zweite schwarze Klinge erschien in der anderen Hand des Daemons und drang in Voganaomariens Seite. Die Schwertfläche Imvienas dämpfte den Stoß etwas ab. Der Emel wich zurück und auch der Mensch, um aus der Reichweite des Daemons zu kommen.

"Aaaah!"

Es gab einen lauten Knall und es flogen Erdbrocken durch die Luft. Dann kamen weitere unvorhergesehene Angreifer zu dem Zwist.

"Asaselle, du entkommst uns nicht!" Ein Solason ging mit der Waffe in der Hand und gekonnter Schlagfolge auf den Daemon los. Seine Hiebe waren perfekt und doch focht er ungewöhnlich, da er seine Häue zumeist von unten führte, was die meisten Schwertkämpfer nicht taten. Vertieft war der Blick aus seinen rosanen Augen und doch war er vollends in seinem Stück aufgegangen. Das Kinn war kühn und markant, sein Körper wirkte bis in die kleinste Vene austrainiert, aufgrund seines schlanken Körperbaus. Doch auch der Daemon war geschickt mit seiner Waffe und parierte immer wieder. Die Hiebe, die er durch die beinahe unmenschliche Schnelligkeit nicht blocken konnte, prallten harmlos auf seine makellose Rüstung. Der Mensch kommentierte dies mit einem Knurren. Tatsächlich bewegte sich das filigrane Metall, um seinen Träger zu schützen!

Den Angreifer begleitete eine junge, schöne Frau mit blasser Haut und manganschwarzen Haaren. Sie war schlank, von mittlerem Wuchs und ihre Augen wirkten magisch leuchtend. Sie murmelte vor sich hin.

Um dem Schwertkämpfer aus dem Weg zu gehen, stieg Asaselle in die Luft, aber die Magierin sprang hinterher und griff mit magischen Geschossen an, doch diese prallten wirkungslos an seiner Rüstung ab.

Der Daemon schickte einen Sandteppich gegen die Frau, schüttelte sie ab und suchte das Weite.

Die Elbenritter vergewisserten sich, dass keine weiteren Feinde sich auf sie stürzten und griffen eine weitere Gruppe Sandsatyre an.

Lael ritt zurück, die Klinge noch in der Hand. "Seid Ihr Freund oder Feind?"

"Freund, Herr Elb."

"Sind alle wohl auf?"

"Ellarielle! Sie wurde getroffen", rief Tormendan. "In Schulter und Bauch, das sieht nicht gut aus. Sie braucht einen Heiler. Sie muss zurück."

"Voganaomarien, was ist mit Euch? Seid Ihr verletzt?"

Der Barde grunzte und hielt sich die Seite. Er blickte zu den Fremden. "Habt Dank, ohne euer Zutun wären wir verloren, gar schlimmer noch. Ich bin Voganaomarien, der Barde der Lady. Und ihr?"

"Ich bin Prinz Thyrillion Nalfariôn. Meine Begleiterin ist Runa."

Lael verzog das Gesicht. "Tormendan, was nun? Wir können nicht nach Ellodanal zurückkehren, um ihr zu helfen und unseren Auftrag ausführen."

Alle Augen ruhten auf dem Meister des Feuers. Er spürte den Schmerz und den Druck Verantwortung zu übernehmen. Einen Moment schloss er die Augen, ging in sich. Zwar hatte er soeben einen Kampf gefochten, doch der härtere fand in seinem Inneren statt. Was, wenn er Ellarielle zum letzten Mal sah? Ihre Augen, ihre Berührung, ihr Duft. Und doch musste er sich dringlicheren Aufgaben widmen. Er kniete sich zu der Elbin und sog alles an ihr nochmal bewusst auf.

"Herr", fing Ferelle an, doch ein Kopfschütteln Laels ließ ihn verstummen.

Der Magier legte seine Stirn an ihre. Sie roch nach Lavendel. Gierig nahm er das Aroma auf. Dann öffnete er die Augen und schaute in ihre. Er zuckte zusammen; deren vertraute Klarheit eines silbernen Sees war einem gelb goldenen Schleier gewichen.

"Herr, das wollte ich berichten. Die Satyre, die wir erschlugen, hatten alle diese... Veränderung."

"Ihr meint..."

"Mein Herz vermag es nicht auszusprechen und dennoch wird es geschehen."

"Voganaomarien, Ihr wurdet auch durch den Großen Daemon verwundet. Warum seid Ihr noch bei Sinnen?"

"Das, mein Junge, liegt an meiner fehlenden Sehkraft. Über jenen Sinn erlangt Asaselle die Kontrolle über sie."

"Wie lange noch?"

"Das liegt am Kontrollierten selbst. Wie stark seine innere Abwehr ist."

"Sie ist stark", sagte Tormendan mehr zu sich selbst als den anderen.

Mit Nachdruck sprach Lael. "Ich frage erneut, Magier: Was werden wir tun?"

Die Elben riefen durcheinander und es wurde diskutiert, waren sie doch in einer Zwickmühle der Ehre zwischen ihrer Herrin und ihres Auftrags gefangen.

THYRILLION

Ihr müsst weiter! Die Elben werden verfolgt.

Thyrillion erschrak beinahe von der Stimme in seinem Kopf. *Schickt die Verwundeten weg. Sie sind nicht sicher bei euch. Sie halten euch auf und machen euch verwundbarer.*

Aber die Elbin wird sterben.

Das weißt du nicht, doch ihre Chancen sind abseits von euch besser. Sagt es dem Magier!

Der Prinz wandte sich an den Meister des Feuers. "Die Verwundeten sind nicht sicher bei uns. Er wird uns erneut stellen. Die Situation drängt zur Eile. Wir müssen uns verstecken. Und Ihr müsst eine Entscheidung fällen."

Tormendan nickte.

"Schnell, alle hinter den Kamm", rief der Prinz. "Eilt euch!" Er umging den Hügel und direkt dahinter befand sich eine Mulde. Dort blieb er stehen und schaute, dass alle hineinsprangen. Die Elben ritten so geschickt, dass sie ihre Pferde hineinspringen ließen. Voganaomarien hatte die Verletzte bei sich. Als letzte kamen Tormendan und Lael, die den Rückzug deckten.

Thyrillion warf einen letzten Blick auf den Weg, ehe er in das Loch sprang. Er sah nichts, fühlte aber die Bedrohung näherkommen. Er landete weich und sah vor sich Runa auf einem Bein kniend und einen Finger an die Lippen gelegt. Der Eingang über ihm schloss sich und es schimmerte nur ein schwaches Licht am Stab der Frau.

"Voganaomarien, Ihr seid ebenso verletzt. Ihr und die Herren Elne und Ferelle bringt Ellarielle so schnell, Ihr vermögt nach Ellodanal zu ihrem Vater. Lael und ich führen unsere Queste fort."

Lael nickte grimmig.

"Ja, Herr. Wir kümmern uns um die Lady und den alten Barden."

"Brecht unverzüglich auf", sagte der Köhler. "Bei uns seid ihr nicht sicher."

Die beiden Ritter bereiteten ihre Abreise vor. Tormendan küsste Ellarielle und sah ein Lächeln auf ihren Lippen. "Wir werden uns wiedersehen, Liebste." Dann hob er sie vor Elne in den Sattel. "Ihr seid für Eure Herrin verantwortlich, Ritter."

Der Emel nickte und die aufbrechenden Elben verabschiedeten sich.

"Fahrt wohl, Freunde."

THYRILLION, TORMENDAN

Während der kleine Tross der Elben von hinnen zog, gab der Meister des Feuers Thyrillion die Hand. "Mein Prinz, ich danke Euch. Mein Name ist Tormendan Falton. Der gute Elb an meiner Seite ist Lael Eronfea. Was führt Euch hierher?"

Bevor er antworten konnte, ergriff Runa das Wort und warf ihm einen Vorsicht bietenden Blick zu. "Wir verfolgen diesen Daemon."

"Verfolgen? Um was zu tun?"

"Ihn zur Strecke bringen", sagte Thyrillion entschlossen.

"Das ist ein sehr gefährliches Unterfangen. Doch es zeugt von Mut." Lael wandte sich an Tormendan. "Wir müssen weiter. Es bleiben uns noch ein paar Stunden Tageslicht."

"Wohin reist ihr?", fragte der Prinz.

"Nordwesten", sagte der Emel knapp und beäugte die junge Frau.

"Wir könnten Euch ein Stück begleiten, denn unser Weg führt zunächst in die gleiche Richtung. Wenn wir die Nacht zusammen verbringen, sind wir schlagkräftiger gegen Angriffe und wir können uns mit der Wache abwechseln und ausruhen. Wir haben dasselbe Interesse." Die Magierin warf Lael einen eindeutigen Blick zu.

"Ihr habt keine Pferde, Herrin."

"Das lässt sich ändern, Elbenkrieger."

Mit einem Mal bewegte sich das verbrannte und tote Holz der Eiben am Straßenrand und fügte sich zu zwei vierbeinigen Pferde ähnlichen Kreaturen zusammen. An Kopf und Hinterteil bildeten sich aus dünnen Wurzeln Mähne und Schweif.

Lael schaute angewidert und fasziniert. Als Elb schätzte und liebte er das Leben in allen Dingen, doch sie wirkte wider die Natur eine Art von Dasein, was ihn neugierig machte.

"Dann lasst uns aufbrechen", sagte der Meister des Feuers.

"Ich hoffe, bei meinem Leben, dass Ellarielle rechtzeitig bei ihrem Vater ankommt. Wärt Ihr nicht gewesen, wären wir tot und unser Auftrag gescheitert. Ich frage mich nur, ob wir zu zweit Erfolg haben."

"Was glaubt Ihr selbst? Werdet Ihr es schaffen?" Thyrillion sah ihn freundlich an. Er ritt neben ihm, während die Magierin und der Elb ein Stück hinter ihnen waren.

"Blickt in Euer Innerstes. Ich glaube an Euch. Tut Ihr es selbst? Ihr müsst an Euch glauben, den Glauben an Euch schaffen! Sagt es Euch selbst. Sagt es Euch täglich. *Ich schaffe es. Ich schaffe es.* Was die anderen denken, ist ohne Belang."

Tormendan verstand nicht recht.

"Seht her. Besprecht Euer Inneres. Macht diese Übung täglich und ballt Eure Faust dazu und sprecht mit Emotion. Ich schaffe es, ich schaffe es. Nach einiger Zeit werdet Ihr die Veränderung spüren."

Der Magier verzog das Gesicht.

"Ihr seid dran."

"Ich schaffe es, ich schaffe es." Er ballte die Faust, wie es ihm der Prinz gezeigt hatte. Er übte weiter und Thyrillion stieg mit ein. Es klang wie eine Beschwörungsformel.

Nach einer Weile verstummten sie.

"Langsam sollten wir uns einen Platz für das Lager suchen. Die Sonne wird uns noch eine Stunde begleiten, ehe sie niedergeht."

Thyrillion nickte.

"Seht, voraus kommt eine steinige Anhöhe. Dort sollten wir es versuchen", rief der Elb.

Sie stiegen ab. Die Rösser von Lael und Tormendan grasten, während sich die magischen Tiere zusammenstellten und beim Zerfall ein kleines Dickicht bildeten. Dahinter war eine Kuhle in den Fels gegraben, der sich knapp über ihnen erhob. Es bildete Schutz vor Wind, Wetter und weiteren Dingen.

Lael und Runa erklommen die Anhöhe, um sich einen Überblick zu verschaffen. Indes striegelten der Prinz und Tormendan die Pferde.

"Mein Freund, das, was Ihr mir gezeigt habt, woher könnt Ihr das?"

"Ich lernte es von meinem Vater. Es ist eines der wenigen Dinge, an die ich mich gerne an ihn erinnere."

"Wie meint Ihr das? Euer Vater war ein großer Mann, ein guter König."

"Das war er für viele Menschen, doch nicht für mich. Ihr müsst verstehen, dass ich in meiner Kindheit und zum Teil noch immer mit einem schwachen Körper zu kämpfen hatte. Viel zu oft lag ich geschwächt da, wurde von Krankheiten ans Bett gefesselt, während meine Brüder bei unserem Vater waren. So geriet ich bei ihm immer mehr in den Hintergrund. Als ich sechs Jahre jung war und wieder mit Fieber, das mich beinahe das Leben gekostet hätte, daniederlag, setzte er sich zu mir und sagte: *Mein Sohn, ich kann in dieser Sache nicht für dich kämpfen, das musst du allein durchstehen.* Ich blickte ihn verständnislos an. Er sprach weiter. *Ich verrate dir nun ein Geheimnis. Versprich mir, dass du tust, was ich dir sage und du wirst deine aussichtslosen Kämpfe für dich entscheiden können.* Dann gab er mir diese Worte weiter. Danach befasste er sich nur noch selten mit mir. Ich vermute, ich war eine Schande für ihn, den Starken, den Krieger, ein Riss in seiner Rüstung."

"Das denke ich nicht. Euer Vater hat Euch geliebt und an Euch geglaubt, sonst hätte er es Euch nicht weitergegeben. Das war sein Geschenk der Liebe, sein Vermächtnis und Ihr habt immer etwas, das Euch an ihn erinnert."

"So habe ich es bislang noch nie gesehen..." Thyrillion schluckte.

Der Magier gab ihm einen Moment allein und bereitete das Essen vor. Dann entzündete er ein kleines Feuer, in der Nacht kühlte es trotz des Frühlings noch stark ab. Er genoss die Wärme auf seinem Gesicht und fragte sich, wie es Ellarielle ging.

Thyrillion kam langsam näher und sah die Tränen auf Tormendans Wangen.

"Ihr liebt diese Elbin sehr."

"So ist es, mein Freund."

"Ihr nennt mich erneut so und doch habe ich Euch Leid zugefügt. Ich kann es nicht länger für mich behalten. Dies soll nicht zwischen uns stehen. Es tut mir leid, Meister, aber wir sind hinter Asaselle her, weil wir ihn beschworen und entkommen lassen haben." Er rechnete mit einem Wutausbruch des anderen, dass er ihn anklagen oder gar angreifen würde, doch nichts dergleichen geschah.

Tormendan sah ihn direkt an und senkte seine Stimme. "Und das ist nicht Eure Schuld. Seid gewiss, ich hege keinen Groll gegen Euch deswegen. Ich wusste es bereits. Doch eine Kleinigkeit, mein Prinz", sagte er und zog ihn zu sich heran, "erwähnt es nicht dem Elben gegenüber. Er würde Euch töten. Und nun, nehmt Euch von den Nüssen und dem Früchtebrot."

Die Worte des Magiers erleichterten ihn doch sehr und da er Hunger hatte, griff er zu. "Verratet mir eines, Magier, Ihr sagtet, Ihr wusstet es bereits. Woher?"

"Eure Freundin. Sie ist auf eine Art mit ihm verbunden, sonst könnte sie ihm nicht folgen. Vertraut Ihr der Frau?"

"Ja, das tue ich."

"Gut, doch seid trotzdem vorsichtig bei Ihr. Sie ist wunderschön und mächtig. Beides gefährliche Eigenschaften und zusammen noch viel mehr als das."

"Verstehe."

Er sah Thyrillion an. "Prinz, ich glaube, wir sind aufeinander angewiesen und können uns gegenseitig helfen bei unseren Aufgaben."

"Ihr kennt die meine nicht."

"Das mag stimmen und dennoch sind wir beide Anführer. Deshalb sage ich Euch meine Aufgabe als Vertrauensbeweis. Ihr sollt sehen, dass ich es ernst meine. Florathien selbst hat mich ausgewählt, ihre Avatar-Steine zu schützen. Meine Queste ist es, sie zu finden. Mein Ziel liegt in der Trauerweide."

"Nachdem wir Asasselle besiegt haben, suchen wir einen Schmied, der das hier bearbeiten kann." Thyrillion holte den Schlüssel hervor. "Mir wurde geraten, bei den Zwergen nach dem richtigen Schmied zu suchen."

"WANDELERZ ICH BIN IN REINSTER GÜTE HERZ." Der Magier drehte den Schlüssel in seinen Fingern und gab ihn zurück. "Was versprecht Ihr Euch davon?"

"Damit werde ich mein Volk führen und ihm dienen können."

"Weise Worte, eines Königs würdig."

"Tormendan, helft mir Asasselle zu töten und ich bringe Euch schneller an Euer Ziel als Ihr reiten oder fliegen könnt."

"Ja, mein Freund."

"Lasst uns schwören, füreinander da zu sein. Für unser Volk und unser Land. Aber vor allem uns." Thyrillion schnitt sich ins Fleisch und ergriff Tormendans Unterarm, der Köhler tat es ihm gleich und ergriff den seinen. Freundesbande waren geknüpft.

Still war die Nacht inzwischen hereingebrochen und über ihnen leuchteten ein paar fahle Sterne am Himmel.

"Wo sind eigentlich die anderen beiden abgeblieben?"

"Ich kann es mir denken", antwortete Thyrillion verschwörerisch und sie fingen an zu lachen.

Am darauffolgenden Morgen schickte die Sonne ihre Strahlen zu der Anhöhe, um die Nacht zu vertreiben und dort wiederum warfen sich lange Schatten dagegen. Anfangs war der Horizont blutrot, doch es wurde weniger mit der Zeit als der Tag die Oberhand gewann und schließlich siegt.

Während der Schlacht des Morgengrauens waren die kleine Gruppe bereits unterwegs. Als Tormendan aufgewacht war, war Lael schon fertig mit Pferd satteln.

"Guten Morgen, Lael. Die Nacht war ruhig, nehme ich an?"

"Fürwahr", antwortete er knapp.

Der Magier wandte sich an Runa. "Wie ich sehe, beherrscht Ihr dieses Tier gut. Reitet Ihr des Öfteren auf diese Weise?"

"Herr, seid versichert, dass ich schon auf ganz anderen Dingen geritten bin und eine gute Figur dabei gemacht habe."

Neben ihr verschluckte sich der Elb beim Trinken an seinem Wasserschlauch.

"Geht es dir gut?", fragte ihn Tormendan.

Lael nickte knapp. Dann murmelte er etwas und ritt voraus.

"Eure Weisheit an männlichen Dummheiten könnt ihr ein andermal austauschen. Wir jagen einem Großen Daemon hinterher. Die Idee kann ja nur von einem Mann stammen. Pah, selbst unter Erzengeln gibt es diese Eigenschaft. Jedenfalls brauchen wir eine Strategie. Ihr habt gesehen, dass unsere Waffen ihm nichts anhaben konnten."

"Das schaffen wir schon, meine Dame.", sagte der Magier.

"Pfff!"

"Ru, welchen Vorsprung hat Asaselle?"

Sie tippte sich an die Stirn und konzentrierte sich. "Ich fühle seine Präsenz nicht weit entfernt. Er ist langsamer geworden oder wurde aufgehalten."

"Seid euch gewiss, er wurde nicht aufgehalten. Er hat angehalten. Das ist unsere Chance. Kommt!" Der Magier gab seinem Pferd die Sporen.

"Was habt ihr vor?" Ihr Ruf ging völlig an den Männern vorbei, die vorwärtsstürmten. "Unglaublich, warum bin ich mit denen bestraft?" Langsamer trabte ihr Tier hinterher, denn sie wollte nicht direkt in die Fänge Asaselles geraten.

"Ihr habt lange gebraucht, zu mir zu kommen. Und glaubt mir, gefunden habt ihr mich nicht, denn es war mein Wille, dass ihr wie die Lämmer zur Schlachtbank kommt. Wer möchte seinen Tod als Erstes begrüßen?" Sein Lachen klang tief wie eine Bedrohung. Er saß auf einem toten Baumstamm, die Hand lässig über sein Schwertheft gelegt, das vor ihm als riesiger Bihänder geformt, im Boden steckte wie ein unheiliges Kruzifix.

Der Große Daemon war in seiner schönen Engelsgestalt. Das ultramarinblaue Gewand schmeichelte seinen Muskeln an Schultern und Brust, seine vier einzigartigen Flügel aus Licht und Legierungen fielen wie Banner hinter ihm herab.

Prinz Thyrillion, Lael und Tormendan stiegen von ihren Pferden ab. Runa war ein Stück zurück geblieben. Die beiden magischen Geschöpfe fielen zu Boden. Des Königs Erbe ging vertieft in seiner Kampfkonzentration auf den Daemon zu. Langsam zog er sein Schwert. Der Meister des Feuers bewegte sich nach rechts und die Magierin blieb zurück.

"Ich zerquetsche euch wie Maden unter meinen Stiefeln. Komm Schwertkämpfer, greif mich an." Er richtete sich zu seiner vollen Größe auf und überragte den Prinzen um Haupteslänge. Rein körperlich war er seinem Kontrahenten überlegen.

Thyrillion blieb ungerührt stehen, sein linker Fuß vorne, die Klingenspitze nach vorne zur Erde ausgestreckt. Für ihn gab es nur sich und seine Waffe als Verlängerung seiner selbst und Asaselle.

Einatmen, ausatmen.

Der Solason griff an. Er täuschte einen Schlag nach oben an, drehte die Klinge am Knauf, dass sich seine Hände kreuzten und die Waffe ihren Schwung in die Rechte seines Gegners schwang. Der Daemon parierte von oben und stieß gleich danach auf Thyrillions linke Seite, was dieser mit der flachen Klinge parierte, durch das Umgreifen seiner linken Hand an die Spitze konnte er den Hieb gut abfangen.

Just im gleichen Atemzug sprang Tormendan den Daemon von hinten an und versuchte, sein Schwert in dessen Rücken zu stoßen. Die Flügel schwangen in den Stoß und Funken sprühten, als Stahl auf die ungewöhnliche Legierung auf eine der Schwingen traf, indes die anderen hingegen dem Magier gefährlich wurden und er zurückweichen musste. Ein ungleicher Kampf begann. Obwohl sich Asaselle zweier Gegner erwehren musste, schien er immer noch überlegen zu sein und verlangte den Menschen ihr ganzes Können im Waffengang ab. Tormendan beschwor zur Verstärkung seine Granitgargoyles, deren Kampfkraft ihnen einen Vorteil bringen würde. Sie waren schwarz, schlank und schlichen in ihrer katzenartigen Manier um das Geschehen herum. Ihr schwarzer Körper war angespannt und jederzeit für einen Angriff bereit, doch ihre leuchtend grünen Augen taxierten das Geschehen genau, um im richtigen Augenblick losschlagen zu können.

Thyrillion und Asaselle tauschten nach wie vor perfekte Schwerthäue aus. Schlag traf auf Schlag, Stück spielte gegen Stück, während weder der Große Daemon noch der Mensch die Oberhand erlangten.

Der Prinz lagerte zum Verschnaufen in die Zwerchhut, das Schwert rechts auf halber Höhe mit der Spitze nach hinten über die rechte Schulter haltend, um einen kräftigen Hieb zu landen. Daraufhin wechselte Asaselle in seine Daemonenform. Seine Gestalt wuchs an, seinem Unterleib wuchsen vier Bockbeine, der statt Fell von Sand bedeckt war. Die Arme ausgebreitet und den Rücken durchgedrückt, stand er inmitten eines Wirbelwinds. Die groben Körnchen wurden aufgewirbelt und wie eine Schutzschicht mitgeführt oder rollten am Boden entlang. Durch das Springen entstanden regelrechte Sandstrahlen, die zwei der angreifenden Granitgargoyles in mehrere Teile schnitten. Während die feineren Staubpartikel höher und in größerem Radius flogen.

"Bedeckt eure Gesichter!", rief der Magier und zog ein Halstuch über.

Thyrillion bedeckte sich mit dem Hemdausschnitt Mund und Nase und dem Ellbogen die Augen. In der riesigen Staubwolke konnte er nichts mehr sehen und den anderen helfen. Die Temperatur im Sandsturm stieg an. Es wurde unerträglich heiß, so dass er nicht stehen bleiben konnte.

Der Wirbelwind wurde stärker und griff weiter um sich und sogar Bäume und Sträucher wurden in Mitleidenschaft gezogen wurden. Runa sank zu Boden, die Arme ausgestreckt an ihren Stab geklammert. Ihre schwarzen Strähnen und der Stoff des Kleids bewegten sich wild im Wind und gaben ihre blasse Haut an Oberschenkeln und Brust frei. Die fliegenden Sandkörner hinterließen rote Spuren, doch sie bemerkte die Schmerzen nicht.

Dem Meister des Feuers machte die Hitze nichts aus, denn seine Kleidung absorbierte sie, nur der Sandsturm machte ihm zu schaffen. Er war ratlos, wie er gegen Asaselle vorgehen sollte. Im Augenwinkel sah er wie ein weiteres seiner magischen Geschöpfe zerfiel. Dabei sah er die dicken Sandstrahlen wie Bänder flattern.

Inmitten des Wirbelsturms stand der Große Daemon lachend und reckte die Waffe triumphierend in die Höhe. Dann sprang er auf Tormendan zu, ein schwerer Schlag von oben auf den Kopf des Magiers gezielt. Der Sterbliche parierte mit dem Schwert, geriet jedoch ins Straucheln, da der Schwung zu viel Kraft hatte. Asaselle setzte hinterher.

Der Prinz spürte, dass er nicht mehr konnte, seine Kräfte waren im Ringen, in dem Sturm voranzukommen, erschöpft. Seine Augen hielt er noch immer bedeckt und so spürte er den Stoß in seinem Rücken erst, als es zu spät war.

Mit einer Rolle nach vorne brachte sich Tormendan aus der Reichweite von Asaselles Stahl, der in den Boden schlug. Zwischen den Bockbeinen gewahrte er eine Bewegung am Rande seines Sichtfeldes. Er musste schnell handeln. Beherzt schlug er mit seiner Klinge gegen zwei der Beine und schlitterte unter dem Hinterteil des Untiers hervor. Asaselle grunzte auf und wollte ihn zermalmen, doch seine Hufe trafen ins Leere. Außer sich vor Zorn sammelte er seine Sandstrahlen und schickte sie Tormendan und allen anderen Angreifern hinterher wie die Köpfe einer Hydra. Einer erwischte den letzten Granitgargoyle in der Seite und zersprengte ihn. Der Magier war zu langsam dem nächsten Schwerthieb Asaselles zu entgehen.

Und es war in diesem Moment, als sich ein weiterer Sturm am Himmel manifestierte, der grau und dunkel war und Regen mit sich führte, der den tobenden Sandsturm übergoss. Die kahle, ausgetrocknete Natur um die Szenerie des Kampfes gewann an Leben und Farbe zurück. Ein Donnerschlag, so gewaltig, als hätte Revogatag selbst auf eine Pauke geschlagen, eröffnete das Finale mit Blitzen.

Aus Runas Stab schossen spektrale blaue Lichtblitze in Richtung Asaselles. Sie spalteten sich myriadenhaft und zuckten wie wirre Geschosse hin und her. Die meisten vergingen einfach, doch einige wenige fanden ihr Ziel: das Fell des Daemons! Traf ein Blitz den nassen Sand, schmolz dieser und wurde zu glasartigen Gebilden. Der Getroffene schrie schmerzlich auf und wand sich. Es wirkte, als wäre er von mehreren Speeren getroffen. Die Sandstrahlen erstarrten teilweise und zerstörten ihr geschmolzenes Vermächtnis.

Thyrillion schlug unsanft auf dem Boden auf, doch er hätte im Wirbelwind gefangen sein sollen. Um ihn war es nahezu windstill, er war im Auge des Sturms gelandet. Er sah, wie Tormendan mit dem Daemon rang und verzweifelt versuchte, am Leben zu bleiben. Er packte sein Schwert und bewegte sich langsam auf die Kämpfer zu. Als der Magier wehrlos am Boden lag und getötet worden wäre, sprang Thyrillion auf und holte aus. Der Große Daemon lenkte seinen Todesschlag gegen den Prinzen um, weshalb ihn nur der Unterarm traf, der ihn aber aus dem Auge in den Sturm beförderte. Trotzdem war der Schlag des Prinzen erfolgreich, denn sein Schwert traf die gläserne Seite des Unterleibs, dass diese zerbarst und Asaselle in Todesqualen schrie. Sandkörner, Staub und Splitter fielen zu Boden und inmitten der sich legenden Wolke stützte sich der angehende König der Menschen auf ein Knie und seine Klinge. Trotz seiner Erschöpfung wusch ihn der Regen von Schmutz und Blut frei, was ihn noch glorreicher aussehen ließ. Dann öffnete sich der Himmel und beide Stürme klangen ab.

Im Angesicht des Triumphes richtete sich Asaselle in seiner Engelsgestalt hinter Thyrillion auf und schlug nach dessen Kopf. Der Himmel sandte ein unglaublich schnelles Geschoss als Nemesis des Großen Daemonen hernieder. Der Sterbliche fiel. Es war der Windelb Neltomen, der seine Klinge in die Brust von Asaselle getrieben hatte. Anschließend überschüttete er den Leichnam mit einer Art leuchtendem Öl und der gräßlich entstellte Körper verging in einem Feuer. Von dem einstigen, strahlenden Engelwesen Asaselle war nichts mehr geblieben. Das Feuer, aus dem er von dem Einen geschaffen wurde, war erloschen.

Als sich Tormendan des Sieges bewusst war, ging er zu dem Prinzen. Dieser sah ihn erschöpft und mit traurigen Augen an. "Ich habe getan, was ich konnte. Wir haben Asaselle besiegt. Wir haben Eure Lady gerächt."

“Es ist nicht Eure Schuld. Ladet diese nicht auf Euch. Ellarielle würde es nicht wollen. Ihr habt selbstlos und großmütig gehandelt und uns alle gerettet, mein Freund. Wie ein wahrer Held, ein wahrer König. Euch werde ich folgen."

Die Selbstzweifel Thyrillions schwächten ab. Er spürte, wie die neue Energie in ihm aufblühte, stärker wurde. Sie wirkte wie eine Wand und ließ weniger der negativen Gefühle zu ihm durch. Er ergriff des Magiers Unterarm, der wiederum den seinen nahm. "Nichts soll zwischen uns kommen."

“Nichts soll zwischen uns kommen.”

RUNA

Runas Kleid klebte zerrissen an ihr. Stoff, Blut und Wasser zogen sich wie ein abstraktes Kunstwerk über ihre blasse Haut. "Nymphe, wollten wir das nicht ohne Wasser erledigen?"

Echo erschien strahlend schön wie immer. "Ja, Teuerste, aber dann hätte es keinen Spaß gemacht."

"Spaß? Ich zeige Euch gleich, was Spaß ist. Ich musste unserem König wieder das Leben retten. Und dem Meister des Feuers hier. Das war ganz schön knapp. Und Ihr redet von Spaß!"

"Eure Augenfarbe ist verschmiert", betonte die Oreade.

THYRILLION

Thyrillion saß mit dem Engel zusammen. "Mein Freund, Ihr habt lange auf Euch warten lassen. Ich dachte, dass es vorbei sei." Er blickte sich um. Die Ebene war der Schauplatz eines natürlichen Kampfes gewesen, doch mit übernatürlichen Kräften. Der Sandsturm hatte mit seiner Heerschar aus Körnern und Staub tiefe Furchen in die Erde gegraben und das pflanzliche Leben nahezu ausgelöscht. Nachdem die Dürre kahlen Boden und starre Skelettsträucher hinterlassen hatte, kamen die Soldaten der Windhose in Form von Regentropfen. Und sie brachten Hoffnung und Wachstum für die Natur zurück. Stellenweise standen Pfützen mit ausgemergelten Blättern und austreibenden Setzlingen als Zeugen der Schlacht. "Lebensende und Lebensanfang."

"Aus allem Ende entsteht immer ein Anfang. Wie bei Euch."

"Bei mir?"

"Ja, Ihr werdet der König."

Thyrillion grunzte. "Wenn ich die Stärke dazu habe. Die Queste, die mir Gabrielle auferlegt hat... Ist es das alles wert? Die Risiken, die wir eingehen oder ist es nur eine Ablenkung für mich?"

"Schließt die Augen, Prinz. Vor Euch steht ein Mann. Er steht aufrecht und erhaben. Er hat mehr erreicht als alle anderen seiner Familie, obwohl er für schwach gehalten wurde. Er ist ein starker Anführer. Stellt es Euch vor."

"Das Bild sehe ich seit meinen Kindertagen vor mir. Es ist mein Vater, doch seine Stärke hat ihm nichts genutzt. Er wurde getötet."

"Falsch!", fuhr der Windelb ihn an. Dann sprach er mit milderer Stimme weiter. "Tretet näher an den Mann heran und seht in sein Gesicht."

Thyrillion wurde blass.

"Wessen Gesicht seht Ihr, Prinz? Sagt es mir."

"Meines." Das Wort war nur ein Flüstern.

"Denkt stets daran: Nur Ihr könnt Euer Schicksal ändern. Dies kann kein anderer für Euch übernehmen. Diese Kraft habt nur Ihr selbst. Nun wisst Ihr, wer dieser Mann vor Eurem inneren Auge ist. Prägt Euch dieses Bild fest ein."

Thyrillion schien in Gedanken.

"Ihr habt diese Worte schon zuvor gehört."

"Ja, von dem Erzengel Gabrielle, von meinem Vater und nun von Euch. Es muss wohl eine geheime Wahrheit darin liegen. Aber auch von meinem Bruder Keran..." Seine Stimme versagte und er ließ den Kopf hängen.

"Domel, erzählt mir von Eurem Bruder."

"Ich habe immer zu ihm aufgesehen. Er war mein Held und ich wollte so sein wie er. Keran behandelte mich nie bevorzugt, er sah mich immer, wie ich sein konnte. Seit ich klein war, hat er versucht mich wie jeden anderen zu behandeln und stärker zu machen. Als er mich den Schwertkampf lehrte, war er darauf bedacht, mich besser zu machen. Er ließ mich täglich immer wieder die gleichen Huten, Häue und Schwertstücke trainieren. Ich war zu Anfang ungeschickt und er verbesserte mich, jeden kleinen Fehler. Doch dann wurde ich besser. Es war, als wäre es eine Sucht. Zuerst von ihm, weil er es von mir verlangte und mit der Zeit übernahm ich diese und trainierte härter. Die Huten, die Häue und die Stücke. Tag für Tag, Jahr für Jahr bis heute."

"Ihr seid ein Meister im Schwertkampf geworden. Ich hatte einen der Größten als Lehrer, weshalb ich das mit Fug und Recht sagen kann."

Schwach lächelte der Prinz. "Keran sagte mir einmal, dass die Bewegungen zehntausend Mal ausgeführt, mich zu einem Schwertmeister machen würden, besser als er, besser als gewöhnliche oder gute Kämpfer."

"Und seid Ihr es?"

"Ja. Und doch war es sein Verdienst."

"Thyrillion, es war Euer Schweiß, der vergossen wurde und Eure Muskeln, die brannten. Ihr habt bewiesen, dass Ihr die Stärke, die Willenskraft und die Ausdauer habt. Keran unterwies Euch und Ihr habt gehandelt. Das könnt selbst Ihr nicht leugnen. Denkt immer daran."

"Ich vermisse ihn."

Neltomen lächelte. "Seht, er ist immer bei Euch, wenn Ihr trainiert, kämpft oder ruht. Er steht Euch zur Seite. Und er ist in Eurem Herzen."

Am Feuer des Lagers wurden Essen und Erfahrungen geteilt. Jeder gab seine Sicht des Sieges über den Großen Daemon zum Besten und je dunkler der Nachthimmel wurde, desto bunter wurden die Erzählungen. Der gereichte Wein aus dem Elbenvorrat tat sein Übriges. Er lockerte die Zunge bei jedem und es wurde viel gelacht. Lediglich Laels Miene war von Kummer und Gram eingenommen. Als der Meister des Feuers seine Version wiedergab und er mit seinen Armen die Stürme in den Köpfen der anderen wieder beschwor, stand der Elb auf. Die anderen verloren den Faden von Tormendans Geschichte und sahen zu Lael.

"Was seid Ihr nur für ein großer Magier."

"Fürwahr", rief Runa. Die anderen lachten.

"Was seid Ihr für ein Lüftchen, Solason."

Die Stimmung kippte und es wurde still am Feuer. Es knackte laut in der Nacht.

Tormendan wartete und gab ihm die Möglichkeit, sich zu erklären.

"Ein Elbenleben ist so viel mehr als Euer kurzes, tristes Verweilen, was Ihr Leben nennt. Es ist so viel mehr und Ihr habt es Ellarielle geraubt." Sein Blick war voller Hass und Verachtung dem Magier gegenüber. "Euretwegen begab sie sich auf diese gefährliche Fahrt und Euretwegen stirbt sie, als läge die Klinge, die ihr Ende herbeiführt, in Eurer Hand."

Tormendan stand auf und wollte etwas erwidern, doch die Bewegung Laels war viel zu schnell für ihn. Lediglich sein Reflex ließ ihn ausweichen, weshalb der Dolch des Elben ins Leere ging, jedoch der Ansturm beide zu Fall brachte. Lael schlug wie im Wahn auf den Sterblichen ein, der unter ihm begraben war.

"Seid gewiss, Ihr oder ich gehen mit Ella zu den Toren der Toten oder wir beide! Ihr oder ich oder wir beide!" Ein Ausdruck von Trauer und Zorn verzerrte Laels schönes Gesicht.

Nach einem Dutzend Schlägen zerrten Thyrillion und Runa den Angreifer von Tormendan weg und hielten ihn fest. Widerspenstig zappelte Lael und versuchte sich zu befreien, doch er war zu erschöpft und betrunken.

"Lasst ab!", rief der Prinz.

Runa murmelte vor sich hin und schickte beruhigende Energie über ihre Hände in Laels Körper. Seine Gegenwehr ließ nach und er rang nach Luft.

"Lael, verflucht!" Der Magier rappelte sich mit Blut im Gesicht auf und sprach eindringlich auf den Krieger ein: "Lasst diesen Disput endlich hinter Euch, sonst wird er unsere beiden Leben fordern. Allein schafft es keiner von uns beiden. Wir müssen es zusammen zu Ende bringen. Ellarielle wollte es so. Und Ihr habt es geschworen, denkt daran."

Der Elb regte sich nicht und starrte Tormendan düster an. Seine Augen spiegelten das flackernde Feuer wider.

THYRILLION

Thyrillions Blick blieb noch eine Weile an dem Elben hängen. “Ihre Fahrt scheint nicht sehr aussichtsreich und doch beruhen so viele Hoffnungen darauf.”

“Sie haben ihre Entscheidung getroffen”, sagte Neltomen. “Die Eure, steht noch aus.”

“Gewiss, mein Freund, das tut sie. Ich glaube, dass ein Teil der Schuld ob der tödlichen Wunde der Elbenlady auf mir lastet.”

Der Windelb nickte.

“Und dennoch kann ich nicht mit ihnen gehen. Auch mit meinem Weg steht und fällt unsere Welt.” Er atmete tief ein und aus. Seine Entscheidung stand fest. “Ich gab ein Versprechen, doch weiß ich nicht, ob ich es halten kann.”

Blut mischte sich mit Wasser. Es waren nur ein paar Tropfen und doch sah Thyrillion, wie es sich verteilte. Weiter geschah nichts. “Warum?”, fauchte er, schlug mit der Faust auf das knietiefe Wasser und steckte den Finger, an dem er sich gestochen hatte, in den Mund.

Die Nymphe blickte ihn ungeduldig an. “Ich habe es Euch doch Dutzende Male gesagt: Ihr braucht einen Zugang und der Eure ist ein Gefühl!”

“Gefühl, Gefühl, Gefühl”, wiederholte er genervt. “Ich fühle die zig Schnitte und Stiche an meinen Händen und Fingern. Ich fühle den Druck, der auf mir lastet unter euren Augen! Das ist nicht hilfreich!”

“Nicht ein Gefühl, Prinz! Ich sagte, es muss so stark sein, als hinge Euer Leben davon ab. So wie im Innersten Kern, als Ihr uns gerettet habt. Dieser Stärke sollte es entsprechen. Fühlt Euch hinein in dieses Geschehen.”

“Pah, was soll das bringen? Augenblicklich befinden wir uns nicht in Lebensgefahr, Ihr macht mich nur wütend, Herrin.”

“Versucht es weiter. Ihr müsst, Solason!”

“Das sagtet Ihr so oft, wir drehen uns im Kreis.”

“Dann tut es einfach!”, schrie die Oreade.

“Schweigt!”

“Prinz, jetzt!”

Thyrillion legte seine Wut frei, schnitt sich erneut und blickte auf die Spiegelung der Teufelsbrücke im Wasser. Und wahrhaft tat sich eine blaue Leere hervor! Aus dieser wand sich eine Spirale heraus auf ihn zielend. *Hatte er es tatsächlich geschafft?* Dann ging alles sehr schnell und das Wasser klatschte über ihm zusammen. Klitschnass sah er außer sich vor Zorn Echo an, die nur den Kopf schüttelte.

“Gleich nochmal!”

“Genug, Nymphe, Ihr seid nicht die Richtige für ihn hierfür”, rief Runa belustigt.

Echo zog eine Braue hoch. “Und Ihr meint, Ihr seid es?”

“Geht aus dem Weg”, erwiderte die Magierin und lief ins Wasser zu Thyrillion. Als sie an der Oreade vorbeilief, schenkte sie ihr ein befriedigtes Lächeln.

“Ru, ich brauche eine Pause.”

“Still!”, bestimmte sie und nahm seine verletzte Hand. “Versuch es nochmal, wie Echo es dir gezeigt hat.”

“Aber das habe ich schon zu oft, es ist sinnlos.”

Sie sah ihn mit diesem Blick an, der keine Widerrede zuließ.

Der Prinz konzentrierte sich, ritzte sich und drehte die steinerne Klinge erneut. Das Wasser bewegte sich, wurde stärker, bäumte sich auf und klatschte urplötzlich über Runa zusammen!

Echos Lachen klang schadenfroh zu ihnen.

“Verflucht! Euer Einfallsreichtum ist wahrlich begrenzt, Nymphe”, rief die Magierin. “Überlegt Euch doch mal was Neues.”

“Warum, wenn Ihr Euch wieder und wieder darüber aufregt?”

“Verdammte Frau!” Runa wandte sich Thyrillion zu. “Ich hasse das verfluchte Wasser und ich hasse diese verfluchte Nymphe!”

“Lass uns aufhören”, sagte der junge Mann.

“Was? Aufhören und dieses Miststück gewinnen lassen? Ach, schließe deine Augen und halt deinen Mund, es kommt nur dummes Zeug daraus, Thyr…”

Dann küsste er sie.

Ihre Lippen fingen an zu glühen und das Blut erhitzte sich, als es durch ihre Adern jagte. Es war ungestüm, wild und leidenschaftlich und alles um sie herum verschwamm.

Die Magierin öffnete überrascht die Augen, als sie seine Lippen nicht mehr spürte. Sie sah ihn dämlich lächeln und wollte ihm sagen, er solle weitermachen oder ihn schelten, aber sie war verwirrt von ihren Gefühlen. Noch mehr verwirrt war sie, als sie ihre Umgebung erkannte.

Sie waren in ihrem Schlafgemach in Thal! Inmitten ihres vertieften, immer befüllten Bades.

"Du hast es geschafft", hauchte sie. "Du hast es tatsächlich geschafft."

"Ja."

"Ich muss aus den nassen Sachen raus." Runa tat es mit einer Handbewegung. Dann presste sie ihren Mund auf seinen, wollte ihn so sehr. Sie wollte es so sehr in diesem Augenblick. Sie konnte nicht anders und warf sich auf ihn. Er hob sie hoch und küsste sie weiter, ehe er sie auf das Bett legte.

Runa zog ihm das Oberteil aus und berührte seine Muskeln am Rücken. Er genoss es. Er küsste sie heftiger und drückte sie mit seinem Gewicht nach unten. Kurzerhand kratzte sie ihn mehrmals. Es brachte ihn dazu in seiner Kraft nachzulassen und gab ihr mehr Bewegungsspielraum. Sie drückte ihn ein weiteres Stück hoch, machte sich an seiner Hose zu schaffen und riss sie von ihm. Ihre Hand glitt an seine erwachte Männlichkeit und bewegte sich langsam. Nach einer Weile fuhr sie mit den Fingern über seinen Po, Rücken, Schulter und Arm entlang, bevor sie seine Hand mit aller Kraft umklammerte.

Sie löste ihren Mund von ihm und flüsterte: "Nimm mich."

Thyrillion packte ihre schmale Hüfte und zog sie hinab. Leidenschaftlich presste er seine Lippen auf ihre und seine Zunge spielte mit ihrer. Ihre Hand packte seine fester als zuvor, doch er drückte nur dagegen. Runa kratzte ihn mit der anderen und versuchte ihn dazu zu bringen, endlich in sie einzudringen, doch er spannte sie noch auf die Folter.

Voller Verlangen bedrängte sie ihn umso mehr. Und als sie ihn endlich spürte, erwachten in ihr alle Sinne und Gefühle. Sie war so vereinnahmt von Thyrillion, dass sie an nichts mehr denken konnte, als sein zärtlicher Anfang drängender und härter wurde. Wie lange konnte sie es noch hinauszögern, fragte sie sich. Es war so unbeschreiblich schön und sie wollte dieses Gefühl noch länger auskosten, solange sie es konnte. Oh, dieser Mann! Sie hatte ihm geholfen, zu ihm zu werden, zu ihm selbst zu finden - zu seiner Kraft und zu seinem Wesen! Sie wusste schon immer, dass aus dem schwachen Jungen von damals ein besonderer Mann werden würde. Und doch, war er ihr nicht hörig, denn er widersetzte sich ihr von Zeit zu Zeit oder tat dumme Dinge wie alle Männer es taten. Unwillkürlich musste sie zugeben, dass es ihr gefiel!

Ich werde doch nicht von einer dahergelaufenen verfluchten Nymphe zurückstecken bei einem Mann! Niemals wird das geschehen. Darauf kannst du Gift nehmen, Echo!

Runa überkam es so überraschend und heftig, dass ihr Stöhnen ebenso plötzlich lang und laut war. Ihre Finger drückten ihn so fest, wie sie es nur konnte. Es schüttelte sie mehrmals und atemlos raunte sie: "Shh, ich..."

Er hielt inne und küsste sie liebevoll auf die Wange.

"Du kannst es", lächelte sie.

Der Prinz sah sie an. Er entdeckte jüngst verheilende Wunden an ihrer Hüfte. Mit einem Finger fuhr er darüber. Sie zuckte leicht zusammen. "Wie?"

Runa presste ihre Lippen aufeinander.

"Gut. Dann frage ich dich, woher wusstest du, wie wir den Dolch einsetzen müssen?" Er drückte mit dem Finger auf die Wunde und sie wand sich.

"Ist gut, Thyr, ich sage es dir." Sie seufzte. "Ich habe Amezyarak befragt."

"Schon wieder ein Daemon? Warum tust du das? Es ist gefährlich, er verletzt dich."

Sie senkte den Blick. "Ich wollte dir helfen."

Thyrillion küsste sanft ihre Seite von oben nach unten. Ihre Haut kribbelte und sie legte den Kopf zurück. Er hielt inne.

"Mach weiter", flehte sie leise und hob ihm ihre Hüfte entgegen. Zärtlich bedeckte er sie weiter mit Liebkosungen und ergriff ihren Po. Er zog sie zu sich hinab, ergriff ihr Kinn und küsste sie erneut. Runa schlang ihre Beine um ihn und bedrängte ihn vor Lust. Er gab ihrem Verlangen nach, packte sie soft und mal ein bisschen hart, was sie freudig stöhnen ließ.

"Wir sollten wieder zurück, wir haben eine Aufgabe zu erfüllen", sagte Thyrillion und spielte mit dem Dolch.

"Das sollten wir", pflichtete sie ihm bei. Sie stand auf und ihr dünner Körper war wunderschön im fahlen Licht ihres Gemachs. Sie spürte seine Blicke auf ihn und zog sich bewusst langsam an. "Du solltest dich auch anziehen, ansonsten bin ich gespannt, wie du das erklären möchtest."

Er lachte und zog sich an.

"Weißt du, wie du ihn einsetzt?" Die Magierin stapfte in ihre Badewanne.

"Nicht wirklich."

"Ich helfe dir, Thyr. Komm zu mir ins Wasser." Er stellte sich zu ihr. "Schneide dich, dann küss mich mit der gleichen Leidenschaft wie du es im Bett getan hast. Denke dabei an den Ort, von dem wir kamen. Stell ihn dir vor mit allen Einzelheiten."

Echo saß am Ufer des Bessadefos und blickte in die Strömung. Dann klatschten die beiden Menschen wieder im Wasser auf und lachten.

"Habt Ihr es geschafft, Prinz, unter der Anleitung der Magierin? Es hat auch lange genug gedauert."

"Ja, er kann es."

“Gut”, sagte Neltomen, der soeben angeflogen kam.

Echo sah sie belustigt an. "Euer Cajal ist verschmiert. Seid ihr wieder nass geworden?"

"Nun, wir haben es öfters gemacht, da kann das schon mal passieren", zwinkerte Runa ihr triumphierend zu. “Und Nymphe, er war wirklich gut.”

Die Oreade warf die Hände in die Höhe. “Schon gut, so genau wollte ich es gar nicht wissen. Nachdem ihr nun mit dem Rein-und-Raus-Spielen fertig seid, können wir endlich weiter? Wir haben noch eine Aufgabe vor uns.”

“Gewiss, Herrin, doch habe ich Tormendan etwas versprochen”, erwiderte der Prinz.

“Wärt Ihr so gütig, mein Prinz, und würdet uns verraten was?”

“So genau wolltet Ihr es doch gar nicht wissen, Herrin.”

Der Meister des Feuers und der Elb waren bereits reisefertig, als sie zu Thyrillon und den anderen stießen.

“Hier trennen sich unsere Wege”, sagte Tormendan. “Wir haben noch einen weiten Weg vor uns und die Zeit drängt.”

Der Prinz hob die Hand. “Wartet, ich sagte, ich bringe euch schneller an euer Ziel als ihr reiten oder fliegen könnt.” Er holte den Steindolch hervor. “Kommt zu uns ins Wasser.”

“Denke an die Trauerweide”, erinnerte die Magierin ihn. “Stell sie dir vor.”

So standen Runa, Echo, Neltomen, Tormendan und Lael beisammen, während Thyrillion sich konzentrierte und mit dem Dolch stach.

Anschließend küsste er Runa.

Es geschah nichts.

“Für sowas haben wir nun wirklich keine Zeit”, sagte Lael mürrisch zu Tomendan. “Wir sollten lieber…”

“Du machst es nicht richtig, Thyr!”

Er zog kurzerhand Echo zu sich und küsste sie.

Runa schlug Thyrillion. “Was machst du?” Ihr Schrei und die Gruppe wurde vom Wasser verschluckt.

“Dieser Geruch. Thyr, dein Ernst? Bis zum Bauchnabel mitten im Dreck!

“Nutzt ihn als neuen Cajal, Magierin.”

Runa stöhnte laut auf.

Der Prinz schaute sich um. Er war bis zur Hüfte eingesunken. Nebst ihm war Echo, die aber auf einer trockenen Oberfläche verweilte und ihm eine Hand reichte. Er setzte sich zur Nymphe. Weiter sah er Runa, beinahe vollständig versunken, das Wasser bis zum Hals und die undeutlichen Gestalten von Lael, Tormendan und Neltomen. Nebel verschleierte seine Sicht, der sich grau, wie ein Mantel über sie gelegt hat.

“Ja, ich komm klar”, brabbelte Runa vor sich hin schimpfend, ehe der Engel sie an beiden Armen herauszog. Mit einem Schmatzen gab der Schlamm sie frei.

Nach kurzer Zeit erstrahlte ein fahles Licht und verdrängte den Dunst, so dass sie mehr sehen konnten. Auch der Elbenkrieger und Tormendan befreiten sich aus dem Schlamm und ruhten sich auf dem festen Erdstück aus.

“Geht es allen gut?”, fragte der Prinz mit einem prüfenden Blick in die Runde. “Dann weiter.”

Erneut zog ein Geruch von faulen Eiern über sie hinweg.

“Das ist nicht gut”, bemerkte Echo.

“Und ich dachte, Ihr liebt diese Kloake wie sämtliche Gewässer, Nymphe.”

“Gewiss nicht, denn dieser Geruch ist unangenehm und keineswegs mit einem klaren Gewässer zu vergleichen.”

“Schluss damit, ihr beiden”, beendete Thyrillion die Diskussion. “Nachdem wir unsere Gefährten hierher gebracht haben, gehen wir unserem Auftrag nach.” Er ging zu dem Meister des Feuers und Lael.

“Habt Dank, mein Freund”, sagte der Magier.

Sie reichten sich die Hände zum Abschied.

Der Elb nickte dem Prinzen zu. “Fahrt wohl. Mögen die Göttinnen über euch alle wachen.”

Damit verschwanden ihre vier Wegbegleiter und doch waren sie nicht allein.

IMGELLON

Die kommenden Tage und Monde fühlte sich Imgellon geliebt. Er war mit Lilith unterwegs und sie waren glücklich. Die beiden waren immer unterwegs und wechselten ihre Zufluchtsorte. Seine Rebellion wuchs wie ein Geschwür, breitete sich aus und immer mehr schlossen sich seinem Vorhaben an. Die Angriffe und Scharmützel der seinen wurden dreister und brachten erneut Schmerz und Tod in den Himmel. Es wurde auch in Anemeron gefährlicher, denn gab es dort ebenso Menschen, die sich seiner Sache nicht anschlossen. Des Weiteren war Lilith bereits vor Imgellons Erscheinen auf der Flucht gewesen, doch mit ihren neuen Kräften und Imgellon an ihrer Seite, wurde auch sie wagemutiger.

Eines Nachts traf sich Imgellon mit seinen Vertrauten Arathron, Bathin und Asaselle, Amezyarak und Chermoni.

“Freunde, ich bin es leid, auf der Flucht zu sein. Wir wollten Zeit mit unseren Liebsten verbringen und doch bestimmen andere Belange unser Leben. Ständig folgt uns die Gefahr wie ein Schatten und wir können ihr nicht entrinnen. Und doch müssen wir sie bannen.”

“Aber wie, Herr?”, fragte Chermoni. “Die Erzengel wachen über all unsere Schritte, allen voran Michaelle und ihre Erelim.”

“Fürwahr”, pflichtete Amezyarak ihm bei. “Was gedenkt Ihr zu tun, Herr?”

Imgellon legte eine Hand an seinen Hals, wie so oft, wenn er nachdachte. “Wir müssen sie stellen.”

“Itzo sprecht Ihr aus, was ich denke, Imgellon.” Asaselles Miene verzog sich zu einem befriedigenden Lächeln. “Lassen wir dieses Versteckspiel hinter uns, wir sind Krieger!”

“Gewiss sind wir das. Beleidige nicht unsere Ehre, Asaselle!” rügte ihn Arathron. “Ein jeder von uns, doch fürchte ich, dass wir in einer offenen Schlacht verlieren würden.”

“Du Kleingläubiger!”, fauchte Asaselle und machte einen Schritt in Arathrons Richtung.

“Haltet ein, Freunde!” Doch Imgellons Bitte ging unter, als die beiden Daemonen aufeinander losgingen. Die anderen stoben auseinander. Arathron brachte die kurze Seite seiner Klinge an Asaselles Hals, indes dieser seinen Dolch an dessen Weichteile setzte.

Augenblicklich fror die Szenerie ein. Blutstropfen bildeten sich, doch blieben an Ort und Stelle.

“Ich sagte: Haltet ein.” Der Anführer bewegte sich als Einziger in der Stasis. Er ging nah an die Gesichter der beiden Streitenden und sah sie abwechselnd an. “Widersetzt euch meinem Befehl und alles, wofür wir gekämpft haben, schlägt fehl. Dies kann und werde ich nicht dulden. Ich muss mir eurer sicher sein!”

Kleine Funken züngelten über die Wunden von Asaselle und Arathron und verschlossen diese, unter Schmerz wie Imgellon in ihren Augen ablesen konnte und es von ihm beabsichtigt war!

"Begreift doch, nur so kann es uns gelingen."

Eine Weile war es still. Keiner der anderen traute sich etwas zu sagen.

In Imgellon war bereits der Plan gereift, was sie als nächsten Schritt tun würden. So sprach er seine Gedanken aus.

IMGELLON

Es war jene Zeit, als die Menschen, die hinter Lilith standen und sie verehrten, weil sie es geschafft hatte, von Imgellon, dem höchsten alle Engel, erhöht worden war, dass sie an Flüssen und Strömen Brücken erbauten. Das Verständnis der Menschen für die Baukunst war noch in den Anfängen, doch sie lernten schnell. Sie waren wissbegierig, lehrsam und ungeduldig. Dies waren alles Gründe, warum sie Imgellon und seinen Vertrauten näher waren als den anderen Engeln, denn von ihnen bekamen sie weit mehr Aufmerksamkeit und Antworten. Die Brücken, die sie erbauten, waren schmal, halbrund und ohne große Tragkraft. So kam es, dass Lilith Imgellon davon berichtete, wie ihre gebauten Brücken einstürzten und Sterbliche in den Tod rissen. Imgellon bekam Mitleid und verstand.

Der große Engel kam zu den von Menschenhand gebauten Brücken und bot den Erbauern einen Handel an. Er gab sein Blut, um den Mörtel zu verstärken und haltbarer zu machen. Im Austausch dafür, bekam er die erste Seele, die darüber lief, nach seinem Ableben.

Erst später erzählte Imgellon seinem Freund Arathron von den Brücken der Solasons. Sie waren allein unterwegs.

“Blut für Blut?”

“Blut für Blut, so ist es.” Imgellon sah sein Gegenüber direkt an. “Wir brauchen Verbündete in unserem Kampf. Ihr Blut und ihr Einsatz werden uns helfen, denn sie sind stark und viele.”

Arathron nickte. “Aber, warum dein Blut, Domel?”

“Während die Solasons ihre Brücken zum Überqueren des Wassers nutzen, werden wir durch sie hindurch reisen. Um unseren Kampf zu gewinnen, benötigen wir Heimlichkeit und vor allem Verwirrung. Wir können nun zu allen Brücken der Solasons reisen und von dort aus unsere Angriffe führen. Schnell, effektiv und keiner der Himmlischen wird wissen, wo wir als Nächstes zuschlagen werden. Die Überraschung wird immer auf unserer Seite sein."

"Wie vermögen wir dies zu tun?" Arathron legte den Kopf schief.

"Durch mein Blut sind wir in der Lage, aus diesen Brücken Tore zu erschaffen. So können wir von jeder Brücke zu einer anderen gelangen. Das verschafft uns den nötigen Vorteil."

"Du sagst, diese Tore werden nur durch dein Blut geöffnet?"

Imgellon gab seinem Vertrauten ein kleines Medaillon in Form einer Sonne mit den Worten: "Für dich, mein Freund. Habe es immer bei dir."

Trotzdem grämte Imgellon noch immer, dass er für die Seinen noch nicht ihren Platz in der Welt gefunden hatte. So sprach er mit Bathin, dem Schattenhaften, seinem Kundschafter, dass er über die bekannten Gefilde hinaus suchen und ein Land finden, das unbesiedelt sei. Er wusste, es gab diese, denn der Eine hatte des Öfteren davon gesprochen, wie mannigfaltig seine Schöpfung und ihre Gestade waren und die meisten lagen noch im Verborgenen, da sie einfach noch nicht entdeckt waren. Auch Bathin gab Imgellon ein Medaillon mit seinem Blut und erklärte ihm, dessen Wirken.

Imgellons Schar führte ihre Angriffe stets im Schutze der Nacht aus, dass noch schwerer zu erfassen war, auf welchem Weg sie kamen und wieder verschwanden. So erlangten die Engel um Imgellon ihren elbischen Namen: Daemonen. Die den Tag flüchten in der Sprache der Sterblichen. Für die Himmlischen gab es solch ein Rätsel auf, dass sie nicht so schnell lösen konnten und die Daemonen in diesem Krieg die Oberhand gewannen.

Dies war die Stunde, als Imgellon entschied, seinem Vater erneut gegenüberzutreten. Er glaubte, sich endlich Einsicht und Verständnis Revogatags verschaffen zu können.

Nach der unbefriedigenden Begegnung mit Revogatag, verließ Imgellon den Glaspalast Nemasha und warf einen Blick zurück. Das Lichtprisma spiegelte sich im atemberaubenden Panorama der Wolkenstadt. Er folgte seinem inneren Kompass, um schnellstmöglich dieses Reich zu verlassen. Schließlich war er dessen ärgster Feind itzo.

Mit einem Lächeln auf den Lippen, sah er die Sonne, die ihren Zenit überschritten hatte. Erneut fragte er sich, wer nun das Licht brachte. Es beschäftigte ihn eine Weile, bis er eine Bewegung zwischen den Strahlen wahrnahm.

Imgellon sollte auf der Route bleiben, doch gewann seine Neugier wiederum gegen die Vernunft.

Er brachte sich mit starken Flügelschlägen höher hinauf. Als er sich mit s'orik Bensa verschleierte, flog er näher heran. Das Licht, das er über alle liebte, umschmeichelte ihn, so als wolle es ihn zu sich rufen. Imgellon gab der Versuchung nach und wagte sich weiter vor. Die Grelligkeit nahm ihm sein Sehvermögen für einen Augenblick, doch er wusste, dies würde genauso schnell vergehen, wie es über ihn gekommen war.

Wer hat meine Stellung nun inne?, fragte er sich erneut.

Imgellon blinzelte die Lichtflecken vor seinen Augen weg und erstarrte. Seine Schwingen wurden von Schlingen gebunden, so dass er sie nicht mehr unter Kontrolle halten konnte.

Und es war eine kalte Stimme, die er hörte: “So ward der Schlange der Kopf genommen.”

Michaelle!

Imgellon schrie verzweifelt auf und fiel.

KAPITEL 9

UNTERWEGS

THYRILLION

Der Prinz brach zusammen. Runa und Echo beugten sich sofort zu ihm, während der Engel sich umsah.

“Er hat sich zu sehr verausgabt”, sagte Echo.

“Er hätte die anderen nicht ins Moor bringen sollen”, erwiderte Runa.

“Und Eure Spielchen haben auch nicht gerade zu seinem Wohlbefinden beigetragen.”

“Das klang ganz anders als wir…”

“Thiens! Aufhören!”, mischte sich Neltomen ein. “Wir müssen aus dem Flussbett raus. Dieses offene Gelände gibt uns zu vielen Augen preis. Und dann kümmern wir uns um ihn.” Er packte den bewusstlosen Thyrillion auf seine Schulter und Runa unterstützte ihn.

“Dort zu der Felswand”, sagte er. “Los!”

“Was tun wir jetzt?”, fragte Echo.

“Wir warten, Edle, er muss sich ausruhen. Sein Körper wird sich erholen, er braucht nur etwas Zeit. Lasst uns ein Lager aufschlagen. Ich sehe mich ein wenig um.”

“Nun habt Ihr ihn niedergerafft durch Eure ständige Lust, Magierin!”

“Das lasse ich mir bestimmt nicht von einer verdammten, lüsternen Nymphe vorwerfen. Wer ist denn verflucht noch mal überall und mit jedem bereit?”

“Ihr seid eifersüchtig”, stellte Echo fest.

“Was sagt Ihr da? Ich eifersüchtig? Ich glaube, Eure Sexsucht hat Euren geringen Verstand vernebelt oder denkt Ihr nur noch mit Eurer Hüfte? Ihr kleines, verdammtes M...”

Weiter kam Runa nicht, denn die Oreade warf sich auf sie mit einer Wut, die ihr so viel Stärke verlieh, welche die Magierin ihr keinesfalls zugetraut hätte. Beide Frauen fielen zu Boden, schlugen um sich und fluchten. Mit einem Mal hielt Runa ihren Dolch in der Hand und stach nach Echos Auge. Ein Wasserschild prellte ihr jedoch die Waffe aus dem Griff der Finger und die tödliche Klinge grub sich mit enormer Wucht in Thyrillions Brust. Unendlich langsam trat sein Blut hervor.

Die Zeit stand still und weder ein Geräusch noch eine Bewegung unterbrachen sie.

Die Nymphe und die Sterbliche blickten sich noch immer hasserfüllt an und trauten ihren Augen kaum. Es schien eine Ewigkeit zu vergehen und über die Frauen schlug der Schmerz ein wie eine Henkersaxt. Jede kämpfte innerlich gegen ihr Versagen, ihren Verlust und ihre Pein. Eine Pein, die so groß war, dass sie wünschten an seiner Statt zu sterben, dieses Unglück rückgängig zu machen, um jeden Preis, selbst ihr eigenes Opfer anbieten.

Dann flirrte die Luft und die Zeit lief rückwärts. Das austretende Blut in Thyrillions Brust zog sich zurück und die Waffe entzog sich ihm von selbst.

Eine leise entspannende Musik wurde herangetragen. Und auf ihr war ein wunderschöner, muskulöser Jüngling in Türkis und Gold gekleidet; seine Haut war wie blasse Seide durchscheinend wie das Licht und das Lied selbst. Um ihn schimmerten vage spektrale riesige Flügel. Mit einem Lächeln auf den Lippen schüttelte er den Kopf.

Direkt vor seinem Herzen verharrte der Dolch in der Luft.

“Grämt euch nicht, denn die Untat ist nie geschehen. Lasst euren Zwist hinter euch, denn eure Liebe ihm gegenüber sollte auch euch zu Herzensschwestern machen. Vergesst dies nicht.” Die Musik, das Licht und der Jüngling verschwanden.

Die Stasis verflog, als die Waffe auf den steinigen Boden fiel.

Sie ließen voneinander ab und wendeten sich ihrem Schützling zu.

“Eure Magie schwächt ihn auf lange Sicht, trotz seiner körperlichen Stärke, Runa.”

“Ja, das tut sie und doch hat er diese körperliche Stärke durch sie erhalten. Ihr müsst wissen, er war ein kränkliches Kind. Es schmerzt mich, dass ihm so eine gewichtige Aufgabe anvertraut wird, hat er doch mit sich selbst zu kämpfen.”

“Es ist nicht seine Muskelkraft, die ihm dieses Privileg auferlegt.”

“Ich war auf Eure Schönheit und Eure Verbundenheit zu dem Prinzen neidisch”, gab die Oreade zu.

“Auf meine Schönheit?” Röte schoss ihr ins Gesicht. “Seid Ihr es doch, die so schön strahlt wie das Wasser in der Sonne selbst. Ich dagegen…”

Echo legte ihre Hand an Runas Wange. “Ihr seid es, zweifelt nicht daran. Vergebt mir, Magierin.” Dann küsste sie Runa vorsichtig.

“Es gibt nichts zu vergeben. Der Zwist wurde von mir begonnen.”

“Dennoch sagte ich Worte, die Euch dazu brachten.”

“Das taten wir beide, Echo.”

“Diese Schuld trifft uns zugleich und wir tilgen sie nur gemeinsam.”

“Gemeinsam,” pflichtete die Magierin ihr bei, ehe sie die Nymphe an sich drückte. Als sie sich lösten, fragte Runa neugierig: “Wisst Ihr, wer dieser äußerst attraktive Jüngling war?”

Echo schmunzelte. “Wir sind uns gar nicht so unähnlich.”

“Zumindest nicht in dieser Hinsicht.”

“Es war Sandalphon”, sagte Neltomen.

“Sandalphon,” wiederholte Runa. “Ist es solch hohen Engeln nicht nur in Ausnahmefällen gestattet nach Anemeron herabzusteigen?”

“Wenn das keiner war, dann weiß ich auch nicht.”

“Vielleicht war er deswegen so anziehend? Habt Ihr es auch gespürt, Nymphe?”

“Oh, gewiss. Doch vermute ich war es nicht nur sein Erscheinungsbild, sondern auch dieses Wiegenlied.”

Die Magierin blickte zu ihr. “Ist es nicht vergleichbar mit dem Nymphenzauber?”

“Dann wäre es wie Eure kleinen Spielchen.”

“Welche Spielchen bitte?”

“Ach, da wäre das kleine verletzliche Mädchen, dann wieder die dominante Liebhaberin und die Frau, die weiß, was sie will…”

“Schon gut, schon gut”, lachte Runa. “Weshalb kennt Ihr meine… äh, Spielchen?”

"Selbst in meinem langen Leben kann ich ja vielleicht noch etwas dazu lernen."

"Von mir? Gewiss könnt Ihr das."

AMANIEL

Als der Tag dem Abend wich und die letzten Sonnenstrahlen wie goldene Fäden durch die Wipfel von Ellodanal fielen, fühlte Amaniel, wie eine unheilvolle Stille sich über den Wald legte. Die düstere Vorahnung, die sein Herz umklammerte, wurde zur Gewissheit, als er den Hufschlag der Pferde auf dem Moosboden hörte – zu rasch, zu hastig, zu schwer. Noch bevor er die Gestalten von den Rittern Elne, Ferelle und des blinden Voganaomarien, sowie Ellarielles Ross Iloranon erblickte, wusste er, dass ein Unheil geschehen war.

Mit dem Näherkommen der Gruppe an die Pavillions von Ellodanal, spiegelte Amaniels Blick eine tiefe, durchdringende Bestürzung wider. Seine Tochter lag vornübergebeugt auf ihrer Falbe festgebunden. Als die Ankömmlinge endlich vor ihm standen, ihre Gesichter gezeichnet von Schmerz und Niederlage, fand seine Stimme kaum den Weg durch die beklemmende Stille: "Berichtet mir, was geschehen ist."

Elne, der Ritter, dessen Augen üblicherweise kühl und aufmerksam waren, senkte seinen Blick und antwortete mit zitternder Stimme: "Es war Asaselle, mein Herr. Ein Überfall... wir waren nicht stark genug. Eure Tochter... sie ist schwer verwundet."

Ferelle, dessen Haltung sonst unbeugsam war, fügte hinzu, während in seinen Augen ein Schimmer von unausgesprochener Schuld lag: "Wir haben versagt, Herr. In unserer Pflicht, sie zu beschützen."

Voganaomarien, dessen Verletzungen tief waren, sprach mit einer Stimme, die von Trauer durchdrungen war, doch in der auch eine unerschütterliche Treue mitschwang: "Ich hätte mein Leben geben sollen, bevor ihr ein Leid widerfährt."

“Ihr habt sie hergebracht, somit besteht noch Hoffnung.” Amaniel, nun neben seiner Tochter, die so still und blass dalag, als hätte sie bereits einen Fuß in die Welt jenseits dieser gesetzt, spürte, wie die Verzweiflung in ihm hochstieg. Doch inmitten des Sturms seiner Emotionen fand er einen Anker in der Tiefe seines Herzens – eine unbeugsame Entschlossenheit. Er richtete sich auf, sein Blick traf jeden der Anwesenden. "In Ellodanal sind wir noch nie vor der Dunkelheit zurückgewichen. Auch jetzt werden wir es nicht tun. Es gibt einen Weg, Ellarielle zu retten. Ein Ritual, das ich bereit bin zu vollziehen. Für meine Tochter, für Ellodanal."

Elne flüsterte: "Sie ist schon auf der Schwelle zum Tod, Herr. Wir ritten so schnell wir konnten."

Amaniel legte seine Hand sanft auf Ellarielles Stirn, fühlte die kühle Haut, die kaum Leben verhieß, und wisperte: "Solange noch ein Funken ihres Geistes in dieser Welt verweilt, gibt es Hoffnung. Und ich werde jeden Weg beschreiten, um diesen Funken zu einem Feuer zu entfachen."

Die Ritter und Voganaomarien, erfüllt von einer Mischung aus Schuld und neu erwachtem Mut, nickten stumm. In ihren Herzen regte sich ein neuer Glaube an eine mögliche Rettung, entfacht durch die Weisheit ihres Herrn.

TORMENDAN

Kühl und grau lag die Landschaft vor ihnen. Der stete Nebel wurde mit der Zeit dichter und sie sahen immer weniger, was um sie herum lag. Bereits einen ganzen Tag waren sie in dieser Suppe gelaufen. Es war schwerlich den richtigen festen Weg zu finden, aufgrund der Sichtverhältnisse. Der Elb ging voran und leitete sie zielstrebig gen Westen. Stille umgab sie, die bisweilen nur von einem Schmatzen oder Glucksen durchdrungen wurde, als Tormendan in das vorherrschende Torfmoos trat und seinen Fuß wieder hastig herauszog. Der Elb schüttelte anfangs den Kopf über so viel Ungeschick, doch gab es nach mehreren Dutzend Malen auf. Sein Begleiter war eben ein Mensch. Hellgrün schimmerte das Torfmoos unter ihnen, doch die gespenstisch leuchtend-weißen Wollgräser zeigten Lael die trittfeste Erde.

“Diese Lauferei scheint endlos”, klagte Tormendan. “Ganz zu schweigen von der tristen Umgebung. Wie haltet Ihr das aus?”

“Trist? So mag es für einen Sterblichen erscheinen.” Der Elb beschleunigte seinen Schritt, dass der Magier ihn aus den Augen verlor.

“Wartet, Lael!” Tormendan lief schneller und stolperte ins Wasser. Er tauchte unter, Schlamm und Pflanzenwuchs hielten ihn fest. Die Luft ging ihm aus und er drohte zu ertrinken. Nach einer gefühlten Ewigkeit wurde er gepackt und aus der Umklammerung des Moors gezogen.

“Bleibt dicht hinter mir, sagte ich.” Der Elb bedachte ihn mit einem abschätzenden Blick. “Folgt mir, es ist nicht mehr weit.”

“Wohin?”

“Folgt mir”, wiederholte Lael und zog den nach Luft ringenden Tormendan hinter sich her.

Es ging ein Stück bergauf, der Boden war fest und der Nebel lichtete sich. Sie blieben stehen und über ihnen prangte eine gleißend helle Sonne, die einen weiteren Blick ermöglichte. Die Vegetation war weit üppiger als es bislang den Anschein hatte. Hier wuchsen das gelbblättrige Fettkraut und der Sonnentau mit seinen rötlichen Drüsen und zeichneten so einen festeren Pfad ab. Dazwischen erhoben sich mannshoch wie Mauerbruchstücke die schmalen Stengel des Schwertrieds. Auf der weiten Anhöhe standen kleinere Baumgruppen aus Moor-Birken mit ihrer grau-weißen Rinde und den rund-eiförmigen Blättern.

“Was für ein Anblick”, staunte der Meister des Feuers. “Wer hätte das gedacht, liegt doch Schönheit inmitten dieser grauen Welt.”

“Das ist das Gleichgewicht der Natur. Auch die nicht so schönen Dinge haben ihren Platz. Wie sollten wir sonst Schönheit unterscheiden?“

“Fürwahr.”

“Es ist Mittag. Wir sollten hier rasten.”

Der Wind frischte auf. Als Tormendan frech an den Haaren gezogen wurde, lächelte er. “Immerdar, du hast dich lange nicht blicken lassen.”

Sie drückte ihn. Ihre Stimme säuselte wie gewohnt: “Süßer, in Gegenwart der beiden anderen Frauen fühlte ich mich nicht wohl. Und der Weg, den ihr beschreitet, ist nicht gerade mit Bäumen übersät. Und als Dryade bin ich an sie gebunden, egal wie sehr du mich herbeisehnst. Hast du das vergessen? Hat dir die Luft hier die Erinnerung vernebelt? Was ja auch kein Wunder wäre. Oh, und ich sehe, du hast deinen stattlichen Elbenkrieger dabei. Dann bist du wohl ganz gut ohne meine Hilfe zurechtgekommen. Mit ihm an meiner Seite würde ich dich auch nicht vermissen.” Sie lächelte Lael verführerisch an und ihre Hand befühlte dessen Armmuskeln.

“Immerdar”, schalt der Magier. “Mein Gefährte möchte sich ausruhen.”

“Ausruhen von Euch, aber nicht von ihresgleichen. Ihr seid mir eine willkommene Abwechslung, Nymphe. Setzt Euch zu mir, wenn ihm Eure Anwesenheit nicht gefällt.”

Sie aßen von dem mitgeführten Trockenfleisch und Tormendan sah sein Gegenüber an. “Sagt, was wisst Ihr über diese Gegend? Ist es so, wie man erzählt?”

“Was erzählen die Solasons darüber?”

“Nun”, fing Tormendan an, “die Köhler sagen, dass die Menschen hier dunkle Magie anwenden, um zu überleben. Sie sind rau und grob und lassen niemanden durch ihr Gebiet ziehen. Sie sind mit dunklen Wesen im Bunde, die ihre Geheimnisse schützen.”

“Ihr Sterblichen seid höchst sonderbar. Zuerst erfindet ihr diese Ammenmärchen und dann schreckt ihr selbst davon zurück.” Der Elb lachte. “Seht, die Menschen hier sind nicht anders als die Köhler, bei denen Ihr gelebt habt. Ihr Tagwerk ist ebenso hart und rau wie ihre Heimat. Es stimmt, hier ist es diesig bisweilen düster, doch das liegt an ihrem Handwerk.”

“Schwarze Magie?”

“Nein. Sie verbrennen den Torf und machen daraus Kohle. Die vielen kleinen, verborgenen Gehöfte nutzen diese und stellen sie auch selbst her. Bei der Herstellung wie beim Verwenden entsteht dieser rauchige Dunst mit dem fauligen Geruch und verteilt sich so über das Torfmoor. Sie machen im Grunde nichts anderes wie die Köhler. Und sind die Köhler einfach so zu finden, wenn sie es nicht wollen? Oder ranken sich nicht auch um sie düstere Geschichten?”

Tormendan nickte. “Gern würde ich diese Menschen treffen.”

“Dafür haben wir keine Zeit.”

“Ihr habt Recht, Lael und trotzdem würde ich es gerne.”

“Süßer, bitte die Zeit wird knapp. Ihr müsst euch eilen. Florathiens Sein hängt davon ab.” Immerdar bedachte ihn mit einem strengen Blick.

“Die Köhler und die Torfmacher sind sich nicht Freund. Besser, wenn wir nicht auf sie stoßen.”

Drei Tage waren sie durch das Torfmoor gewandert und der Mensch kam immer besser mit den Gegebenheiten zurecht. Seine Augen waren nunmehr an das diesige Licht gewöhnt und seine Schritte fanden den festen Boden sicherer und er konnte bei Laels Tempo gut mithalten. Gestern waren sie an einem Feld vorbeigekommen, an dem ausgestochene Torfziegel zum Trocknen ausgelegt wurden. Sie waren knapp einen Meter hoch gestapelt auf einer Länge von zwanzig Metern. Dann folgte ein Graben mit Wasser gefüllt und wieder eine Reihe Torfziegel mit dem ausgehobenen Graben und immer so weiter. Tormendan wollte sich das Werk genauer ansehen, doch der Elbenkrieger mahnte ihn zur Eile. Die Torfstecher würden bald zurück sein und die Ziegel drehen, um den Trocknungsgrad zu begünstigen. Und eine Begegnung mit ihnen wollten sie beide nicht riskieren.

Die Landschaft veränderte sich und der alles verhüllende Nebel ließ mehr Licht ein. Der Boden wurde weicher und mehr Wasser trat an die Oberfläche. Der Baumbestand nahm zu, Schwarze Erlen und Bruchweiden mischten sich zu den Moor-Birken. Viele von ihnen hatten einen gewundenen Stamm von Wassernähe aus und wuchsen dann erst gerade nach oben. Das Leben hielt hier mehr Einzug als im Torfmoor fand Tormendan. Er sah Fliegen und Schmetterlinge, allen voran Ritterfalter und Bläulinge. Ihre Raupen fraßen vereinzelt auf Fingerkräutern und Engelwurz. Und doch fanden sich auch hier immer noch Spuren des Verfalls. Abgestorbenes Astwerk ragte hier und da zwischen den Bäumen hervor oder stakte wie Speer- und Schildsplitter als vergessene Zeugen eines Kriegsschauplatzes aus dem feuchten Boden.

Nach einer Weile fanden vereinzelte, unnatürlich abgeschnitten wirkende Sonnenstrahlen ihren Weg zu ihnen und gaben dem vermehrt aufkommenden Leben etwas Geheimnisvolles und Gefährliches. Schatten bewegten sich langsam hinter den Bäumen und Sträuchern und ihre Finger schienen den Magier zu kitzeln. Jedes kleine Geräusch ließ ihn herumfahren und er fühlte sich unwohl. Dann vernahm er die aufgeregten Rufe von Singvögeln.

"Lael, hier fühlt es sich anders an als im Torfmoor, ja, selbst das Licht der Sonnenstrahlen."

Ohne sich zu ihm umzudrehen, sagte der Elb: "Ja, wir sind im Bruch."

"Der Bruch? Das ist verfluchtes Land! Niemand wagt sich hierher. Finstere Wesen hausen hier. Haben wir uns verlaufen?"

"Niemals würde ich vom Weg abkommen. Still!", mahnte Lael. "Wir sind nicht allein."

Tormendan schluckte. Unruhig ließ er seinen Blick hin und her schweifen.

Die Sonnenstrahlen wurden von Dunkelheit verschlungen.

Alles um sie war in Düsternis gehüllt. Und mit einem Mal steckten sie beide bis zum Hals im Moor fest. Tormendan bewegte sich schnell und versuchte sich freizustrampeln, doch es gab kein Entrinnen. Er sank nur schneller ein, war bereits bis zum Mund eingesunken.

Die Bewegungen der Gräser des Torfmooses flüsterten ihre eigene unheimliche Melodie. Darüber zwitscherte keckend frech eine Rohrammer.

"Ihr wagt es, Fuß auf unser Gebiet zu setzen. Das bedeutet den Tod."

Tormendan wachte auf. Eine Symphonie von diffusen Schatten und orangenem Licht spielte sich vor seinen Augen ab, doch sehen konnte er nichts. Es war eine Qual.

Er machte Feuerstellen aus, vor denen sich graue Figuren bewegten. Nein, sie waren in den Flammen! Kein Schrei drang an seine Ohren und doch vernahm er das vertraute, schöne Knistern, wenn Holz vom Feuer verzehrt wurde.

O bei der Göttin, sie verbrennen Nymphen! Das musste wahrlich die Hölle sein, wenn hier solche Greuel begangen wurden. Es barg einer kranken Ironie, dass Wesen der Natur von einer Naturkraft verschlungen wurden. Er wandte den Blick ab und schluckte. Sein Auftrag war verloren! Er hatte Florathien enttäuscht und damit ganz Anemeron seinem Schicksal überlassen. Betrübt schlug er die Hände vors Gesicht.

Warum nur hatte er dem Elben vertraut, der ihn geradewegs in den Tod geführt hatte? Hasste Lael ihn so sehr, ihn seinem Schicksal zuzuführen? Würde er jetzt die Queste allein vollenden, könnte er es überhaupt? Oder war auch der Elb tot?

Ein Flüstern unterbrach sein Gedankenkarussell. Er glaubte, es war ein Flüstern. "Solason." War er nach diesem kurzen Aufenthalt an diesem Ort bereits verrückt geworden? Da war es wieder, mehr ein Zischen als ein Knistern.

Der Magier lugte zwischen seinen Fingern mit einem Auge hervor. Vor ihm tanzten regelrecht die Flammen. Er nahm die Hände weg, spürte die Kraft des Feuers ganz deutlich, als es näher zu ihm kam und seine Augenbrauen versengte.

"Solason." Nun war es deutlicher zu hören und das Feuer zog sich wieder ein Stück von ihm zurück. Er war kurz geblendet, dann erkannte er in dem Grau der Schatten eine mädchenhafte Gestalt. Sie war klein, wohlgeformt und doch sah er immer nur Teile ihrer nackten Kurven wie durch ein Kleid, das hier und da tiefe Einblicke preisgab. Ihre dunkle Haut war makellos, dann wieder voller Ruß und manchmal verbrannt. Verkohlte Lederfetzen hingen von ihrem Hals herab. Ihre langen, hochstehenden Haare waren das Feuer! Und sie waren genauso wild und verspielt. Dazwischen war ein Laternenpfahl-Diadem aus Zweigen, das langsam abbrannte. In den schwarzen Augen glühten orangene Funken.

"Solason", flüsterte sie erneut. Ihre Zunge leckte über einen Finger, ehe sie mit diesem über Tormendans Oberarm zur Hand hinab fuhr. Unter einem leichten Brennen zuckte er gebannt zusammen und küsste ihre heißen Lippen. Sein Blut kochte, sein Körper wurde heiß und er drohte zu verbrennen, obwohl er mit dem Feuer so vertraut war und es als Freund sah. Dennoch war dieses anders, denn es weckte in ihm ein Verlangen, das er stillen wollte und packte die Frau hart an ihrer Hüfte, während sich Strähnen ihres Feuerhaars in seine Schultern und Brust durch sein Gewand zur Haut fraßen.

"Schluss damit, Lampade!"

Mit einem Fauchen zog sich die Nymphe zurück und Tormendan war wieder Herr seiner selbst.

"Ich habe soeben Euer Leben gerettet. Dem Erwählten Florathiens hätte ich mehr zugetraut als der plumpen Verführungskunst einer Lampade zu erliegen."

Seine Gedanken klärten sich noch. "Lampade?"

"Die Nymphen der Hölle, verfluchte Verführerinnen dämonischer Natur." Die Stimme der Frau hatte eine angenehme Tiefe, klang rauchig und dominant. Ihr Wuchs war klein und doch war sie sogar ein Stück über Tormendans Augenhöhe, da sich unter ihren Füßen ein emporwachsender, wandernder Teppich aus Torfmoos und Wollgräsern bildete. Ihre Schenkel waren schmal und auch die Hüfte, so dass ihr Becken breiter wirkte, trotz des geringen Umfangs. Ein geschlitztes dunkelgrünes Tuch war durch einen Gürtel aus Wurzelwerk befestigt. Die feinen Muskellinien an ihrem Bauch waren grün hervorgehoben. Um die Brüste und die schlanken Schultern öffneten sich große violette Orchideenblüten wie eine Stola und ließen sie erhaben und elegant wirken. An den Armen rankten sich stilisierte Zweige. Ihr Gesicht war wunderschön und zart hellgrün setzten sich ihre Wangen ab. Das weiße Wollgras ihres Haars trug sie zu einem dicken Zopf gebunden, über die linke Schulter gelegt. Violette Augen mit einer weißen Iris schauten ihn abwägend an. "Ihr habt

Glück, dass ich zugegen war, sonst wärt Ihr verbrannt wie Torfkohle."

"Zunächst wähnte ich mich in der Hölle, doch dann wurde es...erträglicher. Doch falle ich auf diese Verführungen für gewöhnlich nicht rein."

"Gewiss, die Lampaden sind raffinierter und viel gefährlicher als alle anderen Nymphen. Aber ich spüre, Ihr seid vergeben, da wirkt sich der Nymphen Zauber schwächer aus."

Der Magier nickte. "Habt Dank, Herrin. Mein Name ist Tormendan Falton. Dürfte ich den Euren erfahren?"

"Orchidee, nennt mich Orchidee."

"Herrin, bevor ich im Moor versank, hatte ich einen Gefährten, einen Elb. Ist er auch hier? Außerdem hörte ich die Worte, dass wir nicht weitergehen können und unser Leben verwirkt sei."

Orchidee schmunzelte. "Klang die Stimme wie der Ruf einer Ammer?"

"Ja."

"Das war eine der Wächterinnen. Sie machen sich gelegentlich einen Spaß daraus, Eindringlinge zu erschrecken."

"Nachdem ich nicht in der Hölle bin, wo bin ich dann?"

"Bei der Mutter!!!" Der Schrei ging durch Mark und Bein.

Um sie herum gerieten Lampaden und Eleionomai in Bewegung.

"Was ist geschehen?", fragte Orchidee mit einer alles durchdringenden Stimme.

Eine Moornymphe mit auffallend grüner Haut und weißen Blüten zwischen Brust und Hüfte antwortete im Laufen: "Es sind Fremde hier!" Ihr Haar aus Weidenblättern flog hinter ihr her, so schnell war sie.

Eine weitere Eleionomai schoss hinter der anderen her. Diese besaß eine gestreifte Haut in Creme und Dunkelbraun. Sie wirkte beinahe wie eine Kriegerin, ihr schönes Gesicht hatte deutliche Backenstreifen und einen hellen Überaugenstrich. Sie hatte ihre Haare zu Zöpfen gebunden, was ihr wildes Aussehen noch mehr betonte. "Das werden wir nicht zulassen!", rief sie mit der Vogelstimme einer Rohrammer.

Der Meister des Feuers drehte sich wieder zu Orchidee um. "Wir sollten…" Sie war bereits weg. Also fing auch er an zu laufen, den Nymphen hinterher.

Der Moorboden war immer noch tückisch, doch es gelang ihm auf festem Weg zu bleiben.

Trotz des Chaos' rannten alle Sumpfbewohner in die gleiche Richtung. Mit ihnen kam auch Lael, der den Magier mitzog. Tormendan hatte zwar längere Beine, doch er hatte Schwierigkeiten Laels Tempo zu halten und nicht auszurutschen. Mehr als einmal wäre der Sterbliche fast gestürzt, doch sein Gefährte packte ihn mit starker Hand und hielt ihn in Bewegung. Unterwegs gesellten sich weitere Moornymphen mit finsteren Masken aus Totholz und Speeren zu Orchidee. Sie waren mit weniger Orchideenblättern bedeckt als ihre Herrin, doch bekundeten diese die Zugehörigkeit zu ihrer Leibgarde.

Als die Eleionomai abrupt stehen blieben, wäre Tormendan fast in sie hineingerannt, hätte ihn Lael nicht daran gehindert. Die maskierten Nymphen bildeten einen Halbkreis und streckten ihre Waffen nach vorne. Zwischen Baumskeletten und Brackwasser stand eine vermummte Gestalt. Ihr Mantel war grau wie der hier vorherrschende Nebel. Auf einen Wink von Orchidee nahmen die Moornymphen den Eindringling in die Zange. Mit einem Satz über die Naturgeister hinweg, rollte sich die Gestalt ab und versuchte sich den Angreiferinnen zu entziehen. Doch Lael war bei weitem schneller und empfing sie mit gezückter Klinge.

Die fremde Gestalt hatte ebenso ein Schwert in der Hand, parierte den schnellen Oberhau des Elben und rammte ihn mit ihrer Schulter aus dem Weg. Lael strauchelte nur kurz und fand sein Gleichgewicht wieder. Doch das kleine Manöver brachte die Gestalt weg von seinem ersten Gegner, zu dem kampfbereiten Tormendan.

Tormendan zog sein Schwert und griff mit einem Zornhau an, den sein Gegner im letzten Moment untertauchte und die Klinge nur Luft zerteilte. Der Meister des Feuers warf drei Feuerbälle nach der Gestalt, doch sie wich behände aus. Indes war Lael wieder bei der fremden Gestalt und teilte Hiebe mit seinen Schwertern aus.

Der Magier griff erneut an, als Lael mit einem Tritt zur Seite katapultiert wurde. Dann blieb die Zeit stehen, zumindest für Tormendan. Er sah die Klinge seines Gegners unmittelbar auf sich zukommen. Es gab für ihn kein Entrinnen!

Plötzlich sah er in Zeitlupe, wie Laels athletischer Körper sich vor ihn schon und das Schwert sich in dessen Seite bohrte, statt ihn. Dann verteilte sich Nebel vom Umhang des Eindringlings, vermehrte sich und dessen Schwaden berührten den Magier als Erstes und er fing an zu schreien vor Pein. Er sah Ellarielle in seinem Kopf, doch er spürte ihren Schmerz, ihren Todesschmerz als Asaselle, sie tödlich verwundet hatte.

Alsbald hörte er Lael ebenso schreien und kurz darauf die Eleionomai. Die Nymphen ließen ihre Waffen fallen und hielten sich die Köpfe, in dem Versuch, so den Schmerz zu mindern.

Tormendan verdrängte die Bilder und den Schmerz in seinem Inneren und konzentrierte sich auf einen Zauberspruch, der langsam und widerwillig Form annahm: “Nurielle!”

Das mächtige Wort bannte den magischen Schmerz verursachenden Nebel mit einer Druckwelle, die den Magier zu Boden schleuderte.

Tormendan erhob sich und entzündete mehrere Funken, die die Nachwirkungen des Nebels und des Gegenzaubers zerstoben und sich so ein klareres Bild abzeichnete. Laels Blick war grimmig. Einige der Nymphen kamen hustend auf die Beine, doch viele blieben regungslos liegen. Von der fremden Gestalt gab es keine Spur. Orchidees Gesichtsausdruck war verzweifelt.

“Lael!”, rief Tormendan und kniete sich zu ihm. Er beschwor Feuer und verschloss so die blutende Wunde.

“Das war knapp”, keuchte der Elb, ein schwaches Lächeln auf den Lippen.

“Warum hast du das getan? Dein Leben für meines riskiert?”

Lael atmete schwer, sein Gesicht schmerzverzerrt, doch in seinen Augen war etwas Unbeugsames. “Wegen ihr?”

“Ich verstehe nicht.”

“Ellarielle sagte zu mir, ich solle dich beschützen, als wäre sie es. Es war meine Liebe zu ihr, die mich dies tun ließ.” Er hustete.

Tormendan nickte. “Ich danke dir.” Er seufzte. “Doch in diesem geschwächten Zustand kannst du nicht mehr mit mir kommen.”

“Ja”, knirschte Lael mit den Zähnen.

“So begib dich in die Hände der Nymphen. Sie werden wissen, wohin sie dich bringen.“

“Gewiss. Ich mag die Gesellschaft von Nymphen”, zwinkerte der Elb. “Was wirst du nun tun?”

Der Mensch schüttelte den Kopf.

“Du wirst es wissen, wenn es so weit ist. Fahr wohl einstweilen, Tormendan Falton.”

Er hatte versagt. Auch der letzte Avatarstein Mutter Naturs war verloren.

THYRILLION

"Die Zwerge sind der Weg. Nur sie hüten das Licht-Adamant, das wir benötigen, um die Waffe zu vollenden."

“Ja, wie oft willst du das denn noch sagen, Engel?”, sagte Runa gereizt. “Und wann sind wir denn endlich da. Mein Po ist schon vollkommen wund von der unbequemen Reiterei.”

Die Vier ritten auf Gehölz-Tieren, die Echo für sie mittels Oreadenmagie beschworen hatte. Manche waren besser mit Moos und Blattwerk gepolstert als andere.

“Soll ich mir das mal anschauen?”, fragte die Nymphe mit einem freudigen Lächeln.

“Ha, das würdest du wohl gerne. Hat nicht jeder so einen heißen Arsch wie ich.”

“Irgendwie war es mir lieber, als ihr noch Differenzen hattet”, stöhnte der Engel.

“Du bist doch nur neidisch, dass du nicht in den Genuss kommst”, rief ihm Runa zu.

“Thiens, diese Frauen! Die bringen mich noch um den Verstand!”

“Sag doch einfach, wenn du mich willst”, zwinkerte die Magierin ihm zu. “Oder Echo. Wenn du durchhältst, können wir auch zu d....”

“Erbarmen! O Florathien, wie konntet Ihr sie nur so schaffen? Ich werde noch verrückt!”

“Ich glaube, er hat Interesse”, warf die Oreade ein.

Der Engel schlug die Arme über dem Kopf zusammen.

Auf dem Pfad erhoben sich majestätische Berge, die nur von den Mutigsten bezwungen werden konnten. Durch Täler und

Schluchten, die von Nebel umhüllt waren, führte der Weg schließlich zu den verborgenen Hallen der Zwerge. Das Dorf bestand aus vielen geschäftigen Werkstätten und Schmieden, die von kleinen und stämmigen Zwergen betrieben wurden. Die Luft war erfüllt von dem Klang von Hammer- und Ambossgeräuschen. Doch obwohl es reich an Wohlstand war, schien die Höflichkeit und Gastfreundschaft der Zwerge abhandengekommen zu kommen. Sie mochten es nicht, wenn große Fremde ihr Dorf betraten und sahen sie daher mit Misstrauen und Skepsis an.

Die unhöflichen Blicke durchstachen den Rücken Thyrillions und er bekam ein unwohles Gefühl.

"Ich denke nicht, dass wir hier fündig werden", flüsterte er.

"Wo ein Wille ist, ist auch ein Weg. Du wirst siegen, wenn du es willst."

Die Worte des Engels motivierten den jungen Mann und er beschloss, einen Schmied anzusprechen.

"Was wollt ihr hier? Wir haben keinen Platz für Eure Art in unseren Hallen."

"Wir suchen Eure Hilfe, Meister Zwerg. Wir benötigen das Wissen und die Fähigkeiten, die nur Ihr besitzt. Wisst Ihr, wo wir Licht-Adamant finden können?"

"Einem Elben werde ich nicht helfen. Unsere Völker haben eine lange Geschichte des Hasses und der Feindseligkeit zwischen uns. Geh fort und suche woanders Hilfe."

"Ich verstehe Eure Vorbehalte, aber ich bitte Euch, lasst uns unsere Differenzen beiseite legen und gemeinsam für ein größeres Ziel arbeiten."

"Was hast du schon, was ich will?"

"Eure Zukunft liegt in meiner Hand."

"Was redest du für einen Unsinn. Verschwinde, du Nichtsnutz!" Der Zwerg wurde lauter und alle um ihn herum wurden aufmerksamer.

Neltomen legte eine Hand auf die Schulter Thyrillions und schaute ihn an. Sie gingen, denn weiter zu diskutieren, hätte nichts gebracht.

"Vielleicht bin ich die Antwort auf dein kleines Problem."

In einer finsteren Gasse hausierte ein kleiner und ranziger, alter Schmied. Der Zwerg war ungepflegt, sein Bart war wild und verfilzt, seine Kleidung abgetragen und schmutzig. Jedoch funkelten seine Augen vor Weisheit und sein muskulöser Körper strahlte eine gewisse Stärke aus, die seine äußere Erscheinung in den Hintergrund treten ließ.

Trotz der Bedenken ging Thyrillion in die Gasse zu dem alten Zwerg.

"Du sagtest was von Licht-Adamant. Für was brauchst du es? Sag es mir, Prinz."

"Woher wisst Ihr, dass ich ein Prinz bin?" Neugierig schaute er sein Gegenüber an.

"Durch meine alte Nase kann ich blaues Blut riechen. Und nun antworte mir."

Thyrillion durfte die Gelegenheit nicht ungenutzt verstreichen lassen, denn sonst könnte der Zwerg das Interesse verlieren, deshalb musste er ihm die ganze Geschichte erzählen.

"So ist das... Nun gut, ich werde entscheiden, ob ich dir helfe. Dafür musst du drei Fragen beantworten. Diese werden mir dann zeigen, wie dein Charakter ist. Sei dir gewiss, wenn mir deine Antworten nicht gefallen, sollst du für mich ohne Geld arbeiten."

Echo und Runa wollten aufbegehren, doch der Prinz war schneller: “Still! Ich muss das tun. Es gibt keinen anderen Weg.”

Ihm war bewusst, dass er keine andere Wahl hatte, um stärker zu werden und deshalb ließ er sich darauf ein.

"Nun zur Ersten. Welch edle Tugend erachtest du als die höchste und würdigste einer wahren Ehrenseele?"

Der Prinz überlegte. Er wusste, wenn er falsch antwortete, konnte er seine Zukunft und die aller vergessen.

"In der Tat, eine bedeutende Frage, die die Essenz eines jeden wahrhaft ehrenvollen Charakters berührt. Meiner Ansicht nach entspringt jeder Charakter aus der Tugend der Empathie. Denn nur wer in der Lage ist, das Leiden und die Freude seiner Mitmenschen zu fühlen und zu verstehen, vermag wahrhaft mitfühlend zu sein und somit in der Lage zu sein, anderen zu helfen und zu unterstützen. Empathie ist der Schlüssel, um eine Verbindung zu anderen herzustellen und eine Atmosphäre des Vertrauens und der gegenseitigen Achtung zu schaffen."

"Eine äußerst besondere Antwort, die ich nicht von dir erwartet hätte. Doch ich bin zufrieden mit ihr und bringe nun die Zweiten an. „Was ist das tiefste Verlangen, das deine Seele erfüllt und das alle anderen Sinne und Begierden in den Schatten stellt? "

"Es ist nicht das Streben nach Macht oder Reichtum, auch nicht der Wunsch nach Ruhm oder Ansehen. Nein, dies ist das Licht, das viele auf mich werfen, doch dies ist nicht das Verlangen, für das ich lebe. Mich treibt das Verlangen nach Erkenntnis, Weisheit und einer tieferen Verbindung mit uns selbst, anderen und der Welt um uns herum. Dies ist jedoch schwer zu erklären und ich hoffe, Ihr versteht, was ich meine."

"Natürlich verstehe ich deine Antworten, werde nicht frech. Gut, nun zur letzten Frage: Wenn du die Wahl hättest: Wen würdest du retten – deine Mutter oder einen Fremden?"

Thyrillion wusste, wen er retten würde, doch diese Antwort wäre sicherlich unbedacht und somit musste er eine andere Lösung finden.

"Diese Frage stellt mich vor eine schwierige Entscheidung. Wenn es um das Überleben von geliebten Menschen geht, ist es verständlich, dass wir uns für sie entscheiden würden. Jedoch ist jedes Leben wertvoll und wichtig. Wir sollten uns daher bemühen, sowohl unsere Familienangehörigen als auch Fremde zu retten. Es gibt viele Möglichkeiten, dies zu erreichen. Und wir sollten uns bemühen, verantwortungsvoll zu handeln. Mit Mitgefühl und Menschlichkeit können wir eine Lösung finden, bei der es keine Opfer geben muss."

"Nun gut, groß Reden kannst du eindeutig. Ich akzeptiere deine Antworten und habe entschieden, dass ich dir helfen werde. Folge mir, doch ohne deine werten Freunde."

"Dieses Mal kann ich dich nicht retten, Thyr", erinnerte ihn Runa. "Du wärst auf dich allein gestellt."

"Ich weiß."

Neltomen warf seinem Freund einen fragenden Blick zu, doch dieser nickte entschlossen.

Thyrillion hastete mit eiligen Schritten durch die finstere Gasse, die lediglich von ein paar schummrigen Laternen erleuchtet wurde. Jeder Schritt schien ihn schneller und tiefer in die Dunkelheit zu treiben, bis er schließlich in einer Sackgasse ankam, von der es keinen Fluchtweg gab. Der Hall seiner Schritte erfüllte die Stille mit einem beklemmenden Klang, der das Herz in der Brust erbeben ließ, doch wegrennen war keine Option. Also blieb er vor ihr stehen und wartete mit dem Zwerg.

Plötzlich erschien an der Mauer eine geheime Tür, von der nur die Ältesten wussten. Sie führte zu einem unterirdischen Gang, der tief in die Finsternis führte. Die Wände waren aus kühlem Stein und die Luft war feucht und muffig. Ein Zurück gab es jedoch nicht. Der Gang führte weiter, bis er schließlich auf der anderen Seite der Mauer ankam. Dort erstreckten sich Bergminen in alle Richtungen, ein verzweigtes Labyrinth aus Gängen und Höhlen, die sich tief ins Erdinnere erstreckten.

"Dies sind die alten Bergminen. Wir haben sie vor langer Zeit aufgegeben. Nur die Leute in meinem Alter wissen, dass sie noch existieren. Hier gab es früher auch Licht-Adamant, wer weiß, vielleicht ist das Glück auf deiner Seite. Ich warte vor dem Ausgang auf dich, du bist nun auf dich allein gestellt."

Nun sind wir allein. Was gedenkst du zu tun? Nachtschwinges Stimme dröhnte in seinem Kopf.

"Ich werde in den Minen nach dem Licht-Adamant suchen."

Vorsicht ist geboten, ich spüre eine mächtige Präsenz.

Der junge Mann wanderte in die dunklen Tiefen der Mine hinein. Der Weg war steinig und voller Gefahren, aber er folgte dem Lichtschein, der ihn immer tiefer in das Labyrinth führte. Schließlich erreichte er einen großen Raum, in dessen Innerem viele glänzende Diamanten waren.

"Keiner von ihnen ist das, wonach du suchst", meldete sich der Daemon zu Wort. Und auf einmal hörte er das Schnaufen eines gigantischen Untiers und er wusste, dass er sich in höchster Gefahr befand.

Thyrillion vernahm aber noch etwas anderes. Es klang tief und leise, so als wollte es unterdrückt werden und doch kam manchmal ein höherer Ton hinzu. Er kannte dieses unstete Lied nur zu gut. Wie oft hatte er es selbst von sich gegeben? Wehklagen, das einherging mit unsäglichen Schmerzen und man nicht wusste, wie man die nächsten Stunden überleben sollte!

Ist es verletzt?, fragte sich der Prinz und beobachtete das Zucken des riesigen Geschöpfes. Es kam immer dann, wenn die Schmerzen nicht mehr zu erdulden waren. Fast hatte er Mitleid. Er wollte an eine geschützte Stelle schleichen, doch Nachtschwinges Stimme hielt ihn zurück.

Er, nicht es. Hör mir gut zu. Bleib stehen, zeige keine Furcht!

Thyrillion wollte eine Frage stellen, doch die Antwort kam schneller: *Er weiß bereits, dass du hier bist.*

Der Sterbliche nahm seinen Kopf hoch. Im diffusen Licht der Diamanten, war es schwer eine Form zu erkennen. Es war mehr eine Ahnung als eine Gestalt. Ihre Atmung wurde ruhiger und die Pein darin schien verschwunden zu sein. WILLKOMMEN, HERR MENSCH.

Thyrillions Augen schienen ihm einen Streich zu spielen, glaubte er. Er konnte seinen Gegenüber einfach nicht richtig greifen. War es doch eine Art lichtdurchflutete Präsenz wie ein Geist und ihre Ausmaße glichen vage der eines gehörnten Drachen, die einen großen Teil des Raumes ausfüllten. “Habt Dank für den Empfang. Wärt Ihr so gütig und sagt mir Euren Namen?”

Die Gestalt bewegte sich wie eine riesige Schlange und umkreiste mit ihrem Lichtkörper Thyrillion. DA IHR ZU MIR GEKOMMEN SEID, NENNT IHR MIR DEN EUREN.

“Noilliryht.” Er verbeugte sich leicht.

ICH WERDE ÄON GENANNT, sagte er und das Licht reflektierte sich myriadenhaft in der Gestalt. Es schien, als wären reine Sonnenstrahlen darin gefangen und versuchten auszubrechen. Der Kopf der Drachengestalt wandte sich dem Prinzen zu. Hellblau leuchtende Augen starrten ihn an. DIES BEDEUTET EWIGKEIT IN EURER SPRACHE. Ein Grollen, das einem zwanghaften Lachen gleichkam, ertönte. WAS SUCHT IHR HIER?

“Antworten, die nur von einer weisen Wesenheit wie Euch zu bekommen sind.” Thyrillion erkannte, dass das Lachen nur seine Schmerzen überspielen sollte. Vielleicht konnte er helfen und so an das Licht-Adamant gelangen.

WAS LÄSST EUCH GLAUBEN, DASS ICH EUCH DIESE ANTWORTEN GEBE?

"Nun", begann der Prinz, "ich sehe, Ihr habt Schmerzen. Gewiss kann ich Euch helfen. Ich kenne mich damit aus, musste ich selbst schon so viele ertragen. Teilt Euer Weh mit mir."

Erneut lachte der Drache. IHR? WAS WISST IHR SCHON DAVON? IHR SEID SO KLEIN UND UNBEDEUTEND UND MAßT EUCH AN, MICH MIT EUCH ZU VERGLEICHEN! NUN DENN, ICH ZEIGE EUCH, WAS ES HEISST, SOLCHE QUALEN ZU ERDULDEN! Die letzten Worte wurden zu einem Brüllen und das riesige Maul verschlang Thyrillion.

Thyrillion sah sich umringt von Untoten! Zu ihren Lebzeiten waren es Zwerge gewesen. Sie hatten ihre Waffen nicht gezogen, doch in ihre Gesichter hatten sich Gram und Hass von Jahrhunderten eingegraben. Er war bereit, sich dem aussichtslosen Kampf zu stellen und griff nach seinem Schwert, da bemerkte er, dass er waffenlos war. Nun gut, sein Körper straffte sich. Vielleicht konnte er fliehen, wenn er eine Lücke zwischen den Untoten fand. Auch diese Möglichkeit blieb ihm verwehrt. Er war weder Held noch König, war sein letzter Gedanke. So ging er auf die Knie und ergab sich seinem Schicksal. Das Letzte, das er sah, war das Weiß der untoten Zwerge.

Er spürte nichts. Er sah nur bewegte Bilder.

Äon war einer der Ältesten unter den Drachen. Zeit seines Daseins hatte er seinen Reichtum angehäuft. Er liebte den Glanz, den Gold verstrahlte. Immer wenn er flog, glitt sein Blick zur Sonne, die den schönsten Glanz von allen hatte und er wollte sie oder einen Teil davon seinem Schatz hinzufügen. In seiner Gier danach war ihm der Gedanke gekommen, dass er trotz seiner Unsterblichkeit noch immer sterben konnte, eher er dies erreichen konnte. Des Weiteren hatte es bereits unzählige Versuche gegeben und seine Angreifer waren immer stärker und raffinierter geworden. So erdachte er in seiner Weisheit den Plan, seinen Geist an einen Kristall zu binden. Jedoch hatte diese Magie einen Preis, den Äon zahlen musste!

Er machte sich zur Sonne auf. Er flog immer weiter und ihr Feuer verbrannte ihn immer mehr. Als sein Körper schließlich aufgelöst war, lebte er weiter und war noch mächtiger geworden. Äon versuchte, die Sonne zu umschließen mit seiner geisterhaften Gestalt, aber er schaffte es nicht, war er noch nicht geübt mit seinen neu gewonnenen Kräften. Nach Versuch um Versuch, in einem endlosen Kampf, verlor er und fiel! Und doch hatte er einzelne Sonnenstrahlen mit sich gerissen.

Diese brannten sich in seine Gestalt ein. Sie waren Teil der Schmerzen, die Äon unentwegt verspürte. Aber auch die Seelen all jener, die er getötet hatte, trugen zu seinem Weh bei.

Dann brannte der Schmerz in Thyrillions Innern auf. Dafür, dass er vorher nichts gespürt hatte, traf es ihn um Vielfaches mehr. Niemals hatte er solche Schmerzen ertragen müssen zuvor! Und doch war er resistenter als andere, war sein Leben lang darauf vorbereitet, geschmiedet worden im heißesten Feuer und doch war dies nur ein Funken verglichen mit der Pein, die ihn traf. Sein Kopf drohte zu zerplatzen und er hielt seine Hände dagegen gepresst, um den Druck zu bekämpfen. Sein Körper fühlte sich an, als würde er jeden Augenblick bersten. Seine Adern traten so weit hervor, dass er glaubte, das Blut würde herausschießen, doch zuvor verkrampften seine Muskeln und er zuckte unkontrolliert. Der Schrei, der sich aus seiner Kehle kämpfen wollte, blieb stumm…

…nach außen hin. Im Inneren Thyrillions war es wie ein Vulkanausbruch, der alles vernichtete, sich selbst eingeschlossen.

Wärme. Wohlige Wärme bettete ihn, streichelte und umschmeichelte ihn, kitzelte ihn sogar. Zuerst schwach und zaghaft, dann mehr, immer stärker werdend und mit einem Crescendo die noch immer währenden Schmerzen zerschmetternd hinfort jagten. Er labte sich an dem Gefühl, ließ sich ganz darauf ein. Noch waren seine Augen geschlossen, wollte er dies länger auskosten und nicht zu den unsäglichen Qualen zurückkehren.

“Es ist vorbei.” Die Stimme war tief und doch sanft wie die Wärme selbst. “Öffnet Eure Augen noch nicht.”

Der Prinz stöhnte.

Die Stimme sprach weiter, schenkte ihm Zuversicht und Vertrauen. “Ihr habt gesiegt! Der Kampf ist vorüber. Richtet Euch langsam auf.” Die wärmenden Finger schoben ihn in eine kniende Position und richteten seinen Oberkörper langsam auf.

Thyrillion krümmte sich kurz, aber die Führung der Hände war so geschickt und liebevoll, dass er sie gewähren ließ. Er wäre ohnehin zu geschwächt, sich dagegen zu wehren.

“Bewegt Euch langsam und vorsichtig. Die Folter, die Euch angetan wurde, hat Euch alles abverlangt, was Ihr an Kraft besitzt. Und mehr noch! Jeder andere wäre daran zugrunde gegangen.”

Nach einer Ewigkeit bemerkte der Mensch ein Zucken in seinem Daumen. Er fühlte, wie er sich darauf konzentrierte, die Kontrolle darüber zu erlangen und es stärker wurde. Ein Lächeln zeigte sich auf seinem Gesicht. Mehr noch spürte er einzelne Muskeln und bewegte sie. Sodann schlug er die Augen auf.

Weißes Licht umfing ihn. Er musste seine Augen wieder schließen, da es noch zu hell und grell war und ihn schmerzte. Das Licht war, was ihn wärmte, was ihm half. Und er wusste, was es war. Es waren die untoten Zwerge!

Waren sie hier, um ihn zu töten? Oder ihn ins Reich der Toten zu geleiten?

Er wusste es nicht. Doch sie wollten ihm nichts Arges, sondern waren ihm wohl gesonnen. Nochmals öffnete er zaghaft die Augen. Eine Zwergin befand sich direkt vor ihm. Ihr Körper war noch immer da; klein, mit vielen Rundungen, und ihre Haare waren zu Zöpfen geflochten. Nur bestand sie mehr aus Licht als aus Fleisch. Es war ein schöner, beruhigender Anblick. Thyrillion hatte immer angenommen, dass Untote dem Verfall ausgesetzt waren, vor sich hinvegetierten und ihr dunkles Dasein alles

Leben vernichten wollte. Ihr Gesicht war dicht an seinem. Der Blick aus ihren Augen war auf ihn gerichtet.

“Was… was wollt Ihr von mir? Und was bei den Göttinnen seid Ihr?”, brachte der Prinz hervor.

Sie gab keinen Laut von sich, sondern küsste ihn. Der Prinz wollte sich wehren, war aber noch zu geschwächt.

Thyrillion fand sich in einer Vorkammer wieder. Laternen, Kristalle und Fackeln erhellten die Dunkelheit. Eine rhythmische Melodie von tiefem Gesang, Pickel- und Hammerschlägen hallte durch die Luft. An vielen Stellen wurde das Gestein bearbeitet und besungen. Einige Zwerge hingen an Seilkonstruktionen am Kammerende an der Decke, andere waren am Boden, weitere dazwischen und verrichteten ihre Arbeit. Dahinter standen Karren, die mit überschüssigem Gestein geladen wurden, für einen schnellen Abtransport. Trotz der Härte ihres Tagwerks schienen sie Spaß daran zu haben.

Der Mensch beobachtete alles so interessiert, dass er fast von einem Karren überfahren worden wäre. Er entschuldigte sich, doch der Zwerg bemerkte ihn gar nicht. Am meisten faszinierte ihn aber der Gesang, der den Stein beeinflusste. Es war eine Art Magie, ähnlich derer, wie die Elben die Wälder besungen, um ihre vollendete Form hervorzubringen. Eine der Sängerinnen war die Zwergin, die ihn angesehen hatte. Thyrillion bemerkte, wie sich ein Teil des Höhlengangs durch ihre Stimme formte und den Bergarbeitern ihr Tun erleichterte. Es war, als würde der Stein zeigen, wie er bearbeitet werden wollte!

Die Zwergin sah noch schöner aus, als sie noch am Leben war, trotz des feinen Staubs auf ihrem Gesicht und den langen Haarzöpfen. In ihren Augen war ein Glanz, der Freude und Glück ausstrahlte. Sie liebte ihre Kunst.

Eine Zeit lang beobachtete Thyrillion das Tun und keiner der Zwerge wurde seiner Gewahr. Er musste lediglich ein Beobachter sein. Vielleicht…

Seine Gedanken wurden jäh von einem Felssturz unterbrochen. Ein großer Teil am Ende der Kammer war weggebrochen und gab einen Blick in eine riesige Höhle frei. Die lange, ausdauernde Arbeit der Zwerge hatte sich gelohnt. Es wurde still und alle genossen ihren Erfolg. Viele nickten der Zwergin respektvoll zu, vermutlich war sie die Anführerin der Unternehmung.

Zunächst blieb es still, doch ein stechender Geruch von Verwesung drang aus der neu entdeckten Höhle. Dort schimmerten Kristalle, doch ihr fades Licht ließ keinen Blick in die Schatten darin zu.

Und aus dem Schatten erhob sich ein blasser Schimmer, immer größer werdend, bis er die Gestalt eines Drachens besaß. Sein geisterhafter Körper warf sich unterhalb des geschlagenen Eingangs gegen den Fels und das Plateau, auf dem die Zwerge sich befanden, stürzte in die Tiefe.

Äon hatte bereits auf sie gewartet. Das Schlagen und Singen hatten ihn gewarnt. Es ging so schnell, dass die Zwerge nicht wussten, wie ihnen geschah, als der Drache sie alle vernichtete. Keiner entkam Äon.

Thyrillion war zurück in der Höhle mit den Untoten. Er sah sie sich an, einen nach dem anderen, Frauen und Männer. Der Ausdruck in ihren Gesichtern war dankbar und glücklich, als wären sie von einer großen Last befreit worden.

"Ihr habt uns erlöst", sagte die Stimme wieder in seinem Kopf.

"Wer seid Ihr?"

"Mein Name ist Thora. Endlich haben wir Frieden gefunden. Dank Euch. Geht nun, Ihr solltet nicht zu lange bei den Toten verweilen, Sterblicher. Noch nicht. Solltet Ihr einem sehr alten, verbitterten Zwerg sehen, wenn Ihr diese Minen verlasst, sagt ihm, es ist gut." Sie küsste ihn. Es war schön und angenehm kühl. “Eines noch: Achtet auf das Licht. Seht es Euch genauer an!”

Ein Lichtblitz brachte ihn zurück in die Gegenwart.

Die Hülle des Drachen Äons lag am Boden, zumindest was noch nicht verwest war nach all der Zeit als Lich. Doch es schimmerten noch immer die eingefangenen Sonnenstrahlen darin, die Äon damals so ersehnt hatte.

Und der Prinz erkannte, dass darin Licht-Adamant enthalten war. Er sammelte die Kristalle und die glitzernden Schuppenstücke ein und die Strahlen darin blendeten seine Augen. Dies war die Belohnung für Thyrillions Mut. Er kehrte mit dem Schatz triumphierend aus den Minen zurück.

“Du hast dich bewiesen, Prinz”, empfing ihn der alte Zwerg. “Meine Nase hat mich nicht getäuscht.”

“Waren dies der Prüfungen genug, Herr?”

“Prüfungen wird es immer geben. Das war jedoch die Entscheidende. Komm, ich bringe dich zu deinen Freunden.”

“Wartet. Ich soll Euch sagen, es ist gut.”

Der Zwerg schlug die Augen nieder und seine Stimme wurde weicher. “Das sagt sie? Hast du sie gesehen?”

Thyrillion nickte.

“Wie geht es ihr?”

“Sie sah glücklich aus und hat gelächelt, als sie mir die Worte für euch mitgab.”

“Hab Dank, Prinz. Ich habe ihr vor so langer Zeit diesen Auftrag gegeben, die Tunnel zu erforschen. So lange habe ich mich gegrämt. Welchen Schmerz sie erdulden musste, vermag ich nicht zu erahnen. Nun hast du sie befreit.”

Der junge Mann gab dem anderen einen Moment, um seine Gefühle zu beruhigen. Dann fragte er: "Bringt Ihr mich zu dem Schmied, der die besagte Kunst vermag?"

Der Zwerg lachte und wischte sich eine Träne vom Gesicht. "Zu deinen Diensten, Prinz."

Mit dem alten Zwerg ging er zu seinen Freunden zurück.

"Wie es scheint, hat er es ohne uns geschafft, Nymphe."

"Ja, jetzt denkt er bestimmt, er kann ohne uns losziehen und alles schaffen."

"War vermutlich nur Glück", erwiderte der Prinz mit einem Lächeln.

Neltomen nickte ihm zu.

"Geh auf Seite, Engel, wir müssen sehen, ob er verletzt ist."

"Ich bin unverletzt." Er nahm beide Frauen in die Arme.

"Warst du erfolgreich, Thyr? Hast du gefunden, wonach du gesucht hast?"

"Ja, das habe ich."

Echo ging zu dem alten Zwerg und sah ihn streng an. "Gut, dass Ihr ihn in einem Stück zurückgebracht habt. Ihr habt Euch eine Belohnung verdient." Sie küsste ihn auf die Wange.

"Meister Zwerg, bringt Ihr uns nun zu dem Schmied?", fragte Thyrillion.

"Gewiss", antwortete er. "Kommt, es ist nicht weit."

Sie liefen ein Stück und an einem großen Platz hielten sie vor einer Höhle. Darüber war ein Schild angebracht, das ein aufgeschlagenes Buch zeigte.

“Hier ist es”, verkündete der alte Zwerg.

“Das ist doch kein Schmied!”, rief Runa.

Und die Oreade fügte hinzu: “Es riecht zumindest nicht so wie in einer Schmiede.”

“Hier werden wir fündig?” Der Prinz schaute ihren Führer an.

“Für dieses Handwerk, das es zu tun gilt, bedarf es keinen Schmied”, zwinkerte er. “Ich danke dir erneut, Prinz. Ich wünsche euch nur das Beste für euer Schicksal!” Damit verließ er die vier Freunde.

“Zwerge!”, schnaufte die Magierin.

“Wir sollten hineingehen", schlug Neltomen vor.

Thyrillion bückte sich, als er durch den Eingang trat. Im Inneren der Höhle roch es nach Papier, Leder und Leim. Überall lagen Bücher verstreut, ein jedes anders und kunstvoller gebunden als das andere. Es gab sie in sämtlichen Größen. Gebunden waren sie in Leder, Leinen, Holz oder Metall, es gab sogar eines mit Knochen! Die Buchblöcke waren vergilbt oder in bunten Farben bemalt. Am Boden lagen Späne und Reste von Rohmaterial. An einer Wand lehnten Rollen aus verschiedenen Stoffen. Auf einem Tisch lagen diverse Werkzeuge: Ahle, Messer, Falzmesser, Nadel und Schere. Eine frei stehende Presse barg ein dickes Buch. In einer weiteren steckte ein Buchblock. Dahinter bewegte sich ein grauer Haarschopf.

“Einen Augenblick, ich leime hier nur noch schnell ab!”, rief eine Stimme. Dann kam ein dicker Zwerg zum Vorschein. Seine Stirn war faltig und verhieß eine Fülle an Wissen, wie es nur ein Meister seiner Zunft haben konnte. Seine grauen Haare waren zurückgebunden und sein Bart hinter einer Schürze. Er hatte einen Pinsel und eine Schüssel in der Hand. “Oh, ihr seid ein höchst ungewöhnlicher Anblick in meiner Werkstatt. Ich bin Buchbinder Wanni. Was kann ich für euch tun?"

"Seid gegrüßt, Wanni. Mein Name ist Thyrillion und meine Begleiter sind Echo, Runa und Neltomen." Er wandte sich an die Magierin. "Zeig es ihm."

Runa holte den mannigfaltigen Schlüssel aus ihrem Ausschnitt heraus. Seine gefaltete Form war perfekt zwischen ihren Brüsten verborgen gewesen. "Wir suchen jemanden, der weiß, was das ist und wie es ausgeführt wird." Sie gab Wanni das Artefakt.

Mit großen Augen nahm der Zwerg ihn in seine Hände. In seinem Gesicht haderten gemischte Gefühle miteinander. Er nickte des Öfteren langsam. "Ich kann das tun, was Ihr wünscht. Doch könnt Ihr es auch?"

"Wie meint Ihr das?", hakte der Prinz nach.

"Ich werde es erklären, doch vorher brauche ich was zu essen. Mein Verstand arbeitet nicht mehr so gut, wenn ich Hunger habe."

"Der hier ist mir sympathisch", sagte Runa.

"Nun, Herr Zwerg, wie ist der Hergang?", fragte Echo frei heraus. Sie spielte mit einem Apfel in ihren Händen. "Ich kann mir nicht vorstellen, was Eure Arbeit mit dem Schmieden einer Waffe zu tun hat."

"Dieses Verfahren nennt sich Blutbinden." Er lehnte sich zur Nymphe vor, um sie besser betrachten zu können.

Neltomen wollte etwas sagen, doch Runa gab ihm einen Tritt mit ihrem Stiefel und er blieb stumm. Mit einem scharfen Blick ihrer dunkel umrandeten Augen gab sie ihm zu verstehen, dass Echos Wiegenlied dem Zwerg mehr entlocken würde als er.

Zwerge waren selten aufgeschlossen. Sie waren eher mürrisch und griesgrämig. So griff der Engel zu einem Stück Käse.

“Und Ihr seid sicherlich ein wahrer Meister in dieser Kunst”, schmeichelte sie weiter und beugte sich ein Stück vor, was ihre Rundungen zur Geltung brachte. “Seht Ihr, ich verstehe nicht viel von Eurer hochgeschätzten Arbeit. Würdet Ihr sie mir bitte erklären?”

“Zeigt mir den Staub”, forderte Wanni den Menschen auf.

Thyrillion legte das Tuch, in dem das kostbare Licht-Adamant lag, auf den Tisch.

Die Augen des Buchbinders weiteten sich einen Moment. “Die Menge ist ausreichend und erfüllt ihren Zweck. Zunächst werde ich das Licht-Adamant aus den Schuppen, anschließend die Kristalle in eurem Unterarm einfügen und dann Euer Blut mit dem Staub vermischen.”

“Du rührst ihn nicht an!”, schrie Runa und sprang vom Stuhl auf. Ihr Stab war auf Wanni gerichtet. “Wage es ja nicht! Er steht unter meinem Schutz.”

“Beruhige Dich, Teuerste”, sagte Neltomen und stellte sich vor sie. “Es wird bestimmt nicht so geschehen, wie der Herr Zwerg sagt.” Die Frau setzte sich und sah abwechselnd zwischen Wanni und dem Engel hin und her.

“Es wird genauso geschehen, wie ich gesagt habe.”

“Bitte was?” Nun war es an Echo, die Stimme zu erheben. “Ihr glaubt doch nicht, dass er das in Erwägung zieht?”

“Er wird es tun, wenn er bereit dazu ist. Es ist die einzige Chance, das Licht-Adamant einzusetzen.”

“Dies”, setzte Thyrillion an, “erfordert ein großes Maß an Vertrauen. “Wer sagt mir, dass ich dies überlebe und nicht dabei sterbe?”

“So ist es, Ihr braucht Vertrauen. Ob Ihr das Blutbinden überlebt, bleibt abzuwarten.”

“Was soll das nun wieder heißen?”, fragte die Nymphe. “Sprecht klar und nicht in verdammten Rätseln.”

“Der Eingriff ist schmerzhaft und kann zum Tode führen. Es kommt darauf an, wie stark Euer Körper ist.” Wanni nahm ein Stück Schinken und lehnte sich zurück.

Thyrillion verschränkte die Arme, seine rechte Hand am Kinn.

“Ich weiß, dass du es tun wirst, Thyr. Das verstehe ich und wir werden dich unterstützen. Wir passen auf dich auf. Wir sind die ganze Zeit bei dir.”

“Ja”, lachte Neltomen. “Runa rettet dich, falls was schief gehen sollte.”

“Also wie immer”, zwinkerte sie.

“Dann bin ich ja in besten Händen!”

“Gut”, sagte der Buchbinder. “Ich mache mich dann an die Schuppen.”

“Ihr stellt zu keiner Zeit in Frage, was ich tue oder haltet mich gar davon ab. Dies wäre verheerend für euren Freund. Dann fangen wir an.”

Der Prinz war auf dem Tisch festgeschnallt. Er hatte sein Hemd ausgezogen und sein Arm lag direkt vor dem Zwerg.

Um den Buchbinder lagen Werkzeuge, Kristalle und Licht-Adamant in einer Schale. Wanni nahm die Ahle in die Hand und ihre Spitze glänzte, als er den Stich ansetzen wollte.

“Wartet”, sagte Thyrillion. “Was habt Ihr davon, wenn Ihr mir helft? Ihr habt keine Belohnung verlangt.”

“Auch mein Kind war unter jenen verlorenen Seelen, die der Drache getötet hat. Es ist mir Bezahlung genug zu wissen, dass es erlöst ist von seinen Qualen.”

Eine Weile sagte keiner ein Wort. Wanni fasste sich und stach mit der Ahle in Thyrillions Vene. Der Prinz zuckte kurz zusammen und der Zwerg schob eine Schale unter den Oberarm, so dass sich das Blut darin sammelte. Kurze Zeit später band er die Wunde ab, um die Blutung zu stoppen.

“Magierin, rührt es langsam und stetig durch. So können sich Licht-Adamant und Blut binden.” Er sah zu Neltomen.. “Ihr haltet seinen Arm ruhig, jetzt wird es schmerzhaft.” An Echo gewandt, sagte er: “Legt ihm das Stück Holz zwischen die Zähne.”

Mit dem Messer schlitzte Wanni Thyrillions Unterarm auf. Anschließend drückte er die einzelnen Kristalle ins Fleisch. Der Prinz schrie, selbst unter dem harten Biss aufs Holz. Während er versuchte, sich loszureißen, kam er beinahe an den Rand der Ohnmacht. Die Oreade nahm seinen Kopf in ihre Hände und summte leise. Thyrillion wurde ruhiger.

“Ihr könnt aufhören zu rühren. Nehmt die Spritze dort und zieht sie mit dem Gemisch auf.” Indes vernähte der Buchbinder den Unterarm mit geschickten, schnellen Stichen. “Setzt die Spritze in die Vene ein und drückt zu.”

Runa tat, worum sie der Zwerg bat.

Thyrillion schlief ein.

Als der Akt des Blutbindens vorbei war, lösten sich die Riemen, die den Prinzen an den Tisch fesselten.

Thyrillion setzte sich auf und beobachtete seine Freunde mit leerem, hartem Blick. Sie und der Zwerg lagen am Boden.

TORMENDAN

Versagt.

Das Wort brannte sich in ihm ein. Es war wie ein Urteil, das über ihn gesprochen wurde und er nun darauf wartete, ob es Leben oder Tod bedeuten würde. Er hatte bei seiner Aufgabe, die er von Florathien bekommen hatte, versagt. Vielleicht war er nicht dieser große Held, wie sie dachte. Seine Ausbildung war vergebens. Zuerst hatte er es nicht verhindern können, dass Ellarielle tödlich verwundet wurde und nun auch für den endgültigen Verlust der Avatarsteine Mutter Naturs. Konnte es überhaupt sein, dass sie irrte? Er wusste es nicht. Und dennoch grämte es ihn, denn er war für den Verlust der Steine verantwortlich - er allein.

Tormendan saß an einem Baumstumpf gelehnt und hing seinen Gedanken nach. Er hatte die Einsamkeit gesucht, wollte mit seinem Schmerz allein sein. Schließlich war er es, der alle enttäuscht hatte. Ellarielle, seine geliebte Ellarielle, die hohen Engel, allen voran Gabrielle, der so große Stücke auf ihn hielt, Fertan Maldos, den größten Meister des Feuers, an dessen Kräfte er nie heranreichen würde und Florathien, die in ihm die Hoffnung Anemerons gesehen hatte, Doch sie lagen alle falsch, denn er war nichts Besonderes. Er war nicht der Held, den alle in ihm sahen.

Verzweifelt ließ er den Kopf sinken. Er dachte an Ellarielle. Sie war sein Geschenk von Florathien an ihn gewesen, für die Aufgabe, die sie ihm abverlangt hatte. Er hatte die Göttin um seine Pflicht betrogen und er schämte sich dafür. Seine Schuld wiegte so schwer, dass er nicht einmal mehr fühlen konnte, ob seine Geliebte noch auf Anemeron verweilte oder bereits die Tore zu Lucifer durchschritten hatte. Vor dem Verlust des letzten Steins, konnte er sie noch fühlen, spürte sie, dass sie bei ihm war, ihm Kraft und Zuversicht gab. Doch jetzt hieß es, die Verbindung war verschwunden oder, schlimmer noch, sie war gegangen. Letzteres ließ sein Herz immer mehr zusammenziehen, als wolle es nicht mehr schlagen. Vor Trauer und Erschöpfung übermannt schlief er ein.

ZWISCHENSPIEL

Der silberne Schleier des Mondlichts, der durch die Elbenzuflucht Ellodanal tanzte, jenem Ort von unvergleichlicher Anmut und Ruhe, geschmiegt in das Herz der unberührten Natur selbst, wurde ungewollt zu einem düsteren Herold des Schreckens. Ein flüsternder Hauch, kalt wie der Atem der Nacht selbst, wehte seine Stimme durch die lichten Pavillons und die Terrassen des Zufluchtsorts. Wo einst Blumen in tausend Farben in Symbiose leuchteten, breitete sich nun ein Meer aus Verwelktem und Verdorrtem aus. Die Bäume, einst stolze Wächter der Zeit, beugten sich von einer unsichtbaren Last erdrückt, ihre Rinden aufgesprungen wie das Antlitz eines Sterblichen, gezeichnet von zu vielen Wintern.

An den Ufern der kristallklaren Weiher und Bäche, die wie Lebensadern durch Ellodanal flossen, offenbarte sich das Grauen in seiner ganzen Tragweite. Das Wasser, einst lebendig mit dem Lied des Lebens, lag nun trüb dar, als hätte ein finsterer Schleier sich darüber gelegt. Fische, deren Schuppen im Sonnenlicht zu tanzen pflegten, trieben leblos an der Oberfläche, Opfer einer unbekannten Verderbnis.

Die Luft, einstmals erfüllt von dem süßen Duft der Blüten und dem fröhlichen Gezwitscher der Vögel, war nun schwer und stickig. Eine Stille schwebte über Ellodanal, so tief und erdrückend, als habe die Natur selbst den Atem angehalten, bis sie das Bewusstsein verloren hatte. Die Vögel, welche die Bäume und den Himmel erfüllten, waren verstummt.

Inmitten dieses Verfalls stand eine Laube, umgeben von verwelkten Blüten und entlaubten Zweigen, der Ursprung dieser dunklen Magie, die Ellodanal in seinen Grundfesten verdarb. Ein dunkler Avatar, pulsierend mit einer unnatürlichen Energie, die das Leben um ihn herum verzehrt. Es war, als hätte sich der Hass auf alles Leben selbst in diesem Avatar kristallisiert, bereit, jegliches Leben zu verschlingen, das sich in seiner Nähe befand.

Doch das Schlimmste war den Elben Ellodanals selbst widerfahren! Einst strahlende Wesen von unbeschreiblicher Schönheit, wandelten itzo durch ihre verderbten Pavillons. Ihre Gesichter waren gezeichnet von Trauer und Verlust, ihre Augen, die einst das Licht widerspiegelten, waren dunkel, als hätten sie einen Teil ihrer Essenz verloren. Es war nur eine Frage der Zeit, wann sie dahingerafft wurden, um ihrem jetzigen grauenhaften Dasein entfliehen zu können.

Diese Stunde des Verlusts und der Verderbnis um die Seele Ellodanals wurde für immer verewigt in den Annalen der Elben, auf dass sich so ein Gräuel niemals wiederholen könne.

Es war an Nemonbessa, dem Burgsaß Ellodanals, dies Ausmaß der Zerstörung mit anzusehen. Auch er und seine letzten Gefährten waren dem Verfall anheimgefallen, doch er hatte ungewöhnlich schnell den Befehl gegeben, aufzubrechen. Er hatte die plötzliche Veränderung, den Angriff vorher gespürt, denn er war besonders mit diesem Ort verbunden, aufgrund seines Cemtas als Burgsaß der magischen Stätte.

AMANIEL

In der tiefschwarzen Nacht, unter dem dichten Blätterdach des heiligen Waldes von Ellodanal, sammelten sich die Anwesenden in einem Kristallkreis. Amaniel hieß die anderen stehenzubleiben. Die Ritter Elne und Ferelle trugen ihre Lady auf einer Trage, sie waren erschöpft, denn sie waren überstürzt aufgebrochen, um sie so schnell es ging nach Hause zu bringen, dass sie überhaupt eine Chance zum Überleben hatte. Die Wunden des Daemons waren den Rittern zu fremd, um sie behandeln zu können. Und Voganaomarien wusste, dass sie ihr nicht entgegenwirken konnten, doch er wollte den beiden jüngeren Elben nicht die Hoffnung nehmen. Der Barde selbst war in keiner besseren Verfassung als seine Herrin, waren seine Wunden mit demselben Gift infiziert, doch sein Wille ließ ihn immer weiter gehen.

“Tir ve!”, sagte der Elbenlord.

Die Kristalle fingen an zu leuchten und erzeugten ein blendendes, helles Licht. Die Gruppe der Elben umfing ein sanfter Nebelschleier, der nach und nach Blicke auf ihre Umgebung zuließ. Es war die Stunde der Morgendämmerung. Sie waren in einem magischen Hain, welcher den Bäumen nach älter als seine Besucher selbst war. Ihr Lebenszyklus schien verbraucht und dennoch fanden sich immer wieder stellenweise jüngere Triebe und neues Leben an ihnen.

In dessen Mitte thronte ein majestätischer Baum, dessen Wurzeln tief in die Erde reichten, als umklammerten sie das Herz der Welt selbst. Er besaß lange Flechten, die wie ein Bart eines Greises zum Boden hing.

Ein Engeldruide, dessen Gewand aus Moos und Blättern zu bestehen schien, trat vor. Seine Flügel bestanden aus Pflanzen und Ästen. Sein Blick war tief und ruhig, ein Spiegel der ewigen Wälder.

“Ameretat, Herr der Unsterblichkeit, ich komme, um deine Hilfe zu erflehen. Meine Tochter wurde verwundet von dem Daemon Asaselle. Bitte rette sie!”

Der Engel nickte. “Amaniel, Höchster der Emel. Ich werde tun, worum du mich ersucht. Sag mir, Herr, wirst du es auch?”

“Das werde ich.”

Ameretat deutete den Elbenrittern, die Lady auf dem Waldboden vor dem majestätischen Baum abzulegen. “Gut, und nun nehmt Abstand.” Er begann, das Ritual mit Worten, die so alt waren wie der Wind selbst: "Kinder der Wälder, Brüder und Schwestern unter den Sternen, wir sind hier versammelt in der Stunde der Dämmerung, zwischen Tag und Nacht, zwischen Leben und Tod. Wir rufen die Mächte der Natur an, uns in diesem Akt zu führen."

Er wandte sich Amaniel zu, seine Stimme nun sanft, doch voller Autorität: "Amaniel, Herr der Elben, Vater von Ellarielle. du hast dich entschieden, das größte aller Opfer zu bringen, um das Leben deiner Tochter zu retten. Bist du bereit, deinen Pfad in den Schatten zu beginnen, damit sie im Licht wandeln kann?"

Amaniel antwortete mit fester Stimme, seine Augen auf seine Tochter gerichtet: "Ich bin bereit. Für Ellarielle, mein Licht, würde ich tausendmal in die Schatten treten. Mein Blut für ihr Leben, mein Odem für ihre Seele."

Der Druide nickte zustimmend und führte Amaniel zum Baum. Er reichte ihm das rituelle Messer, dessen Klinge im Mondlicht glänzte und flüsterte: "Nimm dieses Messer, es ist gesegnet von den Geistern des Waldes. Lass das Blut, das heute Nacht vergossen wird, einen Bund zwischen dem Alten und dem Neuen, zwischen dem Vater und der Tochter sein."

Amaniel schnitt sich in die Handfläche. Das Blut, warm und lebendig, begann zu fließen, bildete Muster auf der Erde, als würden sie eine uralte Sprache schreiben. Der Druide hob die Arme, und seine Stimme erhob sich in einem mächtigen Gesang, unterstützt von Dryaden in dem heiligen Wald. Ihre Stimmen waren der Wind. Die Luft vibrierte von der Macht der Worte, die Essenz des Lebens selbst zu wecken. Einzelne Flechten des heiligen Baumes sprangen wie Schlangen auf den

Elbenlord und bissen sich an seinem Körper fest. Indes krabbelten Wurzelranken wie unzählige Spinnen und Käfer über Ellarielles Körper und hüllten ihn ein.

"Wie der Baum gen Himmel wächst, so möge die Kraft des Vaters die Tochter erreichen. Wie die Wurzeln in die Tiefe streben, so möge die Weisheit des Geopferten die Seele nähren. Aus dem Opfer erwachse neues Leben, stark und rein."

Während Ameretat sprach, begann das Blut, sich um Ellarielle zu winden, leuchtete mit einer Energie, die das Herz des Waldes zu sein schien. Amaniel sank langsam zu Boden, sein Blick immer noch voller Liebe auf seine Tochter gerichtet, während sein Lebensfunke auf sie überging.

Mit dem letzten Atemzug Amaniels verstummte der Gesang. Eine tiefe Stille fiel über den Wald. Dann, fast unmerklich, begann Ellarielle zu atmen, tiefer und fester. Ihre Augen öffneten sich, strahlend wie der Morgen.

Der Druide trat zu ihr, half ihr aufzustehen, und sprach mit einer Stimme, die nun von Schmerz, aber auch von Freude durchdrungen war: "Ellarielle, Herrin der Elben, durch das Opfer deines Vaters wurdest du wiedergeboren. Trage sein Vermächtnis in Ehren und erinnere dich immer der Bindung, die heute Nacht geschmiedet wurde. Sein Geist wird in dir weiterleben, in jedem Blatt, das im Wind tanzt, in jedem Wassertropfen, der Leben spendet, in jedem Sonnenstrahl, der den Boden küsst."

Elne und Ferelle sahen ihre schöne Herrin und fielen auf die Knie. Sie wussten, dass ihr Herr fort war. Er war durch ihr Versagen zu dieser Handlung gezwungen gewesen. Trauer erfüllte ihre grauen Augen.

"Meine Getreuen, euer Zutun hat uns so weit gebracht", sagte sie mit fester Stimme. Sie war größer und verehrungswürdiger geworden. Ihre Haltung forderte Respekt und Gefolgschaft ein, ganz im Gegensatz zu ihrer eigentlichen Art. Die Aura ihres Vaters schwebte über ihr.

Die Ritter senkten den Blick und legten ihre Klingen vor sich ab. Sie waren bereit, jeden Preis zu bezahlen. "Nein! Wendet den Blick nicht ab! Trauert um unseren Herrn, doch nehmt eure Schwerter und erhebt euch. Ihr kniet niemals mehr vor mir! Ihr ward es, die mich gerettet haben. Nur durch euren Mut und eure Stärke, bin ich am Leben."

Die Emel schauten demütig zu ihr.

"Nun, macht schon", tadelte sie sanfter. Sie packte beide an den Ohren und zog sie auf die Beine. "Steht schon auf, wenn es eure Herrin befiehlt." Mit einem Lächeln nahm sie die beiden in die Arme. "Ich danke euch." Sie löste sich von ihnen und sah den Körper ihres Vaters neben sich liegen. Sein Gesicht hatte einen glücklichen Ausdruck angenommen. Ellarielle beugte sich zu ihm und küsste seine Stirn. "Danke, Vater, für alles, was du für mich getan hast." Sie schloss für einen Moment die Augen, als sie sie wieder öffnete, verschwand Amaniels Leichnam unter Käfern und Wurzeln in der Erde.

So endete das Ritual, ein Zeugnis der unzerbrechlichen Bande zwischen Leben und Tod, zwischen Liebe und Opfer.

Ellarielle erblickt den geschwächten Voganaomarien, der sich gerade noch so an sein Leben klammerte. Das Gift Asaselles hatte ihn verzehrt. "Und du, mein Beschützer, mein Lehrer, mein Krieger, du hast lange genug gekämpft für mich. Du darfst nun gehen... mein Freund." Beim letzten Wort kamen beiden die Tränen. Sie küsste ihn und legte ihre Stirn an seine, bis er gegangen war.

TORMENDAN

Unter dem schwachen Schein des Mondes, der durch die dichten Baumkronen brach, umtosten Tormendans Gedanken ihn wie ein wütender Sturm – Gedanken an Ellarielle, die er verloren glaubte, an seine gescheiterte Mission, die Avatarsteine Mutter Naturs zu bergen und an seine eigene Ohnmacht.

Es war in dieser tiefsten Stunde der Verzweiflung, als ein göttliches Wesen zu Tormendan kam. Die Präsenz des Äons des hohen Himmels umhüllte alles; ein Wesen, das Zeit und Raum überstieg und dessen Macht die fundamentale Vereinigung der Gegensätze vereinigte.

„TORMENDAN", hallte eine Stimme durch sein Bewusstsein, „DEINE VERZWEIFLUNG HAT MICH GERUFEN. DU STEHST AM SCHEIDEWEG DEINES SCHICKSALS. BIST DU BEREIT, EINEN NEUEN WEG ZU BESCHREITEN?"

Tormendan, zunächst verwirrt und dann von einer plötzlichen Klarheit durchdrungen, antwortete zögerlich: „Wer bist du? Wie... wie kannst du mir helfen?"

„ICH BIN ABRAXAS, WÄCHTER DER BALANCE, HERRSCHER ÜBER ZEIT UND RAUM. ICH BIETE DIR DIE MACHT, DIE DU SUCHST, ABER DER PREIS DAFÜR IST HOCH. BIST DU BEREIT, DIES ZU AKZEPTIEREN?"

Mit schwerem Herzen dachte Tormendan an alles, was er verloren hatte, und an das, was er noch zu verlieren drohte. „Ja", antwortete er mit einer Stimme, die vor Entschlossenheit bebte. „Ich bin bereit, was auch immer es kostet."

„DANN WISSE: ALLE GEGENSÄTZE, DIE DU ERSCHAFFST, WERDEN MIT DEMSELBEN WORT ODER DERSELBEN TAT ERZEUGT. DEINE SEELE WIRD AN MICH GEBUNDEN SEIN. DU WIRST MACHT ÜBER GROSSARTIGE DINGE HABEN, ABER JEDER SCHRITT WIRD SEINE FOLGEN TRAGEN."

Als Tormendan aus seinem Schlaf erwachte, war die Nacht noch immer tief, doch etwas in ihm hatte sich verändert.

Eine neue Kraft durchströmte ihn, die Präsenz von Abraxas begleitete ihn nun wie ein Schatten. Er stand auf, seine Augen leuchteten mit einem neuen, unerschütterlichen Entschluss.

Mit dieser neuen Macht und der unabdingbaren Verbindung zu Abraxas trat Tormendan aus dem Schatten zurück in die Welt Anemerons, fest entschlossen, seine Bestimmung zu erfüllen. Er wusste, dass jede Entscheidung, die er treffen würde, schwerwiegende Folgen haben könnte. Doch die tiefe Verzweiflung, die Abraxas zu ihm geführt hatte, war nun gewichen. Er würde sich seinem Schicksal stellen.

IMGELLON

Florathien. Er sah ihr wunderschönes Gesicht vor sich. Ihr Teint, der wie Schnee glitzerte und streichelte ihr über die Wange. Er spürte die Wärme ihrer Haut. Als sie die Augen öffnete, sah er den wundervollen Glanz ihrer Augen. Sie kostete seine Berührung eine Weile aus, fügte sich vor Verlangen. Ihre Hände umschlossen sein Gesicht und sie sah ihm direkt in die Augen: "Dies ist ein Traum. Du musst aufwachen."

"Nein, das ist nicht mein Begehr."

Die Göttin küsste ihn zärtlich. Es war als breche ein Bann, der ihn vor der Wirklichkeit, seinem gegenwärtigen Weh, geschützt hatte, um ihm neue Kraft zu geben, das vor ihm Liegende durchzustehen. Erneut dieser Traum, immer und immer wieder.

Dann gewahrte er, was ihm widerfahren war. Michaelle! Sie hatte ihm eine Falle gestellt und er war bereitwillig hinein geflogen. Seine verfluchte Neugier! Sie hatte ihn schon vorher in missliche Gegebenheiten gebracht.

Imgellon konnte nicht sagen, wie lange er schon fiel.

Seine Glieder schmerzten ihn. Der Druck in seinem Kopf war unermesslich und er machte sich bereit aufzuschlagen. Doch der Aufprall und die Umarmung des Todes blieben aus. Er fiel stetig weiter.

Die Ungewissheit spielte ein wahnsinniges Spiel mit ihm, denn die Angst, letztlich am Boden aufzuschlagen, war permanent da.

Irgendwann spürte Imgellon wieder etwas. Zunächst deuchte es ihm, dass sein Verstand ihm aufs Neue einen Streich spielte, und seine geliebte Florathien zu ihm kam und ihm Trost und Schutz bieten wollte. Doch es war anders als die Male davor. Er wurde gepackt. *NEIN! FLORATHIEN, HALT MICH!*

Sein Fall war vorbei.

Als er sich umsah, waren da Arathron, Lilith und Bathin. Dann seine weiteren Hauptmänner Asaselle, Amezyarak und Chermoni, Ornias und viele weitere seiner Gefährten.

“Vorsichtig, mein Freund”, sagte Arathron sanft.

“Was... geht hier vor sich? Mein Verstand ist so vernebelt wie bei Tagesanbruch.”

“Du warst in einer Art Bann gefangen, dessen Wirken sich nur über deine Einbildung entfaltete.”

Imgellon runzelte die Stirn.

“Es waren Lügen und Trugbilder. Sie erschufen dir eine Scheinwelt.”

“Es muss schrecklich gewesen sein”, sagte Lilith an Imgellon gewandt.

“Gewiss war es das”, antwortete Bathin an seiner statt, als er dessen Blick sah.

“Sagt, was macht ihr hier?”, fragte Imgellon nachdem er sich gefasst hatte.

Chermoni sagte: “Bathin hat Ausschau nach dir gehalten, wann du zurückkommen würdest. Er hat gesehen, wie du gefangen wurdest und ist dir gefolgt. Wir wussten, du brauchst uns. Den dir auferlegten Bann habe ich gebrochen.”

Imgellon blickte sich neugierig um. “Was ist das für ein Ort?”

Der Boden war warm, kahl und rissig wie faltige Haut und hatte einen seltsamen Pulsschlag. Hier und da bestachen rote und orange Seen und Weiher das Grau und Braun. In der Ferne gab es Berge, die Asche, Rauch und Feuer spuckten.

"Es ist ein Zufluchtsort, würde ich meinen."

"Wie kommst du darauf, Bathin?"

"Weder Elb noch Solason ist hier. Bislang haben wir keine Spuren von großen Völkern entdeckt."

Arathron sah Imgellon an. "Wir sollten hierbleiben. Zumindest eine Weile."

"Wenn das Land noch nicht in Besitz genommen wurde, so ist es Recht."

"Wartet", warf Lilith ein. "Habt ihr vergessen, dass dies hier ein Gefängnis ist. So wissen die anderen Engel davon. Sie haben ihn schließlich hierher gebracht."

"Da liegst du falsch. Bathin hat den Ort entdeckt. Chermoni und ich haben Imgellon dann an diesen Ort gebracht, um ihn in Sicherheit zu wissen."

Die Frau runzelte die Stirn.

"Das Gefängnis lag nur in seinem Kopf", erklärte Chermoni.

Imgellon streckte sich, um die Starre von sich abzuschütteln. Es kam ein Regen auf, der Asche und Funken mit sich trug, der Wind frischte auf. "Ein neuer Wind kommt, meine Freunde. Wir werden hierbleiben." Der Anführer blickte zum grauen Himmel, schirmte seine Augen gegen den Rauch ab. Es gab einen lauten Knall und die Luft wurde erfüllt von feurigen Geschossen.

"In Deckung!"

"Werden wir angegriffen?", fragte Amezyarak.

"Sucht nach einem geschützten Platz!"

Erste Brocken schlugen neben ihnen ein. Imgellon hörte im Tumult auch Todesschreie, von gefallenen Engeln, die unter den Geschossen begraben wurden.

“Schnell, bringt euch in Sicherheit!”

Als der Sturm vorbei war, sah sich Imgellon um. Seine Vertrauten waren alle bei ihm. Sie hatten Schutz in einer Höhle gefunden.

“Dieses Land scheint uns nicht wohlgesonnen zu sein”, gab Lilith zu bedenken. "Der Angriff war ein schlechtes Omen hierzubleiben.”

Imgellon lachte. “Ein Omen gewiss, liebe Lilith, doch war es ein gutes. Wir sind noch hier, haben getrotzt, so wie wir es seit längerer Zeit getan haben.” Er stand auf und sah hinaus. Die Nachwehen waren auf der Ebene noch zu sehen und zu spüren; Rauchschwaden stiegen auf, erschwerten die Sicht und ein glühend-oranger, riesiger, kriechender Wyrm bahnte sich seinen Weg durch das Land.

“Kommt, meine Freunde, wir müssen uns dem anneh-men.”

Imgellon, Asaselle und Arathron waren die Mutigsten und Stärksten unter ihnen. Sie flogen auf das Untier zu, dessen schlangenartiger Leib immer länger wurde.

Der geschickte Waffenmeister Arathron war der Erste, der einen Sprungschlag in den glühenden Wyrm führte. Doch er spürte keinen Widerstand in dem Fleisch des Gegners und drang tief ein. Arathron schrie auf und fiel nebst der Kreatur zu Boden. Er hatte starke Brandwunden an Armen und Händen davongetragen und seine Kleidung war verbrannt.

Asaselle, in seiner Daemonengestalt, griff ebenso beherzt an und auch ihm erging es wie seinem Freund. Sein Oberkörper brannte unter dem Metall seiner Brünne und sein Fell an den Beinen war stark versengt. Beides waren große Krieger, ihre Sinne und Reflexe waren so geschult im Kampf, um blitzschnell improvisieren zu können. Die anderen Angreifer waren nicht so gut gefeit gegen den feurig glühenden Wyrm und verbrannten bei lebendigem Leib in dessen Innerem. Ihre Schreie gingen mit ihnen unter.

Auch konnte Ornias keine Wunde schlagen, trotz seiner geschickten Kampffertigkeit.

Lilith erkannte, dass sie und ihre Gefährten zu schwach und unvorbereitet für diesen Kampf waren. "Haltet ein! Eure Waffen können hier nichts ausrichten!"

Aster flog zusammen mit Chermoni zu Arathron. Er war am Leben.

Und es schien, als hätten die Angriffe der Engel den Feind nur wütender gemacht und aus seinem Körper wuchsen weitere Ableger und schlossen die Toten und Verwundeten ein.

Sie waren alle dem Untergang geweiht, dachte Lilith. Sie schlug mit ihren Flügeln und wollte fliehen, doch sie wich im letzten Moment einem der Feuerleiber aus und stürzte zu Boden. Sie sah ihr Ende kommen.

Es war Imgellon, der hoch oben in der Luft, den Wyrm einholte. Allein er wagte es, sich vor das Monstrum zu stellen. Selbst mit seinen Schwingen wirkte er klein gegen den riesigen Feind. Doch er machte so einen Wind mit seinem abrupten Halt des Sturzflugs, dass der Wyrm zum Stehen kam.

Sein Eingreifen rettete die anderen und sie wussten, was sie zu tun hatten, diesen Feind zu besiegen. Das glühende Feuer erlosch in den vielen Feuerschlangen und sie erstarrten zu kargem, dunklem Gestein. Lediglich Imgellon erstrahlte in einem Licht, so dass alle zu ihm aufsahen.

“Nun, meine Freunde, nachdem wir wissen sollten, wo wir uns befinden und uns hier niederlassen, lasst uns dem Land den Namen Erontdos geben. Fürchtet euch nicht, denn sind wir nicht die, die aus göttlichem Feuer geschaffen wurden und somit auch darüber gebieten?

IMGELLON

Lilith wand sich auf Imgellons muskulösen Körper und schrie vor Ekstase. Ihre Flügel schlugen wild und verrückt und sie hob beide von der Bettstatt in die Luft. Kraftlos fielen sie zurück und die Frau lehnte ihren Kopf an seine Wange.

Sie genossen die Stille schweigend, waren die letzten Tage in diesem kargen Land, doch voller Lärm und Leid gewesen.

Imgellon fragte sich, was er für Lilith empfand, nachdem ihr Band immer stärker wurde. Sie war wunderschön und doch wollte sie, mehr als sie hatten. Sie drängte ihn, sich zu erheben, ihn schneller alles und jeden untertan zu machen. Doch dies wäre vermehrt ein Weg voller Wagnisse und Weh. Er wollte sie alle führen, seine Brüder und Schwestern, seine Gefährten, doch war sein Ansinnen, dies ohne Verluste zu versuchen. Das war er ihnen schuldig. Sie waren ihm ohne Zweifel gefolgt, hatten die Entscheidung für sich getroffen, was Windelben bislang verwehrt war. Der Eine ward seit jeher, der ihnen seinen Willen gab und nicht den ihren. Sie hatten sich von Revogatag abgewandt, um ihm zu folgen. Sie verdienten seinen Schutz und seine Liebe. Aber hatte Lilith womöglich doch Recht, mit ihrem Antrieb, es schnell zu bewerkstelligen? Konnte er dies? Ihm war zunächst keine Antwort vergönnt, denn Arathron kam zu ihnen.

"Herr, der Wyrm aus Feuer, den wir vernichtet glaubten, ist wieder da. Und mit ihm viele mehr. Seht!" Er schob einen Vorhang beiseite und gab den Blick auf die weiten Felsklippen frei.

Imgellon stand auf und sah Dutzende Wyrms verstreut darüber. "Das, mein Freund, ist nicht der, den wir aufgehalten haben. Sein Leib liegt noch dar. Du weißt, wie wir sie besiegen. Teile die unseren in Gruppen ein. Sie sollen sich unserer Feinde annehmen."

Arathron nickte.

"Ich werde mir indes Gedanken machen, was wir bezüglich unserer Sicherheit..."

Ein Beben ging durch den Fels und Chermoni platzte herein. “Eilt euch! Wir werden angegriffen. Rasch!”

Alle vier sprangen aus der Brüstung, genau im rechten Augenblick, denn der Lavawyrm walzte von oben herab und verschlang ihren Unterschlupf.

“Schnell, wir müssen ihn aufhalten”, rief Imgellon.

Gemeinsam drehten sie sich zu dem Monstrum um und schlugen so fest mit ihrem Schwingen, dass es erkaltete und zu Gestein wurde. Der Kopf des Wyrms war jedoch so groß und schwer, weshalb er abbrach und eine Gerölllawine auslöste. Mit einem Donnern ging sie zu Boden.

“ASTER!” Der Schrei Arathrons zerriss Imgellons Herz. Er stürzte nach unten zu den Trümmern und stieß Felsbrocken zur Seite, um zu der Frau zu gelangen. Die anderen halfen ihm, allen voran Arathron. Nach einer Weile gaben sie verzweifelt und mit Tränen verschmierten Gesichtern auf. Doch Imgellon machte weiter, er gab nicht auf. Seine Kraft kam nicht mehr aus den Armen, sondern aus seinem Willen. Dann fand er sie!

Langsam und behutsam räumten sie Asters Körper frei von Geröll und Stein. Chermoni ließ seine Magie wirken und letztlich schlug sie die Augen auf. Imgellon spürte, wie seine Anspannung wich, dennoch bemächtigte sich seiner die Trauer. Asters wunderschönes Gesicht und ihre Seite hatte das Gestein so sehr zertrümmert, dass sie damit leben musste. Imgellon spürte den anklagenden Blick seines Freundes Arathron, der sagte, es sei seine Schuld, da er sie in diese Lage gebracht hatte! Und er hatte Recht.

“Das ist dein Verschulden”, schrie Arathron. “Deine Entscheidungen haben es hierzu kommen lassen.”

Imgellon nickte. “Ich verstehe deinen Schmerz, mein Freund.”

Arathron schlug ihn und hielt ihm ein Messer an den Hals. "Du verstehst gar nichts, Dom.” Beim letzten Wort spuckte er aus.

Lilith und Chermoni wollten dazwischen gehen, doch Arathron hielt sie mit dem Schwert in der anderen Hand auf Abstand.

"Arathron, der Feind ist noch hier. Wir müssen uns zuerst ihm stellen", versuchte Lilith zu erklären.

"Schweig, sonst wirst auch du entstellt sein." Er holte zum Schlag aus.

Ornias sprang waghalsig dazwischen. Er war kampfbereit.

"Arathron." Die Stimme war so schwach und doch war sie so mächtig, dass sie die Einzige war, die den Engel zur Vernunft kommen ließ.

Er ließ die Waffen sinken und beugte sich zu ihr. "Aster."

"Komm zur Vernunft, Liebster."

Imgellon befreite sich aus seiner Lethargie. Er war ihr Anführer und musste ihnen sagen, was sie zu tun hatten: "Chermoni, Lilith, ihr seht, ob es Verwundete dort unten gibt. Arathron, du weißt, was du zu tun hast."

"Aber…"

"Du kannst im Moment nicht mehr für Aster tun. Kümmere dich um den Feind."

Während die anderen gingen, wartete Arathron noch. "Gut. Was gedenkst du zu tun, Herr?"

Imgellons Gesicht verhärtete sich. "Das Richtige, mein Freund. Und nun geh!"

Als Arathron weg war, sah er zu Aster. "Es tut mir Leid, meine Liebe."

Nachdem die Wyrms vernichtet waren, saßen Lilith und Chermoni beisammen. Sie waren zerschrammt und hatten selbst Brandwunden davongetragen und sich Blessuren zugezogen. Ihre Feinde waren stark und nur mit Verlusten zu besiegen. Zu viele der ihren waren bereits gefallen, durch die Entbehrungen und Bewohner dieses Landes.

Die Frau sah Chermoni an. Ihre Augen waren müde, doch noch immer wunderschön und jeder wollte ihrem Blick gefallen. “Was meinte Imgellon, als er zu Arathron sagte, er wüsste, was zu tun sei und er das Richtige tun wolle?”

Der Zauberer wandte sich von ihr ab.

Doch sie war es, die sein Kinn fasste und ihn ansah, mit einem Ausdruck, der alles gewährte, was er sich ersehnte, für die Antwort.

“Er will das Land besänftigen.”

Imgellon hatte sein Ziel erreicht. Er schwebte über einem riesigen See aus Lava, welches den Mittelpunkt des Landes darstellte. Die Kenntnis seiner Lage hatte er insgeheim von Bathin bekommen.

Rotgelb war die Oberfläche, die zur Mitte hin stetig erhabener wurde, als läge ein gigantischer Stein darin, von dem nur ein Teil zu sehen war. In einem bestimmten Rhythmus durch eine Art zuckendes zweifaches Pochen ausgelöst, resultierten schlangenartige Wellenbewegungen. Hitzewellen schlugen dem Engel entgegen, die so heiß waren, dass sie ihn fast verbrannten, doch er hielt genügend Abstand.

“Velura vek an gell!” *Du sollst mir dein Gesicht zeigen!*

IMGELLON

Imgellon verharrte majestätisch über dem riesigen Lavasee. Sein Herz pochte. Hitze schlug ihm entgegen, fast so intensiv, dass er zu verbrennen drohte. Doch er hielt ausreichend Abstand.

"Velura vek an gell!", flüsterte er, seine göttliche Essenz der Wesenheit darbietend.

Plötzlich materialisierte sich ein mächtiges Wesen, der Avatar des Landes.

Imgellon schaute in die schwelende Lava, seine Worte hauchend. "Großes Wesen, ich stehe hier als Hüter des Lichts. In dieser düsteren und gefährlichen Sphäre flehe ich um deine Macht, um die Balance zu wahren."

Eine Resonanz durchzog die Luft, ein Odem, der ihm unentsetzlich heiß entgegen schlug. Die Lava teilte sich in zwei Hälften. "Imgellon, Engel des Lichts, verwebe deine Essenz mit meiner. In diesem Pakt offenbart sich die Macht, die Natur und Seelen vereint. Verlangtest du nicht bereits Seelen, trotz dass du unwissend ihres eigentlichen Daseins bist? Welche Macht die Seelen mit sich bringen und welche Verantwortung? Doch bedenke, dass jede Gabe ihren Preis hat."

“Was verlangst du, großer Avatar? Mein Pfad ist klar, doch will ich die Folgen meines Handelns verstehen."

"Deine göttliche Essenz ist der Schlüssel. Ich verleihe dir Kontrolle über die Elemente und alle Seelen der Verstorbenen. Doch für jede Tat, die das Gleichgewicht stört, wirst du einen Tribut zahlen. Sei gewarnt, Imgellon, der Hüter, denn die Hölle erwartet Opfer."

“Hölle?”, wiederholte der Windelb nachdenklich. “Interessant. Wir gaben diesem Land den Namen Erontdos.”

“Tal des Feuers. Wahrhaft, ein schöner Name für ein trostloses Land.”

“Bei allen Dingen ist es immer das, woran man selbst glaubt, nicht die anderen.”

“Weise Worte”, entgegnete der Avatar. “Nun, wie sieht deine Wahl in Bezug auf Erontdos aus? Willst du den Pakt eingehen?”

Mit einem Nicken akzeptierte Imgellon die Bedingungen. "Ich gehe diesen Weg, um meine Vertrauten und Lieben zu schützen, auf dass sie ein sicheres Leben vor all jenen Bedrohungen hier finden."

Der Avatar neigte seinen schattenhaften Kopf. "So sei es, Imgellon! Möge dein Weg von Balance und Weisheit gezeichnet sein. Dein Licht und meine Dunkelheit sollen in diesem Pakt darben.”

Die Elemente um Imgellon begannen zu wirbeln, eine unsichtbare Kraft zog das göttliche Licht und die schattenhafte Dunkelheit zusammen. Er spürte einen Wind, eine Art Sog an sich entlangfahren, wie Liebkosungen; sie waren schön und angenehm und plötzlich wurden sie stärker, drängender und wollten immer mehr. Ein Tunnel aus Schwarz und Weiß drehte sich um ihn und er sah keinen Ausweg mehr, kein Entrinnen! Dann wurde er gepackt und in die Lava gezogen. Der Mund von Erontdos verschlang ihn. Imgellon spürte, wie jede Faser seines Körpers verbrannte und zerfiel. Doch er spürte ein kleines Licht, das in ihm geschützt lag und dem Vergehen widersagte. Mit seiner verbliebenen Kraft warf es Imgellons zerfallende Hand über die Lavamasse hinaus, bis es auf festem Boden traf.

Der Pakt war besiegelt.

Es schien, als hätte Erontdos einen starken, symbiotischen Bund mit Imgellons göttlicher Essenz geschlossen, der Imgellon die Kontrolle über die Elemente und das Land verlieh. Eine tiefe Verbindung entstand, die weit über die bloße Beherrschung der Hölle hinausging. Gleichzeitig offenbarte sich ihm, dass die Hölle der Ort war, an dem die Seelen der Verstorbenen verweilten. Die Aufgabe, sich um die Seelen zu kümmern, wurde dem Avatar von Revogatag auferlegt - eine Bürde, die erst später ihre wahre Bedeutung offenbaren sollte, doch auch auf Imgellon übergegangen war.

Indes der Bund vollführt wurde, spürten Imgellons Vertrauten eine Beruhigung im Land Erontdos selbst. Die Stürme wurden weniger und zogen sich mehr an den Mittelpunkt zusammen, statt an den bevölkerten Gebieten der Daemonen. Und dennoch bemächtigte sich ihnen allen ein Schatten in ihren Herzen, der Böses verhieß.

KAPITEL 10

ENTHÜLLUNGEN

RUNA

Echo war die Erste, die wach wurde. Sie sah sich in der Werkstatt des Zwergs um. Dann rüttelte sie Runa wach. "Wacht auf!"

"Was ist geschehen?", fragte Runa. "Mir scheint, ich hätte zu viel mit Zwergen gesoffen und ge...", doch sie stoppte beim letzten Wort, als ihr Blick auf Wanni fiel, der schnarchend am Boden lag. Schnell schüttelte sie den Kopf. "Wohl eher nicht."

"Wo ist Thyrillion?", warf der Engel die Frage auf. "Und warum fühle ich mich auch so benommen?"

"Hier stimmt etwas nicht", schlussfolgerte Echo. "Lasst uns den Zwerg wecken."

"Wartet, wer kann sich an irgendwas erinnern, nachdem wir Thyrillion festgebunden haben und Meister Wanni, den Blutbinde-Prozess durchgeführt hat. Meine Gedanken sind diffus, wie Dampf, der sich in meiner Grotte gebildet hatte." Sie schaute die anderen an. "Glaubt ihr, er hat etwas mit Thyrillions Verschwinden und unseren Lücken im Gedächtnis zu tun?" Echo nickte in Wannis Richtung.

"Wenn, dann gnaden ihm alle Göttinnen oder wen er sonst anrufen mag! Niemand entführt unseren Prinzen, ohne unser Zutun."

"Ihr geht davon aus, dass er entführt wurde, Teuerste?" Neltomen wurde bleich.

Runa nickte.

“Wie wecken wir ihn?”

“Na, was glaubst du wohl, welche Art ich bevorzuge, Nymphe.”

Echo grinste und warf mit einer Handbewegung einen entfernt stehenden Eimer mit Wasser auf den schlafenden Zwerg. Der Gegenstand zerbarst an der Wand, die Flüssigkeit jedoch klatschte mehrmals wie Wellen gegen Wannis Gesicht.

“Brrrrrrr”, machte der Buchbinder.

“Aufwachen, Wanni! Was ist hier geschehen?” Runa verschränkte die Arme unter der Brust und blickte ihn kühl an. “Wo ist unser Prinz?”

“Das kann ich Euch nicht sagen. Jedoch kann ich sagen, dass er aus freien Stücken mit dem anderen mitgegangen ist.”

Runas Augen verengten sich gefährlich. “Aus freien Stücken? Dass ich nicht lache! Mit wem?”

“Es war ein Engel. Sein Gesicht konnte ich nicht erkennen, denn es war verhüllt.” Wanni schwitzte unter dem Blick von Runa, deren Gemüt immer mehr erhitzte.

“Was soll das heißen? Ihr müsst wissen, wer es war. Denkt nach, Zwerg!”

“Beruhigt Euch, Teuerste. Lasst mich das machen.”

“Ich muss hier raus, ich brauche frische Luft!”

Nachdem Runa hinausmarschiert war und Echo ihr stumm folgte, kniete sich Neltomen vor Wanni. Seine Stimme war einfühlsamer. “Versucht ihn zu beschreiben, Herr Zwerg. An was könnt Ihr Euch erinnern? Jedes Detail ist wichtig.”

“Wie gesagt, ich konnte nichts erkennen. Was ich aber sagen kann, ist, dass da Musik war, die uns alle lähmte und uns einschlafen ließ. Vermutlich habt Ihr deswegen nichts gesehen. Es war ein starker Zauber.”

Der Windelb nickte nachdenklich. “War da auch eine Melodie bei der Musik?”

“Ich denke, es war mehr eine Melodie als ein Gesang. Es war aber so leise, dass ich es nicht eindeutig sagen kann.”

“Gut. Verzeiht die Unannehmlichkeiten. Wir werden Euch nicht weiter behelligen. Lebt wohl, Herr Zwerg.”

RUNA

“Freiwillig! Ich entführe ihn selbst, fessle ihn, mache mit ihm, was ich will und bringe ihn um! Dieser Schwachkopf! Wie kurz muss ich ihn eigentlich noch an der Leine führen?” Sie lief wie verrückt im Kreis und schnaubte.

“Wir wissen doch beide, dass ihm das mit der kurzen Leine gefällt.”

Die Magierin hielt einen Finger in Echos Richtung. “Denk dran, er gehört mir, wenn wir ihn erwischen. Der kann was erleben!”

“Er gehört nur sich selbst.”

“Aaaaah, er schafft es aber nicht auf sich selbst aufzupassen!”

Die Frauen schwiegen eine Weile.

"Runa, du bist viel schöner, wenn du weniger eifersüchtig bist. Ich spüre in dir eine Präsenz, die sehr mächtig ist."

"Was redest du da, ich war nie eifersüchtig." Runa errötete, als Echo sie durchschaut hatte, doch sie konnte sehen, dass sich hinter den Worten etwas Tieferes versteckte.

Echo ging auf Runa zu. Sie schaute in ihre schwarz umrandeten Augen und flüsterte dann: "Ich möchte erfahren, wie deine Zukunft aussieht, aber dafür…" Die Nymphe schaute auf die schön geformten Brüste der Magierin und grinste dann.

Runa war verwirrt, als Echo sich immer näher in die Richtung ihrer Lippen bewegte.

"Lass dich von mir befreien. Dieser Kuss ist ein Geheimnis zwischen uns und wird uns verbinden."

Langsam und zögernd, fast schon schüchtern, näherten sich Echos Lippen, bis sie die von Runa sanft berührten. Ein

Kribbeln durchfuhr ihren Körper und sie schloss die Augen, um sich ganz auf den Moment zu konzentrieren.

Echos Kuss war zart und doch voller Leidenschaft. Eine endlose Sekunde schien zu vergehen, in der sich die Zungen in einem sinnlichen Tanz trafen, der sie tiefer und tiefer in die Ekstase trieb. Sie spürten, wie ihre Körper sich aneinander schmiegten und eins wurden. Und plötzlich entlud sich eine unheimliche Energie aus ihrem Kuss und breitete eine Schockwelle in alle Richtungen aus.

Runas Verlangen nach Echo wurde größer, doch sie durfte dies nicht frei lassen, sonst würde die Bindung zwischen ihrem Geliebten und ihr verblassen und dies wäre ein zu großes Opfer. Somit löste sie die Liebkosung und kehrte Echo schüchtern und verblüfft den Rücken zu. Als ihr Kuss endete, waren sie von Trümmern umgeben und ihre Umgebung war völlig verwüstet.

Was hatte dies zu bedeuten?

Runa drehte sich um und sah, wie Echo auf die Knie fiel und schwer keuchte.

"Nymphe, was ist geschehen, was habe ich getan?"

Echo hörte die liebliche Stimme und musste grinsen. "Du konntest dich nicht mehr kontrollieren."

Runa bemerkte, wie sie rot anlief und drehte sich schnell wieder um. "Reden wir nicht mehr darüber. Erzähl mir lieber, was du in meiner Zukunft gesehen hast."

Echo holte tief Luft. "Ich habe all meine Kraft benutzt, doch ich habe nichts gesehen. Mir wurde verwehrt, deine Zukunft zu sehen."

"Was bedeutet das?"

"Ich weiß es nicht. Vielleicht ist deine Zukunft von jemand anderem bestimmt oder du bist nicht mehr. Es tut mir leid, aber ich kann dies nicht beantworten."

Echo verheimlichte einen Teil der Wahrheit. Die meiste Zeit, konnte sie zwar nichts sehen, doch ihr war es gelungen, kleine Splitter von Runas Zukunft zu sehen.

Sie entschied, diese geheim zu halten.

NELTOMEN

Neltomen war verwirrt. Er wusste nicht, was er glauben sollte. Die Antwort von Wanni, das Sandalphon, einer der höchsten Engel im Himmel, dessen Stellung beinahe einem Erzengel gleichkam, ein Mitglied des Rates der Weisen, so etwas tun konnte?

Um seine Gedanken zu ordnen, sprang er hoch und schwang sich in die Luft. Das Fliegen würde ihm helfen, sich Klarheit zu verschaffen. Er orientierte sich an den langen Felshängen des Gebirges und stieg immer höher. Je näher er der Sonne kam, desto wärmer wurde es ihm. Er verharrte an einer Stelle und sah nach unten. Wie klein Anemeron und die Probleme dort waren, von hier oben. Doch für ihn war es das in Wahrheit nicht. Diese Erde, ihre Bewohner waren unzertrennlich mit seinem Cemta verwoben. Neltomen liebte es hier, liebte seine Aufgabe, einfach alles! Er war unvoreingenommen, allem gegenüber. Ja, selbst den Frauen, die ihn manchmal aus der Haut fahren ließen. Aber er musste zugeben, er konnte zumindest zu einem Teil verstehen, warum Imgellon damals Gefallen an ihnen gefunden hatte. Er lächelte, als er an Runa und vor allem Echo dachte.

Als er darüber nachsinnte, bemerkte er, dass er nicht mehr allein war. Instinktiv griff Neltomen an sein Schwertheft, denn er wollte vorbereitet sein, wenn es zu einem Kampf kommen würde.

"Du wirst deine Waffe nicht brauchen", sagte eine sanfte Stimme.

"Sarim", erwiderte Neltomen respektvoll. "Es gibt beunruhigende Kunde."

"In der Tat, das ist der Grund, warum ich dich aufsuche." Das leichte Licht um den Erzengel wurde blasser. "Wir wissen, dass die Avatar-Steine Florathiens nun alle entwendet wurden. Der Solason Tormendan, den die Göttin mit dieser Aufgabe betraute, ist zu spät gekommen. Ellodanal wurde vernichtet."

Neltomen griff sich an die Brust. Sein Herz verspürte einen Stich, ob dieses Frevels gegen die Elben Anemerons und die Natur selbst. Er fragte sich, wer solch eine schreckliche Tat begehen würde und so viel Schönheit vernichten konnte.

Gabrielle fuhr fort und mit Milde im Blick sah er den Jüngeren an. “Es gab einen Beschluss im Hohen Rat. Samaelle wurde in Gewahrsam genommen. Es besteht der Verdacht, dass er verraten hat, an welchen Orten die Avatar-Steine Florathiens versteckt waren. Es gab schlüssige Beweise, die diesen Entschluss annehmen und rechtfertigen lassen.”

“Thiens! Das glaubt Ihr doch nicht wirklich, Sarim! Samaelle könnte so etwas nie tun. Seine Loyalität liegt beim Himmel. Er hat sein Augenlicht dafür gegeben. Habt Ihr das vergessen? Dankt der Himmel so seinen Helden? Seine Worte so anzuzweifeln, ist bereits ein Verrat. Wer brachte die Anklage vor?”

Nun war es an Gabrielle, sein Gesicht zu verziehen. “Sandalphon.”

“Ich wusste es. Samaelle war diesem aufgeblasenen Wichtigtuer seit dieser Dreiecksgeschichte mit Naamah ein Loch in der Schwinge. Er hat so oft versucht, Samaelles Ansehen zu schmälern.”

“Neltomen, es steht dir nicht zu, solch harsche Worte gegen ein hochrangiges Mitglied des Rates zu sprechen. Gleichwohl verstehe ich deine Sichtweise und deine Verbundenheit gegenüber deinem Mentor.”

“Tut Ihr das, Sarim?”

Gabrielles Stimme wurde strenger. “Erinnere, dich, er ist auch mein Freund. Ich glaube auch nicht an sein Zutun in diesem schändlichen Spiel. Und doch mussten wir Samaelles Gesuch nachkommen.”

“Das passt zu dieser falschen Schlange!”

“Neltomen!”

“Sarim, hört mir zu!” Der andere wollte etwas erwidern, doch der junge Windelb redete aufgeregt weiter. “Prinz Thyrillion ist verschwunden. Sandalphon hat ihn entführt!”

Neltomen erklärte, dass sie hier bei den Zwergen waren, um an Thyrillion das Ritual der Blutbindung vollziehen zu lassen, wie er es ihnen aufgetragen hatte.

“Bei Revogatag!”, entfuhr es Gabrielle. “Ich habe euch dies nicht aufgetragen. Das Blutbinden ist viel zu gefährlich. Es ist eine uralte Magie, die den, der an sich vollzieht, verändern kann in seinem Innern, in seiner Seele! Es verändert ihn. Du müsstest wissen, Neltomen, dass ich nur ungern Ratschlag erteile. Es muss eine Illusion oder ein anderer Zauber gewesen sein, der euch dies glauben ließ.”

Der Engel schlug die Hände vors Gesicht. “Thiens, was haben wir getan! Thyrillion ist verdammt. Und wir tragen die Schuld daran!”

Im Jahr 1350 nach Revogatags Schaffen

NELTOMEN

"Hast du dir das Wissen aus den Schriften angeeignet, die ich dir überließ?"

Neltomen verzog das Gesicht. Sein Meister konnte es nicht sehen und doch wusste er, was sein Schüler tat.

Samaelles blinde Augen ruhten auf ihm.

Der Jüngere bewegte sich unruhig unter dem strafenden Blick. "Was soll ich damit? Das Wissen über Anemeron, ein Gestade der Sterblichen. Es erscheint mir unnütz."

"Keine meiner Anweisungen ist nutzlos."

"Jawohl, Meister. Verzeiht mein Fehl. Ich hole es nach."

Zufrieden nickte der Seraph. Er wollte noch etwas ergänzen, doch die Tür zum Studierzimmer flog mit einem Knall auf.

Erzengel Sandolphan trat ein. Er war ein muskulöser Mann, sein Angesicht wunderschön durch feminine Züge. Seine Flügel wirkten riesig und schimmerten golden. Sein dramatischer Auftritt wurde von Musik untermalt, steigerte sich in einem Crescendo zum Höhepunkt und verstummte mit einem Paukenschlag.

"Samaelle", sagte er anklagend. "Euer Verhalten wider Eurem Schüler Kahelle, kann ich nicht gutheißen."

Neltomen war eingeschüchtert von der Präsenz des Erzengels, machte sich klein und senkte den Blick. In diesem Moment wollte er nicht hier sein.

Sein Meister hingegen blieb unbeeindruckt. "Findet Ihr, mein Herr? Kahelle wollte es."

"Und erneut fallt Ihr auf. Dies war nicht das erste Mal, dass Ihr einen Schüler derart zurechtweist." Sandalphon verschränkte die starken Arme vor der Brust. "Das wird Konsequenzen haben. Seid gewarnt." Sein Tonfall klang triumphierend. Dann verschwand er wieder so schnell wie er eingetreten war.

Nach einer Weile fragte Neltomen: "Was wollt Ihr nun tun, Meister?"

Der Seraph zuckte mit den Schultern.

"Es kann Euch doch nicht egal sein. Sandalphon war außer sich vor Wut, seine schreiende Stimme hallte bestimmt durch den gesamten Korridor!"

Der Blinde lächelte. "Ich war ihm schon Zeit unseres Lebens ein Dorn im Auge. Sandalphon und ich waren Freunde. Wir teilten die gleichen Interessen und Begabungen, seien es die Musik, der Wissensdurst oder der Waffengang. Wir waren nahezu ebenbürtig, aber immer in einem gesunden Wettkampf." Wehmütig machte Samaelle eine Pause. "Eines Tages ward es eben jenes Interesse an einer Frau, das unsere Freundschaft zerrüttete. Sie war blass wie ein Licht in der Dunkelheit und ihr Hautschimmer war lediglich an ihrer Hüfte und an den Brüsten verhüllt, was mehr wie Zeichnungen aussah als Stoff. Über ihrem Po flatterte ein Umhang. Schwarz wie ein Teil der Nacht wirkten ihre Schwingen und ihr langes glattes Haar. Sie wirkte dominant und devot zugleich. Dies machte sie so faszinierend und anziehend für uns.

In unserem Eifer, sie zu beeindrucken, sie für sich zu gewinnen, wandten wir uns voneinander ab. Liebe ist etwas Schönes... und etwas Schreckliches zugleich. Welche Form sie auch sei, ob zu einem Seelenverwandten oder einem Freund. Merk dir meine Worte." Er brauchte einen Moment, bevor er fortfuhr. "Ihr gefiel unsere Rivalität. Sie fühlte sich zu mir hingezogen und wir verbrachten die glücklichste Zeit in meinem langen Leben. Jahre zogen ins Land. Sie wollte immer mehr von mir, dass ich mich ihr unterwarf, mich aufgab. Das war ihr Preis, um bei mir zu bleiben. Ich war blind vor Verlangen, war ihr hörig. Sie war es wert. Ich war der Champion in diesem Wettstreit mit Sandalphon. So dachte ich. Dann, nach einem Streit, entfloh sie meiner Nähe. Ich flog ziellos umher und dann sah ich etwas Unglaubliches: Sie traf Sandalphon und sie waren sehr vertraut miteinander, liebten sich.

Uns beiden war sie zugetan! Ich wandte mich ab und mir war, als starb ich tausend schmerzvolle Tode. Ich ging zu Sandalphon und erzählte es ihm. Er stieß mich weg, klagte mich an, dass ich ihm seinen Sieg und sein Glück nicht gönnen würde. Einen Tag später stellte ich ihr nach. Sie traf sich mit einem Daemon. Dann wandelte sich ihr Äußeres und aus ihrer Stirn wuchsen gewundene Hörner. Wir waren einem Daemon verfallen!

Und sie hatte mich in ihrer Hand, ich wollte sie nicht verlassen. Sie war in meinem Herzen und in meinem Kopf verwachsen. Ich konnte nicht ohne sie. Doch wie sollte das weitergehen? Es durfte nicht sein, diese Liebe. Sie war so echt und zugleich verdorben. Als wir uns wieder trafen, schmiegte sie sich an mich. Sie schaute mir in die Augen und sah, dass ich ihr finsteres Geheimnis kannte.

Ich drückte ihren Körper fest an mich und flüsterte in ihr Ohr: "Ich liebe dich. Für immer." Durch meine Umklammerung spürte sie den Dolchstoß nicht. Später erzählte ich Sandalphon alles. Er brach mit mir vollends. Bis zum heutigen Tage neidet er mir alles, was ich erreicht habe."

"Wie war ihr Name, Meister?"

"Naamah. So schön, so schrecklich, so schwer ihre Absichten zu deuten. Manche Auswirkungen ihrerseits vermag ich selbst jetzt noch nicht zu durchschauen."

"Ich wusste nicht, dass sie eine Gefallene war."

"Das wissen nur wenige."

THYRILLION

Unter dem fahlen Mondlicht, das durch die dichte Blätterdecke brach, folgte Thyrillion Nagaryel, Nachtschwinge, durch den undurchdringlichen Wald. Der Prinz erinnerte sich noch lebhaft an den Moment, als Nagaryel beim Akt des Blutbindens von dem Zwerg Wanni einfach erschienen war – was den anderen, Runa, Neltomen und Echo, vollkommen verborgen geblieben war. Dann hatte der Engel Thyrillion einfach mitgenommen.

Das Schweigen zwischen ihnen wurde nur durch das Knistern trockener Blätter unter ihren Füßen und das gelegentliche Rascheln der Nachttiere unterbrochen. Thyrillion erinnerte sich daran, wie Nagaryel mit präzisen, fließenden Bewegungen eine Art Teufelsbrücke in die Luft malte – ein komplexes Muster, das in einem schwachen, unheilvollen Licht zu leuchten begann. Als er fertig war, verschwand das Portal mit einem leisen Zischen, und die beiden traten durch auf den nun geöffneten Pfad, der sich vor ihnen erstreckte.

Thyrillion musterte seine Begleiter genauer. Ehrlich gesagt, wusste er nicht, warum er einfach mitgekommen war. Vielleicht waren es noch die Nachwirkungen der Betäubung des Blutbindens oder oder Nagaryel war so beeindruckend auf ihn gewesen. Oder es war ihm schlichtweg egal. Er wusste es selbst nicht, doch es hatte sich richtig angefühlt.

Schließlich hatte er sich des Öfteren mit Nagayrel unterhalten, als dieser in seinem Kopf war. Dieser hatte ihm Ratschläge erteilt, wenn er die anderen nicht fragen konnte. Ja, er war ihm vertraut und er besaß eine gewisse Anziehung, das musste der Prinz zugeben. Seine Haut war blass, ähnlich der seinen. Der Windelb wirkte weiblich und doch ließ sich unter dem goldenen Gewand ein muskulöser Oberkörper vermuten. Die Kapuze beschattete sein Gesicht meist und es war schwer einen Blick darauf zu werfen. Er hatte riesige Flügel, die wie ein Mantel hinter ihn fallen. Doch das Beeindruckendste war, dass Thyrillion eine leise, wunderschöne Melodie hörte, die ihn ermutigte, ihm zu folgen.

Sie liefen nicht weit, bis sie vor einem scheinbar unauffälligen Felsvorsprung standen. Nagaryel näherte sich einer bestimmten Stelle und flüsterte Worte in einer unbekannten, raunenden Sprache. Plötzlich schoben sich die Felsen beiseite, enthüllten einen geheimen Eingang, der von einer unheimlichen, grünlichen Flamme erleuchtet wurde. Der Prinz beobachtete alles mit einem wachsenden Gefühl der Neugier.

„Wohin bringst du mich?", fragte Thyrillion, als sie den dunklen Gang betraten, dessen Ende im Schatten verborgen lag.

Nagaryel warf ihm einen undurchdringlichen Blick zu. „An einen Ort, der Antworten birgt", antwortete er mysteriös, seine Stimme hallte leise im Gang wider. "Eine Warnung noch: Der Weg, den wir jetzt beschreiten, ist sehr gefährlich. Komm nicht davon ab."

Thyrillion wollte mehr wissen, spürte jedoch, dass weitere Fragen ihm nicht mehr Aufschluss geben würden. „Was geschieht nun?", drängte er dennoch, während sie tiefer in die Dunkelheit vordrangen.

„Du wirst sehen", erwiderte Nagaryel, seine Worte waren so ausweichend wie der Schatten, der ihn umgab. „Alles zu seiner Zeit."

Der lange, felsige Gang wurde breiter und teilte sich in mehrere Abzweige. Immer wieder sah er Lichter flimmern und er hörte leise Stimmen, die über die Wände zu ihm hallten. Sie riefen nach ihm, riefen seinen Namen.

"Thyrillionnnnn… Thyrillionnnnn."

Der Mensch erkannte im Licht immer wieder junge, nackte Frauen. "Sind das Nymphen?"

"Ja, sie sind das größte Hindernis auf unserem Weg."

Thyrillion lachte. "Nymphen?"

“Gewiss. Die untoten Nymphen, geschaffen aus der Essenz der vergangenen Nymphen durch Liliths dunkle Macht, sind Wesen von verführerischer Schönheit und tödlichem Charme. Ihre Erscheinung ist so gestaltet, dass sie sowohl faszinierend als auch unheimlich wirkt - eine perfekte Mischung aus Anziehung und Bedrohung.”

Der Prinz sieht sich manche genauer an.

“Ihre Haut besitzt einen schimmernden Effekt, der im Licht wie Perlmutt glänzt, aber in den Schatten einen kühlen, fast transparenten Schimmer annimmt, durch den man das Flackern ihres untoten Lebens sehen kann. Diese Transluzenz offenbart unter bestimmten Winkeln das Pulsieren dunkler Adern, die unter ihrer Haut ein Netzwerk bilden, eine ständige Erinnerung an ihr wahres Wesen. Ihre Haut ist makellos, doch bei Berührung fühlt sie sich kühler an als die eines lebenden Wesens, eine Eiseskälte, die sowohl abschreckt als auch neugierig macht. Berühre sie nicht! Es lenkt uns von unserem Weg ab.”

Die Worte lassen Thyrillion in seiner Bewegung innehalten. Er war bereits im Begriff gewesen, sie anzufassen, denn sie wollte es, reckte sich ihm entgegen. Die Haare der untoten Nymphe bestanden aus feinen Strängen, die wie seidene Spinnweben wirkten und in der Dunkelheit ein eigenes Leuchten besaßen. Ihr leuchtendes Haar, das in verschiedenen schattenhaften Farbtönen – von tiefem Mitternachtsblau bis hin zu einem dunklen, blutigen Rot – schimmerte, schien die sie umgebende Finsternis zu verschlingen und gab ihr eine besondere Aura. Das flüsternde Rascheln ihrer Haare, wenn sie sich bewegten, erinnerte den Prinzen an das leise Säuseln des Windes durch verlassene Gräber.

Thyrillion war so angetan von ihrer Erscheinung, dass er gar nicht bemerkte, wie sie ihn auf einmal küsste. Auch ihre Lippen waren eiskalt und jagten ihm einen frostigen Schauer in den Kopf, als hätte er etwas zu Kaltes getrunken, nur dieses Gefühl hielt an und wurde immer stärker. Des Weiteren bemerkte er, wie sein Herz immer schneller schlug! Er wusste nicht, ob er aufhören sollte oder weitermachen. Er versuchte, sie von sich zu stoßen, doch sie umklammerte ihn und sein Mund blieb an ihr hängen.

"Verschwinde, Lamirallon!"

Thyrillion bemerkte ein befreiendes Gefühl, hörte eine Melodie und wie die Wärme in ihm zurückkam. Er atmete schwer.

Nagaryel schaute ihn vorwurfsvoll an. "Ich sagte, komm nicht vom Weg ab."

"Ich dachte nicht, dass sie solch eine Macht besitzen."

"Natürlich haben sie das", schüttelte der Engel ungläubig den Kopf. " Es sind Verführerinnen und du ein Mann."

Der Prinz zog eine Grimasse.

"Sieh her. Um ihre untote Natur zu betonen und gleichzeitig eine unwiderstehliche Anziehung zu erzeugen, tragen die Nymphen Augen, die wie kostbare Edelsteine funkeln. Ihre Blicke sind tief und durchdringend, gefangen zwischen dem Leben, das sie einst kannten und der Dunkelheit, die sie nun beherrscht. Ihre Pupillen reflektieren das Licht in einer Weise, dass es scheint, als würden Sterne in der Unendlichkeit ihres Blicks tanzen – ein Anblick, der die Betrachter in ihren Bann zieht und sie von der Kälte ihres Seins ablenkt. Ach und weil sie nackt sind!"

Sie liefen weiter und Nagaryels singende Stimme übertönte die der Frauen.

"Wie war der Name, mit dem du sie angesprochen hast?"

"Sie werden Lamirallonen genannt. Hübsches Leben in deiner Sprache. Wie ich finde, ein treffender Name."

Der Engel vergewisserte sich, dass Thyrillion noch bei ihm war, da er immer wieder in die Richtung der Verführerinnen schaute und zog ihn mit sich. “Sie wurden auch mit einer unnatürlichen Anmut und Beweglichkeit geschaffen, mit der sie sich nahtlos und geräuschlos durch die Schatten bewegen können, immer bereit, ihre ahnungslosen Opfer mit ihrer tödlichen Verführungskunst zu fangen. Ihr Flirten ist spielerisch und verlockend, mit einer Unternote von Dunkelheit, die das Herz schneller schlagen lässt – nicht nur vor Verlangen, sondern auch vor der Ahnung einer drohenden Gefahr.”

Thyrillion nickte, als er sich daran erinnerte, wie sein Herz immer schneller geschlagen hatte.

“Die Lamirallonen sind somit perfekte Kreaturen der Verführung und des Verderbens, geschaffen, um die Menschen in Liliths Reich zu locken, wo Schönheit und Tod Hand in Hand gehen.”

“Warte, wer?” Thyrillion blieb abrupt stehen.

Nagaryel lächelte. “Lilith. Insgeheim hast du doch gewusst, dass wir zu ihr gehen. Komm weiter.”

Der Prinz fühlte sich unbehaglich, doch die Neugier trieb ihn an, weiterzugehen. Nagaryel schien jeden Schritt zu kennen, jede Wendung, als wäre dieser geheime Pfad ihm wohlvertraut.

Als sie schließlich einen größeren, von Fackeln erleuchteten Raum betraten, konnte Thyrillion die Macht spüren, die von diesem Ort ausging. Der Raum war mit seltsamen Symbolen geschmückt, und in der Mitte stand ein Altar, der von einer undefinierbaren, düsteren Energie umgeben war.

Nagaryel hielt inne und drehte sich zu Thyrillion um. „Hier beginnt dein Weg“, sagte er, sein Gesicht im flackernden Fackellicht kaum zu erkennen. „Und hier könnte er auch enden.“

Thyrillion spürte, wie ein kalter Schauer über seinen Rücken lief. Es war klar, dass er an der Schwelle zu etwas stand, das sein Leben für immer verändern könnte. Doch trotz der Warnungen in Nagaryels Worten, konnte er nicht leugnen, dass ein Teil von ihm erfahren wollte, was in den Schatten auf ihn wartete.

In den schaurigen Hallen von Liliths Domäne, umgeben von der düsteren Schönheit der Lamirallonen, standen Thyrillion und Nagaryel vor dem Thron. Liliths Gestalt, umhüllt von schwarz-roten Gewändern, die ihre makellose Figur betonten, strahlte eine gefährliche Anziehung aus. Ihre langen Haare, die bis zum Boden reichten, verbargen spielerisch ihre nackten Beine, ihre dunklen, leidenschaftlichen Augen besaßen einen durchdringenden Blick.

Mit einem plötzlichen Sprung, der einer Raubkatze glich, landete Lilith vor Thyrillion. Ihr Lachen, das durch den Raum hallte, trug eine Verrücktheit in sich, die ebenso fesselnd wie beunruhigend war. Zu Thyrillions Erstaunen gefiel es ihm.

„Ah, Prinz Thyrillion, endlich bist du zu mir gekommen!", verkündete sie mit einer Stimme, die süß und doch durchdrungen von einem dunklen Wahnsinn war. „Kannst du es sehen? Das Schicksal selbst hat dich zu mir geführt. Zusammen werden wir über die Welt herrschen!"

Ihre Augen blitzten auf, während sie unvermittelt zu einer der Lamirallonen tänzelte, ihr Haar wie eine dunkle Woge hinter ihr. Mit einer unerwarteten Bewegung schnappte sie sich einen blutgefüllten Kelch von einem Nebentisch und trank gierig, während ihr Blick Thyrillion nicht losließ. „Menschenblut, mein Liebster. Der süßeste Nektar. Willst du kosten?" Ihre Lippen waren leicht benetzt von der roten Flüssigkeit.

Thyrillion war sichtlich beeindruckt von dieser Bizarrheit und spürte eine Mischung aus Faszination und Abscheu. Doch die Macht, die Lilith versprach, war zu verlockend.

Liliths Stimme senkte sich zu einem vertraulichen Flüstern, als sie Thyrillion näherkam. Um sie herum schienen selbst die Schatten innezuhalten, als ob die Dunkelheit selbst auf ihre Worte lauschte. "Kennst du meine Geschichte, Thyrillion?", begann sie, ihre leidenschaftlichen Augen fixierten ihn, während ein schiefes Lächeln ihre Lippen zierte. "Einmal war ich nicht mehr als die erste Menschenfrau, die sich ihrem Gefährten unterordnen sollte. Doch diese Fesseln waren mir zu eng, zu erdrückend. Ich wandte mich ab, nahm meine Anhänger mit und suchte Freiheit, den freien Willen."

Sie machte eine dramatische Pause, als könnte sie die Erinnerungen noch immer fühlen, die Freiheit noch immer schmecken. "Meine Schönheit erregte viele und so auch Imgellon und er kam zu mir. Unser Handel war einfach: Ich würde an seiner Seite sein, und er machte mich zu einem Engel. Doch sein Aufbegehren gegen seinen Vater, war ein Unterfangen, das in die falsche Richtung lief. Es hätte sein größter Triumph werden können, doch es war der Beginn seines Untergangs. Im Gefängnis der Hölle verlor er jegliches Interesse zu herrschen. Michaelle, diese blauhaarige Schlampe, hatte ihn dorthin verbannt."

Ein bitteres Lachen entwich ihren Lippen, als sie fortfuhr. "In der Hölle wollte Imgellon nicht herrschen, wandte sich von mir ab. Mit seinem Opfer machte er die Hölle zu einem Ort des friedlicheren Lebens für die Gefallenen, Daemonen, wie sie von den anderen genannt werden, aber nicht für mich. Florathien, er liebte sie immer mehr als mich... Wie konnte ich dort bleiben? Warum sollte ich dort bleiben?"

Liliths Augen verdunkelten sich, während sie den schmerzvollsten Teil ihrer Geschichte erzählte. "Schwanger und schwer verletzt nach einem Kampf floh ich. Ein Mann namens Armaros fand mich. Ich flehte ihn an, mein Kind zu retten, bevor ich sterben würde. Er tat es... und ich blieb zurück zum Sterben."

Sie zog eine Grimasse. "Doch der Tod ist nicht immer das Ende. Dies siehst du an meinen Lamirallonen. Sind sie nicht wunderschön? Gut, weiter mit meiner Geschichte. Eine alte Hexe fand mich, pflegte mich zurück ins Leben. Jahre verbrachte ich im Verborgenen und in meinem Kopf reifte ein Plan. Mein Hass formte den Entschluss, so stark zu werden, dass ich mich an allen rächen konnte. Niemand", betonte sie, während ihre Gestalt sich erhob und eine dunkle Aura sie umgab, "niemand wird je wieder über mir stehen."

Thyrillion spürte die Intensität ihrer Worte, die Macht ihres Zorns und den unerschütterlichen Willen, der in Lilith brannte. In diesem Moment erkannte er die wahre Tiefe der Dunkelheit, die sie umgab, und doch war da eine faszinierende Schönheit in ihrer Entschlossenheit, die ihn unwiderruflich anzog.

„Was muss ich tun, um mich dir würdig zu erweisen, meine Königin?“, fragte er, die Worte fast wie ein Flüstern, sein Blick an ihrer Weiblichkeit hängend.

Liliths Lachen verstummte abrupt, und sie kehrte zu ihm zurück, ihr Gang lasziv und doch voller Anmut. „Einen kleinen Beweis deiner Loyalität, mein König. Mal sehen, was könnte das sein?” Sie schob ihre Unterlippe nach vorne, was das Blut des Menschen noch mehr in Wallung brachte. Sie bemerkte seine Reaktion und sie genoss es, auch wenn es ein Leichtes für die Daemonin war, dies zu erreichen. Sie hatte Männer schon immer verführen können.

In der finsteren Pracht ihrer Domäne, schritt Lilith unruhig hin und her, während Thyrillion und Nagaryel gespannt auf ihre Worte warteten. Ihr Lachen, ein wechselhaftes Gemisch aus Melodie und Wahnsinn, erfüllte die Luft, als sie nachdenklich ihre langen Haare um die Finger wickelte.

„Ach, was können wir nur mit dir anstellen, mein lieber Thyrillion?“, sinnierte sie laut, während ein schelmisches Funkeln in ihren Augen tanzte. „Vielleicht solltest du in die Stadt gehen und mir ein Kleid aus Sternenlicht weben. Nein, nein, zu einfach!“, kicherte sie und schüttelte den Kopf, sodass ihre Haare wie ein dunkler Wasserfall flossen.

Sie hielt inne, ihr Blick fiel auf einen der Lamien, die in der Ecke ein Lied summte. Mit einem Sprung, der ihre übernatürliche Grazie unterstrich, schwebte sie zu ihm, dadurch zeigte sie noch mehr Haut unter ihrem Haar und ihren Schwingen. Sie lauschte einen Moment, bevor sie zurück zu Thyrillion kehrte. „Oder vielleicht... ja, vielleicht solltest du mir das Lied der Sonne singen. Aber ach, das wäre zu laut für meine zarten Ohren“, murmelte sie und legte nachdenklich einen Finger an die Lippen, während sie zu einem kurzen, abrupten Tanz ansetzte.

„Oder, oh, ich habe eine noch bessere Idee!“, rief sie aus und klatschte in die Hände, als ihr ein weiterer Gedanke kam. „Du könntest auf Ferillyandar steigen und von dort aus mit einem rosa Band für mich winken. Stell dir nur vor, wie lustig das aussehen würde!“ Ihr Lachen erfüllte den Raum, während sie sich vorstellte, wie Thyrillion diese Aufgabe erfüllte.

Doch plötzlich, mitten im Lachen, erstarrte Lilith und ihr Blick wurde leer, als hätte sie einen fernen Gedanken gefangen. „Aber nein, nein, das ist alles viel zu amüsant und doch so unbedeutend.“ Sie stellte sich direkt hinter Thyrillion. Ihre Stimme klang nun kalt und berechnend in sein Ohr. „Was du wirklich für mich tun kannst, mein Prinz, etwas, das deiner würdig ist...“ Sie machte eine dramatische Pause, als sie genüsslich die Spannung aufbaute und mit ihren Händen über seine Brust fuhr: „Töte Nagaryel für mich.“

Ihre Worte fielen mit der Schwere eines Todesurteils, und während sie es aussprach, kehrte das verrückte Funkeln in ihre Augen zurück, als ob der Gedanke an den Mord sie auf eine dunkle, entzückende Weise amüsierte. „Ja, das wird perfekt sein“, flüsterte sie und legte den Kopf schief, ein makabres Lächeln auf ihren Lippen, als sie Thyrillions Reaktion abwartete.

Die Worte fielen wie ein Hammer und Nagaryel, der bis dahin nur stumm daneben stand, wich zurück, sein Gesicht ein Bild des Entsetzens.

Thyrillion zögerte nicht. Sein Schwert formte sich als eine Erweiterung seines Arms auf den Gedanken hin, ihn zu töten, nur um dieser wunderschönen Frau ihren Wunsch zu erfüllen. Nagaryel war chancenlos, Thyrillion hatte ihn durchbohrt. Nagaryel sank zu Boden, ein Ausdruck des ungläubigen Schocks auf seinem Gesicht.

Lilith klatschte in die Hände, ein hohes, kicherndes Lachen entfloh ihren Lippen. „Wunderbar! Ach, wie herrlich! Du bist wahrlich der Einzige, der würdig ist, an meiner Seite zu stehen.“

Sie trat näher, ihr Blick fesselte Thyrillion, und in diesem Moment erkannte er die Tiefe ihres Wahnsinns – und die Tiefe seiner eigenen Verlorenheit. „Komm“, flüsterte Lilith, ihre Stimme nun ein verführerisches Raunen, „lass uns unser dunkles Reich erschaffen. Zusammen mit dir, mein König."

Thyrillion, nun gebunden durch Blut und Schicksal, folgte Lilith, während die Schatten der Halle sich um sie schlossen. Er hatte sich ihrer verrückten Vision hingegeben, getrieben von Macht und einer dunklen Faszination, die er weder leugnen noch entkommen konnte. Und dennoch sträubte sich etwas in ihm, für den Tod Nagaryels Freude wie die Dämomin zu empfinden.

Lilith sah ihn an, legte eine Hand an seine Wange. "Gräme dich nicht, es war nicht deine Schuld. Du hast nur getan, was ich gewollt habe. Ebenso war es mein Verlangen, die Avatar-Steine Florathiens zu besitzen. Nagaryel hat sie mir gebracht, einen nach dem anderen. Und dann habe ich ein Feuerwerk des Todes verschossen mit ihnen. Ich musste ja sichergehen, dass es die echten Steine sind und ich ihre Macht einsetzen kann. Alles, was durch sie aufgebaut wurde und noch mehr, können sie vernichten. Mit einer Handbewegung."

Er gab sich der Berührung hin, schloss die Augen. Weiter spürte er, wie ihr Finger an seine Lippen wanderte und dann eine besonders zaghafte Berührung. Mehrmals liebkoste sie seinen Mund, ehe er den Kuss erwiderte. In ihm regte sich etwas. Es war ein Gefühl, ein Bild, das ihm seine ruhmreiche Zukunft mit Lilith zeigte. Er sah so viele Details, dass er glaubte, es wäre bereits eingetreten.

Sie küsste ihn noch einmal sanft, ehe sich das Bild vor seinem geistigen Auge auflöste. "Weißt du, warum Nagaryel sterben musste? Er teilte nicht meine Vision. Er verfolgte eigene Pläne, also habe ich ihn benutzt. Doch er hat seine Rolle erfüllt und nun kann er niemandem von meinem Vorhaben erzählen."

Verwirrt hob der Sterbliche eine Augenbraue. Indes räumten mehrere Lamirallon den Körper des Engels aus der Halle.

Lilith lachte. "Du weißt nicht, warum. Ich werde es dir erklären, denn vor dir, mein König, werde ich keine Geheimnisse haben. Weißt du, einem Verräter wie, kann man nie ganz trauen. Er war einer der Höchsten im Himmel, doch er kam zu mir. Vor langer Zeit liebte er eine Frau mit Namen Naamah, doch sie war unentschieden zwischen ihm und Samaelle. So liebte sie beide."

"Samaelle? Der berühmte Krieger des Himmels?"

"Eben dieser. Letztlich hatte sich Namaah mit beiden eingelassen und es entstand eine Feindschaft zwischen den beiden Engeln. Als Nagaryel verzweifelt war, gab ich ihm seine Angebetete. Er sah nur Naamah in mir oder Trugbilder von ihr. Für sie tat er alles, war blind vor Liebe, denn im Himmel wurde er nicht so geliebt, wie er es gerne gewollt hätte. Samaelle wurde ihm gegenüber von allen bevorzugt und durch Naamah hatte er den Triumph über seinen Widersacher, den er immer wollte. So legte er im Himmel falsche Fährten und keiner würde mir auf die Schliche kommen. Und er zog den freien Willen, wie die Daemonen vor ihm, blindem Gehorsam vor. Dabei ist es schon fast eine Ironie, dass er Naamah blind folgte. Er wollte letztlich die Herrschaft über Lucifer oder die Hölle, wie ihr Sterblichen sie nennt. Ja, Macht verändert uns alle, mein Lieber."

"Wie war sein Name im Himmel?"

"Du begreifst schnell, das gefällt mir. Sein Name war Sandalphon, er war der Zwillingsbruder von Metatron. Seine Aura war etwas Besonderes, du hast es vielleicht gespürt oder vielmehr gehört. Es war wie ein Aphrodisiakum, das dich willensschwach machte und folgen ließ."

In den tiefen, schattenhaften Gemächern, die Lilith als Zuflucht dienten, fand sich Thyrillion, umgeben von einer Aura aus Macht und Mystik. Liliths Gegenwart, zugleich fesselnd und beunruhigend, erfüllte den Raum. Ihre dunklen Flügel umhüllten die Luft mit einer Schwere, die sowohl Schutz als auch Gefängnis suggerierte.

"Lilith", begann Thyrillion, seine Stimme ein Gemisch aus Verlangen und Unsicherheit, "warum hast du mich hierher bringen lassen?"

Mit einem Lächeln, das ebenso verlockend wie rätselhaft war, antwortete Lilith: "Um dich vorzubereiten, mein Prinz. Du bist auserwählt, an meiner Seite zu stehen, in der Dunkelheit wie im Licht."

Ihre Bewegungen waren fließend und zielgerichtet, als sie sich ihm näherte. Die Schwingen entfalteten sich, bildeten einen schützenden Kokon um sie beide, eine Welt abseits der Realität.

"Du wirst lernen müssen, Thyrillion", flüsterte sie, während ihr Blick ihn gefangen nahm, "dass wahre Macht nicht nur in der Stärke des Schwertes liegt, sondern auch in der Tiefe deiner Hingabe."

Thyrillion spürte, wie seine Widerstände langsam bröckelten, überrannt von der Macht ihrer Präsenz. "Und wie soll ich das tun?", fragte er, gefangen in dem Netz aus Faszination und Furcht, das Lilith um ihn spann.

Mit einem Lächeln, das Wissen und Geheimnisse versprach, berührte sie sein Gesicht sanft. "Indem du dich mir vollkommen hingibst, in Körper und Geist. Nur so kann ich in dir die Kraft wecken, die für den bevorstehenden Kampf nötig ist."

Thyrillion, nun überwältigt von einem Sturm aus Emotionen, nickte stumm. Er erkannte, dass diese Hingabe nicht nur eine Prüfung seiner Loyalität war, sondern auch der Schlüssel zu einer Macht, die weit über seine Vorstellungskraft hinausging.

Liliths Augen leuchteten auf, als sie die Veränderung in ihm spürte. "Sehr gut, mein Prinz. Lass uns beginnen."

In diesem Moment, umhüllt von Dunkelheit und dem flüsternden Schlag ihrer Flügel, fühlte Thyrillion, wie eine neue Kraft in ihm erwachte. Eine Kraft, die nicht nur aus Liliths Magie stammte, sondern auch aus der unerschütterlichen Entscheidung, sich ihrem Willen zu unterwerfen. Er war bereit, sich jedem zu stellen, der ihm im Weg stand, getrieben von einer Loyalität und einem Verlangen, das tief in seinem Inneren brannte.

TORMENDAN

Es begann.

Ein mystisches Flammengewölbe entstieg der Erde und bereitete die Arena. Innerhalb dieses Kreises waren sie nicht mehr in Anemeron, sondern in einer anderen Welt. Diese war weiß, leer und nichts weiter war hier existent. Dort war nichts, soweit man sehen konnte. Nur weiße Leere. Das Nychts.

Lilith lief langsam und lasziv nach vorne in den Kreis aus Feuer. Ihre Gestalt war wunderschön und perfekt proportioniert und doch schien sie auf den ersten Blick zerbrechlich zu wirken im Gegensatz zu all den anderen Anwesenden. Ein Stück hinter ihr lief Thyrillion, der für sie einstand. Sie wusste er war ihr hörig, nachdem sie mit ihm geschlafen hatte. Er war ein Bild von einem Mann, ein Kämpfer wie es vor Jahrhunderten ihr geliebter Imgellon gewesen war. Er war konzentriert, seine Bewegungen waren eiskalt und er wartete gespannt auf die Eröffnung des Kampfes.

Dort stand Tormendan Falton, der Meister des Feuers, in dessen Augen nun ein Brennen statt dem Laubgrün herrschte. Ihm war die Enttäuschung über die Wandlung des hoffnungsvollen Königs der Sterblichen ins Gesicht geschrieben. Er starrte ihn einfach nur an.

Der Daemon Ornias gesellte sich zu Lilith, welcher geschickt war im Umgang mit Schwert und Täuschung.

Des Weiteren traten hinzu: Nagardon, der Schänder der Nacht, der muskulöse, gehörnte Sammaelle und Asteroth, die Finstere. Nagardon war in Schwarz und Dunkelheit gehüllt und wirkte grotesk in dem weißen Raum. Samaelle grinste und seine schielenden Augen funkelten diabolisch. Die gefallene Göttin Asteroth strahlte in einem kalten Licht schön, schwermütig und schrecklich. Tod und Dominanz beherrschten ihre ansehnlichen Züge und ihre Makellosigkeit erinnerte an das Werk eines meisterhaften Bildhauers. Die Augen waren wie Eiskristalle, funkelnd und tödlich. Graues, spärliches Leder zierte ihren

Körper und ließ Schultern, Rücken und Arme, Schenkel und Dekollete frei. Lediglich ihre Stiefel mit den hohen Schäften bedeckten das meiste ihrer Blöße und die Armschienen. Die Schwingen hatten dünne Gliedmaßen und graues Leder dazwischen. Ihr Haar wirkte als bestünde es aus gebürstetem Silber.

Der hagere Armaros entstieg schwarzem Rauch, seine hellgrünen Augen wirkten gefährlich schmal. Sein Stab ruhte in der rechten Hand. Dann erschien Runa an der Seite von Armaros. Auch ihr blasser Teint und ihr schwarzes Kleid setzten einen Kontrast in der Szenerie. Äußerst gefährlich war sie trotz ihres jugendlichen Aussehens. Sie beherrschte ihre schwarze Kunst wie ein alter, weiser Erzmagier. Vor allem ihre schönen, dunkel geschminkten Augen zogen einen in ihren Bann mit dem fluoreszierenden Licht darin.

Plötzlich loderte eine Feuersäule nebst Tormendan auf. Sie drehte sich in sich selbst und brannte in unendlich vielen Rottönen, von rubinrot bis hin zu orangem Weiß. In ihr schälte sich etwas Dunkles heraus. Die Säule löste sich auf und als die Flammen erstickten, stand dort ein athletischer, muskulöser Mann mit manganschwarzem Teint und goldenen Augen. In ihnen spiegelte sich Entschlossenheit und Kampfeswille. Sein kahler Schädel verhieß Weisheit, Tatendrang und Selbstvertrauen. Seine sechs Schwingen waren noch beeindruckender als sein Auftritt, denn sie schimmerten in einem orangen Licht mit Nuancen von tiefrot und golden. Vereinzelt lechzten Flammen über die Federn. Die magische Eisenplatte prangte auf seiner stolzen Brust. In der einen Hand hielt er ein brennendes Schwert und in der anderen schwelte ein hitziges Feuer. Er war einer der größten und stärksten Kämpfer des Himmels, Erzengel Urielle.

Der Meister des Feuers schloss die Augen. Er schickte seinen Geist umher und fühlte alle Anwesenden mit ihren mächtigen Auren. Er wusste um ihre Fähigkeiten und wie er sich davor schützen konnte. Jeder einzelne von ihnen war alleine schon eine Herausforderung und schwer zu überwinden. Allerdings wollte jede Gruppe den Sieg davontragen und so war der Ausgang völlig ungewiss.

Es wurde still und nichts regte sich.

Die Ruhe vor dem Sturm.

Das Kräftemessen der übernatürlichen Streiter war eröffnet. Ein Abtasten und Abwarten auf die einzelnen Angriffe und Schritte der Gegner gab es nicht. Viele der Kämpfer standen sich bereits gegenüber und wussten, um die Gaben und Stärken der anderen.

Brutal explodierte der Schauplatz, auf dem die Zukunft der Welt ausgetragen wurde. Es ging alles furchtbar schnell und Tormendan schützte sich mit einem Schutzwall aus Äther und Luft. Gerade noch rechtzeitig, bevor er durch einen Finsternisstrahl und einem Feuerspeer getötet worden wäre. Dann verschaffte er sich einen Überblick.

Der Kampf war schnell und doch schien er endlos. Die Kontrahenten wechselten sich ab. Flüche, Drohungen und Schreie begleiteten die Gefechte, während Waffengeklirr und Zauber wie barbarische Musik dazu klangen.

Sammaelle und Ornias fochten verbissen, Hieb auf Hieb, Stück für Stück. Der Größenunterschied verschaffte Sammaelle einen Vorteil. Ihre Schwerter banden sich, prüften Schnelligkeit und Entschlossenheit des anderen. Die Bewegungen der Kämpfer waren für Tormendan nur schwer zu erfassen. Ornias täuschte seinen nächsten Schlag an, doch setzte geschwind zurück, so dass Samaelles Klinge die Luft zerteilte. Indes wurde aus Ornias Lachen ein Brüllen, als er sich in einen Löwenmenschen verwandelte. Seine geringere Statur war der seines Kontrahenten ebenbürtig geworden. Und nicht nur das, Sammaelle sah sich nun mehreren Feinden gegenüber. Allesamt Doppelgänger, die ebenso von Ornias herbeigerufen wurden. Der Gehörnte lächelte schief.

Zu zweit gingen Armaros und seine Tochter auf Lilith zu, um sie zu Töten. Die Daemonin hingegen blieb regungslos. Ihr Blick fiel auf Runa: "Tochter."

Die junge Frau wirkte durch jenes eine Wort wie unter einem Bann. Das Wort hatte auf sie genau diese Wirkung. Dafür überschlugen sich in ihrem Kopf die Gedanken und stritten miteinander. Sie wusste nicht, was sie tun sollte.

Armaros` Stab und sein magischer Angriff wurden von einer unsichtbaren Blockade direkt vor Liliths zerbrechlichem kleinen Körper gestoppt. Er schrie gegen die Kraft und ihr makelloses Gesicht an und wich zurück. Die Zeit um die drei schien sich zu dehnen und verging langsamer.

"Rumael, Tochter", sagte Lilith. "Dein angeblicher Vater ist ein Kindsräuber! Er hat dich mir weggenommen."

"Eine Lüge!", fauchte Runa.

"Als ich damals schwanger war, bin ich aus der Hölle geflohen. Am Ausgang habe ich mit den Wächtern gerungen. Ich überwand sie, doch fügten sie mir eine tödliche Wunde zu. Geschwächt erreichte ich Anemeron und gebar dich. Vor Erschöpfung und Schmerz verlor ich das Bewusstsein. Armaros fand mich als erster und entwand dich meinen Händen. Dann ließ er mich sterbend zurück." Sie gab der Sterblichen einen Moment, um ihre Geschichte zu verarbeiten.

"Wie...?", flüsterte Runa.

"... Ich überlebte? Eine alte Heilerin fand mich und pflegte meine Wunden. Sie gab ihren Lebensabend für meine Wiedergeburt."

"Und das soll ich glauben? Dass ich mit einer Lüge aufwuchs und diese zu lieben lernte?" Die junge Magierin versuchte, dem Gedankenlabyrinth in ihrem Kopf zu entrinnen. Ein ums andere Mal landete sie in einer Sackgasse. Sie wusste nicht mehr, Wahrheit und Unwahrheit zu deuten.

Die gefallene Göttin Asteroth war im Kampf mit Thyrillion verstrickt. Ihr Speer aus Magie prallte auf die Blutklinge des Solasons. Seine Fechtkunst war bemerkenswert. Einer der wenigen, der von unten focht und gekonnt seine Waffe einsetzte. Während sie ihn auf Abstand hielt mit dem Speer, stellte Thyrillion sich erneut in die Hut des Alber. Sein Schwert zeigte zu Boden. Dann zog er es zurück nach rechts, sein rechter Fuß ging nach vorne. Seine Klinge stieß zwischen Speer und Göttin in Richtung ihres Gesichts. Asteroth drehte ihren Kopf gerade rechtzeitig nach hinten, um dem Stoß zu entgehen.

Der endlos währende Kampf zwischen Nagardon und Urielle schien im finalen Akt angekommen zu sein. Der Hass in ihren Augen war deutlich zu sehen. Beide sehnten sich ein Ende ihrer Fehde herbei und wollten als Sieger hervorgehen! Die schwarze Plattenrüstung, die den Schänder der Nacht nur noch unbezwingbarer erscheinen ließ, sprühte Funken, als die Feuerbälle oder das Flammenschwert mit ihr in Berührung kamen. Zischend vergingen sie wieder in Nagardons umgebender Schwärze. Sein gelbes Daemonenfeuer glühte giftig und sein Schwert versuchte seinerseits Urielle zu treffen, doch seine orangenen Flügel agierten wie Schilde und blockten die Angriffe Nagardons.

Nach einer gefühlten Ewigkeit des Kampfes ging es Schlag auf Schlag. Tormendan sah, wie Sammaelle nach und nach mit seiner Ausdauer und Kraft, die Trugbilder von Ornias Löwengestalt zerschlug und nur noch dem wahren Daemon Ornias gegenüberstand. Eine Täuschung nach der anderen war aufgebraucht und Ornias nicht mehr in der Lage Sammaelle zu trotzen. Der Gehörnte schlug die Waffe seines Gegners hart zur Seite und rammte sein Schwert in dessen Brust. Die Wucht des Arms riss Ornias wie eine Trophäe in die Höhe.

Während Sammaelles Triumphs materialisierte sich im Nychts die Gestalt der schönen Echo. Mit einer Wasserflasche in der Hand sprach sie einen Zauber und schleuderte diese auf Samaelle. Er wand sich und schrie seine Pein hinaus. Rauch umfing ihn und sein Brüllen wurde leiser.

Armaros war unfähig in das Gespräch zwischen Lilith und Runa einzugreifen und suchte sich ein neues Opfer. Er bemerkte die Ankunft der Oreade und das Vergehen Sammaelles. Er schleuderte ihr einen Bann entgegen, um sie vom Einsatz ihrer Magie abzuhalten. Doch sie war ohnehin von dem starken Zauber gegen den Daemon so verausgabt, dass sie sich nicht hätte wehren können. Dann stieß er seinen Stab gegen ihren

Körper. Sie strauchelte, ging auf ein Knie und rollte sich zur Seite ab.

Echo bemerkte, wie ihr Körper sich langsam ihren Bewegungen widersetzte und wusste, dass sie vergehen würde. Sie stand auf, schön und mit einem Lächeln im Gesicht. Zufrieden sah sie, wie von dem Daemon Sammaelle der blinde Erzengel Samaelle zurückblieb. Sie hatte gewusst, dass sie hier sterben würde, doch sie hatte erreicht, was sie wollte. In diesem Augenblick ihrer Schönheit und des Sterbens sahen sie auch Runa und Thyrillion.

"Vergesst mich nicht, Freunde. Vergiss dich nicht, Thyrillion."

Nachdem Runas Gedanken sich beruhigt hatten und ihr Verstand wieder die Oberhand gewann, gewahrte sie das Geschehen um sie: Armaros, der sich von ihr abgewandt hatte und Echo tötete! Und Lilith, die immer noch mental versuchte, sie für sich einzunehmen, stand inzwischen über ihr auf einem Plateau aus schwarzem Stein. Um ihre zerbrechliche, kleine Gestalt flatterten Schatten in humanoide Form gebracht durch fahl schimmernde Leichentücher. Die Enden der Tücher griffen grauenhaft schnell nach Runa.

Die Magierin drückte ihre Zeigefinger aufeinander und eine Energiewelle ging von ihr aus. Einerseits schlug diese wirkungslos gegen ein sich blähendes Leichentuch ihrer Mutter, doch warf es ihren Vater brutal nieder. Runa drehte sich zu Lilith um, Feuer und Dolch in ihren Händen. Die Daemonin ihrerseits schickte Schatten und magischen Stoff gegen den am Boden liegenden Armaros aus.

Abgelenkt von Echos Tod bemerkte Thyrillion den Speerstoß von Asteroth, der tief in seine Seite fuhr, zu spät. Er schrie, mehr wegen der Nymphe als seiner Wunde. Doch der Schmerz war es auch, der ihn zurück zu seinem Kampf brachte und zu sich selbst. Er parierte erneut, seine Waffe glitt jedoch durch die Luft.

Die Große Daemonin sprang mit einem Satz zu Runa und rammte ihren Speer in Runas Schulter. Die Sterbliche schrie und warf das Feuer auf Lilith. Im gleichen Moment wand sich Runa behände in ihre Gegnerin, um die Distanz zu überbrücken und stieß ihren Dolch in Asteroths Unterarm. Mit der Rechten fasste sie nach Asteroths Hals, um zuzudrücken. Ihre Hand besaß eine unglaubliche Kraft und ihre Fingernägel wurden auf einmal zu Messern und gruben sich tief ins Fleisch der Göttin. Asteroth hingegen schien unbeeindruckt, ob des Angriffs, ließ den Speer los und es schoss weißes Licht aus ihrer Linken. Runa wurde von ihr fortgerissen und schlug hart auf. Thyrillion wollte Asteroth angreifen, doch es war bereits zu spät. Ein violetter Lichtblitz schlug von oben auf die gefallene Göttin und verschlang sie mit seiner Kraft. Geblendet wendete Thyrillion seinen Blick ab. Als der Mensch wieder sehen konnte, sah er Metatron mit seinen 36 Flügeln in dem violetten Licht schweben. So verging Asteroth, die Finstere durch Metatrons Eingreifen. Und als das helle blaue Licht obsiegte, sah Tormendan mit Schrecken wie das orangegoldene Licht Urielles in einer Flammensäule verging. Das Daemonenfeuer Nagardons hatte eine Blöße in Urielles Deckung gefunden und sich in seine Seite gebrannt. Der Schänder der Nacht grunzte befriedigt. Tormendan kam langsam an die Grenzen seiner Magie, Schweiß lief ihm überall am Körper entlang. Der Kampf durfte nicht mehr lange dauern.

Thyrillion verdrängte seinen Schmerz und sprang mit seinem Blutschwert im Angriff von oben auf Lilith, die noch versuchte, das magische Feuer von Runa zu bannen. Lilith zog eine Mauer durch eins ihrer Tücher, doch die Klinge des Solasons zerschlitzte es mühelos, absorbierte die Magie und grub sich anschließend in ihre Brust.

"Nein!", schrie Lilith. Als sie vom Steinplateau fiel, umklammerten ihre schlanken Finger die Avatar-Steine. Thyrillion verlor den Halt und stürzte mit ihr.

Metatron wirbelte mit seinen Schwingen zu Liliths Leichnam. Er nahm die Avatar-Steine an sich und baute sich vor Thyrillion auf. Ein Wind kam auf, in sich windend, wurde stärker und schneller. Violettes und goldenes Licht entfaltete sich um den Geflügelten, ließ seine Gestalt um ein Vielfaches wachsen.

Seine Flügel vereinnahmten das Nychts immer mehr mit seinen Farben und die Kristalle brachen und spiegelten sein Licht myriadenfach. Auf dem Wirbelwind stieg Metatron empor, doch unter ihm spaltete sich das Nychts in einem Zylinder aus purem Chaos: wie die Stille die weiße Leere vereinnahmte, explodierten dort dunkle Farben in einem Sturm aus Blitzen und Donner. Die langen Stoffbahnen von Metatrons Gewand flatterten Banner gleich davor. Sofort zerrte der Wind im Nychts an allen Anwesenden und versuchte, ihrer Herr zu werden und sie mit ins Chaos zu reißen! Den geschwächten Armaros rissen sie mit sich und er verschwand in dem Sturm. Windböen wie Ketten umschlossen Thyrillions Schwerthand und wickelten ihn nach und nach ein. Die Stränge lullten den Menschen ein und er drohte bewusstlos zu werden. Es wurde dunkel, als er ins Chaos gezogen wurde.

Plötzlich durchtrennte ein flinker Schwerttanz die Windfäden und die Schwingen des Kämpfers brachten ihn in die Höhe an Metatrons Oberkörper. Den herab stoßenden mit Kristallen versehenen Flügeln wich er geschickt aus. Selbst das blendende Licht daraus, machten dem Angreifer nichts aus. Dann befand er sich im direkten Duell mit Metatron. Es war der blinde Erzengel Samaelle.

"Mein Herr Metatron, welch Wahnsinn treibt Euch an?"

"Wahnsinn? Nein, guter Samaelle, Ihr irrt."

"Wenn nicht Wahnsinn, was dann?"

"Lange genug war ich eine Marionette. Davon sage ich mich los!"

"Metatron, der freie Wille ist für die Solasons. Und die Gefallenen, da sie ihn begehrten! Nicht für die unseren."

"Der Wille. Seht Ihr es nicht? Wir tun, was der Eine uns beauftragte, zu tun."

"So habt Ihr die Avatar-Steine der Göttin Florathiens entwendet. Was erhofft Ihr Euch davon, Herr Metatron?"

"Zuerst Euren Tod. Genug der Worte."

Samaelle hatte keine Chance gegen Metatrons eigene Magie und die Macht der Avatar-Steine, doch er verschaffte Thyrillion Bewegungsfreiheit und die Ablenkung, die er benötigte. Schnell sprang der Mensch über die Riesenflügel Metatrons hinauf. Teilweise mit zugekniffenen Augen, indes sah er den fliegenden, flinken Sammaelle, der bereits von Windarmen gepackt, langsamer wurde, ehe er von einer Schwinge Metatrons getroffen wurde. Der Sterbliche sprang hoch und schlug mit seinem Schwert Metatrons Hand ab, welche die Avatar-Steine hielt. Der Zauber verging und Metatron schrie auf. Seine Gestalt wurde kleiner, das Portal zum Chaos schloss sich. Im Fallen versuchte Thyrillion mit seiner Blutklinge ihn zu treffen, doch der Erzengel vermochte seine Flügel schützend, um sich zu stellen.

Am Ende seiner Kräfte verschwamm Tormendans Sicht. Zwei Gestalten kamen auf ihn zu, die eine ein schwarzer Schatten, die andere violettes Licht: Nagardon und Metatron. Irgendwo lag Thyrillion schwer verletzt, von ihm konnte er keine Hilfe mehr erwarten. Auch er war zu geschwächt.

Leise vernahm der Meister des Feuers eine Stimme: "Der Gefallene König."

Dann wurde es dunkel.

Die Stille des Schlachtfeldes umhüllte ihn wie ein kalter Mantel. Die Schritte von Nagardon und Metatron hallten in seinem Kopf wider, jeder Tritt ein Echo des unvermeidlichen Endes. Er wusste, sie hatten gewonnen. In einem letzten Versuch, der Realität zu entkommen, ließ er sich in die Dunkelheit seines Geistes fallen, in die Visionen der Zukunft, die vor ihm lagen.

Was er sah, war ein Land, das von Schatten verschlungen wurde, eine Welt, in der die Hoffnung erstickt war. Die Städte, einst lebendig und pulsierend mit Leben, lagen in Ruinen, ihre Straßen leer, übersät mit den Überresten dessen, was einmal war. Die Bäume, die früher den Himmel zu berühren schienen, waren nun verkümmert, ihre Äste wie gebrochene Finger, die verzweifelt nach einem Licht griffen, das nicht mehr existierte.

In den Ruinen wandelten Schattenwesen, die Hüllen derer, die einst Freunde und Familie waren, nun verloren in einer Existenz der Verzweiflung. Ihre Augen, leer und ohne Hoffnung, spiegelten die Dunkelheit einer Welt wider, die ihre Seele verloren hatte. Kinder, deren Lachen einst die Luft erfüllte, saßen regungslos, ihre Gesichter maskenhaft, als hätten sie vergessen, wie man Freude empfindet.

Die Flüsse, die Quellen des Lebens, waren zu schwarzen Strömen geworden, in denen sich das Leid und die Tränen der Überlebenden sammelten. Der Himmel, einst blau und unendlich, war nun ein dauerhaftes Dämmerlicht, ein Zwielicht, das keine Wärme, keine Erleichterung brachte.

Tormendan sah, wie Nagardon und Metatron über dieses neue Reich herrschten, ihre Macht unangefochten, ihre Herrschaft absolut. Unter ihrer Führung gedieh nur das Verderben, und jede Hoffnung, die sich zu regen wagte, wurde brutal ausgelöscht.

Seine Ohnmacht war einfach zu groß! Er konnte nichts mehr daran ändern. Der Lebensgeist wich aus Tormendans Körper.

IMGELLON

So geschah es, dass Arathron alleine wanderte. Er dachte unentwegt an Aster, doch vermochte er es nicht, bei ihr zu sein oder sie anzusehen. Ihre Verletzungen erinnerten ihn daran, dass er selbst schuld an ihrem Unglück war. Denn war er es nicht gewesen, der Imgellon stets zur Seite stand und keine seiner Entscheidungen anzweifelte. Nunmehr hatte er deswegen erst zu Aster gefunden und ihre Liebe entdeckt. Arathron schalt sich in Gedanken selbst, ob seines Angriffs gegen seinen Freund und Herrn. *Wie hatte er nur das Messer an Imgellons Hals legen können? War es nicht jene Stelle, die er immer dann berührte, wenn sein Schmerz zu groß war und seine Gefühle für die verlorene Liebe Florathiens ihn zu erdrücken drohte? Was bin ich nur für ein schlechter Freund. Dom, was würde ich nicht alles tun, um dies ungeschehen zu machen? Es tut mir leid.*

"Gräme dich nicht, mein Freund", sagte eine ihm wohl vertraute Stimme.

Arathron sah eine Art Avatar seines Herrn vor sich, durchscheinend und vage. Dann brach er in Tränen aus. "Vergib mir, Herr."

"Es gibt nichts zu vergeben."

"Doch Aster ist für immer entstellt, ihre Anmut und Schönheit dahin. Ich habe dich dafür angeklagt und du hast nun die Konsequenzen zu tragen."

"Gewiss", sagte Imgellons Avatar, "und letztlich war es mein Entschluss. Ich hatte ihn bereits gefasst, ehe der Angriff kam. Beim Licht, ich war nur zu langsam. Mein Stolz und mein Hochmut, euch alle beschützen zu können, vernebelten meinen Verstand. Alles, was ich noch wollte, war etwas Zeit mit euch zu haben und mich zu verabschieden, in dem Wissen, euch allen eine bessere Zukunft zu bescheren." Er sah Arathron in die Augen. "Vergib mir, mein Freund."

"Dafür gibt es keinen Anlass, du hast Recht gehandelt."

“O, nicht dafür. Da ich nicht mehr bei euch bin, musst du die Führung übernehmen. Vergib mir für diese Last, die ich auf deine Schultern lege.”

Der Windelb schluckte. “Warum ich?”

“Du durchlebst den gleichen Schmerz wie ich und nur so, wirst du ihn erdulden.” Imgellon lächelte. “Es bleibt mir keine Zeit mehr, dir noch mehr zu sagen. Du warst mir immer der Nächste unter ihnen, Domel.”

Dann verschwand der Avatar und es war an Arathron zu lächeln.

Nachdem Arathron seine Begegnung mit den anderen geteilt hatte, versuchte er, eine Struktur in Erontdos aufzubauen und Regeln festzulegen. Er übernahm die Führung und verteilte die Aufgaben, die zu erledigen waren, an die anderen, um ihnen hier eine Existenz aufzubauen.

Ein jeder von Imgellons Vertrauten hatte seine eigene Art, mit Imgellons Opfer umzugehen. Die meisten von ihnen suchten Trost in der Einsamkeit und hofften, Antworten zu finden.

Bathin, der Kundschafter, durchstreifte unbekannte Gefilde Erontdos und in weiter Ferne sah er ein Leuchten. In diesem Land gab es viele Lichter, doch dieses Leuchten war anders und zog ihn an. Der schattenhafte Engel flog näher. Seine Vorsicht jedoch siegte über seine Neugier und er wurde langsamer. Das Leuchten wurde reiner und heller, ähnlich dem Licht, das der Eine für seine Schöpfungen genommen hatte. Dem Kundschafter wurde wohl in seinem Inneren. Dort würde er sich keiner Bedrohung gegenüber sehen, das wusste er und ging in den Sinkflug, doch was seine Augen gewahrten, war mehr, als er sich vorstellen konnte!

Myriaden von strahlenden Lichtern offenbarten sich in diesem bislang unbekannten Gebiet. Und dennoch überragte eines dieser Lichter alle anderen, die es umschwirrten, vielleicht sogar schützen wollten, umso mehr. Es war so rein, dass das Weiß in Bathins Augen schmerzte, weshalb er einen Arm davor hob. *Bei dem Einen! Das Feuer, aus dem die Erzengel geschaffen wurden! Wie kam es hierher? Und was bei Imgellon, waren die anderen wunderbaren Lichter?* Doch das eine war das Zentrum für alle anderen. Bathin hatte genug gesehen, denn seine Augen waren bereits geschwächt und er hatte noch einen weiten Rückweg vor sich, um die Kunde den anderen zu bringen.

Die Vertrauten Imgellons versammelten sich, nachdem Arathron sie hatte rufen lassen und Bathin erzählte von seiner Entdeckung. Sie hörten ihm zu und als er geendet hatte, herrschte Stille.

"Diese Lichter werden Seelengeister genannt. Es scheinen lebendige Erinnerungen an vergangene Leben zu sein", sagte Chermoni. "So wie ich es verstehe, will Imgellon, dass wir uns um sie kümmern. Sie obliegen unserer Verantwortung."

"Was verleitet dich zu diesen Ausführungen?", fragte Asaselle.

"Auch ich habe dieses reine Licht gesehen, das Bathin beschrieben hat. Ich vermute, es ist unser Herr oder das, was von ihm noch da ist."

"Das ist Häresie." Der Zwischenruf kam von Aster.

Arathrons Blick hieß dem Magier fortzufahren.

"Wir alle hatten unsere eigene Weise, mit Imgellons Abschied umzugehen. Ich durchquerte Erontdos alleine. Ich war so sehr in Gedanken, dass ich erst zu spät merkte, dass ich in einen dieser Stürme geriet. Der Rauch war indes so dicht geworden, dass ich die felsigen Geschosse nicht sah, geschweige denn wusste, wo ich war. Erst dann gewahrte ich die unerträgliche Hitze in der Luft. Meine Augen brannten bereits und ich hatte jegliche Orientierung verloren. Dann traf mich ein

Steinbrocken an den Flügeln und ließ mich stürzen. Ich spürte, wie ich flüssiger Lava entgegenfiel, da die Temperatur immer mehr anstieg und einige meiner Federn in Brand geraten. Als ich den heißen Tod umarmen wollte, war es jedoch ein warmer Windstoß, der mich von der Gefahr wegbrachte und auf festen Boden ablegte." Chermoni schüttelte sich, angesichts der erneuten Konfrontation mit der Todesnähe und brauchte einen Moment, um sich zu sammeln. "Der Rauch verzog sich und ließ mich mit einem kleinen Feuer zurück. Ich starrte hinein, um mich zu beruhigen."

Er fing an zu zittern und Lilith ging zu ihm. Sie legte ihm die Hand auf den Arm. "Du bist bei uns. Beruhige dich, ja, so ist es gut. Sprich weiter, was ist dann geschehen?"

"Das ist schwer in Worte zu fassen."

"Versuch es, mein Freund", ermutigte Arathron ihn.

Chermoni nickte. "Das Feuer sprach zu mir, doch nicht durch Worte, es war mehr wie eine Melodie durch das Knacken und Zischen der einzelnen Flammen."

"Das glaube ich nicht. Du bist ja verrückt geworden!"

"Sei still, Asaselle", gebot ihm Arathron Einhalt. "Wir wissen alle, welche besondere Beziehung Chermoni zum Feuer hat. Liegt es da nicht auf der Hand, dass Imgellon versucht, auf diesem Wege mit ihm Verbindung aufzunehmen?" Er sah in die Runde und selbst der starke Asaselle musste den Blick abwenden. "Fahr fort, mit Deinen Ausführungen. Was hat dir das Feuer... gesagt?"

"Es gebe hier Geister, die hier verweilen. Die Flammen nannten sie Seelengeister. Nachdem Imgellon nicht mehr bei uns ist, haben wir die Verantwortung für die Seelengeister zu tragen. Doch sie haben auch einen Zweck: die besonders reinen und tapferen unter ihnen, können geopfert werden, um Licht und Leben in Erontdos zu erschaffen. So haben wir die Macht, es nach unseren Wünschen zu gestalten."

“Das sind wahrhaft gute Neuigkeiten!” rief Lilith. “Die besten seit Imgellon sich für uns… geopfert hat.”

“Fürwahr”, stimmte Arathron besorgt hinzu. “Chermoni, haben dir die Flammen auch etwas über den Preis genannt, den wir dafür zahlen müssen?”

Der Magier schüttelte den Kopf.

“Preis, was für ein Preis? Ich sage euch, es ist ein Geschenk, das wir erhalten haben. Lasst es uns nutzen.” Asters Augen glänzten, vor allem ihr entstelltes.

“Lasst mich noch etwas zu Imgellon sagen”, erhob Arathron die Stimme. “Nachdem er nicht mehr bei uns ist, sondern nur sein mit Erontdros verschmolzener Avatar auf eine ungewöhnliche Weise uns Dinge mitteilt, sollten wir ihn nun Lucifer nennen.”

“Hört, hört! Das klingt nach unserem Anführer.”, rief Asaselle.

“Das ist seines Opfers würdig. Denn so ist es: Wird danach beruhigt sein. Und Erontdos ist ruhiger geworden, das haben wir alle bemerkt”, sagte Aster.

“Gut, worauf warten wir noch? Lasst uns diese Seelengeister besuchen”, sagte Asaselle, “nachdem ihr alle so interessiert an ihnen seid.”

IMGELLON

"Die besonders reinen und tapferen Seelengeister können durch ein magisches Ritual geopfert werden, sagtest du, Chermoni", erinnerte sich Ornias.

Die Seelen waren in ihrer Helligkeit und Reinheit doch unterschiedlich. Was sich auf den ersten Blick glich, differenzierte sich durch Farbnuancen und Lichtfülle. Die Daemonen wurden von den Seelen umschwirrt, als wären sie neugierige Kinder.

"Lasst es uns versuchen", schlug Aster vor. Sie sah direkt in ein Licht hinein und wollte es ergreifen, doch musste ihre Augen abschirmen.

Asaselle fiel es leichter. Er ergriff es, hielt es behutsam in den Handflächen und schaute es interessiert an. "Was meint ihr, die Helligkeit verkörpert die Reinheit der Seele? Somit wäre eines der Helleren eine gute Wahl. Auf welche Weise sollen wir sie opfern?"

Arathron hingegen, hatte eine besonders hellgrelle Seele auf der Hand. "Wir werden sehen", sagte er kälter als gewohnt. Er nahm seinen Dolch und schnitt sich in die Handfläche, auf der die Seele verweilte. Aus seiner Wunde kam Engelsblut, jene feurige Essenz, die Blut glich, aber anders war, wie es Revogatag für ihre Erschaffung genommen hatte. Dann berührte sein Blut die Seele und sie verwandelte sich in formbare Energie. Sie behielt ihr Licht und Arathron dachte auf Grund ihrer Helligkeit an eine Lichtsäule. Die Energie nahm die Form an und sie entstand inmitten unter ihnen.

"Seht", entfuhr es Lilith staunend.

Dann spaltete sich eine weitere Seele auf und gab ihre Existenz auf, um eine weitere Lichtsäule zu werden. Dies war Asaselles Wirken. Es kamen weitere Lichtsäulen hinzu, da auch die anderen es versuchten. Diese wurden allerdings anders und grotesker, da sie nicht alle das gleiche Talent dafür besaßen. Sie lachten und freuten sich, denn so konnten sie die Düsternis in Erontdos Herr werden.

“Haltet ein, Freunde!”, rief Chermoni. “Wir sollten hier nicht zu viele sinnlos opfern. An diesem Ort benötigen wir kein Licht, denn sie Seelgeister bestehen aus Licht. Es wäre Verschwendung. Lasst uns etwas Großes und Bedeutendes versuchen.”

“Was schwebt dir vor?”, fragte Lilith und blickte den Magier grübeln an.

“Nachdem wir das Vermächtnis von Imgellon bewahren, sollten wir uns an einer Sonne versuchen.”

“Das wäre in der Tat seiner würdig”, pflichtete Bathin ihm bei.

Die anderen stimmten auch zu.

“Bevor wir anfangen, sollten wir uns einig sein, wie unsere Sonne aussehen soll, Freunde.”

“Gewiss sollten wir sie nach dem Abbild machen, die Imgellon so geliebt hat”, antwortete Lilith. “Zumindest denken wir alle so an das gleiche Ergebnis. Trotzdem würde ich vorschlagen, Chermoni die Schaffung zu überlassen, während wir ihm die Energien vorbereiten.”

Arathron hob die Stimme, während die anderen nur murmelten. “Eine gute Idee. So machen wir es. Chermoni, wir führen dir nach und nach die Seelen zu, gib uns einfach dein Tempo vor.”

Der Magier atmete tief ein und aus. “Fangt an, Asaselle.”

Der Krieger besaß ein gewisses Geschick darin und öffnete die Seele, dann schickte er sie in die Höhe.

“Lilith, nun du.”

Die schöne Frau brauchte nicht länger als Asaselle und tat es ihm gleich. So ging die Opferung und die Schaffung der Sonne Erontdos voran.

"Achtet darauf, die gleich Hellen und Reinen zu verwenden, um..."

"Das ist nicht von Bedeutung, Arathron ", unterbrach ihn Chermoni. "Unsere Sonne wird auch ihr Farbspiel besitzen, so ist es ohne Belang, welche Seelen ihr nehmt."

Indes wuchs die geformte Energie der geopferten Seelen langsam zu einem Viertel einer Kugel an. Ornias hatte anfangs seine Probleme, doch auch er lernte mit der Zeit, es besser zu machen. Auf Chermonis Stirn bildeten sich langsam Schweißperlen. Die anderen Daemonen machten weiter, so dass er einem gleichbleibenden Rhythmus folgen konnte, wie eine Melodie, die sich von der Abfolge nicht änderte, aber dennoch im Ohr der Zuhörer immer schöner wurde mit jedem einzelnen Takt.

Da Chermoni der Dirigent dieses Stücks war, benötigte er Durchhaltevermögen und Willenskraft. Nach einer Weile sagte er: "Langsam nimmt das Gewicht und die Anstrengung mehr meiner Konzentration ein. Aster, Lilith, nehmt eure Energie und haltet die entstehende Sonne für mich dort oben. Ich arbeite weiter die Formen ein."

Die Sonne aus dem Licht der Seelengeister nahm stetig zu und wurde voller, ihre Schönheit vollkommener mit jedem weiteren Licht, das hinzukam. Die Windelben waren emsig in ihrem Bestreben, sie zu vollenden und arbeiteten immer weiter, obwohl sie langsam alle an ihre Grenzen stießen.

Es war Arathron, der ihnen Mut machte. "Wir haben es fast geschafft. Lasst uns weitermachen. Bleibt konzentriert, meine Freunde. Wir sind stark und tun es für Imgellon."

Seine Worte gaben allen neue Kraft und sie spürten, wie sie weitere Reserven aus Körper und Geist schöpfen konnten. Das letzte Stück zur Schließung der Sonnenkugel kam von Asaselle, der die größten Kraftreserven hatte. Und trotzdem waren sie alle geschwächt von der Schöpfung. Letztlich fügte Chermoni noch drei weitere Seelenlichter hinzu, die für die Bewegung sowie den Auf- und Abgang zuständig waren.

Ihr Werk war vollendet. Es war vollkommen und wunderschön. Erschöpft sanken sie zu Boden.

Arathron sprach: "Wir geben dir den Namen Lucifers Licht, Luciferim. Und nun, zieh über den Himmel von West aufgehend nach Ost fallend."

Lucifers Licht stieg höher und vertrieb die Düsternis. Seine Strahlen wurden länger, als zerteilten sie die Schleier von Rauch und Nebelschwaden, dass es heller wurde und freundlicher über Erontdos. Sein Licht verbreitete sich immer mehr und wurde stärker und die Strahlen ausladender. Für die Vertrauten Imgellons war es das Schönste, was sie in diesem Land erblickt hatten.

Die Daemonen erfreuten sich an Luciferim und beobachteten sie einen vollen Tag. Sie sahen, dass sie es richtig gemacht hatten und schöpften daraus Ruhe und Kraft. Der steten tristen Düsternis Erontdos` war ein Teil seiner Macht nun genommen. Und da die Nacht, also die Zeit nach dem Untergang von Lucifers Licht noch ihre schwarzen undurchdringlichen Schatten ausschickte, beschlossen die gefallenen Engel auch hierfür ein Licht zu schaffen, ähnlich dem Mond, der über Anemeron wacht.

Wiederum war es an Chermoni, dem Zauberer, die Anleitung zu machen. Itzo tat er sich leichter; er wusste, wie er die geopferten Seelenlichter formen und einsetzen musste, um an sein Ziel zu kommen. Zuerst hatte er ein Bild in seinem Geist und dann später über ihnen am Himmel. Letztlich fügte er wiederum drei Seelenlichter für die Bewegung, den Auf-und Abgang hinzu. Dann als letztes zwei weitere, welche für die Zu- und Abnahme des Mondes sorgten. Der neu geschaffene Mond war ein Abbild, des ihnen bekannten und doch war sein Licht rötlich und schöner und weiter leuchtend. Zwar war dieser anders als Lucifers Licht, aber auch er würde seinen Zweck erfüllen.

"Welchen Namen geben wir dem Mond Erontdos?", fragte Ornias die anderen.

Und als alle schwiegen, ob seiner Schönheit, war es Aster, die sagte: "Mecnagar, rotes Auge der Nacht."

"So soll es sein", stimmte Arathron zu.

Und wiederum blieben sie den ersten Lauf von Erontdos´ Mond und waren glücklich und zufrieden mit ihrer Arbeit. Sie warteten auch den nächsten Sonnenlauf ab. So kam Aster auf die Idee, da Mecnagar ein rotes, nicht so helles Licht aussandte, noch weitere kleine Lichter wie die Sterne hinzuzufügen.

"Ja", sagte Arathron erneut, doch Chermoni fuhr ihm dazwischen.

"Das sehe ich auch so, Dom, doch würde ich vorschlagen, dass wir alle die Sterne schaffen, jeder auf seine Weise und wie wir sie sehen. So schaffen wir Andersartigkeit und verschiedene Größen. Was haltet ihr davon?"

"Ein wunderbarer Einfall", pflichtete Asaselle ihm bei und die anderen nickten zustimmend.

"Gut, dann ans Werk, Freunde."

Dieses Mal waren sie weniger erschöpft und ihre geschaffenen Sterne gaben ihnen neuen Antrieb und sie machten weiter. Irgendwann war der nächtliche Himmel erfüllt vom Schein Mecnagars und der Sterne.

"Dies sollte wohl genügen. Seht, welche Pracht wir geschaffen haben. Ist es nicht wunderschön anzusehen?" Arathron war genauso gebannt von dem Anblick wie die anderen.

"Schade, dass Imgellon es nicht sehen kann", klagte Lilith traurig.

"Ja", sagte Arathron und legte ihr einen Arm um die Schulter.

Fernab von seinen Vertrauten, hatte die Wesenheit, die vormals Imgellon gewesen war, das Wirken gespürt, hatte es beobachtet und mit einem Lächeln bedacht. *Sie sind auf einem guten Weg.*

Nachdem die Großen Daemonen, wie sich die Vertrauten Imgellons nun selbst nannten als Zeichen ihrer Liebe an ihn und ihrer Hingabe zu seiner Sache, der Düsternis der Hölle Einhalt geboten hatten, beschlossen sie untereinander Erontdos zu gleichen Stücken aufzuteilen. So nahmen sie ihre Familien und Anhänger mit sich und zogen in ihre Gebiete. Sie errichteten Städte und Dörfer und so bevölkerten sie nach und nach Erontdos und füllten es mit Leben. Jeder der großen Daemonen schickte gefallene Engel aus, um Seelengeister in ihre Gebiete zu bringen. Sie waren in der Lage, den Widrigkeiten des Landes zu begegnen und überall Leben zu ermöglichen. Schließlich waren die Seelen eine Schöpferkraft, die ihnen alles ermöglichte.

Doch mit der Zeit kam auch die Gier und sie stellten fest, dass sich manche mehr von den Seelengeistern nahmen als andere. Arathron beschloss, einen Wächter einzusetzen, der dies unterbinden sollte, da er der Anführer der Gefallenen war und der Ort der Seelengeister in seinem Teil lag. Dies war Aster; sie hatte ihre Zuneigung für die Seelen entdeckt und war oft bei ihnen. Und sie erinnerten sie an die Sterne, die im Himmel während der Nacht leuchteten und nun auch hier unten. Da es ihre Sehnsucht war, sie zu beobachten, wachte sie über sie. Und sie machte es sich zur Gewohnheit, wenn einer verglühte, manche waren nicht besonders gut und langlebig geschaffen, einen neuen hinzuzufügen.

Sie gab allen Namen und so war Lucifer selbst schöner geworden, doch schien es, als bildeten sich Grenzen um die einzelnen Gebiete und Missgunst und Abneigungen gegen andere entstanden. Auf den Versammlungen der Großen Daemonen wurden des Öfteren Worte im Zorn gesprochen. Allen voran war es Asaselle, der von Krieg gegen die Himmlischen sprach, der immer noch der Auffassung war, dass sie Imgellons Ansinnen gegen Revogatag aufzubegehren folgen mussten, solange sie hier waren.

Lilith fand deutliche Worte: “Warum verstecken wir uns noch immer hier unten? Imgellons Ziel war klar und wir hatten es alle vor Augen. Was wir tun, ist seine Sache zu verraten und kreuz buckeln vor dem Einen. Hier darben wir an jenem Ort, den Revogatag uns zugedacht hat, den Verrätern, denen die den Tag fliehen. Ja, so nennen sie uns, das wissen wir alle.” Sie sah sich in der Runde um. Einige nickten, verstanden, was sie meinte. Andere wie Aster und Bathin waren unsicher, was sie selbst wollten. “Wir sind stärker und mächtiger denn je, seitdem wir uns von Revogatag abgewandt haben und Imgellon gefolgt sind. Die Himmlischen wissen noch gar nicht, wie viel mächtiger, sonst würden sie sich nicht als Sieger in diesem Konflikt sehen. Und das tun sie, schließlich sind wir hier in der Verbannung. Wir sollten es ihnen zeigen! Ich für meinen Teil will nicht als schwach gelten, nie mehr unter jemandes Autorität stehen!”

“Hört, hört!”, rief Ornias.

“Sie hat Recht”, stimmte auch Chermoni zu.

Asaselle raunte Arathron etwas leiser zu: “Die Stimmung hier ist unter unseren Gefährten ein Spiegel, von dem, was wir denken. Und ich will mir nicht ausmalen, wenn wir vor lauter Nichtstun uns gegenseitig bekriegen. Die Gemüter sind aufgewühlt, bei manchen ist die Unzufriedenheit deutlich zu spüren. Wir müssen hierfür eine Lösung finden.”

“Ich verstehe, doch sind wir noch immer zu wenige für diesen Kampf.”

“Folgen wir Imgellons Plan weiter. Geht zu den Solasons, lernt sie lieben, gebt ihnen unser Wissen weiter. Sie brauchen uns und unsere Anleitung”, schlug Aster vor.

“So vergrößern wir unsere Zahl weiterhin”, sagte Ornias.

“Und wir haben wieder ein gemeinsames Ziel, Freunde”, erklärte Asaselle.

Arathron musste erneut handeln, um Schlimmeres zu verhindern. Dann hieß er seinen Freunden, dass sie und einige ihrer Gefährten zurück nach Anemeron sollten und ihr Wissen und ihre Fertigkeiten an die Sterblichen weiterzugeben, ganz im Andenken an Imgellon. Er hätte es so gewollt. Die anderen Großen Daemonen stimmten Arathron zu und sie gaben seinen Erlass an die ihren weiter.

Unter den Menschen war die Geschichte Liliths weitergetragen worden, dass sie vom Großen Engel Imgellon zu seiner Gefährtin gemacht wurde. Sterbliche waren neugierig und wissbegierig und so wollten sie immer mehr. Dies machte es den Daemonen einfach und dennoch bekamen sie immer etwas im Austausch für Liebe, Verbundenheit und Treue. Asaselle war es, der ihnen die Metallbearbeitung in jeglicher Art wie Werkzeuge, Waffen und Schmuck beibrachte. Außerdem zeigte er ihnen die Verführungskunst, doch waren die Frauen darin weitaus geschickter. Chermoni lehrte sie Magie und Ornias Listen und Täuschungen zu ersinnen. Amezyarak gab die Geheimnisse der Heilung und Schadenszauber weiter und lehrte sie die Beschwörung von Daemonen und Engeln. Letztere im Hinblick, sie zu vernichten. Bathin gab ihnen das Verständnis, die Richtungen zu bestimmen und zu Reisen, augenblicklich und an Orte ihrer Wahl.

Aster hingegen als Wächterin der Seelengeister auf Lucifer war die meiste Zeit vor Ort. Sie wollte gar nicht mehr zurück. Hier war sie glücklich. Ihr fehlte nur die Zeit mit ihrem Geliebten. Arathron brachte den Solasons das Wissen von Gleichgewicht und Cemta, Schicksal näher und diese wurden stärker, vermehrten sich und bevölkerten ganz Anemeron. Und er führte den Krieg gegen die Engel an.

Die Daemonin war wieder bei den Seelen und setzte sich zu ihnen. Sie genoss ihre Gegenwart. Manchmal boten sie ihr sogar Lichtspiele und animierten Aster mitzutanzen. Während sie sich drehte und die Seelen um sie kreisten, wurde ihr schwarz vor Augen und sie spürte, dass sie das Bewusstsein verlor.

Als Aster zu sich kam, war sie allein in der Düsternis. *Sie hat versagt. Die Seelen wurden mitgenommen!*

KAPITEL 11

ECHOS GEHEIMNIS

THYRILLION

“So wird es geschehen”, erklärte die Oreade.

“Wir werden verlieren, trotz der Mühen, die wir erdulden und der Opfer, die wir aufbringen.”

Später einmal hatte er Echo nach der Vision, die er in ihrer unterirdischen Grotte im Wasserfall gesehen hatte, gefragt, ob diese so eintreten würde. Es würde so geschehen, war ihre Antwort gewesen.

Thyrillion verstand nicht, warum es so kommen würde. Warum es keine Macht, keine Göttin, kein höheres Wesen gab, dass es kümmerte und es verhindern würde. Es würde keine Wendung von anderen herbeigeführt werden. Er sah in ihre großen, graublauen Brucit-Augen. Sein Gesicht spiegelte sich darin. Dann lachte er über sich selbst, dass er nicht früher darauf gekommen war. “Wir müssen uns selbst helfen. Nur wir können die Zukunft ändern. Wir müssen unser Schicksal selbst in die Hand nehmen!”

Die Nymphe lächelte glücklich. “So ist es.”

Er nahm ihre Hände und sagte: “Es tut mir Leid, Euch Euer Heim genommen zu haben, Echo. Es war nicht in meiner Absicht, so etwas heraufzubeschwören!”

“Grämt Euch nicht, süßer Prinz. Es war nur ein Heim, mehr nicht. Und es wart nicht Ihr, der es zerstört hat, es waren eher die Auswirkungen der Zukunft, die Euch überflutet haben. Es wäre so oder so passiert.” Dann fügte sie mystisch hinzu: “Aus allem Ende entsteht immer ein Anfang. Aus jedem Chaos entsteht immer eine neue Ordnung.”

Er nickte und lächelte schwach. “Ihr seid keine kleine Bergnymphe.”

“Dem werde ich nicht widersprechen.”

“Ihr seid stets zugegen und es gibt nicht allerorts Fels und Wasser.”

“Ihr wärt überrascht, wo es überall Wasser gibt. Selbst Ihr besteht zum größten Teil daraus. Eure Erklärung wäre somit nicht ganz richtig.”

Der Prinz tippte sich an die Lippen. “Nun gut, Herrin, was seid Ihr dann?”

“Ich bin eine Erinnerung. Eine Erinnerung an ein Wesen, das vor dem allem hier war.”

“Was meint Ihr damit, vor all dem?”

“Genau das. Ich bin die Erinnerung an das, was vor Anemeron, dem Himmel und sogar Revogatag war. Doch mehr kann ich Euch nicht sagen.”

“Warum das?”

Wieder lachte sie. “Na, weil ich nur die Erinnerung daran bin und diese ist manchmal stärker, manchmal schwächer.” Sie blickte dem Prinzen in die Augen. “Zurück zu Euch und Eurer Vision, die Ihr gesehen hast. Wisst Ihr nun, was Ihr tun müsst?”

“Ja.”

“Erwachsen kommt von er-wacht!”

Thyrillion überlegte. “Ich benötige dafür Eure Hilfe. Könnt Ihr einer bestimmten Nymphe eine Botschaft überbringen?”

“Gewiss kann ich das”, zwinkerte sie.

TORMENDAN

In diesem Moment der tiefsten Verzweiflung, konfrontiert mit dem Bild einer Zukunft, die zu grausam war, um sie zu akzeptieren, spürte Tormendan etwas in sich. Ein Funke, so schwach und doch so hartnäckig, klammerte sich an das Leben, an die Möglichkeit der Veränderung. Dieser Funke war die Erkenntnis, dass, solange er noch atmete, der Kampf noch nicht vorbei war.

Mit einer Anstrengung, die ihm übermenschlich erschien, öffnete er seine Augen. Die Realität des Schlachtfeldes, obwohl düster und verzweifelt, war noch immer besser als die Vision der Zukunft, die er gerade erlebt hatte. Mit jedem Atemzug fühlte er, wie der Lebensfunke in ihm stärker wurde, gefüttert von der Entschlossenheit, diese dunkle Zukunft zu verhindern. Jede Bewegung war ein Kampf für Tormendan, aber er wusste, er musste weitermachen. Für die Welt, für die Hoffnung, für all jene, die gefallen waren, musste er sich Nagardon und Metatron entgegenstellen, mit dem festen Glauben, dass selbst im Angesicht der größten Dunkelheit ein Licht gefunden werden kann.

"Mein Süßer, du musst wach bleiben."

Benommen hob Tormendan seine Augenlider. Sie waren schwer, als versuchte jemand, sie niederzudrücken.

"Bleib wach. Das Gleichgewicht braucht dich. Du musst wach bleiben."

"Immerdar?"

"Ja, mein Süßer. Ich bin es."

"Was machst du hier? Es ist bereits alles verloren. Alle, die ich ins Nychts mitgenommen habe, sind tot. Tot, hörst du, Immerdar!" Die letzten Worte schrie er hinaus vor Verzweiflung und Schmerz. Schwer atmend sprach er weiter, seine Augen glänzten. "Meinetwegen, weil ich glaubte, es mit diesen Gewaltigen aufnehmen zu können. O nein, wenn du hier bist, heißt das, auch du bist nicht mehr."

Sie ignorierte seine Klagen und sagte: "Es ist ein wunderschöner Ort. Wo sind wir?"

Er fasste sich ein wenig und wischte sich übers Gesicht. Sie saßen auf einer großen Lichtung umgeben von seinen Lieblingsbäumen. Eschen, ihre Artenvielfalt war bezaubernd; am Rand der Lichtung die Zwergformen mit ihren dichten, weit verzweigten, abgeflachten Kugelkronen, dazwischen die höheren Formen mit bis zwölf Meter Stämmen, Altea und Hängeeschen, vereinzelt schimmerten die Allgold Bäume mit ihren namensgebenden Trieben und dahinter wuchsen die Einblatteschen mit ihrer stattlichen Höhe von 25 Metern. In der Ferne überragten diese nur noch die Wächtereschen, die wie Türme mit Signalfeuern aussahen.

Durch die Freiräume fiel das Licht der Sonne, doch nicht wie gewöhnlich, sondern verteilt in seinen herrlichsten Tönen der Tagesabschnitte. Indes, als in einem Teil der erste Strahl des Morgens fiel, herrschte in einem anderen die gleißende Mittagssonne und in einem weiteren das Gold des frühen Abend. Er konnte sich gar nicht satt sehen, so wundervoll war der Anblick.

Und dort, in all dem Licht der Sonne, nahm ein Strahl Gestalt an. Als sich die Konturen herausschälten, fiel er auf die Knie und weinte vor Freude. "Ellarielle."

Als ihr wunderschönes Antlitz vollendet war, lachte sie. "Mein Herz, ich bin es." Sie kam zu ihm nieder und ihr dünnes Kleid legte sich auf das Unterholz wie Schmetterlingsflügel und riss an einigen Stellen, doch sie kümmerte es nicht. Sie bedachte ihn mit all der Liebe, die sie hatte. Die Oberflächen der Seen ihrer silbernen Augen bewegten sich auf Grund der Tränen. "Es ist so schön, dich zu sehen."

Der Magier griff ihr ins Haar und küsste sie lange. Er schaute sie an. Der Anblick dieser unvergleichlichen Elbin bannte ihn erneut. Niemals wieder hatte er solche Schönheit erblickt.

Sie gab ihm die Zeit, die er benötigte.

"Ist der Ort der Toten so wundervoll?"

"Wie kommst du darauf?"

"Ich ließ mein Leben als Schwächling."

Sie nahm sein Gesicht in ihre Hände. "Tormendan Falton, Meister des Feuers, Besitzer meines Herzens, du bist so viel größer als all diejenigen, denen du gegenüber getreten bist! Zweifle niemals mehr daran! Eure Mühen und Opfer sind wahrer Großmut. Dies können die anderen nicht mal im Ansatz erreichen. Eure Namen werden auf ewig klingen."

Sein Gesicht wurde bleich. "Liebste, ich bin bereits tot."

"Glaubst du das?"

"Ich bin hier bei dir. Und es freut mich."

Sie nickte. "Mich auch. Am Ende werden wir zusammen sein und wir haben alle Zeit der Welt, mehr als wir im Leben bekommen hätten. Das ist das, was auf dich wartet, mein Herz. Meine Liebe gehört dir, auf ewig. Doch einstweilen musst du mich verlassen."

"Fürwahr?"

"Erinnere dich. Du musst durchhalten, sonst ist die Welt Anemeron verloren. Das Licht, stell es dir vor."

Etwas keimte in seinem Kopf auf. Ein Gedanke: "Der Gefallene König…"

"Gut. Bedenke, die anderen sind im Nychts, doch du BIST es. Und nun, wach auf!"

IMGELLON

Plötzlich verwandelte sich ihre Zärtlichkeit in eine todbringende Umklammerung. Liliths Hände, die eben noch liebevoll Chermonis Schultern gestreichelt hatten, wurden zu eisernen Klauen, die nach seinem Hals griffen. Der Daemon, von der abrupten Veränderung überrascht, kämpfte verzweifelt gegen die erstickende Umarmung an. In einem Sturm aus Magie und Leidenschaft verschmolzen die Körper von Lilith und Chermoni. Sie waren erregt und von einem brennenden Verlangen erfüllt. Es glich einem Tanz auf dem schmalen Grat zwischen Begierde und Liebe. Küsse, bittersüß und leidenschaftlich, führten zu einem Strudel von Emotionen; Wollust, Verzückung und Schmerz. Er packte sie fest, sie kratzte und biss ihn. Es wurde härter.

Chermoni wollte sie unter sich zwingen, sie dominieren. Dabei packte er ihren Kopf und schlug ihn gegen das Metallgestell des Betts und drückte ihren Hals so fest, dass sie fast keine Luft mehr bekam. Die Daemonin stach ihrerseits mit 2 gestreckten Fingern in seine Augen, so dass er von ihr abließ. Während er noch benommen war, packte sie seine Handgelenke und band diese schnell am Bett fest. Dann setzte sie sich auf ihn. Lilith genoss es selbst, nahm ihre Haare hoch und augenblicklich erschien eine Klinge in ihrer Hand. Mit einer schnellen Bewegung schnitt sie Chermonis Geschlecht ab und stach in seine Brust.

"Niemals wieder", schrie Lilith, ihre Worte von einem markerschütternden Schrei begleitet, der durch die Höllenlandschaft hallte, "werde ich mich von einem Mann unterwerfen lassen!" Sie sprang auf und rannte davon.

Der Zauberkundige lag in einem Bett aus Blut.

Sie war auf der Flucht. Nachdem sie einen der ihren getötet hatte, hatte sie keine andere Wahl. Lilith musste aus der Hölle fliehen und auf Anemeron Zuflucht suchen. Sie flog, doch war sie so geschwächt und verlor immer mehr an Höhe. Chermoni war so tief und hart in sie eingedrungen, dass sie blutete. Doch die eigentlichen Schmerzen waren die Wunden am Kopf, als sie mehrmals gegen das Metall geknallt wurde.

Warum war Imgellon nur so ein Feigling gewesen? Wieso hatte er sich nicht alles untertan gemacht und Erontdos, Anemeron und den Himmel an sich gerissen? Er hatte immer nur gehadert und nicht seine wahre Größe erkannt. Ich wollte ihm helfen, diese zu entdecken, doch der Feigling musste sich ja opfern. Ich hätte mit ihm herrschen sollen! Ich bin zu Großem bestimmt! Warum sollte ich weniger sein als ein Mann! Sein Kind, ihr Kind, hätte alles verdient, was er so leichtfertig aufgegeben hat, aufgrund seiner Schwäche! Sie hielt sich ihren Bauch. Sie fühlte nur Schmerzen. Sie musste glauben, dass es dem Kind gut ging. Sie wusste es nicht, sie musste einfach daran glauben! *Und dann dieser Feigling Chermoni! Er war immer schon ein Speichellecker Imgellons gewesen. Warum war er auf sie losgegangen? Hatte er es bemerkt? Ja, er wollte sie immer schon, doch er fühlte sich zu sehr seinem Herrn verbunden.* Als Imgellon weg war, fühlte sie sich von Chermoni verstanden, doch aus der anfänglichen Euphorie des Mannes war auch wieder Feigheit geworden und auch er wollte nicht herrschen. Er wollte sie nur besitzen. Doch dies hatte sich Lilith geschworen: Sie würde keinem Mann mehr gehören oder ihm dienen. *Ich werde ihnen zeigen, zu was ich fähig bin als Herrscherin!*

Sie hatte Glück. Die schmale Pforte aus Lucifer heraus war nur von einem Daemon bewacht. Vermutlich musste der Wächter sich erleichtern, denn er stand mit dem Rücken zu ihr. Um unbemerkt fliehen zu können, sollte sie einfach vorbei fliegen, doch es war zu riskant. Lilith entschied sich, anzugreifen. Sie stürzte sich mit dem Messer auf ihn, stach in seinen Hals. Er hörte die Bewegung und zog sein Schwert, um zu parieren, dabei traf er sie an der Seite. Sie landete unsanft und rollte unbeholfen durch die Pforte.

IMGELLON

Imgellon verharrte in der Hölle, gefangen in einem Pakt, der mehr zu verschlingen drohte als nur seine göttliche Essenz. Machtlos musste er zusehen, wie der Verräter, mit den gestohlenen düsteren Seelengeistern, seinen Einfluss über Lucifer ausdehnte. Die verzauberten Seelenschatten, die einst Leben und Vielfalt brachten, wurden nun zu Werkzeugen der Unterjochung.

Der einstmals Große Engel konnte nicht eingreifen, während der Verräter die Seelengeister manipulierte, um deren Wirken zu verhindern. Jedes Flackern der Flammen schien ein brennender Vorwurf, jede Hitzewelle eine erstickende Verzweiflung. Die Seelen der Verstorbenen waren gefangen und mussten leiden und Imgellon fühlte sich verpflichtet, auch um ihre Erlösung zu kämpfen. Doch das Böse auf Erontdos hatte sich gewandelt und seine Macht überdeckte alles: Alles, wofür der Engel gekämpft und sich geopfert hatte, für ein besseres Leben seiner Getreuen, seiner Freunde, seiner Vertrauten und nun noch der Seelen! Dabei sollte er sie hüten. Es war um ein Vielfaches schlimmer geworden, denn er wusste nicht, wie er eingreifen konnte. Hinzu kam, dass sich seine Freunde gegenseitig nicht mehr vertrauten und keiner wusste, wer den Verrat an ihnen begangen hatte, denn seine Schliche waren zu gut verschleiert. Imgellons innerer Kampf war ein leiser Schrei, der ungehört in den Lavawogen verhallte.

KAPITEL 12

WAS ANS LICHT DRINGT

THYRILLION

Auf dem Schlachtfeld, einem Ort, wo Schicksale sich entfalten und Legenden geboren werden, fand sich Prinz Thyrillion im hitzigen Kampf mit Metatron wieder. Ihre Klingen tanzten in einem gefährlichen Ballett, Funken sprühend, als Stahl auf Stahl traf. Doch das Unvorhersehbare geschah – Neltomen, ein Freund und Weggefährte, griff unerwartet in den Kampf ein, stellte sich gegen Metatron und kämpfte Seite an Seite mit Thyrillion.

Das Gefecht verschärfte sich, und in einem unglücklichen Moment wurde Neltomen schwer verletzt. Thyrillion, dessen Kräfte im Kampf gegen Metatron bereits stark geschwächt waren, fühlte, wie seine Entschlossenheit ins Wanken geriet. Da hörte er Neltomens Ruf durch das Chaos des Kampfes: „Tu es!“

Überwältigt von Affekt und getrieben von einem unerklärlichen Instinkt, handelte Thyrillion. Mit zitternder Hand und einem Herzen voller Zögern versenkte er seine Blutklinge in Neltomen. In diesem Augenblick brach etwas in Thyrillion. Der Schmerz, einen Freund zu verletzen, einen Bruder im Geiste, durchfuhr ihn schärfer als jede Klinge.

Die Szenerie, um die beiden fror ein.

Doch Neltomens Reaktion war nicht die, die Thyrillion erwartet hatte. Mit einem liebevollen und glücklichen Blick sah Neltomen zu ihm auf. „Es ist gut für mich“, sagte er leise, seine Stimme war schwach, doch in seinen Augen lag ein Frieden, der Thyrillion in seiner Verzweiflung verwirrte.

In diesem Moment der tiefsten Tragik und Verbindung zwischen den beiden wurde Imgellons Geist befreit. Es war, als hätte Neltomens Opfer den letzten Schlüssel geliefert, die letzte Fessel gelöst, die den mächtigen Geist gebunden hielt.

Thyrillion, nun mit Tränen in den Augen, hielt Neltomen in seinen Armen, unfähig, die Welle des Schmerzes und der Trauer zu unterdrücken, die über ihn hereinbrach. „Warum?“, hauchte er, unfähig, Neltomens Handlungen zu verstehen.

„Weil ich glaube“, flüsterte Neltomen, sein Blick immer noch fest auf Thyrillion gerichtet. „Ich glaube an dich, an uns, an die Zukunft, die wir erschaffen können. Mein Ende ist der Beginn von etwas Größerem. Sei stark, Domel.“

Mit diesen letzten Worten entwich Neltomens Atem, sein Körper entspannte sich in Thyrillions Armen, und ein sanftes Leuchten umhüllte ihn, ein Zeichen der Befreiung Imgellons Geistes.

Thyrillion blieb zurück, gebrochen und doch irgendwie gestärkt durch Neltomens Glauben an ihn. Inmitten des Schmerzes und der Trauer erwachte eine neue Entschlossenheit in ihm, getragen von dem Vermächtnis und dem Opfer seines Freundes. Er erkannte, dass wahre Stärke oft aus den tiefsten Tiefen der Verzweiflung geboren wird. Neltomens Opfer hatte nicht nur Imgellons Geist befreit, sondern auch in Thyrillion eine Kraft entfesselt, die weit über das hinausging, was er sich jemals vorgestellt hatte. Mit einem neuen Sinn für Zweck und einem Herzen voller Trauer, aber auch Hoffnung, machte sich Thyrillion bereit, das Vermächtnis seines gefallenen Freundes zu ehren.

Thyrillion spürte Schmerzen in seinem Körper, aber auch frische, fließende Kraft. Das Geschehen war in eine Stasis verfallen. Er sah einen Engel, ganz und gar aus Licht geformt. Das goldene Haar war im Nacken gebunden. Sein Auftreten war charismatisch, seine Züge markant und anmutig, doch war sein Blick streng und galt Metatron.

"Mein Herr Imgellon."

"In der Tat."

"Wie ist das möglich? Ich sah Euch fallen."

Imgellon lächelte. "Und ich fiel. Eine lange endlose Zeit, mein Freund."

"Was ist das für eine Narretei?", fragte Nagardon. Er verzog sein Gesicht. "Du kannst nicht hier sein. Du hast dich geopfert."

"Trotzdem stehe ich hier, wie du siehst."

"Das ist nicht möglich", sagte der Schänder der Nacht. "Der sterbliche Magier versucht uns zum Narren zu halten." Seine Augen wurden zu Schlitzen. Er schoss sein Daemonenfeuer auf Imgellon, doch ihm konnte die Attacke nichts anhaben.

Unbeeindruckt nahm der Engel stattdessen die Avatar-Steine an sich. Nach der Reihe setzte er die Steine in die Luft, wo sie verharrten: Zuerst den weißen Diamanten, dann den violetten Amatrin und anschließend den grünen Verdelith. Das Dreieck schimmerte.

Nagardon setzte nach vorne, sein Schwert im rechten Ochsen führend, schlug er nach Imgellons Gestalt. Die Waffe glitt hindurch und richtete abermals keinen Schaden an.

Mit einem Fingerzeig schob Imgellon das Dreieck zu Tormendan. Der Mensch öffnete seine Faust und enthüllte einen schimmernden klaren Saphir. Der Stein von Ellarielle, seiner Geliebten. Dieser fügte sich in das Dreieck ein und es entstand eine dreieckige Pyramide. Myriaden von Partikeln entstanden in den Farben der Steine und fügten sich nach und nach zu einer Erscheinung zusammen, ebenso wie Imgellon aus Licht. Blass und makellos war ihre Haut und ihre Gestalt vollkommen. Die Schönheit von Sternen glitzerten in ihren Augen und die Strahlen der Sonne bewohnten ihr Haar.

"Florathien, Herrin, Ihr seid es." Metatron brach in Tränen aus. "Verzeiht mir mein Handeln."

Sie sah den Erzengel mit Milde in ihrem Gesicht an. "Ich vergebe dir, Meister der Erzengel." Dann wirkte sie einen Bann über ihn und löste seine Existenz langsam auf. Metatron lächelte sanft.

Die Göttin drehte den Kopf schräg. "Und nun zu dir, Nagardon."

"Du hast keine Macht über mich, noch bist du Imgellons selbsternannte Gerechtigkeit." Erneut hieb er mit dem Schwert, diesmal in Richtung der Göttin und schleuderte sein tödliches Daemonenfeuer auf Tormendan. Wirkungslos verpuffte die Magie als Mutter Natur einfach dagegen blies. Der Wind wurde stärker und drängte den Herrn der Daemonen zurück.

Sie hielt Imgellon ihre Hand entgegen und er nahm sie in seine.

"Runa, Tormendan, jetzt!", rief sie. Dann sprangen sie selbst und Imgellon auf ihren Widersacher zu.

Runa und Tormendan hingegen rannten zu dem reglosen Körper Thyrillions.

Licht und Finsternis rangen in einem Wirbel miteinander, Woge um Woge, hell und dunkel abwechselnd, immer höher und weiter, das Nychts langsam einnehmend und verschlingend. Der Raum wurde kleiner und das Finale des Kampfes drohte alles zu vernichten. Die beiden Menschen eingeschlossen. Gleißend hell explodierte alles.

TORMENDAN

Blaues, warmes Licht umgab ihn. Als er wieder sehen konnte, blickte der Meister des Feuers auf die Avatar-Steine in seinen Händen. Er musste sie ergriffen haben, als er zu Thyrillion gerannt war und so fest gehalten, dass er ihre Abdrücke in seiner Haut erkannte. Sie hatten es also geschafft! Nagardon war gebannt. Doch zu welchem Preis? Tränen schossen ihm in die Augen und er legte seinen Kopf auf den König von Thal.

"Ist Nagardon tot?"

"Du willst Antworten, Solas. Die sollst du bekommen", sagte Gabrielle. "Wir haben ihn besiegt, doch ihn zu töten, ist keine einfache Entscheidung. Das Gleichgewicht der Welt braucht ihn."

"Aber Revogatags Ausgleich ist Imgellon."

"Ja und nein, Domel. Du kennst seine traurige Geschichte. Imgellon war nur noch ein Gedanke und dieser war in Thyrillion verankert. *Der Gefallene König.* Solange Imgellon besteht, kann Nagardon nicht vollständig getötet werden. Beide haben einen Pakt geschlossen vor kurzer Zeit. Imgellon wollte einen Weg finden, denjenigen, zu dem er geworden war, Einhalt zu gebieten. So wurde ihm der Gedanke von Runa und einem Daemon namens Amezyarak eingepflanzt. Imgellon war der Herr der Hölle und Herr aller Daemonen. Einige Daemonen erinnern sich noch an ihn. Durch ein Ritual gab Runa ihrem Freund die Wahl seiner Gebrechlichkeit zu entkommen und Imgellons Schuld abzutragen. Thyrillion willigte ein, sein menschliches Leben für ein höheres Wohl zu geben."

Der Magier schluckte.

"Imgellon und ich vermochten die Verräter in dem Netz aus Intrigen nicht zu sehen, deshalb brauchten wir den Prinzen aus Thal. Die Ränke unserer Feinde und die Verbindungen zu Lilith lagen im Nebel verborgen. Keiner von uns dachte, dass Lilith noch am Leben sei. Sie glaubte, mit mehr Macht wäre sie eine Göttin und könnte sich an allen rächen. Lilith hatte so viel Leid, Unterdrückung, Neid und Schmerz erfahren, weshalb sie solch einen undurchschaubaren Plan ersann, die Macht Florathiens an sich zu reißen. Sie wollte herrschen, sie wollte angebetet werden; sie wollte alles, was Florathien hatte. Sie wandte sich an Metatron und Sandolphan, um sie als Verbündete zu gewinnen, denn auch sie wollten ihren freien Willen. Die beiden Erzengel wussten um Samaelles zwei Seiten, deshalb haben sie ihm die Beweise untergeschoben, die Steine gestohlen zu haben, um ihre Spuren von sich selbst zu verschleiern. Insgeheim hegten die Zwillinge den Plan, sich die Hölle Untertan zu machen und Chermoni, Armaros, wie er sich seit einiger Zeit nannte, versprachen sie Anemeron. Der Bund mit Lilith brach, als sie die Avatar-Steine hatte und Sandolphans Tod befehligte. Aus diesem Grund nahm Metatron das Schicksal und die Avatar-Steine selbst in die Hand."

Tormendan überlegte. "Wie kamen alle zu mir, dass ich sie in das Nychts bringen konnte? Mir deucht, das war kein Zufall."

"Das, Domel, war von langer Hand geplant." Er zog eine Grimasse. "Als du die Aufgabe bekamst, Florathiens Steine zu finden, bedachten wir auch deines Versagens."

"Ihr wolltet, dass ich versage." Es war keine Frage, sondern eine Feststellung.

"Wir haben nur jeden erdenklichen Ausgang durchgespielt." Der Sarim sah ihn fest an. "Du hast deine Aufgabe letztlich erfüllt. Sieh her! Nachdem Lilith die Macht der Steine missbraucht hat, Ellodanal zu vernichten, hat sie den Ort der Steine preisgegeben und was noch wichtiger war, den Ort des Kampfes unbewusst vorgegeben. Die Auswirkungen davon waren so weit vernehmbar, dass alle davon angelockt wurden und selbst nach den Steinen greifen wollten."

Tormendan nickte nachdenklich. "Dann bleibt noch die Frage offen: Wer ist Nagardon? Hinter seine Identität konnte ich bislang nicht schauen."

RUNA

„Thyr, geht es dir gut?" Runa beugte sich zu ihrem Geliebten, der auf dem nassen Boden kniete. Seine Haare waren in Wasser getränkt und seine Augen hatten sich rot gefärbt. Er schaut sie mit einem erleichterten Blick an.

"Ein Glück, du lebst! Wir müssen hier weg. Fast jeder von unserer Seite ist tot." Er machte eine kurze Pause und schaute zu den Leichen. "Es tut mir leid."

"Entschuldige dich nicht, König. Wir müssen nach Hause. Dort warten deine Aufgaben als König auf dich." Runa unterdrückte die Tatsache, dass ihr Vater durch ihre Hände gestorben war. Sie wollte nur, dass Thyrillion zu einem der stärksten Krieger der Welt wurde und dafür unterdrückte sie auch ihre Gefühle.

"Ich bin nicht mehr der König der Sterblichen." Seine Miene verzog sich zu einem gezwungenen Lächeln. "Ich hatte eine Begegnung, die alles veränderte."

Runa schluckte. "Was willst du damit sagen? Möchtest du dein Königreich im Stich lassen, ist dir nicht bewusst, dass es einen König braucht?" Tränen liefen der jungen Magierin übers Gesicht.

"Natürlich lasse ich mein Erbe nicht einfach so zurück. Höre mich an, Ru. Es war als mich Imgellon aufsuchte…"

THYRILLION

"Bevor es nun Zeit wird, für mich zu gehen, wäre es sinnvoll, wenn du erfahren würdest, wie ich zu meiner damaligen Macht gekommen bin, denn aufgrund dieser wurde ich zum mächtigsten Engel des Untergrunds und der Herrscher der Daemonen."

Aufmerksam hörte Thyrillion Imgellon zu. Er wusste, dass diese Informationen entscheidend für die Zukunft Anemerons waren.

"Florathien, die Göttin der Natur, der ich damals den Namen U'Domelle gab, war der Auslöser für meine darauf folgenden Taten. In dem Augenblick, als U'Domelle sich entschied mich zu verlassen, hatte sich mein Leben verändert, es war leer wie auch voll, es war dunkel wie auch hell, es war unbekannt für mich und diese Tatsache war beunruhigend. Damals dachte ich, dass diese Veränderung nichts Gutes vermögen darf, doch jetzt bin ich anderer Meinung. Durch meine neu gewonnenen Erfahrungen hätte ich den Umgang mit meinen damaligen Kräften viel besser meistern können, doch dies wurde mir leider nicht gewährt."

Kurz atmete der Windelb auf. Normalerweise war seine Persönlichkeit still und wenig gesprächig, doch sein innerer Aufruhr durch die Geschichte, die er Jahre lang geheim halten musste, brachte ihn zum Sprechen.

Thyrillions erschöpfter Körper musste sich zusammenreißen, damit dessen Gestalt nicht sofort umknicken würde.

"Nun werde ich dir erzählen, wie genau sich mein Leben veränderte. Höre gut zu, denn diese Geschichte wird die Lösung deiner Probleme bringen. Du, mein Jüngling, bist der Erste, der diese vollends hören darf. Was du letztendlich mit ihr machst, liegt in deiner Hand.

Früher war ich einfältig und abenteuerlustig, wodurch meine Raffinesse nie zum Vorschein kam. Nach der Trennung U'Domelles, wurde ich von Zorn geleitet; meine Einfältigkeit verschwand zugleich und die Schwärze verschlang mich und mit mir, die Natur um mich herum. Ich formte meine Wut in Rache. Ich wusste, wer daran schuld war und wollte ihn zum Reden bringen. Es war der Eine, mein Vater, den ich gewiss nicht mehr Vater nennen kann, den ich tot sehen wollte. Ich habe ihn angegriffen, doch wurde am Ende für meine Gräueltat bestraft, denn während dem Kampf mit dem Einen erwachte das Gottesfeuer in mir. Zu diesem Zeitpunkt war mir nicht bewusst, wie ich dieses einsetzen konnte, doch mir wurde eines klar: Mit dieser Macht war ich der stärkste Daemon der Welt und jene Daemonen, die schwächer als ich waren, sollten von mir regiert werden." Er machte eine kurze Pause und schmunzelte wie ein junger Elb. Obwohl Imgellon Weisheit und Reife ausstrahlte, hatte er auch eine kindliche und freche Seite, doch weshalb er schmunzelte, ließ sich für Thyrillion noch nicht erschließen.

"Mein Junge, dies ist die Geschichte, die anderen erzählt wird, doch sie geht noch viel tiefer. Auch wusste ich, dass der Eine seine Seite des Pakts eingehalten hatte, so lag es nun an mir, meine Seite einzuhalten. Mit diesem Teil änderte sich die Wahrheit, denn ich und der Eine hatten einen Pakt. An sowas wie Rache habe ich noch nie geglaubt, meine Intention hinter dem Angriff war es jedem klarzumachen, wie sehr ich meinen Vater gehasst habe. Selbst die Skeptischsten glaubten, dass mein Hass zu ihm unendlich wäre. So wurde ich immer mächtiger, immer mehr Daemonen, die vormals Engel waren, wollten sich von mir führen lassen. Ich war der Freund für jeden, mit dem Ziel, den Einen töten zu wollen, denn des Feindes Feind wird zugleich der Freund."

Thyrillions Verwirrung war nicht mehr zu übersehen. Er konnte nicht mehr ganz folgen, doch er war der Hoffnung, dass sich das ganze Gewirr lösen würde, wenn er nur den prächtigen Engel, der sich selbst Daemon nannte, weiterreden ließe.

"Ich sehe, die Verwirrung steigt dir zu Kopf. Ich werde sie lösen. Offensichtlich bin ich kein guter Geschichtenerzähler und dafür entschuldige ich mich. Doch meine Worte werden klarer, sobald ich dir die Vorgeschichte von all dem Chaos berichte. Sei unbesorgt, die Zeit steht still, während ich rede."

Der junge König war etwas beschämt, dass man ihm die Verwirrung so stark ansehen konnte. Geschickt meidete er die tiefen Augen seines Gegenübers, damit dieser nicht sofort seine Gedanken lesen konnte.

IMGELLON

Nachdem Florathien Imgellon verließ, war der Sinn seines Lebens verloren. Dunkelheit verfolgte ihn, er wusste nicht was mit ihm geschehen soll, sein Herz war leer und obwohl er noch lebte, fühlte sein Körper sich tot an. *Florathien hat sich entschieden, daran war nichts mehr zu ändern. Doch wenn es auch nur eine Chance gäbe, sie zurückzugewinnen, würde er sie nutzen.*

Die Schönheit der Göttin, hatte ihn in einen Liebesbann gezogen und nun fand er nicht mehr raus. Ihm war bewusst, dass er um sie kämpfen musste, doch um dabei auch erfolgreich zu sein, war er gezwungen mit Revogatag zu reden. Sein Vater war der Grund, weshalb seine Geliebte ihn verlassen hatte und bevor sie wieder seins war, musste er ihn zu Rede stellen.

Für eine kurze Zeit war er optimistisch, doch dann verlor er sich in seinen negativen Gedanken. Bisher hatte er seinen engsten Freund noch nicht von der Trennung erzählt, doch Imgellon war sich sicher, er müsste seine verzweifelten Gedanken mit jemanden teilen. Arathron, der bereits die dunkel gefärbte Aura von seinem Freund gespürt hatte, war besorgt, dass sein Vertrauter Dummheiten begehen würde. Er verstand Imgellons Plan und bot ihm an, mit ihm zu gehen, doch der lehnte ab.

"Es tut mir leid, mein Freund, doch dies muss ich allein wagen. Ich stecke in einer Leere fest, die nur ich bekämpfen kann."

"Ich verstehe. Jedoch werde ich dich suchen gehen, wenn du nicht binnen drei Tagen zurückkommst."

"Wir sehen uns wieder, bis dahin, gebe auf dich Acht."

Die Wege der Freunde trennten sich und Imgellon machte sich auf zu dem Einen.

Mit schwerem Herzen und müden Schwingen machte er sich auf gen Himmel. Es war Tag und die Sonne stand hoch, woraufhin er sich instinktiv fragte, wer an seiner statt nun das Licht nach Anemeron brachte. In Gedanken versunken, flog er höher. Hier und da kitzelten ihn einige Wolken, wenn er durch sie hindurch flog. Einmal verschreckte er sogar eine Gruppe Nephele, Wolkennymphen, die ihm obszöne Wünsche hinterher riefen.

Als er sich dem Übergang zum Himmelreich näherte, gewahrte Imgellon eine Veränderung. Es war eine Art Siegel, das Besucher ankündigte. Es grenzte die Ausläufer des Himmels ab durch strahlend weiße Wolken, die so dicht waren, dass er kaum die Hand vor Augen sehen konnte. Dies war nur schwach spürbar, doch erschienen Wächter und bildeten einen Ring aus Speeren um ihn. Die Framen blitzten gefährlich hell im Sonnenlicht.

"Haltet ein! Wer seid Ihr und was ist Euer Begehr, Herr?", fragte der Hauptmann der Elben. Sein Haar war wie das der anderen zu einem Zopf gebunden und quoll unter dem Helm auf der rechten Seite heraus. Imgellon konnte keinerlei Gesichter erkennen, nur ihre Augen mit den vorsichtigen, abschätzenden Blicken.

"Mir scheint, Ihr erkennt mich nicht, Hauptmann. Ich bin Imgellon und ich möchte meinen Vater aufsuchen. Weshalb hindert Ihr mich daran?"

"Es sind raue Zeiten, Irin", antwortete der Hauptmann. "Euer Vater selbst erließ das Edikt. Ich bin Baraquelle. Gut, ich habe die strikte Order Euch unverzüglich zu dem Einen zu bringen, falls Ihr an den Himmelsgestaden erscheint. Danielle", sagte er mit Blick auf eine Wächterin, "Ihr begleitet uns."

"Ja, Hauptmann", antwortete sie.

"Sharielle, Ihr übernehmt das Kommando, bis wir zurück sind. Gebt ihn frei."

Während die Waffen eingezogen wurden, fasste sich Imgellon prüfend an den Hals. Er war unverletzt, obwohl er noch immer die Gefahr spüren konnte.

"Brechen wir auf."

"Was habt Ihr vor, Irin?", fragte Baraquelle.

Sie flogen nach Nashema, der reinsten Institution der Göttlichkeit. Im Himmel war Reisen nicht mit Entfernung zu vergleichen wie auf Anemeron. Es war ein Gefühl, tief im Inneren, eine Sehnsucht, sich dem gewollten Ort zu nähern. Die bewohnten Teile des Engelreichs waren stets in Bewegung. So war es Fremden oder Ausgestoßenen nicht möglich, an ihr Ziel zu gelangen.

"Meinen Vater aufsuchen."

"Euer Schicksal scheint Euch gewogen zu sein, dass Ihr auf uns gestoßen seid. Auch wir haben Beziehungen zu Solasons, Irin."

"Dann ist die Saat wohl weiter gestreut, als ich angenommen hatte. Gibt es weitere, Baraquelle?" Nachdenklich fasste er sich an den Hals.

"Ja, Herr."

Die Stadt Nashema bestand aus majestätischen Türmen und spitz zulaufenden Gebäuden, die sich in die Höhe reckten und von sanften Winden umspielt wurden. Die Luft hier war so klar und rein, dass es sich anfühlte wie in einem Traum wandeln, während er die Stadt bewunderte. Doch Imgellon hatte keinen Traum mehr, denn er hatte sich nur erlaubt zu träumen, als seine Liebste bei ihm war. Sein Geist war so schwer belastet von dem Liebeskummer, dass er nicht mehr in der Lage war, die Schönheit der Dinge um ihn herum zu genießen.

Jedoch wurde es dem prächtigen Engel verwehrt, sich gut zu fühlen. Er konnte es nicht erwarten, seinen Vater zum Reden zu bringen und ihm all seine Wut spüren zu lassen.

Das Schloss war gigantisch und erhob sich majestätisch hoch in den Himmel. Es war von einer strahlend weißen Wolke umgeben und bestand aus dicken Glasschichten, die so stark und massiv waren, dass niemand hindurchsehen konnte. In der Mitte des Schlosses thronte ein imposanter Turm, der mit goldenen Ornamenten und Verzierungen geschmückt war und der durch seine Höhe die Wolken zu durchbrechen schien.

Baraquelle und Danielle verließen ihn. Das Tor vor seinen Augen, öffnete sich, ohne ein Geräusch zu machen, als ob es das Werk des Windes war, der wollte, dass Imgellon hereinkam.

Das Innere des Schlosses erschien genauso beeindruckend wie seine äußere Erscheinung. Die Wände waren mit kunstvollen Mustern und Reliefs verziert, die das Licht der Sonne und des Mondes einfingen und es in alle Richtungen reflektierten. Der Boden war aus einem glatten, glänzenden Material, das wie polierter Marmor aussah.

Der verlorene Sohn des Einen wurde mit offenen Armen empfangen und sofort kam die Dienerschaft herbei.

"Mein Herr, bitte lasst Euch von mir sauber machen," sagte eine Schönheit von Frau, deren Haut von der Sonne geküsst schien. Sie glänzte und ihr heller Braunschimmer konnte jeden Betrachter mit Lebendigkeit und Charme verzaubern. Ihre Augen waren wie Smaragde, die ihren gegenüber süchtig machen konnten und ihr schulterlanges schwarzes Haar, das so sanft und glatt, wie Seide war.

Imgellon hatte seinen Kopf gebeugt, sodass er die Anmut von ihr nicht sehen konnte, doch die freundliche, bekannte Stimme hatte ihn neugierig gemacht, sodass er einen Blick nach oben wagte.

"Imgellon, lang nicht mehr gesehen." Die junge Frau lächelte ihn an.

"Abdielle?"

"Welche Ehre, dass du noch meinen Namen kennst."

Sein kaltes Gesicht bekam ein Stück weit Leben zurück. Vor ihm stand seine Kindheitsfreundin, in die er früher ganz vernarrt gewesen war, bis er auf U`Domelle gestoßen war.

"Ich hätte nie erwartet, dass ich dich jemals wieder sehen würde."

"Wir begegnen uns immer zweimal im Leben und ich bin froh, dass ich dich wiedersehe."

"Bist du jetzt Dienerin meines alten Herrn geworden oder wie soll ich das hier verstehen?" Imgellon schaute auf ihr Gewand, es war die Kleidung einer Bediensteten.

"Nein, nein, ich habe nur gehört, dass du kommst und dann dachte ich mir, überrasch ihn doch mit einem kleinen Scherz. Den hattest du auch dringend nötig, bevor du mich sahst, war deine Aura angsteinflößend."

"Ich habe viel erlebt und ich muss dringend meinen Vater sehen."

Sie nickte. "Hier entlang, du musst dich zunächst säubern und umziehen, du kennst die Etikette." Sie kam immer näher und striff mit ihren Händen über seine Brust. "Oder willst du, dass ich dich fertig mache?"

"Ich habe dafür keine Zeit, es tut mir leid. Und die Frau, die ich begehre, hat sich in meinem Herzen festgesetzt."

Sie nickte und begleitete ihn zu seinem Gemach. "Wir sehen uns, Imgellon."

Nach dieser Begegnung hatte er noch mehr zu verdauen, denn als sie ihn berührt hatte, wurde er unruhig, so als ob sie etwas in ihm erweckt hatte, was er schon lange für tot gehalten hatte.

Nach der Trennung von U'Domelle, war er nur noch ein Mann von hagerem Antlitz, seine Tage in tristen Gedanken versunken, sein Gemüt von Traurigkeit überschattet. Sein Herz war erfüllt von bittersüßen Erinnerungen der Liebe, welche ihn nicht loslassen mochten und ihn in Verzweiflung stürzten. Vergebens suchte er nach einer Lösung, während er von Zweifeln und Unsicherheit geplagt wurde, die ihm keine Ruhe gönnten.

Doch nach Abdielle, ging es ihm etwas besser. *Vielleicht sollte er doch mit ihr verkehren,* dachte er sich.

Er hatte sich umgezogen und war nun auf dem Weg zum Einen.

Sein Herz schlug schneller, während Imgellon seinen Weg zu demjenigen bahnte, der seine Zukunft beeinflussen könnte. Die Gedanken schwirrten auf ein Neues wild in seinem Kopf, indes er versuchte, sich für das bevorstehende Treffen zu wappnen. Als er vor der Tür des pompösen Thronsaals stand, zögerte er zuerst, sie zu öffnen, doch nachdem er kurz in sich gegangen war, trat er ein.

"Imgellon, endlich bist du da! Ich habe auf dich gewartet."

Der Thronsaal war von majestätischer Pracht und erfüllt von der Aura göttlicher Macht. Die Wände waren mit reich verziertem Gold und funkelnden Edelsteinen geschmückt, während der Boden mit einem kunstvollen Mosaik ausgestattet war. In der Mitte des Raumes erhob sich ein großer Thron, dessen Glanz und Strahlkraft den Sohn in Ehrfurcht versetzte und die Macht des Einen symbolisierte, der ihn einnahm.

"Ravogatag, ich komme nicht in Frieden", begann er. "Ich möchte Euch zur Rede stellen. Ihr seid der Schuldige, dass sich die Wege von Florathien und mir getrennt haben."

"Florathien ist eine Göttin, sie ist mächtiger als du. Weshalb sollte sie also mit einem Halbstarken wie dir zusammen sein? Deine Schwäche würde sich nur auf sie übertragen."

"Wie könnt Ihr das sagen? Was mich und sie verbindet, ist Liebe."

"Würde euch wirklich Liebe verbinden, hätte sie ihre Kräfte aufgegeben und ihr würdet glücklich bis ans Ende eurer Tage miteinander leben können."

"Ich beweise Euch, dass ich stärker geworden bin." Er konnte nicht fassen, dass sein eigener Vater ihn so gering sah. War er nicht der schönste und höchste aller Engel?

"So soll es sein. Gleich morgen wirst du gegen einen meiner besten Krieger kämpfen. Geh jetzt auf dein Gemach, dort ist bereits Essen vorbereitet. Stärke dich."

Imgellons Gesicht verfinsterte sich und seine Augen funkelten vor Zorn. Als der enttäuschte Sohn in seinem Zimmer war, ballte er die Fäuste und begann laut zu schreien, während sein Körper vor Wut bebte. Falls das Ziel war, ihn sauer zu machen, so war dieses erfüllt.

Er schwor sich, wer immer dieser Krieger war, dass er ihn besiegen würde und dem Einen zeigen, wie sehr er ihn unterschätzte.

Ein neuer Tag brach an und Imgellon war bereit, sich seinem Vater zu beweisen.

"Klopf klopf, darf ich rein?" Eine bekannte Stimme ertönte vor der Tür.

"Ja, tritt ein, Abdielle."

"Ein Vogel hat mir gezwitschert, dass du heute gegen einen Kämpfer unserer Generation kämpfen musst. Leider darf ich dir nicht sagen, wer es ist, sonst würdest du einen Vorteil haben."

Er nickte. "Was hast du da in der Hand?"

"Deine Rüstung für heute. Ziehe sie an und komm dann zum Speisesaal. Wenn du willst, können wir dort zusammen Frühstück einnehmen."

"Hab Dank, ich werde kommen."

Sie ließ ihn alleine, doch Abdielles Präsenz verschwand nicht, Imgellon konnte sie noch immer spüren. Bevor er noch länger überlegte, zog der Engel sich schnell um und ging zum Speisesaal.

"Habe ich dich warten lassen, Abdielle?"

"Schon gut. Möchtest du deiner alten Freundin vielleicht erzählen, was dein Leben verdunkelt hat?"

"Das kann ich jetzt nicht. Ich darf mich vor dem Kampf nicht aufregen, ich muss bei mir bleiben."

"Ich hatte nicht vor dich zu bedrängen, aber ich kann dir jetzt sowieso keine Gesellschaft mehr leisten, ich wurde von deinem Vater gerufen. Er bat mich, ihm zu helfen."

So verließ sie ihn und er war mit seinen Gedanken wieder in seiner Wut.

Nach dem Frühstück lief er aufgewühlt zu dem Einen, der bereits auf ihn wartete. Neben ihm stand Abdielle, die mit ihrer Ausstrahlung den Raum wärmer machte. Sie lächelte ihn an, doch in ihren Augen war auch eine leichte Erregung zu sehen.

"Ich habe entschieden, gegen wen du kämpfen wirst." Revogatags Miene nahm einen gespannten Ausdruck an. "Dein Gegner steht vor dir."

Niemand außer seiner Kindheitsfreundin und der Eine standen vor ihm. "Ihr wollt mich gegen eine Frau kämpfen lassen...?"

Bevor er realisieren konnte, was geschah, stand Abdielle mit einem Messer an seiner Kehle und flüsterte: "Unterschätze mich und du bist tot. Meine Hand wird nicht zögern."

Imgellon traute seinen Augen nicht. Sie war flink und geschmeidig. Ihre athletische Figur war für jede Art von Kampf perfekt.

"Sie ist nicht ohne Grund der stärkste Kämpfer, Imgellon. Wenn sie wollte, könnte sie dich jederzeit töten."

"Gut denn. Ich entschuldige mich für meine Vorurteile, Abdielle. Ich respektiere dich und freue mich auf einen fairen Kampf."

Sie antwortete nicht darauf.

Zusammen gingen sie in den Hof. Es war ein Schlosshof mit spärlichem Dekor und hohen Mauern; der Ort passte sich der Atmosphäre an, harsch und rau.

"Bist du bereit? Sobald ich mit Dir fertig bin, wirst du es niemals mehr wagen, eine Frau zu unterschätzen. Du liebst und begehrst Frauen, jedoch bringst du ihnen nicht den würdigen Respekt entgegen."

"Verzeih." Imgellon schaute bedrückt nach unten, doch er durfte nicht verlieren. Im Gegensatz zu seinem Gegenüber, musste er sich seinem Vater beweisen.

Abdielles Schwert war etwas kleiner sowie dünner als Imgellons, doch schnell wurde klar, dass die Frau in der Kunst des Schwertkampfes unübertroffen war. Mit einer Geschwindigkeit, der die Augen kaum zu folgen vermochten, parierte sie jeden Angriff des Mannes und setzte ihrerseits geschickte Hiebe an, die ihn in die Defensive drängten. Sie war schnell wie der Schatten, was der höchste Engel von der Kriegerin vermutet hatte, nach ihrer Messerattacke zuvor.

Der Mann brüllte vor Wut und Enttäuschung, als er erkannte, dass er sich seiner Gegnerin nicht gewachsen zeigte. Er schlug wild um sich und setzte all seine Kraft ein, um ihr Schwert zu zerschmettern.

"Große Klappe, nichts dahinter, wie so oft bei den Männern." Abdielle tänzelte um ihn herum und führte gekonnte Ausweichmanöver aus, während sie ihm immer wieder kleine, aber schmerzhafte Stiche zufügte.

Imgellon spürte, wie das Blut langsam aus seinen Beinen floss und er versuchte, seine Mimik zu kontrollieren, sodass man ihm seinen Schmerz nicht ansehen konnte. Doch er wusste nicht mehr weiter, er war erschöpft. Schließlich brach der Mann unter der Überlegenheit der Frau zusammen und musste sich geschlagen geben. Er hatte erkannt, dass körperliche Kraft allein nicht ausreichte, um im Kampf zu siegen, es war noch vieles mehr dahinter. Abdielle stand triumphierend über ihrem besiegten Gegner, ihr Schwert glänzte im Sonnenlicht. Es war ein Beweis dafür, dass Frauen im Schwertkampf genauso fähig sein können wie Männer, wenn nicht sogar überlegen.

Nachdem der Mann die Heiler aufgesucht hatte, ging er betrübt zu seinem Vater. Sie waren allein.

"Nun, mein Sohn, meidest du meine Augen, weil du so beschämt bist? Abdielle hat ein gutes Wort für dich eingelegt. Sie hat mehrere Kratzer abbekommen und dies kommt ganz selten vor. Ich muss zugeben, halbstark bist du nicht. Du hast deine Gefühle beiseite gelegt und gegen deine Kindheitsfreundin gekämpft. Sehr gut. Du hast meinen Respekt."

"Ich habe Euer Lob nicht verdient. Ich war durch Vorurteile gegenüber ihr blind und dachte somit, dass ich im Nu gewinnen würde. Doch ich lag falsch."

"Einsicht ist der beste Weg zur Besserung, sei also nicht zu streng mit dir. Ich möchte dich für deinen Mut belohnen, doch müssen wir dafür unseren Pakt vertiefen. Dieser wird auch Opfer mit sich bringen." Er atmete kurz ein, bevor er weiter redete: "Ich muss dir sagen, dass ich eine sehr dunkle Aura in dir spüre, diese ist jedoch recht für meinen Plan, den ich mir für dich ausgedacht habe. Die Welt teilt sich gerade in zwei, sie gerät ins Ungleichgewicht wegen der Daemonen, die dir folgen. Das

Gleichgewicht für unsere Welten ist jedoch sehr wichtig und meine Aufgabe ist es, dieses zu bewahren. Dafür brauche ich jemanden, der die Daemonen unter Kontrolle hält und das mein Sohn, sollst du sein. Imgellon, du bist bei Weitem nicht stärker als die obersten Daemonen, doch kann ich dir einen Teil meiner Kräfte abgeben, um dich mächtiger zu machen."

"Was muss ich dafür tun?"

"Auch hier gibt es Verräter unter meinen Vertrauten. Jedoch bin ich mir ihrer nicht sicher. Ich brauche eine solide Quelle, um dann etwas gegen sie tun zu können. Selbst unter den mächtigsten Engelskriegern können sie sein. Ich vermute, dass sie denken, meine Zeit wäre um und sie nun meinen Thron neu besetzen möchten. Außerdem möchte ich, dass du Florathien endgültig vergisst, wenn du der Herrscher der Unterwelt bist, kannst du niemals mit einer Göttin der Oberwelt zusammenkommen."

Imgellon traute seinen Ohren nicht. *Wie soll es möglich sein, die Verräter des Königs in dessen Nähe auf frischer Tat zu ertappen?*

"Sei eins mit meinem Pakt und du wirst einen Weg finden. Wenn du meinem Pakt treu bist, wirst du schon bald die Macht bekommen, die dir zusteht. Und irgendwann wirst du mit ihr zusammen sein können, als Dank dafür."

"Warum musste ich dafür meine Würde verlieren, Vater?"

Der Eine sah ihm in die Augen und flüsterte: "Nur Abdielle und du waren dort. Und doch war es nicht deine Würde, die du verlieren solltest, sondern deine Selbstgefälligkeit."

THYRILLION

"Dies ist meine Geschichte. Nach dem Pakt wollte ich wieder zu meinem engsten Freund Arathron. Er und die anderen Daemonen planten einen Angriff auf das Himmelsschloss. Dann lief ich Michaelle in eine Falle. Ich! Ich, der prächtigste und vielversprechendste der Engel, war es, der aus dem Himmel gestoßen wurde. Und ich fiel eine lange Zeit. Wie die Geschichte ausgeht, ist dir bekannt, Thyrillion. Ich wurde zu Lucifer, der Hölle."

Alles ergab plötzlich einen Sinn für den Prinzen. "Und noch mehr habe ich herausgefunden und zu erzählen, Gefallener König."

Imgellon, dessen Gestalt selbst in der Dämmerung eine eindrucksvolle Präsenz besaß, wandte sich Prinz Thyrillion zu, ein ernster Ausdruck lag auf seinem Gesicht. Sie standen an einem Ort, der fern von den Wirren des Kampfes war, doch die Last der Geschichte wog schwer in der Luft.

"Es gab eine Zeit", begann Imgellon, seine Stimme tief und nachdenklich, "als mein Vater, Revogatag, und ich einen Pakt schlossen. Er versprach mir das Gottesfeuer, eine Macht, die unvorstellbar groß ist, unter der Bedingung, dass ich die Verräter im Himmel entlarve. Es gab sie im Verborgenen, solche, die unseren Weg nicht teilten."

Thyrillion lauschte gespannt, als Imgellon fortfuhr. "Ich habe sie alle benannt, jeden gefallenen Engel, der sich gegen uns gestellt hatte. Unter meiner Führung wurden sie auf eine Liste gesetzt." Imgellon machte eine Pause, fuhr mit der Hand an seinen Hals, als wollte er die Erinnerung an das Markieren jedes Namens nachfühlen. "Doch ein Name fehlte mir noch immer: Michaelle, die blauhaarige Kriegerin der Erzengel."

Thyrillions Augen weiteten sich bei der Erwähnung ihres Namens. "Sie war es, die mich in direkten Kämpfen immer besiegt hat, und sie war es, die mich zu Fall brachte, mich in die Hölle verbannte."

Ein Schatten fiel über Imgellons Züge. "Direkt nach meiner Verbannung witterte sie ihre Chance, den Himmel zu übernehmen. Als Vertraute und Leibwächterin meines Vaters hat sie Revogatag gebannt. Wie, das weiß nur sie allein, doch mein Vater ist verschwunden."

Thyrillion hörte zu, während die Puzzleteile in seinem Kopf zusammenfielen, ein Bild von Verrat und Intrigen malend, das er bisher nur erahnen konnte.

"Michaelle ließ überall verkünden, es sei ich gewesen, der Revogatag getötet habe", fuhr Imgellon fort, seine Stimme nun kalt vor unterdrücktem Zorn. "Doch da ich bereits den Pakt mit dem Avatar der Hölle eingegangen war, war ich machtlos gegen diese Anschuldigungen."

Die Enthüllungen erschütterten Thyrillion bis ins Mark. Die Geschichte, die Imgellon ihm offenbarte, war eine von Verrat, Machtspielen und einer ungerechten Verbannung, die die Grundfesten ihrer Welt erschütterte.

Imgellon sah Thyrillion direkt in die Augen, sein Blick durchdringend und ernst. "Das ist der Grund, warum ich heute hier bin, Thyrillion. Dieser Konflikt, der Himmel und Hölle umspannt, ist nicht nur mein Kampf. Es ist ein Kampf, der die Ordnung der gesamten Welt betrifft."

Thyrillion spürte, wie eine schwere Last auf seinen Schultern ruhte. Die Erkenntnis, dass er in einem viel größeren Spiel eine Rolle spielte, als er je gedacht hatte, war erdrückend, aber auch erhellend. Die Geschichte, die Imgellon ihm erzählte, gab seinem Kampf einen neuen Sinn, eine neue Richtung.

"Was sollen wir tun?", fragte Thyrillion, die Entschlossenheit in seiner Stimme spiegelte die seines Gegenübers.

Imgellon antwortete mit festem Blick, der keinen Zweifel an seinem Willen ließ. "Wir kämpfen, Thyrillion. Wir kämpfen, um die Wahrheit ans Licht zu bringen und die Welt vor dem Untergang zu bewahren."

In diesem Moment, verbunden durch die Offenbarungen der Vergangenheit und die Hoffnung auf eine bessere Zukunft, standen Thyrillion und Imgellon noch Seite an Seite.

"Domel, ich habe dir bereits mein Gottesfeuer übergeben, als du einen Pakt mit Amezyarak geschlossen hast. Du wurdest nicht nur äußerlich, sondern auch innerlich stärker. Mein Geist wurde in dir eingepflanzt, doch meine Zeit ist nun vorbei, du musst dich eigenständig entwickeln. Ich verlasse dich. Meine Macht bleibt in dir."

"Bevor du gehst, habe ich noch eine Frage: Du musstest deine Liebe zu Florathien aufgeben, muss ich meine Liebe zu Runa auch aufgeben?"

"Du hättest mir alle möglichen, letzten Fragen stellen können, doch dies ist deine wichtigste? Runa ist eine Magierin, die sich auf schwarze Magie spezialisiert hat. Ich bin mir sicher, dass ihr die Hölle zusammen regieren werdet."

Bevor er sich mit einem herzlichen Lächeln verabschiedete, flüsterte er: "Mache sie glücklich."

Und so verschwand er. Thyrillion konnte nicht glauben, was er gehört hatte. Er wusste nicht, ob er glücklich oder traurig sein sollte. Doch wusste er: Er war nun der Gefallene König.

Imgellon sa ego los rona elh rona.

Der Prinz schwieg eine Weile, ehe er Runa wieder ansah. "Im Moment bin ich noch nicht stark genug, um die Hölle zu regieren. Ich werde mit dir nach Thal kommen und das Königreich aufbauen, auch werden wir Ellodanal wieder aufbauen, das sind wir den Bewohnern dort schuldig." Thyrillion sah die Erleichterung in Runas Augen, doch er konnte nicht aufhören zu denken, was Imgellon zu ihm gesagt hatte.

Die Augen der Magierin wandten sich von ihm ab, sie musste die Wendung erst Mal verstehen, doch ihre Aufmerksamkeit wurde durch etwas anderes angezogen.

RUNA

Im Staub lag Echos Körper und Runa rannte mit all ihrer verbliebenen Kraft dorthin, um diesen mit einem Zauber einzuäschern und in einen Krug zu streuen.

Echo war nun tot und Runa starrte stumm auf die Leiche ihrer Freundin, während sie die fliehenden Vögel in der Ferne hörte und sich fragte, ob sie jemals wieder ein normales Leben führen würde. Die Liebe zwischen ihr und der Nymphe war anders als die mit Thyrillion, doch sie war trotzdem etwas Besonderes gewesen. Sie erinnerte sich an die Zeit zurück, als sie und Echo sich anfangs nicht verstanden, doch nachdem der Engel Sandalphon sie besucht und den Prinzen vor dem sicheren Tod bewahrt hatte, war eine magische Bindung zwischen den beiden geschaffen worden.

"Sarim Gabrielle, war Lilith wahrhaft meine Mutter?" Runas Cajal war verschmiert von Schmutz und Tränen und sie wirkte so verletzlich.

Der Erzengel nickte.

"Sie nannte mich Rumael."

"Euer Name wurde Euch von Eurem Vater gegeben. Er glaubte, ihm war es verwehrt, Euch jemals zu sehen. So dachte er, Ihr seid mit Eurer Mutter damals gestorben. Ob dieses Wissens nannte er Euch Rumael´tabenna." Seine Worte klangen so sanft, als wollte er sie an ihres Vaters statt sagen.

"Es klingt so viel Liebe darin."

"Licht in völliger Dunkelheit von mehreren Völkern entzündet." Gabrielle berührte sie am Arm. "Ja, er war voller Freude und Liebe, als er von Liliths Empfängnis erfuhr. Ich sehe viel von ihm in Euch, Rumael."

Die Worte entrangen ihr ein Lächeln und sie wischte sich die Tränen aus dem Gesicht.

KAPITEL 13

AM ENDE

THYRILLION

"Diesmal machen wir es richtig", sagte der Prinz und reichte Runa den Dolch der Wege. "Der Pa´Illor gehört dir. Bring uns nach Ellodanal."

Sie grinste und nahm den Dolch. Als sie den Dolch drehte, flirrte die Luft und das Wi´Illor erschien. "Und das ganz ohne Sauerei. Ich wusste, du bist unfähig, mein Prinz."

Als Thyrillion, Runa und Tormendan durch das Portal des Dolches der Wege zurückkehrten, breitete sich vor ihnen das zerstörte Ellodanal aus. Ihre Herzen sanken beim Anblick der Verwüstung, und in ihren Augen spiegelte sich tiefe Trauer.

Tormendan, von Schmerz überwältigt, rief mit zitternder Stimme nach der Nymphe Immerdar. Wie ein Hauch des Windes erschien sie vor ihnen, ihr Anblick war ein Funken Hoffnung in der Dunkelheit. Doch als sie das Ausmaß der Zerstörung sah, begannen Tränen der Trauer unaufhaltsam aus ihren Augen zu fließen. "Florathien", flehte sie mit gebrochener Stimme, "ich biete mein Dasein an, als Ausgleich für das Leid, das über dieses Land gekommen ist."

Ein Schweigen legte sich über das Land, als eine dunkle Gestalt erschien – eine Dunkle Florathien, deren Präsenz sowohl furchteinflößend als auch majestätisch war. Mit ausgestreckten Armen begann sie, das Gift und das Verdorbene aus Ellodanal aufzusaugen. Mit jedem Atemzug, den sie nahm, verwandelte sich die Dunkelheit in Licht, und Florathien kehrte langsam zu ihrer ursprünglichen, strahlenden Gestalt zurück. Doch im letzten Moment der Transformation enthüllte sie sich als Ellarielle, Tormendans verlorene Geliebte.

"Mutter Natur hat alles Übel aus dieser Welt getilgt und sich dabei selbst geopfert", erklärte Ellarielle mit einer Stimme, die wie Musik klang. "Ich bin nun Florathiens Vermächtnis. Durch ihr Opfer wird Ellodanal neues Leben geschenkt."

Sie wandte sich an Immerdar und sprach mit sanfter Autorität: "Immerdar, von diesem Tag an bist du die Älteste der Nymphen von Ellodanal. Führe sie weise und mit Liebe."

Dann dankte sie Prinz Thyrillion und Runa. "Euer Mut und Eure Opferbereitschaft haben Anemeron und seine Leben gerettet. Die Welt wird Euren Einsatz niemals vergessen."

Schließlich richtete sie ihren Blick auf Tormendan, in ihren Augen ein Leuchten, das alle Dunkelheit vertrieb. "Mein Geliebter, Florathien hat dir das größte Geschenk gemacht, das sie geben konnte – mich oder besser gesagt, sich selbst. In mir lebt ihr Vermächtnis fort und durch uns wird Ellodanal wieder erblühen."

In diesem Moment, umgeben von den ersten Zeichen neuen Lebens, das sich in Ellodanal zu regen begann, fanden Thyrillion, Runa und Tormendan nicht nur Trost, sondern auch die Gewissheit, dass aus der größten Verzweiflung Hoffnung erwachsen kann. Zusammen mit Ellarielle, der Reinkarnation von Florathien, standen sie bereit, Ellodanal in eine neue Ära zu führen, eine Ära des Friedens und des Wachstums.

Doch trotz der allgegenwärtigen Freude schienen Thyrillion und Tormendan schwer belastet und geplagt von traumatischen Erfahrungen. Denn einer von ihnen offenbarte seinem Begleiter, dass er eine Vision hatte, in der alle Menschen sterben würden, eingeschlossen denen, die er liebte. Er gab an, dass die Schuld an diesem tragischen Schicksal ein Nachkomme des Teufels trug.

Die beiden Männer, die von der Wahrsagung gehört hatten, waren bestürzt und beunruhigt, doch das Geheimnis, das Thyrillion mit sich trug, würde er niemals erzählen, um seine Freundin zu beschützen.

In dieser dunklen Stunde fühlte Thyrillion sich weder stark noch tapfer.

Neltomen. So schwer sein Opfer auch für Thyrillion zu tragen war, hinterließ in ihm eine unauslöschliche Markierung, nicht nur auf seinem Herzen, sondern auch auf seiner Seele. Neltomens letzte Worte hallten in ihm nach, ein steter, bittersüßer Nachklang, der ihn in den dunkelsten Momenten begleiten würde.

In den Tagen, die folgten, trug Thyrillion die Last dieses Moments wie ein Banner in den Kampf. Neltomens Glaube an eine bessere Zukunft, sein unerschütterliches Vertrauen in Thyrillion, wurde zu einem Leuchtturm der Hoffnung in einer Welt, die von Schatten bedroht wurde. Das Opfer, das er so schmerzlich empfunden hatte, wurde zur Grundlage seines unermüdlichen Strebens nach Gerechtigkeit und Frieden.

Thyrillion verstand nun, dass wahre Stärke oft aus den tiefsten Tiefen der Verzweiflung geboren wird. Neltomens Opfer hatte nicht nur Imgellons Geist befreit, sondern auch in Thyrillion eine Kraft entfesselt, die weit über das hinausging, was er sich jemals vorgestellt hatte. Es war, als hätte Neltomen ihm einen Teil seines Willens, seiner Entschlossenheit und seines Mutes hinterlassen.

Mit jedem Schritt, den er fortan tat, fühlte Thyrillion Neltomens Anwesenheit an seiner Seite, eine stille, aber unerschütterliche Unterstützung. Er kämpfte nicht mehr allein; in seinem Herzen trug er die Erinnerung an einen Freund, der das ultimative Opfer gebracht hatte, aus Glauben und Liebe.

Als Thyrillion schließlich vor neuen Herausforderungen stand, blickte er in den Himmel und fand dort nicht nur die Sterne, sondern auch ein Versprechen – das Versprechen, dass Opfer und Liebe niemals vergessen werden, dass sie die tiefste Dunkelheit erhellen und den Weg zu einer besseren Welt weisen können.

Neltomens Opfer war mehr als nur ein Akt der Selbstaufgabe; es war ein Samenkorn, gepflanzt in den Herzen jener, die bereit waren, für eine hoffnungsvolle Zukunft zu kämpfen. Und so wurde aus dem tiefsten Schmerz eine unerschütterliche Stärke geboren, eine Kraft, die Thyrillion durch alle kommenden Stürme tragen würde.

THYRILLION

Er betrat das Gasthaus und bemerkte den vollen Schankraum. An einem Tisch saßen mehrere Männer und einer winkte ihm zu.

"Setz dich zu uns." Thyrillion nickte, nahm seinen Umhang ab und nahm Platz.

"Was möchtest du trinken? Wein oder Bier?"

"Habt Dank, ich trinke eigentlich nichts Alkoholisches, Hannes vom Keller."

"Wie willst du dann deinen Kindern und Enkeln Geschichten erzählen? Die besten Erlebnisse hat man im Suff!" Er lachte laut.

"Keine Bange, mein Freund, ich kann Geschichten erzählen", erwiderte Thyrillion mit einem Grinsen. "Und ich trinke heute gerne ein Bier mit dir."

"Füll!", rief Hannes lauthals das Serviermädchen. "Füll meinem Freund einen Krug Bier. Seine Kehle ist zu trocken, die muss befeuchtet werden."

Das Mädchen brachte Thyrillion einen Krug. Sie stießen an und er trank einen großen Schluck daraus.

Hannes vom Keller schlug dem anderen auf die Schulter: "Na dann mein Freund, nur heraus mit deiner Geschichte. Ich bin gespannt."

EPILOG

FREI

MICHAELLE

Im Nychts, einer dimensionalen Spalte zwischen den Welten, wo der finale Kampf getobt und Zerstörung hinterlassen hatte, regte sich eine dunkle Präsenz. Der Große Daemon Nagardon, einst eine Macht, die ganze Welten in Furcht versetzte, lag zurückgelassen in dem undurchdringlichen Weiß, das dort herrschte. Doch das Schicksal, so unvorhersehbar in seinen Wendungen, hatte noch nicht sein letztes Wort gesprochen.

Ein Licht, hell und durchdringend, zerschnitt die Dunkelheit des Nychts – Michaelle, die Meisterin aller Schlüssel, deren blauhaarige Gestalt eine Aura von Macht und Entschlossenheit ausstrahlte. Sie trat vor Nagardon, ihre Augen fest auf den gefallenen Daemon gerichtet.

"Arathron", begann sie, ihre Stimme fest und ohne Furcht, "deine Zeit der Verbannung ist zu Ende. Ich befreie dich aus deiner Gefangenschaft."

Arathron richtete sich auf, seine Ketten klirrten im Einklang mit seinen Bewegungen. "Michaelle", antwortete er mit einer Stimme, die tief und resonierend war, "warum sollte die Meisterin aller Schlüssel, der Hohe Erzengel, sich dazu herablassen, einen Gefallenen wie mich zu befreien?"

Michaelle schritt näher, ihr Blick unerschütterlich. "Die Wege des Himmels sind vielfältig und oft unergründlich. Deine Freiheit dient einem größeren Zweck. Vergiss das nie."

Mit einer fließenden Bewegung ihrer Hand löste sich ein Schlüssel aus dem Nychts, umkreiste die Ketten, die Arathron hielten, und mit einem leisen Klicken lösten sie sich auf, fielen zu Boden und wurden zu Staub.

Arathron, nun frei, streckte sich in seiner vollen Größe, ein Lächeln umspielte seine Lippen. "Ich danke dir, Michaelle, für dieses... Geschenk der Freiheit", sagte er, seine Stimme trug eine unterschwellige Drohung.

Michaelle nickte kühl und distanziert. "Denk daran, Arathron, Freiheit kommt immer mit einem Preis."

Bevor Michaelle sich abwenden konnte, schnellte Arathron vor, schneller als das bloße Auge folgen konnte. "Ein Preis, ja", murmelte er, während seine Hand sich um ihre Kehle legte. "Und so begleiche ich diesen."

In einem Akt, der so überraschend wie brutal war, beendete der Große Daemon Michaelles Leben. Ihr Körper sank zu Boden, während das Licht in ihren Augen erlosch.

Arathron blickte auf den toten Erzengel herab, ein dunkles Lächeln auf seinen Lippen. Er kam der Erfüllung des letzten Wunschs seines Herrn Imgellon immer näher, alle zu töten, die ihn verletzt hatten. "Die Meisterin aller Schlüssel... nicht mehr als ein weiterer Pfad zur Macht."

Mit diesen Worten wandte er sich ab und schritt durch das Nychts, das sich um ihn herum zu schließen begann. Er verließ diesen unsäglichen Ort. Arathron, nun wieder frei und mit unbekannten Plänen im Sinn, verschwand in die Schatten der Welten, bereit, seine Macht zu entfalten.

ANHANG

DIE ERSTE SPRACHE

Die erste Sprache, die gesprochen wurde, war die Sprache Revogatags, des Einen, dem Vater von Allem. So nannte er die Sprache elbisch, denn diese lehrte er auch das erste Volk, das er geschaffen hatte: den Elben.

Es ist wichtig zu verstehen, dass die Elben mehr in Bildern statt in Worten sprechen, deshalb kann das elbische Wort meist als Nomen, Verb oder Adjektiv oder in anderer Form benutzt werden. Das kommt davon, da Revogatag zuerst daran gedacht hatte, bevor er etwas schuf. Sagen wir, zuerst dachte er an die Pflanzen, dann schuf er sie und danach gab er ihnen den "Namen": Pflanzen.

Manche Wörter kommen auch doppelt vor, weil die Elben es so schön fanden, dass sie darin Unterscheidungen machten. Auch gibt es wesentlich mehr positive und schöne Worte als negative oder schlimme.

Da die Elben die Menschen als Sterbliche bezeichnen, steht über deren Sprache einfach menschlich.

Regeln:

- T`bezeichnet eine Vorsilbe
    - z. B. T´ork bedeutet Ge-quälter
- -ik am Wortende kann auch eine Nachsilbe bezeichnen
    - z. B. Lafuenik bedeutet die Grün-linge
- -en, r oder s am Wortende bezeichnen Plural, Mehrzahl
    - z. B. Elb-en
- Que sind Fragewörter
- Aneinander gereihte Vokale werden unabhängig voneinander gesprochen.

WÖRTERBUCH

Elbisch	Menschlich
A	
Ä	immer, stets
Aera	Zeit(raum)
Afe	Bedürfnis nach, Sehnsucht
An	Gesicht
All	Tiefe, tief
Al	unter
Anem	Freiheit, frei sein

Anemeron	Das Freital
Angelogitis	Engelsfieber
Anon	Herz, Gemüt
Äon	Ewigkeit
Ar	festes Gebilde, Stadt
Ara	Liebe, Leidenschaft
Aramon	Der Liebende des Tages
As	Freude, froh
Aslosin	Tanz, tanzen
Äwor	stats achtsam, wachen

B

Bafa	Wahl
Balance	Gleichgewicht, Ausgleich
Be	Sanftheit, sanft
Ben	Volk
Bensa	Maske, verhüllen
Beofan	Schleier
Beofanar	Wolke
Bessa	Wasser, Fluss, Regen

Bessarael	Wasserelben
Bin	Mut, kühn, tapfer
Bov	Neuheit, neu
Buar	Knochen, Gerüst, Gebein, Aufbau

C

C	Auge
Cardo	Silber, silbrig, silbern
Ced	sehen, blick
Cemta	Machtbeweis, Prüfung, Test

Cemtaza	Krieg, Kampf
Cemtazaik	Krieger, Soldat
Ci	danach
Cina	Morgen
Cinagol	Morgenstern
Coribo	Eigentum, gehören
Con	für, auf
Cus	Trauer
Cusim	Träne

D

Da	Wald
Daemon, Dämon	Die den Tag flüchten, gefallene Engel
Dafuel	Waldelb
Dafusolason	Waldmensch
Def	Erscheinung, erscheinen
Deffemenen	Spiegel, Abbild
Defo	Länge, lang
Dekade	Zeitraum von 10
Di	Blässe, blass

Doll	Pflanzen, Garten
Dom	Freund
Don	Schande
Dos	Feuer, Glut, Funke
Doseron	Feuertal, Hölle
Dro	nehmen

E

E	Knospe, Blüte
Edor	Stimme

Ego	ich
Egoh	mich
Egok	mein
El	Schönheit, schön
Elben	Das schöne Volk
Elfen	Schönes von den Bäumen
Elh	nahen, kommen (auf Ziel hin)
Elh´ta	Geburt, Ankunft, entsprungen, gemacht
Elh´taben	geboren von mehreren Völkern

Elle	Sprössling der Elben, Elben-kind
Em	Höhe, Anmut, hoch, erhaben
Emel	Hochelb
Emga	wachsen, an Größe zunehmen, plus
En	liebkosen, küssen
Eng	Der alles liebkost, Wind
Englar	Sturm, Orkan
Engel	Windelb
Epoche	Zeitabschnitt

Er	Fall, stürzen
Ere	Blattfall, Blütenfall, Herbst
Eron	Tal

F

F/Fen	Baum, Bäume
Fari	Süße, süß
Fauna	Tier
Fea	Ruhe, Stille, still
Femen	Unverzichtbares, wichtig

Fergo	Blitz
Feril	Waage
Ferillyan	Die Waage der Welt
Ferillyandar	Die Gleichgewichtswälder
Ferim	Schicksal
Ferimanon	Das Schicksalsherz
Fi	Halt, Stand
Fiar	fester Halt
Flora	Natur
Fog	Nebel

Fors	Mond
Fu	grün

G

G	alles
Ga	Größer, groß
Gellon	Gabe, geben,schenken, reichen
Gelloneel	Frühling
Gi	Haar
Gir	Grenze, Rand

Glorie	Ansehen, Anerkennung
Gol	Sonne, Gold, golden, glänzend
Goldar	Die goldene Stadt
Goldeffemen	Schatten
Grigori	Wächter
Gu	wenn,falls

H

Ha	Weiße, weiß
Hadoll	Der Weiße Garten

Hados	Weißglut
Hek	Zerstörung, zerstören
Hiso	Nase, riechen
Horom	Geborgenheit
Horomgellons	Die Geborgenheit geben
Hun	Berührung, anfassen, tasten

I

Igo	er
Igoh	sich (männliche Form)

Igok	ihn
Illor	Weg, Pfad
Im	Licht
Imgo	Strahl, Lichtstrahl
Imelle	Lichtkind
In	Schnelligkeit, schnell
Irallon	Leben
Is	Weite, weit

K

Ka	Stein, Gestein, Fels
Kalom	Hoffnung
Kann	schmecken
Kidem	Rasse
Ker	Botschaft, Kunde, verbreiten
Keróram	Verkünder der Finsternis
Kone	Dunkelheit, Nacht
Ku	Arbeit, arbeiten, dafür sorgen
Kuan	Auftritt

L

Lafuen/Lafuenik	Die Grünlinge, Feen
Lagard	Rückkehr, Wiederkehr
Lam	Hübschheit, hübsch
Lamirel	Schönheit
Lari	Weisheit, Klugheit, gebildet
Las	Bogen
Le	Geschicklichkeit, behände
Lor	Rarität, selten
Loren	Schatz, Kostbarkeit

Los	Schritt, gehen, bewegen
Loszefen	Der vieles bewegt, Windbö, Brise
Lu	wird
Lucifer	wird danach beruhigt
Lura	soll (allgemeiner Imperativ) sein
Lyan	Welt

M

Marad	Lehre, Weise, lehren

Maradik	Lehrling, Schüler
Maradi	so wird (es sein); Futurform
Mari	Gewandtheit, flink
Me	Röte, rot
Medoll	Der Rote Garten
Mell	Klang, Ton
Mellar	Gesang
Menschen	Die Sterblichen
Merad	Jugend, jung
Meradiks	Die Jünglinge

Mob	Gesindel
Mon	Tag

N

Na	Schwärze, schwarz
Nagar	Nacht
Nagarel	Nachtigall
Nagardon	Der Schänder der Nacht
Ne	Fege-
Neg	Sphäre, Ebene

Neglos	Der Sphärenschreiter
Nemon	Sommer
Nisu	sitzen, wohnen, sesshaft
Nu	sein, ist, bin
Nuri	bleiben, Gegenwart
Nyraen/Nyraenik	Nymphen des Wassers (blau)
Nyfuen/Nyfuenik	Nymphen des Walds (grün)

O

Odan	Sinn

Ogo	es
Ogoh	sich (tatsächliche Form!)
Ogok	sein
Ol	im, bei zum
Om	weit
Omen	Vorsehung
Omarien	Himmel
Omarienim	Himmelslicht, Stern
On	besitzen, haben
Oram	Finsternis

Ork	Qual, Schmerz
Os	tragen

P

Pa	Klinge, Schwert
Pe	ein
Pu	Verneinung, nein
Puniri	gegen, trotzen, Feind

Q

Q	Zusage, ja

R

Ra	Blaue, blau
Rea	Lichtung
Renaissance	Wiederkehr, zurückkommen
Revoga	Vater
Revogatag	Der Eine, Vater von Allem, Gott
Ribo	Heim
Ribora	Heim des Blauen, Meer

Ro	in
Ron	Hand
Ruha	Vielweiß, Schnee
Ru	Schwarm, viel

S

Sa	und
Schwad	gefüllt, voll
Ser	klettern, steigen
Si	werfen

Solas	Ende, Tod, vorbei sein, vergehen
Solason	Der dem Tod gehört, Sterblicher, Mensch
S´or	Magie
S´orik Bensa	magische Maske
S´orkone	Magier der Nacht
Su	warten, harren

T

Ta	aus, von

Taka	aus Stein, Gebirge, steinern
Te	sie
Teh	sich (weibliche Form)
Tek	ihr
Terr	Macht, Stärke
Thien	Beschützerin, Mutter
Tir	Offenheit, offen
Tórks	Die Gequälten
Tul	Besuch

U

U´	un-, nicht
U´Dom	Fremder, fremd

V

Va	Frieden
Ve	du
Veh	dich
Vek	dein
Viena	Winter

Vo	Anfang, beginnen
Voga	zuvor, damals, einst, erst, eher
Vogana	Abend
Vosolas	Brücke, Verbindung
Vuhe	Ohr, hören

W

Wal	gelb
Webe	Verlust, weniger, mindern
Wi	Tor, Tür, Eingang

Wuar	Sieg

Y

Y/Yel	Flügel, Schwinge

Z

Za	böse, schlimm, arg
Zaar	Niederlage
Zef/Zefen	viel, vieles
Zi	schlafen

Zwielicht	Dämmerung
Zwietracht	Streitigkeiten

DANKE

Meine Nymphe Martina; du bist die wundervollste Erstleserin. Die wichtigsten Anregungen kamen von dir. Danke, dass auch du so viel Zeit mit den Nymphen verbringst.

Yvonne Mitzel, ohne dein Zutun wäre die Magie in diesem Buch nicht sooooo groß geworden.

Meine phantastischen Testleserinnen und wundervollen Kolleginnen Hanna Spenzer und Adeline Stillman. Eure Feedbacks gaben mir neue und andere Einblicke.

Ellen Connor für Deine wertvollen Tipps und den unglaublichen Support, den Du gibst.

Nikol für das wunderschöne Cover, das die Natur der Oreaden so bezaubernd einfängt. Auch die Gestaltung eines Covers ist Zauberei.

Alle LeserInnen, BloggerInnen, KollegenInnen, SupporterInnen und Freunde, die mir helfen, die Magie meiner Nymphen in die Welt zu tragen. Erst durch euren Support erscheinen die Nymphen.

Impressum:

Autor Marco Dülk

Am Mühlbach 4

97509 Kolitzheim

Kontakt: info@marco-duelk-author.com

Cover Design by Nikol Leer

Printed in Poland
by Amazon Fulfillment
Poland Sp. z o.o., Wrocław

36294032R00260